Staread
星文文化

三弃公子
SAN QI GONG ZI
丹青手 著
江苏凤凰文艺出版社

卷二·二世檐下雨 129

目录

那日林中挂满的华灯，他一直想与她一起看。

卷一·一世木生花

楔子

半夜里胭脂又起来干呕了几次，还是没能将那药吐出来，浑身上下依旧软绵绵的，不过几个动作便有些吃力。

窗外烟雨绵绵，院子里迷蒙一片，她靠在窗前看着落雨微微发怔，他这些日子一直给她下药，不曾有一日懈怠。

她一向自在惯了，如今骤然失去了自由，连日来都是愁眉不展、食欲不振，虽每日被他逼着用饭，人还是消瘦了许多。

“胭脂。”窗外有人压低声音唤她，胭脂低头一看，一颗黑黢黢的脑袋从窗下探了进来，她吓了一跳，待看清了来人是沈绾才缓了过来。

胭脂见她这般单枪匹马地闯进来，不由得担心道：“你怎么来了，这不是羊入虎口吗？”那人对沈绾的心思如此明显，她现在来了如何还走得了？

沈绾站在窗外怕被人发现，便撑着窗台跳了进来，闻言低声道：“没事，他现在被人缠住，绝对脱不了身！”

当真能缠住他吗？他那样心思深的人，恐怕是不容易的，胭脂微敛了眉，心中颇为不安。

沈绾见胭脂一副反应迟缓的模样，不由得急道：“时间不多，快些跟我走，晚了就走不了了。”

胭脂知道现下顾不了这么多，如果能走她还是愿意试一试的，她看了一眼高高的窗台，面露难色道：“恐怕有些难，我使不出力气爬窗。”

沈绾闻言瞪圆了眼睛，惊疑道：“他难不成对你做了什么？”又见胭脂一副虚弱无力、面色苍白的模样，立马就确定了自己心中的想法，怒骂道，“他竟然对你做出这样的事！”

胭脂闻言险些气得昏厥，若不是没气力早就一掌拍到沈绾脑袋上了，这脑子里尽是些废料。她强撑着道：“胡说什么，他给我下了药，我现下连走出房门的力气都没有。”

“就这样？”沈绾由不信到慢慢平息了怒火，随后又好似颇有遗憾，转过头去拿木凳子过来放在墙边。

她扶着胭脂踏上了木凳，半抱半提将胭脂移到窗外，饶是如此胭脂还是费了老大力气，一到外头就跌坐在了地上。沈绾身手敏捷地跳出窗外，见她弱不禁风的模样，低声道：“他当真没对你做什么？”

胭脂闻言闭了闭眼，憋了一口气，道：“胡思乱想些什么，你再说话可要惊动人了。”

沈绾怕惊动了人忙闭上嘴，连忙扶着胭脂往僻静的碎石小径走，一路避开了好些人，又绕过了几个花园，径直往后门走。

“我刚才翻墙进来的，你现下这样也翻不了墙，只能走后门，那里有人守着，我想法子去引开，你在这里等我。我将他们引开就来接你，只是这般必会打草惊蛇，我们速度一定要快！”

沈绾扶着胭脂在离后门稍近的草丛里坐下，自行去引人，不过片刻工夫，那边就传来一阵喧闹声，再过一会儿声响渐渐变小了，像是往另一处去了。

胭脂默默等了一会儿，雨也渐渐大了起来，草丛外传来一阵极轻的动静，沈绾喘着气飞快跑到胭脂身旁，低声道：“走！”

她提起胭脂就往外冲去，几步便到了墙边的树下，树下系了一匹骏马，沈绾飞身上马，一把拉起胭脂坐到后头，对胭脂道：“抓稳了！”

说完一扬马鞭，如箭一般冲了出去。

胭脂咬着牙，使出了所有的力气，才能稳住自己不掉下马去。

后头有人叫喊道：“快，有马声，快骑马去追！”

另有人慌道：“速速派人到府外通知公子，人不见了！”

胭脂一听这话，急道：“再快些，万不可让他们追上。”

沈绾闻言，忙抽鞭让马飞驰起来，雨滴随着风打在脸上微微犯疼。

夜深人静，雨势越发大起来，马蹄踏在青石板上，嗒嗒声在空无一人的路上响起，显得格外空旷而又寂静。

待马将一路跟着的人甩开后，两人畅通无阻出了城门往郊外跑去，沈绾才略略松了一口气，放慢了些速度道：“胭脂你再撑一会儿，等过了这段路前面就有人接应。”

胭脂到此已经力竭，这软筋散太过猛烈，她已有些撑不住了，手也微微松懈下来，只是逃得太容易，她心里到底有些不安道：“还是快些吧，我怕他追上来。”

沈绾闻言大笑：“胭脂呀胭脂，你什么时候胆子这般小了，未免太过谨慎，已到了这处，他便是能飞也……”沈绾说到这儿便如卡了壳一般，一勒缰绳拉住马，瞪大了眼睛，不敢置信地看着远处站着的那个人。

胭脂抬眼望去，那人撑着一把竹伞，素雅青衫，长身玉立在路的尽头，侧对着她们，目光正落在前头那棵参天大树上，悠闲自若。

待沈绾一勒缰绳，马抬起的前蹄又重重踏落在了地上，他才缓缓回头，透过层层雨丝望向她，眼神淡漠得一丝温度也没有。

胭脂不由得打了个寒战，这次若是没走掉，往后怕更是难上加难，又见他孤身一人，她微微眯起了眼道：“绾绾，冲过去。”

沈绾一听忙重重点头，扬起马鞭，连抽三下，马便往前冲去。

远处那人撑着伞站在雨间，风扬起青衫一角，越发衬得人如松柏，脸上是一贯的镇定自若。

胭脂见状微蹙眉头，她一向知道他不做无把握的事，可她还是要试试，现下他一人如何追得上一匹快马，更何况沈绾有武艺傍身，他一个读书人根本不可能是对手。

待到马儿一步一步快要接近他且要超过他时——

林中突然闪出一个身影，提起刀径直劈断了马的前蹄，下手极为狠辣决绝。

身下的马儿发出一声嘶吼，一下便将她们二人甩下马去，那人收刀回鞘后立在一旁，静悄悄的，仿佛刚刚不曾出手一般。

胭脂再也撑不住，松开了手，沈绾忙一把拉住她，饶是如此二人还是狠狠地栽了跟头，在地上翻滚了几圈才停下来。

胭脂勉强撑起身子，雨点滴滴答答地砸在她的脸上，让她有些睁不开眼，她看着那马的下场，心中惴惴不安，朦胧间看见那人撑着伞一步步走来，如闲庭信步一般。

雨水顺着竹伞倾落，在他面前落成一道道水帘子，伞下的面容一如初见那般眉清目秀。

见他走近，沈绾忙抬起头冲他道："你放她走，我留下来。"她有武艺在身，先留下来稳住叶容之，待胭脂走远以后，她再想办法逃走，不过是轻而易举的事。

胭脂忙拉住沈绾，吃力道："不可……"自己留下来，他还能当她是夫子，除了下药旁的不曾亏待。沈绾就不同了，刚才一阵奔波她们早已力竭，且沈绾根本不了解他的为人，若是落到他的手里后果不堪设想，所以她现下只担心沈绾走不掉。

叶容之的目光越过沈绾落在胭脂身上，缓缓吐字道："夫子，夜深了，该回府了。"声如珠玉落盘，夹杂着雨滴落地的声音透入她耳中。

沈绾见他如此，更是觉得他心怀不轨，他这般作为分明是对胭脂起了心思。她有些骇然地冲他道："叶容之，她是你的夫子，是你的长辈，你这般藏着龌龊心思，是要叫她与你一道遭世人耻笑吗？！"

胭脂正绞尽脑汁想法子怎么让沈绾安然离开，突然听沈绾一阵嘴快说得颇为不像话，她根本阻拦不及，急得险些喷出一口血，又见叶容之看着沈绾，一脸的高深莫测。

她忙拉住沈绾，将她护在后头道："你莫要为难她。"见他未接话，又言辞恳切道，"阿容，我没求过你什么，只求你这一次，看在我曾经教导过你的分儿上，让她离开好不好？"

"胭脂！"沈绾急道，她看叶容之根本不是给胭脂身子下了药，而是给她眼睛下了药，这分明就是眼睛脱窗，怎么就看不出自己弟子的心思！

大雨倾盆，斗大如珍珠般的雨滴砸落下来，胭脂已然瑟瑟发抖，牙齿上下打战，自从离了乱葬岗她就越发虚弱了，连这么点雨都禁不住。

叶容之撑着伞向胭脂伸出手，指节修长白皙，雨落在他的手上，顺着指尖一滴滴落下。

胭脂见他这般便知是同意了，连忙拉着他的手，使了使力气却根本站不起来。

叶容之扔了手中的竹伞，拉起了她一把拽进怀里，将人打横抱起。

沈绾连忙站起身想要拦住叶容之，却被鬼魅一般立在一旁的人拦住，她往左他便往左，她往右他便往右，铜墙铁壁一样挡在前方，一步也靠近不了叶容之，只能眼睁睁看着他将人带走，沈绾气极："你这样是要遭天谴的！"

叶容之一步未停，面色平静道："吊起来。"

沈绾一愣，片刻后就被那黑影抓起来往大树走去。沈绾一下便明白过来，却根本挣不开，气得她破口大骂。

胭脂听到声音连忙挣扎起来，却被他强箍在怀里动弹不得，在雨夜中走了没几步，远处的马车慢慢驶来，到了跟前停下，车上穿着蓑衣的马夫跳下来撩开了帘子。

叶容之抱着她上了马车，帘子一放下便将风雨声挡在车外，里头一片漆黑目不能视，其他的感觉便更加明显，甚至能听见叶容之在她耳边的呼吸声。

马车里即便不会再淋雨，这浑身湿透的感觉依旧让胭脂受不住，她不禁打了个冷战。

叶容之突然俯身过来："夫子，冷吗？"或许是马车里头太过漆黑，他没能把握住距离，离得极近，那股清冽的男子气息扑面而来，她一眨眼仿佛还碰到了他的眼睫。

她连忙将身子往后倾了倾："你刚刚同意了的，不会为难她。"胭脂越发有些看不透他的心思，他明明对沈绾有所倾慕，为何如今又这般作为？

叶容之闻言坐起了身，不甚在意地道："这便叫为难了？"又伸手将马车里的一个箱子打开，拿了一套衣裳出来，对胭脂道，"夫子先把湿衣服换了，免得着凉。"

胭脂一身湿衣贴在身上，确实又冷又不适，只是再如何难受也不可能在弟子面前换衣，她勉力道："你放了她吧，她历来都是这般说话的。"

"夫子，若照她这样说，你我二人这可是有违伦常。"叶容之略带深意道。

淋了一夜的雨已让她很是不适，还要与他周旋实在太过累人，马车又一路颠簸，胭脂头昏脑涨道："她只是想岔了而已。"说完便极为虚弱地往后倒去。

叶容之俯身扶住她，将她轻轻抱在怀里，低下头在她耳旁，唇碰到了她的耳，他轻轻贴着她圆润小巧的耳垂摩挲，低哑道："夫子，若是她不曾想岔呢？"

胭脂气得发颤，这孽障竟敢这般折辱自己，她想要伸手去挡，却被他修长滚烫的手抓着，轻轻顺着她的手腕往上滑去……

胭脂一阵气血翻涌，随即便模糊了意识，她想，当初究竟是如何招惹了这孽障……

壹 阿容

她是死人脸颊上的一抹胭脂，因怨气幻化而成，喜好游荡乱葬岗。

乱葬岗鬼魅精魂遍布，那些精魅性子自不必说，时常间歇性丧心病狂，她也好不到哪里去。因怨气太重且性子乖戾，与别的精魅相看两厌，动不动就掀翻地皮打上一架，方圆百里鬼哭狼嚎，搅得孤魂野鬼都不得安宁。

夜黑风高，胭脂和精魅正准备干架，可地皮刚掀到一半那精魅就跑了，她只得慢慢悠悠把地皮翻回去。这时身后却有个精魅猛地偷袭而来，她被这无耻行径激得怨气滔天，反手一掌，就打得那精魅奄奄一息。

后来胭脂才晓得，她打的是地府派来敛鬼的鬼差，那鬼差见她满身怨气便来敛她，反被她拍回了地府。

乱葬岗是鬼魅精魂聚集之地，嘴碎者不可避免，树上的叶儿才堪堪落地的工夫，方圆百里几个乱葬岗就传遍了。

地府震怒，连派十二名鬼差来捉胭脂，她虽打不过一群鬼差，但鬼差也抓不住她。

她整日被扰得烦不胜烦，只好离开了乱葬岗，往深山老林里晃荡。

夜里幽深寂静的树林中雾气弥漫，叶儿苍翠欲滴，胭脂飘过时带起枯叶，一阵阵落叶声传来，在渺无人烟的幽林里颇为瘆人。

胭脂飘了没多远，忽然停了下来，没了落叶声，林子越发沉寂，比之刚才更添几分紧迫感。

她眯了眯眼，忽然往前掠去，正待一掌拍下却生生卡在半道欲收不收，一身煞气未及收起又透出些许讶异。

阴森恐怖的深山老林里躺着一个小儿，实在颇为诡异，而此处又有一股祥和之气令她通体舒泰。她为怨气而生，从来都是阴阴冷冷，如此一来，身上的怨气倒是消了许多。

这小儿面皮长得倒好，只是右边额头到眼下有一大块红色的印子，像姑娘家抹了胭脂似的。

可惜了，若是没这块印子，就这面皮长大了只怕连乱葬岗上“人人”称道的鬼戏子青衣都比不上。

那青衣长得可叫一个风流倜傥、玉树临风，方圆百里没一只精魅比得上他的一个指头，可惜死得早还冤，整日“咿咿呀呀”神神道道的，可架不住面皮好，音色好，来来往往都爱看，乱葬岗里的名头也独一份。

胭脂端详了一番，发现没什么得趣的，就往别处晃荡了，没飘远却发现自己又变得阴阴冷冷的，她默了默又飘了回去，果然又有了那种气息，只是越发淡了，大抵是这小儿快要死了。

这种病入膏肓、奄奄一息的人，她在乱葬岗见得多了，还没死透就抬了过来，那些孤魂野鬼闲得慌还设了赌局，赌人几更死。胭脂也玩过几把，现下看来，他至多活不过五更天。

不过她很是舍不得，这种祥和之气从没有见过，凡人身上能有，是好几辈子也修不来的，就这么失之交臂未免可惜。

思来想去，胭脂还是将小儿移到临镇的医馆门口，又引了块拳头大小的石头砸了门。

过了半晌，脚步声匆匆而来，开门的是位蓄着胡子、瞧着慈眉善目的大夫。他一看地上躺着个人，先唬了一唬，再看见地上的石头，又看自家的门被砸掉了些色，当即变了脸，一脚踹去，怒道：“哪来的乞丐，大半夜的上门找晦气，真是倒了血霉，呸！”

胭脂饶是反应再迅速，也架不住这人脸变得这般快，只能眼睁睁看着小儿摔在地上，气得胭脂引起石头砸烂了他的门。那大夫看着凭空而起的石头，尖叫一声便吓晕了过去。

胭脂无可奈何，只能控了那大夫的魂，引他慢慢爬起来如同行尸走肉一般走上前，抱起了小儿往医馆里间走去。

控魂极其凶险，稍有不慎就可以夺了命，胭脂一点不敢懈怠，紧紧跟在后头。

大夫先诊了脉，接着掀开了那孩子的衣服，发现他浑身上下没一块好皮，新伤叠旧伤。胭脂在乱葬岗也见过很多重伤而死的人，可是从没在这么小的孩子身上见过，他瞧着也不过五岁的模样。

大夫煎了药喂他喝下，又给抹了药，烧才慢慢退下去。

窗外的天空灰蒙蒙的，在晨曦和黑夜之间。

胭脂闲着没事正引着那大夫吃泻药，里间传来窸窸窣窣的声音，胭脂飘去一看，是那小儿醒了正在穿衣裳。胭脂飘到他身旁，看着破布一样的衣服，不免感叹，乱葬岗的死人身上都找不到这么破旧的衣裳，活人还不如死人的行头好。

他穿好衣服，抬着小胳膊小腿慢慢爬下床，一步步挪到门槛处，扶着门往外跨去。

石板路上有些路人经过，临街口的包子铺已经开张，一个个白面馒头圆滚滚热腾腾的，直冒白气，远处走来担着扁担的挑夫，天还没亮透镇上就慢慢热闹起来。

小儿一步步似龟行，快近午时才出了镇外，一路上是望不到边的黄土地，路旁草木杂乱无章。

走了大半个时辰，远处驶来一辆马车，在小儿面前稍停，问道："小儿，这附近可有歇脚的地方？"赶车的是个小厮，行了好久才看到人，自然是不管年纪先问上一问。

"有，给银子便告诉你。"

小厮一愣，没想到年纪这么小的孩子竟会开口讨要好处。

马车里的少年掀开车帘睨了男孩一眼，一脸倨傲。这样唯利是图的人他见得多了，这么小就知道为己谋利，以后会追逐更大的利，甚至不择手段，"三岁看到老"这话不是没有道理的。他看不惯这样的人，眼皮也没抬便扔了一锭银子，道："够了吗？"

正巧扔到了胭脂的脚旁，她低头看了眼，不由得翻了个白眼："哎呀，这么小的一块，塞牙缝都不够，还这般鼻孔朝天。"看着小儿捡起小碎银，她弹了弹指甲嘲讽道，"胃口可真小，这点就满足了。"

那小儿抬起头看了她一眼，胭脂一惊，险些弹飞了指甲壳，这也是巧合？！

这一眼看得她毛骨悚然，可明明她才是让人觉得毛骨悚然的那个！

那小儿对胭脂身后的小厮道："前面岔路口往右，一直走就能到镇上。"说完便转头继续走自己的路，没再理会他们。

胭脂缓了一口气跟上。

这一走就走了大半天，近黄昏时才进了一个村庄，一大片一大片枯黄的田，来来往往的人看见男孩，不是如碰见瘟疫一般避走，就是在一旁指指点点，满脸讶异。

“叶家的不是说这扫把星已经病死了吗？”

“我昨儿个听说扔北边的林子里去了。”

“自从他们家生了这么个怪物，连累了咱们村，我们这一大片的收成越发不好了，真是造孽啊！”

“叶家的也不要脸，明知道自家有个扫把星还不搬走，死活要在这儿拖死咱们！”

“以后可怎么活哟！”

胭脂飘到小儿跟前，上下打量一番：“看不出来你还是个扫把星啊，你有什么能耐？”

乱葬岗也有这种，据说生前就是扫把星，变成了鬼魂就更变本加厉了，但凡出现，不是下绵绵细雨，就是下倾盆大雨，害得大家都不能飘出来赏月听曲。

一想到听曲，胭脂道：“阎王害得我一直东躲西藏，都许久没听青衣唱曲了，那青衣长得那叫一个俊俏，我见过的没几个能比得上他，可惜就是太俊俏了，这样的面皮当个戏子，啧啧……”

她在乱葬岗久了，聊得投机的精魅很少，打得起劲的倒不少，闲得无聊只能自言自语打发日子了。

待到了院子，他站在门口半晌不动，胭脂听见里面欢声笑语，一个男孩清脆地道：“今日只有我一个人回对了夫子的问题，夫子还说我日后必成大器！”

女声道：“那是自然，咱们二虎自然最聪明，还用劳什子夫子说，我的宝哟！”说完“吧唧”一声亲上去，笑声四起。

小儿听得差不多了才推了木门进去，胭脂也飘了进去，一进去就听见尖厉叫声，胭脂差点以为这妇人瞧见了自己。

一个腰肥体圆、粗布麻衣的妇人回过神来，立即冲着身边的男人问道：“不是扔林子里了吗？”

那男人看见小儿也愣了愣，明明扔林子里时都快咽气了，现下又回来了，真是甩也甩不掉的扫把星。他也不废话，冲上前去抬手抡了一巴掌：“糊弄你老子是吧，看老子不打死你！”

男子见他不声不响，左右环顾后，随手抄起靠在墙角的扫帚抽打过去。

那扫帚挥得呼呼响，她这样的阴物看着都觉得疼，这小儿却一动不动地受着，那眼神明明十分平静，却叫她看着有些心惊胆战。

这样的眼神她在乱葬岗里见过，是个极其狠厉的精魅。那精魅生前嗜杀成性，下手极为残忍，又善于伪装，为人处世圆滑世故，据说曾位极人臣，害死的人不计其数，以至仇家太多落得不得好死的下场。他死后不愿投胎，地府的鬼差看见也都退避三舍。

那只精魅就是这种眼神，瞧着安安静静的无害模样，可骨子里却是带着毒的倒刺，旁人一旦被盯上必然生不如死。

那是乱葬岗里唯一一只她不敢惹的精魅，不只是她，乱葬岗方圆百里的鬼魅精魂没有一个敢往他跟前凑。当然也有不识相的往上凑，皆是落得魂飞魄散的下场。

这般小的年纪，就已经隐约有了那种让人背脊发凉、脚底发冷的感觉，若是长大了，会不会比那精魅还要可怖?

妇人在一旁捶胸顿足，叫骂了好一会儿，篱笆外聚满了看热闹的村民。

男人越发觉得没劲，小儿始终没有讨饶惨叫，用再大的力气都没有动静。生了这么个怪胎，真是倒了八辈子的血霉，打得没趣，便骂骂咧咧地让他去干活了。

小儿费了好大劲才从地上慢慢爬起来，抿紧了唇，额上的汗如绵密细雨，顺着长直的睫毛滴下，脸色如纸般苍白，显得脸上的胎记更加鲜红，原本粉雕玉琢的相貌，平添了几分诡异。

胭脂默默往后飘了几步，这神情模样太像了，她是见过那精魅发作前的模样，那股子阴狠劲就死死压着，表面瞧着一片风平浪静，但事实却并非表面看到的这样，她现下瞧来颇为瘆得慌。

篱笆外的村民见没什么热闹可瞧也就散去了，妇人抱着孩子进了屋里，男人也跟了进去。

胭脂细细打量这一家子，觉着很是奇怪，这对夫妻长相极为普通，怎么生的孩子眉眼如此精致，再看妇人抱着的孩子也是长相普通，莫不是因为生得太好看，所以又给加了块胎记以示公平？她想了想，觉得地府办事还是很公道的。

小儿一步步慢慢挪到了屋子后头，胭脂跟了上去，趋利避害是本性，这小儿这么小的年纪就已经有那精魅的七分做派，只怕日后更是“青出于蓝而胜于蓝”，不过她这样的阴物是不用怕的，反正他又瞧不见她。

屋后头有个露天的木棚，棚下方有一个灶，上面摆着早已冷掉的剩菜残羹。

他慢慢靠在灶旁坐下来，看着身上的伤，默然不语，他明明没有哭，表情也很寡淡，却让她觉得很荒凉，压抑得无法透气。

他休息了片刻，起身随便吃些便开始收拾，她才想起来，小儿整整一天都没有吃什么，农家哪有闲钱，这灶上摆着的自然好不到哪儿去，就是拿去喂狗，只怕也要遭狗嫌，可是却偏偏有人得吃这些。

等他忙完一堆杂活以后，已是深更半夜了，胭脂以为他要去睡了，跟着他到了屋前头，却见他推开篱笆的门往外走去。

他本就身子没好全，又挨了一顿打，遂走得极慢，待穿过几片稻田，蹚过一条小溪，才终于到了一座木屋门前。

小儿敲了敲门，屋里的人半天才模糊地应了一声，想是扰了人清梦，里头的人披着衣服打开了门，是一位书生模样的男子，此刻正一脸讶异。

小儿从怀里拿出白日得来的银子递到男子面前，看着他："你先前说过的话还算数吗？"

男子："自然是算数，没想到你真能弄到银子。"男子顿了顿，笑中带着些许鄙夷，道，"不过这钱，不会是你偷来的吧？"

小儿没接话，只是面无表情地看着他。男子自觉无趣便转身回了屋里，再回来时手上拿了一本书，他递给男孩："今日就给你这本，日后若还想要都来找我。你有多少银子，我就有多少本书卖给你，只是你不可让旁人知晓我与你有什么瓜葛。"

他寒窗苦读数十载，虽未曾金榜题名，但也知晓这天灾与人没有半点关系，村里的人大多愚昧，这孩子又是凑巧在这个时候出生，脸上还带着这般大的红色胎记，且更凑巧的是，在他出生后方圆百里的稻田收成每况愈下，时间一久，村中的人便觉得这孩子是不祥之人，都是他的错。

若不是因为自己需要银子，他根本不会与这个孩子接触，他一个教书先生要在百竹村立足，自然不能和村中都不喜的人有什么瓜葛。

更何况这个孩子又极会揣测人心，一眼便能看清自己背地里的心思。

谁都不会想和一个一眼就能看清自己的人过多接触，更何况这个人才堪堪六岁尔，怎不叫人心生忌惮。

小儿伸出手接过书，小小右手放在书面上摩挲，胭脂瞧了一下觉得有些稀奇，他买这官家的律法典册来做什么？

半晌，他抬起头对教书先生道：“只要你不说，旁人不会知晓。”说完就转身走了。

男子在百竹村受尽了礼遇，哪个不是对他客客气气的，还没有这样不受待见过，顿时一口气血涌上头，怒道：“半点不知礼数！”便气怒地甩上了门。

待小儿抱着比他头还大的书回到屋前，胭脂心想这回总要回屋睡了吧，这一天也不知奔波过多少地方了，他也不嫌累得慌。

却没想他又到了屋后头，把书放在灶旁的杂草堆下，便在杂草堆上躺下。

胭脂这才知道这大抵是他睡觉的地方了，这与乱葬岗的死人有什么分别？

她想了想，还是有区别的，乱葬岗的死人至少还有一卷席子呢！

就连乱葬岗的鬼魅精魂也有居所，他们或借居在旁人的坟墓中，或找一些瓶瓶罐罐居住在里面，胭脂也有居所，在一位前朝千金小姐的坟墓中。

当然这么好的住处每日都有不识相的精魅找来哭闹争抢，是以她每日都要费功夫收拾那些动歪心思的，很是操劳。

小儿刚躺下没多久便睡着了，胭脂瞧着他安静无害的样子，性子阴郁也是有缘由的，若是她来这么一遭，只怕就不是性子阴郁这么简单了……

天还没亮透，鸡就打鸣了，他还没睡上半个时辰，就得起身到河边打水淘米做饭，又打了水送进屋里伺候，还不时传出谩骂埋怨。

胭脂在一旁瞧着，不由得撇了撇嘴，暗道：这般干活，用不了几年他的身子就会被掏空，不过倒是个能扛的，昨日大病初愈后就没好好休息，还能撑到现在。

胭脂觉得这般很不妙，他越能忍，收得越紧，这要是一下子放开，后果不堪设想。

胭脂不想再听那些谩骂声了，瞧着天气晴好，打算出去晃荡一圈。

她想起小儿身上的气息，自己不过在他身边待了两日，便觉得周身气息十分通畅。胭脂琢磨着这是个好居所，而旁的事她管不了也不想管。

待她晃荡一圈回来，就见他正在砍柴，显然没有一刻是停歇的，这般一天到晚干不完的活，挨不完的打骂，又瘦得跟牙签似的，早晚得下地府报到去。

胭脂飘过去，小儿也停了下来，看向篱笆外，她顺着他看的方向看过去，一个卖货郎吆喝着走过，一个男人抱着一个粉雕玉琢的小儿路过。

男子怀里的小儿看见卖货郎便叫嚷着要吃糖葫芦，抱着他的男子宠溺地摸了摸小儿的头，向卖货郎买了一串，又轻轻嘱咐：“可不能全吃了，否则牙就疼了。”

小儿一边吃着糖葫芦，一边嘟着嘴讨价还价道：“爹爹，若是我今日再背一篇诗，能否多加一颗？”

男子笑着捏了捏男孩的脸，答应了。

胭脂看着小儿，他还是那副淡漠的表情，不悲不喜不羡慕的样子，却让人看着更加难过，她想……她昨日大概是错了，地府哪里公道了？

有些人想吃糖葫芦张口就能吃到，而有些人……可能一辈子也吃不到。

胭脂心里忽然有些发闷，她不知道自己是在可怜他吃不到糖葫芦，还是在感叹世道不公……

每日干活，挨打受骂是家常便饭，碰到村里的人也会被冷言冷语地讥讽或当狗似的叫骂，久而久之，内心难免不生怨愤，只怕会做出什么过激之事。胭脂隐隐为百竹村的人捏了一把汗。

小儿越发阴沉了，没有再开口说过话，若不是胭脂先前听过他说话，还真会觉着他是个哑巴。他买的那本书倒是每日都看，不过他也没有多少时间，白日里有干不完的活，到了夜里又看不清字，每每都是匆匆忙忙看一眼记在心里。他不认识字，只能照着那些字比比画画，在地上书写。

他很聪明，可以说过目不忘，一个字看一次便会写了。不过又有什么用，没有夫子教他，不知这个字如何念，不知这个字是何意，这样依葫芦画瓢学来又有何用呢？

青衣唱的戏里，多得是寒窗苦读的书生，她知道穷苦人家的孩子若是想要出人头地，便只能考科举。

可他没有夫子引进门，就如这般瞎子过河，便是苦读一辈子也没有半分用处，况且他在村里又是出了名的扫把星。

胭脂是从来没有听说过这样的出身能当上大官得到重用，就是在青衣唱的戏里也不曾见过，一般来说都是配角的料。

胭脂看他每日这般做无用功，有些惋惜，他聪明又勤勉，若是有人将他引进门，日后必能学有所成，对他这样的性子也会有所益成，然，到底是可惜了。

这日狂风大作、夜雨飘洒，照乱葬岗的规矩，滞留人间的鬼魅精魂瞧着本就凄楚可怖，还在这样的雨夜里飘飘荡荡做凄楚状招晦气，多半是要被闲话的。

乱葬岗的精魅又极是嘴碎的，平日里也没什么事，就这么点小事也可以翻来覆去念叨个没完，是以没几个精魅敢坏了这规矩。

胭脂虽不在乱葬岗了，但也不耐烦这种雨夜飘荡出去，永世不能投胎就怪凄惨了，没必要再找这么荒凉的背景来衬托自己，便窝在这小不点旁边瞧着他看书了。

这外头下暴雨，里头下小雨，风吹得摇摇晃晃竟然也不倒下去，这棚子也是怪牢靠的。瞧着这番凄楚萧瑟的模样，胭脂不由得看向他，感慨道：“这般也可以了，至少比狗住得好些。”

见他正用手指比画着字，比画完又看着书上的字出神，想来他也知道，这样学毫无用处。

胭脂不知他究竟在坚持些什么，就算整本书的字都会写了，不能知晓其义，对他来说也不过是鬼画符。

她瞧着他低着头可怜巴巴的模样，便凑过去瞧了一眼，看着他手指点着的字，道：“这个字念‘容’，你们人有句话说得好，‘海纳百川，有容乃大。壁立千仞，无欲则刚’，这里头便有这个‘容’字。”

他低着头默然，胭脂安慰道：“你这官家律法太过无趣，还是青衣唱的戏有趣，等你死了我们一道去听吧，反正你这牙签似的身板也撑不了几年。”

他看着那个字，嘴唇轻启，念道：“容？”

胭脂瞪圆了眼睛看着他，他识字？

“海纳百川，有容乃大。壁立千仞，无欲则刚。”他顿了顿，像是琢磨了一遍，不得其义，便抬起头一脸不解地看着胭脂，“听不懂。”

胭脂一惊。她一下弹离他身边，死死贴着灶边，将他从头到脚又从脚到头扫了一遍，双目惊恐地看着他，颤巍巍道：“你看得见我？”

他眨了眨眼。

“在林子里就看见了？！”

他一脸无辜地点头。

胭脂疑道：“既然看到我了，又为何装作看不到？”

小儿面无表情道：“我怕。”

这确实是一个小儿该说的话，只是和这副表情有些不搭。

她顿了顿，很是疑惑：“我长得这般面善，你怎么会怕呢？”

小儿明显噎了一下，想是没见过这般不要面皮的，这会儿倒是有了几分好奇，问道：“你是鬼吗？”

胭脂缓过劲，想要挽回点颜面，便换了个舒服的姿势跷起二郎腿，挑了挑眉傲然道：“鬼？我可比鬼厉害，乱葬岗的鬼有八成被我揍过，七成半现在见到我都是哭号而逃。”

她第一次遇见阴阳眼，没想到还能和凡人说上话，这是一件多么让同类们羡慕的事。要是让乱葬岗的那群鬼魅精魂知道，还不得飞奔而来围着他说上三天三夜，直说得口吐白沫为止……

小儿一时无语。

要是可以，他还是蛮想看看众鬼哭号而逃的模样，想必会很有趣。

他弯了弯嘴角，想露出个笑模样，可一想到自己这般处境，又有什么资格笑，片刻嘴角就落了下去。

胭脂见他一副连笑都不会的模样，问道：“怎么了？”

小儿眼神黯淡，摇了摇头。

胭脂默然，若是让她住在这样的棚子里，她也是笑不出来的。

见他手抚摸着书，她便问了一直都想问的问题：“你为何要识字？”

他低下头看着书本，手在书面上摩挲，说道：“村里的夫子总对他的弟子说，学问好的才能出人头地。”他顿了顿，眼底有些黯然道，“我……不想再过这样的日子。”

他才六岁，不是十六，也不是六十，不过一个小娃娃，眼里却满是荒凉。

胭脂在乱葬岗见过那么多是是非非，知晓有些事情就是注定的，他就算学富五车又能如何，他这样的出身，但凡有点眼力见儿的官都不会让他入仕，生怕上头忌讳牵连自己。本就非亲非故，何必为旁人冒这个险。

更何况官场险恶，明争暗斗无数，仕途不是光靠读书识字就能走得通的。

胭脂看着他，欲言又止，他确实没有别的路可走，待在这里是死路一条，生养他的摆明了要往死里折磨他，可离了这里，他又靠什么吃喝。若是去帮人打杂，他年纪幼小，雇主自然不会要，可不走又怕他熬不到长大。

不过想这么多也无用，现下对他来说，识字是好的，读书识字修养身心，她既然承了他身上的祥和之气，那便教他识字当是回报吧，至于往后如何便往后再说。

“我若是教你，你可愿意学？”

小儿一愣，随即一脸希冀地问：“你说的是真的？”

胭脂道：“自然当真，我家中多得是藏书，往后可有你学的。”那位千金小姐生前想必是个书痴，陪葬品中有一箱子一箱子满满的书，是以胭脂不是个普通的阴物，她是个有书香气的阴物！

小儿闻言极为欢喜，眼里带着满满的笑意，对着胭脂脆生生道：“见过夫子！”

胭脂觉得这个称呼颇为新鲜，便十分受用地颔首问道：“你叫什么名字？”

他闻言，眼里的笑意沉了沉，道：“我没有名字。”

胭脂心下了然，即便有名字只怕也不是什么好名字，她抖了抖二郎腿：“既如此，我给你取个字。你家中长辈姓叶，毕竟是生养你的，姓氏还是不可丢的，刚才那个‘容’字也恰巧适合你。”

她颇有深意地看着他道：“受益惟谦，有容乃大，你往后就叫容之。”

雨声渐停，雾气弥漫，雨后混着青草泥土的清新气息扑面而来，颇为心旷神怡，一切才刚刚开始……

天清气朗，日头高升，篱笆围绕的后院散落了阳光，篱笆外是一条清澈见底的小溪，水下石子棋布，小溪那头空旷无物，远处竹深似海，竹间风动清凉。

胭脂头一遭做夫子，自然是颇为勤勉的，为此还特地回了趟家中，顺道逮到了几只赖在她家中的精魅，胖揍了一顿，

隔壁住着的几只精魅纷纷飘出来作壁上观，最近这阴物不在，他们已然很久没看花式打戏了，再加上青衣又开始犯病，整日哭哭啼啼个没完，反反复复就一句唱词，有几只新来的精魅抵不住这架势，还听吐了……

是以他们近来的日子很是难熬，今日总算有了些可以唠的话头。

待那几只精魅泪流满面、哭号而逃，他们便各回各家了，待晚间精魅多热闹的时候再飘出来唠。

只余胭脂一只阴物，慢慢将地皮一块块翻了回去，她不由得怒道：“一群看戏的，也不知道帮忙把地皮盖回来。”

待收拾好，她回到千金小姐的坟墓中，搜刮了所有的陪葬书籍，这些东西她是用不到的，那位骨头都化成了灰的千金小姐自然也用不到，放着也是放着，拿去给阿容正正好。

他这种一不小心性子就要往阴暗路线走的人，要多给他讲讲礼义廉耻的故事，耳濡目染，慢慢教化。再教他读书识字，有了才学，眼界宽了，想事情也就不会走死胡同。

她既承了他身上祥和之气，自然是要多为他做打算的。

只是叶容之却没有多少时间，他一天到晚干不完的活，还要抽空挨几顿揍，等闲下来也到了半夜时分。

是以胭脂白日就给他读读话本子，待到夜间，便带着他到山里抓些萤火虫，照着读书识字。

胭脂讲着千金小姐陪葬中拿来的闺房话本，里面的故事颇为缠绵悱恻，但是也有正邪之间的对立，胭脂觉得大部分还是有益处的。

她飘在篱笆上，对着正在劈柴的叶容之问道："你来说说，若是让你选，你想成为这书中的哪个人？"

叶容之想也没想便回答道："大官人。"

胭脂一时无语。

是她读的故事和他听到的不一样吗，为何他把大奸大恶的配角儿记住了？

她闷着一口气道："这……不合常理吧，常人都是想当大英雄的，你看看正角儿在美人危难之时挺身而出，又肯为朋友两肋插刀，你应该要当这样的人才是。"

"太蠢了。"

"那是被大官人陷害而死的，你看这配角儿阴狠狡诈，用心险恶，还利用友人，人品太低劣了。"

"可正角儿自己斗不过旁人，只想着死守自己的忠义不懂变通，害得旁人因他而死，他与大官人没什么区别，只是太蠢笨了而已。"

胭脂也有同感，是蠢笨了些，这点她无法反驳，但今儿个讲这故事的目的还是要达到的，便道："无妨，你若是不喜欢正角儿那样的路数，那便换个角色吧，但是不能选大奸大恶之徒，那大官人摆明了就不是好人……既如此那就大美人吧。"她勾起一抹意味深长的笑，"美人儿多好啊，天生尤物，倾国倾城，大官人的还不都是她的。"

通过往后十几日里的话本熏陶，叶容之已经越发向正面人物看齐了，虽然他每每最先选择的都是奸恶的配角儿，但最后都会回到正角儿上。能有如此大的转变，可以说胭脂在其中发挥了很大的作用，其实就是一旦发生分歧，胭脂便会反复劝说。

"实在不喜欢侠客，那就当风尘女子。"

"瞧不上王爷，旁边那个太监也是可以的。"

"书生不做，那就做那个大家闺秀吧。"

月挂枝头，天边夜幕洒满璀璨夺目的星，缥缈如烟的云环绕星间。

胭脂带着他到山中读书识字，正打算徒手再抓几只萤火虫，突觉周围气息不对，果不其然，山里钻出了几只精魅，正对着胭脂愤怒地号叫。

胭脂反手劈向前排那几只号叫得最响的，瘫着脸道："听不懂，说官话。"

叶容之抬头看了她一眼，一脸疑惑。

胭脂瞧他充耳不闻的样子，这都能当没看见，难怪自己屡次被蒙蔽。等他死了便带去乱葬岗，让他跟着青衣学唱戏，假以时日绝对能成为红遍乱葬岗的台柱子。

那几只精魅退后几步，上下打量了胭脂一番，其中一只道："你是哪儿来的，可有编号？我可告诉你，这里不是旁的什么地方！凡事讲究个先来后到，都是要编号的，你可不能一直霸占着小祖宗。"

"什么编号，什么小祖宗？"胭脂掏了掏耳朵，一脸不在乎道。

话音刚落，场面越发混乱起来，几只精魅蹦蹦跳跳，一副极为恼怒的模样，其中一只指着叶容之，对胭脂道："小祖宗供养你这么多日，你竟不知道小祖宗是谁！"

"呸！"

"无耻！"

胭脂试着开口，但还没吐出几个字，就被淹没在他们的号叫声中，众精魅完全沉浸在自己的世界里，半分也出不来。

叶容之身上的气息，可以滋养这里的鬼魅精魂，他们自然会尊他为祖宗。难怪这村中的收成年年不好，各类精魅齐聚于此，阴气过重如何能有生气，如此看来，叶容之确确实实是村里的灾星。

胭脂看了一眼身后纹丝不动的叶容之……这样的场面，他不该有所反应吗？面对这一群喊他祖宗的鬼魅精魂，他不应该出面处理下？

"阿容。"

叶容之眼里流露出深深的疑问，胭脂闷着一口气，他竟现下还当那些鬼魅精魂不存在，就算看不见他们有碍观瞻的皮相，难道听不见他们的鬼哭狼嚎？

胭脂瘫着脸对他道："让你这群徒子徒孙闭嘴，吵得我脑仁儿疼。"

他颇为疑惑道："夫子你在说什么？"他骤一开口，那群"孙子"就闭了嘴，周遭瞬间静得落根针都能听见。

胭脂一时无语。

叶容之见胭脂无言，便站起身向胭脂走了几步。

前头几只精魅忙四下飘荡，在叶容之身旁卑躬屈膝，大惊小怪道：“哎呀，小祖宗小心呀，你可要千万小心地下的石头啊，别磕着哪儿啊！”

胭脂无语：要点脸行不行，好歹道行也不低了，这模样叫乱葬岗的鬼魅精魂看见，必然直接自戳双目……

实在是看不下去了。

叶容之到了跟前，抬着一张小脸，皱着小眉头看着胭脂：“夫子，你怎么了？”

胭脂见他神情不似作伪，便疑道：“你看不见他们？”

叶容之一下警惕起来，看了一眼四周：“有什么？”四周的精魅忙“咿咿呀呀”地躲起来，避开他的眼神。

胭脂想，这一切必是她的错觉，这群精魅的行为完全对不上他们粗犷的外貌，胭脂闭了闭眼，深吸了一口气，再睁开眼，果然……还在……

胭脂别过眼不去看他们，对叶容之道：“你看不见这些鬼魂？”

叶容之摇了摇头：“我只看得见夫子。”

那群精魅见叶容之不再一脸煞气，又“咿咿呀呀”地靠过来，一脸崇拜羞怯……等等，羞怯？！胭脂快被这群精魅给弄瞎了。

对于阿容只看得见她，而看不见旁的精魅，她也不知这是怎么一回事。她是一抹胭脂，靠怨气而生，能苟活于世本就是一种侥幸。

他看不见鬼魂便不是阴阳眼，她虽不是鬼魂，但凡胎肉眼也确实是看不见她的，或许只是一种巧合，正如她本只是女子修饰容颜的一抹胭脂，却凑巧集怨成灵。

只是这些说与他听，他又如何能明白。

胭脂想了想，还是挑了个好理解的说辞：“你既看得见我，便是你我的缘分，看不见他们自然是与他们无缘。”

刚才还“咿咿呀呀”、乖巧地窝在叶容之旁边的精魅听到这里，一下子就暴怒了，对着胭脂七嘴八舌地叫嚷道：“你一个脱离六道之外的怪物，竟然敢造谣蒙骗我们小祖宗，说我们和小祖宗无缘！呜呜呜……”

“无耻！”

“呸！”

“小祖宗，她是个骗子，可不能相信！”

这群精魅的聒噪之音胭脂充耳不闻，她对叶容之笑道：“今日就到这儿吧，你若是不怕，明日我们还来。”

“好。”

转眼过了一年，叶容之极其聪慧，过目成诵，胭脂所有能教的都教了，后来实在教不了，便找了许多的名家书策给他，至于能领会多少，就全看他自己了。

这些书都是珍藏本，普通人家是没有的，都是胭脂每每飘荡到大户人家的陪葬棺木中找来的，可是费了一番工夫的。不过好在有那群聒噪的精魅，因她前前后后修理了他们好几次，这群懒鬼才愿意帮忙打探，要不然还真如大海捞针。

那群精魅也许久处山中，不接触世外，颇为天真烂漫，以往除了绕在阿容身边让他养，别的什么也不曾做。

现下阿容每日夜里会去山中，他们就等在山里，胭脂起初还觉得他们倒是识趣，没有跟来身边聒噪，后来才晓得这哪是识趣，分明就是懒，难怪当初恼怒成那个样子也只是站着动动嘴皮子，原来是怕动手累得慌。

起初他们在胭脂耳旁号叫的时候，她很是头疼，在乱葬岗这么清冷的地方待久了，自然是不习惯这样吵闹的，但是时日一久，倒也习以为常了，他们哪日若是消停了，她还真有些不习惯。

今日是阿容的生辰，这是山里精魅告诉她的，他以往不曾过过生辰，胭脂觉得可惜，她知晓凡人每年这时都会做席面请客人到府庆贺生辰，再不济也会煮碗长寿面，可他从来没有过，只怕他自己都不晓得自己的生辰。

他以往吃得不好，初见他时是六岁，个头却像四五岁。这一年来，胭脂每日都带着他在山中吃野味，他渐渐长了些肉，不再瘦骨嶙峋，看着也没那么阴沉了，唯一不变的是他家中人的打骂使唤和村里人的鄙夷嘲讽。不过胭脂每日都教他强身健体之法，是以他如今还能活着，要不然早不知被扔到哪个林子喂狼了。

她这几日忙着准备叶容之的生辰，而乱葬岗的青衣也出了新戏，胭脂这头要追着听戏，还要想法子躲着地府的鬼差，三头顾着极为忙碌，几日未曾回过百竹村。

这日回到村里，便发现他有些不对劲，胭脂试探道："这几日可看了什么书？"

他闻言，略带着一丝委屈地看了胭脂一眼，又继续低头干活。

"怎么，是他们又打骂你了？"她十分不解，照理说打骂是家常便饭，他早应该习以为常了才是，但除了这个也没有别的事可以让他委屈的。

他泫然欲泣道："我以为夫子被道士抓了去，再也回不来了。"

胭脂有些惭愧，在他眼里自己竟然这般弱，这也太丢颜面了！

她往院子里比较阴凉的角落飘去，靠坐在草堆上，弹了弹指甲，漫不经心道："莫怕，他们不过是些沽名钓誉之辈，根本不是我的对手。"

他闻言一副不太相信的样子，皱着一张小脸道：“那夫子可否别一连几日都不回来，我实在有些怕。”

“往后不会了，这几日有些忙。”她本想说天下无不散的筵席，她不可能一直陪着他，可看着他落寞的样子，就没说出口。

罢了，陪他几十年又如何，于她来说不过短短一瞬。胭脂道：“听那群精魅说，今日是你的生辰，我这几日为你准备了一份贺礼，晚间带你去林中瞧瞧。这是你第一次过生辰，一定要让你热热闹闹过得开心。”

叶容之闻言，竟有些说不出话。他这样的人，哪里会有人替他庆贺生辰。如今他有夫子了，夫子会给他过生辰，会给他备贺礼，会高兴他又长了一岁。

他看着胭脂，展开了笑颜：“多谢夫子，以后阿容也要给你过生辰！”

到了半夜，胭脂与叶容之一道往山里去，才刚出村子，就见官道上迎面跑来一匹快马，眼看着就要撞上叶容之。

胭脂连忙施了道屏障让马强行停下，马上的人却因马突然急停飞了出去，落地时翻了几个滚，头恰好磕在石路边的尖石子上，人瞬间就没了动静。

胭脂觉得不妙，叶容之连忙快步上前查看，手指探向鼻间，片刻后，叶容之抬起头看向胭脂，满目的失措惊愕。

胭脂见状，心里“嗵嗵”几下，暗道：这回怕是完了。

她心中慌乱，自己竟然害了人命……

胭脂在乱葬岗听过许多精魅害人性命的事，下场皆惨不忍睹。她历来循规蹈矩，从不敢伤人半分，如今却犯了滔天大罪，加之先头打伤鬼差躲避追捕……看来她的命数到头了。

“官差找来也看不见你的，夫子不要怕。”叶容之快步走到胭脂跟前，看着她心神不宁的样子，忙安慰道。

胭脂一时无言，他年纪这般小，眼前死了个人竟然半点不怕，还反过头来安慰她，真是不知他是年少老成，还是……根本不把人命当回事。

一想到这儿，便有说不出的心寒，她怕是半点也没有改好他的性子。

躺在地上的少年着华服，驾良驹，必定出身富贵，凡人虽看不见她，却能看见阿容，若是官差找上他，那下场必然不会好过。

胭脂看了眼躺在远处的少年，连忙道：“我们快走。”

话音刚落，远处那人便坐了起来，不，应该是他的魂魄坐了起来，看着胭脂和叶容之，一脸茫然。他起身一看，自己的肉身还躺在地上，大吃一惊，又试了试回自己肉身，可一接触就被弹了出去。

胭脂觉得不妙，人的魂魄一旦离体，鬼差就会前来捉拿魂魄，而鬼差来看见她必定会抓她回去，下了地府她只怕难逃魂飞魄散。

胭脂示意叶容之快走，那少年见胭脂能看见他，连忙追了上来："你们可知我如何能回我的身体里去？"说完又好像不能接受一般疑惑道，"难道我就这样死了？"

胭脂愧疚得无地自容，一个人的性命就这样被她害了，她如何不自责？但她现下当真不能再耽误时间，若是等鬼差来把她抓走，那谁来照顾阿容？

他一个人孤苦无依这么久，今日又是他的生辰，她想给他过一个生辰，哪怕过了这一天再走也好。

胭脂装作没看见，那少年这才意识到原来他们看不见他，他如今是鬼魂，怎么会有人能看见他？

可一低头，却发现胭脂是飘着的，那少年连忙试探着伸手一拉，竟然拉住了，他疑惑道："你也是鬼魂，为何装看不到我？"

少年看了看叶容之，又看向胭脂，恍然大悟，怒道："我说马怎么突然停了，只怕是你做的手脚吧！你害了我的性命，你要怎么赔？"

叶容之看不见，但也猜到那少年的魂魄只怕是缠上夫子了，他看向胭脂："夫子别管他，快走。"

胭脂点了点头，现下她必须马上离开。她不再多言，一把推开那少年，新鬼一点道行也没有，一推便飞出好远，蓦地远处白光一闪，那少年被什么人接住了。

胭脂一看，是鬼差！

来的竟然不止一两个鬼差，是五个，还有一个头戴官帽手拿毛笔的。胭脂在乱葬岗听戏的时候听过，手拿一支笔的是判官！

竟然连判官都来了，这一次她怕是逃不了了。

那些鬼差七手八脚地接住了少年，一脸惊慌地看着判官，判官皱眉寻思道："竟然真的离魂了，不可能啊，他的命数里明明没有这一劫！"

少年一听，忙指着胭脂道："是那鬼魂害了我的性命！"

判官看向胭脂，神情莫测道："阴物……"

"大人，这如何是好？"一旁的鬼差忙问道。

"先安排他回魂，若是时间晚了便回不了肉身了。"

少年闻言，一脸欣喜。

叶容之看胭脂这般神情，知晓是出了问题，便问道：“夫子为何还不走？”

胭脂暗道不好，果不其然，才转眼间判官已到了跟前，手中的笔指向叶容之，试探道：“阴阳眼？”

胭脂连忙挡住叶容之：“他不是阴阳眼，他只看得见我，看不见你们。”胭脂看向少年，“那人夜间骑着快马就要撞上这个孩子，我迫于无奈逼停了马，没承想会害得他坠马而亡。我失手害死了人是我的错，我随你们处置，但别牵连无辜。”

叶容之急道：“夫子！”伸手去拉胭脂却碰不到衣角，他心急如焚，眼里透出藏不住的戾气。

判官看了眼叶容之，皱眉道：“无不无辜不是你说了算，这孩子既能目视阴物便有猫腻，若是歪门邪道派来害人的岂不可怖？须得让他走一趟地府，看阎王大人如何发落。”判官一伸手，便将叶容之从胭脂身体穿过，引到了他跟前。

活人如何能去地府，凡胎肉体要下地府只有离魂。一旦离魂便不能回魂，地府若是像刚才那般为救少年而通融倒也可行，但是看判官的样子，分明就是十分不喜叶容之，十有八九不会让他回来。

胭脂自知斗不过判官，迫于无奈，只能趁其不备袭击少年。

判官没想到一只小小阴物竟如此大胆，当着他的面就敢害人。然而想伸手阻止却已来不及了，鬼差被打飞至四处，少年已经被推出了老远。判官只得先去救少年，若与阴物纠缠下去，势必耽误回魂。

胭脂趁乱带着叶容之飞出千里，这般短时间内速行千里已是她的极限。

胭脂吃不消了，便带着叶容之落在了山间，靠在山坡上歇息片刻。可是，这样根本不可能逃过判官的抓捕，他救回了少年再来抓他们，不过一瞬之间的事情。她害了人命，横竖逃不过的，叶容之却是无辜的，如今之计，唯有她回去将判官引向别处，让叶容之先走。这茫茫人海，判官也许不会花大气力去找他。

但凡有一线生机，自然得去夺！

“夫子，你怎么样了？”叶容之看着胭脂，眼里满是担心。

胭脂缓过气，对叶容之解释道：“刚才是地府的判官，那少年只怕不是普通人，我害了他的性命必然逃不了，那判官不好相与，只怕还要牵连你。待我回去一趟，你有多远便走多远，莫要再回百竹村！”此时的他一脸张皇失措，多少有了点七岁小儿该有的样子，胭脂有些不忍道，“阿容，夫子去去便回。”

“我不信，夫子带着阿容，夫子去哪里阿容便去哪里！”

“荒唐，地府哪是你这样的凡人能去的！”胭脂心累，果然太过聪明是不好的，一点也不好骗。

“夫子……”他声音低哑得有些颤抖，想伸手去拉胭脂，却什么也碰不到。看得到抓不到，他已然恨极了这种无能为力的感觉。

胭脂从来不懂七情六欲，凡人生离死别与她来说不过过眼云烟，她帮了叶容之这么多，不过是为了还他以气息供养她的恩情，再多便只是同情于他。她生在乱葬岗，向来过得洒脱，是以此时的离别于她而言并没有太大的感伤。

胭脂默然，片刻后才微微笑道：“阿容，我本就不能陪你太久，你总要一个人的……”

“我不要……夫子求求你，不要让阿容一个人。”叶容之眼圈泛红，苦苦哀求道，也不知是怕再也见不到胭脂，还是对胭脂这般洒脱的样子心有不甘。

胭脂问道：“阿容，你听不听我的话？”

见叶容之泫然欲泣的样子，她又放缓了声音，轻轻道：“听不听？”

“……听。”叶容之眼里滑落出豆大的泪珠，硬生生挤出了一个字，仿佛花光了他所有的力气。

胭脂伸手在他头上虚抚，往后没有人在他身边督导，也不知他会变成什么样子，她语重心长地道：“阿容，此后一别，望……善自珍重。”

他眼里的泪朦胧了视线，等泪落下，视线清晰了，却看不见胭脂，他哽咽道：“夫子？”

山间清风徐来，空空荡荡的，再无人回应，夜色浓得发黑，静得可怖，从今往后，他的夫子再不会回应他了，终究……只剩他一个人了……

“奈何桥上道奈何，是非不渡忘川河。三生石前无对错，望乡台边会孟婆。”

地府有一条望不到头的路，叫黄泉路；有一道到不了岸的河，叫忘川河。

乱葬岗的青衣唱过，胭脂每每心向往之却从不得见，如今看见黄泉路，胭脂只觉信仰崩塌，地府只怕是有些……有些穷的。

这条黄泉路是望不到头，但坑坑洼洼、坎坷不平，草木半点不生，没有戏里唱得有看头。

胭脂如今在人家的地盘上，也不能说太煞风景的话，毕竟性命捏在人家手里，总要说些顺耳的话，指不定一高兴就从轻发落了。

她苦苦思索了一番："地府这条路倒是很有意境，一瞧就是一条很寂寥的路。"

面对黄泉路，胭脂还能想出些好话，但见了这忘川河，她是真没半点法子夸出口了。她看到忘川河的第一眼就险些吐死在河旁……

站在忘川河旁，一阵阵腥臭扑面而来。血色的河水里，众多鬼魂在苦苦挣扎，痛苦哀号，生不如死。

胭脂看向判官，问道："莫不是要我跳这河？"刚说完，就像是实在受不住一样吐了起来。

判官扫了眼忘川河里的鬼魂，指向河上的桥，道："那桥，名为奈何，若是愿意放下前尘往事，便过奈何桥喝孟婆汤投胎转世；若是放不下心中执念，便跳入忘川河中受千年煎熬，若能守得千年心智不变，便可带着记忆投胎，去找心中执念之人的转世。"

胭脂看着忘川河，不由得感叹道："地府还真是给人画了一个大饼。三千世界芸芸众生，短短几十年如何找得到……"

判官一副事不关己、冷冷看戏的模样道："可是有些人永远都参不透。"他沿着忘川河往前走去，"走吧，你脱离六道之外，尚没有资格过奈何桥，随我去见大人。"

到了大殿，胭脂立在殿中四下打量，地府的银子只怕都花在这儿了，和外面那副模样真是天壤之别。这么大个殿，光论这地面的花费就已叫人咋舌，是用一整块墨玉铺就而成，她立在上面还能感觉到丝丝阴凉。

阎王坐在案前，看了胭脂一眼，声如洪钟般道："大胆阴物害人性命，你可知罪？"

胭脂捂起耳朵，连忙解释道："我不是故意的，是他的马快要撞上人了，我若不逼停那马，那人就死了。我从来没想过害人性命。"

"那人若真成为马蹄下的亡魂也是他的命数，你如何能擅自改变他人生死，可知破坏六道轮回秩序是多大的罪！"

胭脂简直不敢相信自己听见的话，她放下捂着耳朵的手，问道："这是什么道理，既然说那少年撞死人便是那人的命数，那我失手害了少年的性命，你们为何不说是那少年的命数？"

阎王大怒："放肆，你可知你害的是何人？那是东海龙王的掌上明珠……不，掌上龙子，你竟然还敢在此大放厥词！"

胭脂闻言嗤笑一声，略带讽刺道："原来如此，他投胎投得好也是本事，旁人自然比不得。"

话音刚落，胭脂浑身上下如撕裂了一般，总觉下一刻就要散了去，不过一瞬胭脂就撑不住了，她蜷缩在地，脸色苍白如纸。

阎王看着胭脂如同蝼蚁一般，对判官道："这种无知阴物带来与我看是何意，直接投了泯灭道便是。"

"大人息怒。"判官看了一眼蜷缩在地上的胭脂，抬手对她施了一道屏障，又转身对阎王拱手道，"大人，东海龙王托我们照看龙子，我们这般屡次出手相助，难免破坏六道轮回之序，若是九重天上怪罪下来，只怕对我们不利。"

阎王闻言摇头道："可我们若不帮龙子避劫，他在凡间有任何差错，龙王又岂会善罢甘休？他上朝在九重天说些什么，你我这官也一样做到了头。"

"我们不能出手相助，但可找一人跟在龙子身边为他避劫。"

"不可，找什么人我们都是干涉人间秩序，和现下并无差别。若是脱离六道……你的意思是？"阎王看了一眼痛不欲生的胭脂，一时间心下了然。

判官点头："正是此意，这阴物脱离六道之外而生本就是多余，到时龙子安然历劫，我们便把此事推到她头上，如此既卖了龙王人情，又避免了上头怪罪，岂不是两全其美。"

阎王思索一番，觉得可行，便道："就按你说的做。"阎王收了对胭脂的惩戒，撤了屏障，对胭脂道，"念你是初犯，便给你一个机会戴罪立功。龙子在凡间历劫需得十世，许你暂为凡人，去凡间为龙子避劫。若是护得龙子安然历劫，便允你投胎为人，你可愿意？"

胭脂面色苍白，浑身无力地倒在地上，她抬眸看向阎王，不得不说，阎王这个大饼画得极好，让她明明知道有陷阱，也得心甘情愿往下跳。

她忽然明白为什么有人会跳那忘川河了，因为想要的，但凡有一丝机会，也不会放过！

这就是所谓的执念。

她以往在乱葬岗听戏，只能听戏里唱得如何，却从来无法真正感受。

那些鬼魅精魂都是做过人的，只有她天生阴物格格不入。若是有朝一日能尝尝做人的滋味该多好，总好过永远冷冷清清的。

她嘶哑道："愿意。"

她是真的想做人，这是她漫漫阴生中唯一的期盼。

那日之后，胭脂养了整整六日才缓过劲，彼时人间已然过去六年。

动身之日，鬼差带着她过了奈何桥，到了孟婆跟前，孟婆白发苍苍衣着朴素，脸上满是皱纹，她递来一碗汤，干干净净的清水上面浮着一缕白烟。

胭脂正想接过，一旁的鬼差挡下了："婆婆，判官让她不必喝汤，直接入人间。"

孟婆看了鬼差一眼，道："老婆子在这儿熬汤多年，还没见过不用喝汤便可入人间的。"她端着手中的汤，看着忘川河中的孤魂野鬼，心想：不喝汤的都在那儿呢，他判官是什么东西，凭什么听他的？

鬼差忙一脸委屈道："这是要帮龙子避劫的阴物，本就脱离六道轮回之外，如今到人间是要帮我们地府大忙的，婆婆就算不管上头如何，也要可怜可怜我们这些小鬼啊，这'神仙打架，小鬼遭殃'啊！"

孟婆看了眼胭脂，眼神略带打量，思来想去还是将手中的汤倒进了忘川河中，对鬼差道："知晓了，我自会带她去的，你可以走了。"

"那就交给婆婆了。"鬼差一脸喜气转身走了，只留下了胭脂。

孟婆看了眼胭脂："你跟我来吧。"便自己往前头走去。

奈何桥头是漫无边际的林子，云迷雾罩，寒气逼人。

胭脂看着林子满眼期盼，跟上了孟婆，难掩激动："劳烦婆婆了。"

孟婆转头看了她一眼，问道："他们许了你什么好处？"

"他们答应我，许我投胎做人。"

"小姑娘未免天真了些，做人有什么好的。"

胭脂回头看了眼忘川河："他们都有执念，可我没有，我也不知做人有什么好，但我想尝尝凡间的吃食，闻闻凡间的花香，试试清风拂面的感觉，感受一番为人才能感受的东西。"

"既如此，你不怕他们哄骗你？"

胭脂笑了笑："不怕，我有十世做人的机会，已然是心满意足了。"

孟婆脸上流露出几分苍凉，默然走向林子深处，林间立了七扇大木门，破旧腐朽摇摇欲坠，上面雕着繁复的纹路，孟婆指着第七扇门道："走吧……"

胭脂走向那扇门，颇有感慨，她心心念念这么多年，从来觉得这些不过是自己的妄想，没想到突然就成了真，她又有些许失落……

这不瞎耽误工夫吗，早知道这么容易，她一定早就找到那倒霉龙子，先一掌给他劈废了！

第七扇门缓缓关上，木门上的纹路泛起诡异的光芒，片刻后慢慢阴了下去。

孟婆站门前，一阵叹息："到底年少不晓事，总要吃了苦头才晓得后悔。"

耳旁又传来忘川河中的凄惨哀号……

判官见胭脂去了人间，有一件事一直挂在心头，便问道："大人，下官有一事颇为困扰，生死簿上没有人，却凭空出现在人间，这是何故？"

"这不可能，便是九重天上下凡历劫的，也得入生死簿。"

"下官明明在人间见过这个人，可回头再找时却不见了踪影，实在叫人费解。"

"只怕是邪魔作祟，你且继续找，如今魔道蠢蠢欲动，这事做好了便是头功一件。暂且先瞒着，若是上头知晓，我们又交不出什么，只怕又会显得我们无用。"

"下官晓得。"

贰 波 云

连绵的青山环绕着一大片良田，屋舍林立，日光洒在稻田里，洒在稻田旁的大道上。赶着去镇上的人有，外出踏青的人也有，来来往往，热闹非凡。

胡通见路人多避着他走，颇有些得意，他抖着左腿，脸上的横肉一抖一抖，笑眯眯地看着跟前跪着的父女：“都这么多天了，这田租迟迟交不上，这样下去我是要被叔叔怪罪的。”说着，看了看张老稍有姿色的女儿，“这样，张老你看我也不是不通情达理的人，你这女儿给我们抵债，之前的田租就一笔勾销了。”他手一扬，几个手下便围上来拉扯。

张老死死拉住女儿，嗓子都喊哑了：“胡爷，小人求求你了，放过我家丫头吧，小人一定会还清田租的！”说着便狠狠朝地上磕了好几个响头，磕得额头直淌血。

胡通闻言，凶神恶煞般道：“废话少说，我已经够仁至义尽了，你的女儿也不知卖得出价不，指不定回不了本！”

“爹！”张老女儿哭得上气不接下气，路上来往的人纷纷快步避开，不敢停留片刻，没人敢跟地头蛇胡通作对，要是得罪了他，以后根本没有活路。

难以想象她的下场会是怎样，被卖去做丫头倒还好，若是进了青楼，这一辈子只怕生不如死！

想到此，她吓得脸色苍白，瘫软在了地上。

胡通用手掏了掏耳朵，不耐烦道：“走走走，吵得我头疼！”

几个手下连拖带拉，张老连忙上前死死抱住胡通的腿，不肯放开。

这么一通闹，路上已经没什么人了，没人敢看热闹。胡通是官老爷的侄儿，旁人躲还来不及，谁敢多管闲事？

周围的静谧衬得张老女儿的哭声愈加震耳欲聋，胡通狠狠踹开了张老，上前便甩了几个耳刮子让她闭嘴。

胡通正骂骂咧咧的，一抬头就瞧见远处翠绿的树林中缓缓走来一人，清简到极点的青衫突显雅致，虽看不清模样，但看周身的气度，便能瞧出那是谁。

胡通心下一喜，找这人可找了许久，如今正是应了那句“踏破铁鞋无觅处，得来全不费工夫”。

他连忙上前，一脸谄媚：“叶公子，可真巧，我正四处寻你呢，却不想在此遇上。”

张老女儿抬头，正看见那人走来，五官清雅，眼里黑白分明，干净出尘，风一拂，额前垂下的碎发被轻轻吹起，一块碍眼的红斑显在眼前。

来人声线干净不带一丝杂质，嘴角含着温和的笑，礼数周到地道：“不知胡爷找在下所为何事？”

胡通显然很是受用，叔叔再三叮嘱一定要好生礼遇的贵人对自己这般客气，如何不让他得脸，只恨现下看见的人太少，没让他大大长脸。

胡通笑得脸上的肉挤做一堆：“叔叔府中摆宴，特命我送上请帖。”说完从怀中拿出烫金请帖，双手递上去，“叔叔说公子若是得空可去瞧瞧。”

一双白皙干净、骨节分明的手接过请帖：“劳烦胡爷了，在下若是空闲定会赴宴。”

胡通正待回话，后面的张老已经一下子扑倒在叶容之跟前：“公子，求求你和胡爷说说，再宽限小人一天就好，小人定会还清田租，你的大恩大德小人没齿难忘！”

胡通瞧这情形，气得火冒三丈，这老头竟在这个节骨眼儿上坏事。他想狠狠踹开张老，可又碍于叶容之在不好如此，正恨得牙痒，却见叶容之面色平静得恍若未闻，把请帖收入衣袖中，抬步绕过张老，缓步而去。

张老见状傻了眼，他看这人眼目清澄，气质儒雅，便觉着是好人，却忘了看人不能只看表相这个道理。一想到自己救不了女儿，张老悲愤欲绝：“我和你们拼了！”说着便冲上去打算和胡通他们拼命，几个手下早就不耐烦了，按住张老就是一顿猛踢狠踹。

“爹！不要打了，求求你们了，我和你们走还不行吗！”张老女儿哭喊得声音都嘶哑了，却没人理她。

而那个离去的人步调平稳，正是一贯的闲庭漫步。

另一头翠林深处，一人一马飞驰而来，后面跟着一辆马车，一会儿工夫就到了跟前。

马上的公子哥气宇轩昂，衣着不凡，见这般情况，便问道：“你们在做什么？！”语调高扬，话间带着些许富家子弟才有的气势，胡通几个手下不由得停了下来，转头看过去。

张老女儿一边扶着张老，一边哭道：“公子救命啊！”

胡通一看便知是哪家的公子哥外出踏青，平白来多管闲事的，不由得嗤笑道：“孙子，等你毛长齐了再来管爷爷的事！”

他以为那小子被他一激，便会沉不住气，却不想公子哥反倒笑了起来，略带遗憾地冲马车内说道：“师父，咱们怕是要耽误些时间了。”

“无妨，处理好了再走。”马车里是位女子，声线如流水般，颇为清透悦耳，年纪似乎极轻，想不到却是位女先生。

刚刚离去的人已到远处，闻言，平稳的步调微微一顿，转头看清马上的人，眼底微起波澜，片刻便又归于平静，目光清冷地看向马车。

胡通见这情形，早已不耐烦，冲着他们叫嚷道：“什么东西？没那个胆子管就别管，在那里和女人叽叽歪歪的算什么东西！”

本来窝在马车里闭目养神的胭脂闻言倒是有了些兴趣，她到人间八年有余，倒是极少见到嗓门这么大的人，直吵得她头疼。

她随手撩开帘子，抬眸看向胡通，却被他身后不远处的那个人引去了视线。那人气度极好，在这群人里自然是鹤立鸡群的，一眼看去第一个注意的便是他。

他脸上有一块红色的胎记，胭脂恍惚片刻再定神细看，一下便认了出来，是叶容之！如今他已长大，果然长相比乱葬岗的戏子出挑了许多，若不是这块胎记，她还真是认不出来。

见他看向这处，胭脂微皱了眉头，她以前是那样的存在，如今又没什么变化，也不知他会不会记得她。

今时不同往日，她来了凡间，早已和凡人一样，没了法力护佑自己。若是他说了些什么出来，只怕旁人会把她当妖孽一般架起来烧了。

她想了想别过眼，放下了帘子，对李言宗道：“快些处理好，太吵了。”

李言宗忙应声道“好”，这种事他见多了，无非是银子解决，他亦不想与这样的人多做纠缠。

他从怀里掏出一张五百两银票，对胡通朗声道：“银子我给你，你放过这对父女，他们给不了你什么，你再纠缠也拿不了多少好处，倒不如拿了我的钱息事宁人。”

赶马的李书连忙下了马车，接过李言宗手里的银票，径直递到胡通跟前。

胡通伸手接过了银票，送上门的银子自然是不拿白不拿，这穷鬼的女儿至多才卖得几两银子，既然有人愿意当冤大头，他自然是愿意的。

胡通心满意足地把银票揣到怀里，对那对喜极而泣的父女说道：“算你们今日走运，这次就先放过你们。”

李言宗闻言，略带鄙夷地一笑，脚下使力夹了马肚往前走去，经过叶容之时，禁不住看了他一眼，心道此人气度仪态极好，脸上那块醒目的胎记并未影响他分毫，周身的气度足以让人忽略他的容貌，一看便觉极有风骨。果然此处是块风水宝地，头一次来便见着这样的人。

胭脂坐在马车里惴惴不安，思来想去又觉得自己多虑了，她当年离开，他才堪堪七岁，如今又过去了十几年，怎么可能还记得，换言之即便记得也必定记不清模样了。

如此一想，她还是掀开了车上的帘子，往外头看了一眼，正对上叶容之清朗的眉眼。见胭脂看向他，他微微回以一笑，随后便别开了眼，一派有礼有节的君子模样。

胭脂掩上帘子，既高兴他没有认出她来，又觉得对他颇为亏欠，心中情绪一时十分复杂。

叶容之站在原地，眼神清冷地看着马车远远离去，脸上那抹笑早已淡得无迹可寻，仿佛从来没有出现过……

那对父女简直不敢置信竟有人替他们还了田租，登时喜极而泣，感激得不知如何是好，马车离去了还跪在地上，不停地叩头直呼恩公。

叶容之回头看了一眼那对父女，缓缓启唇道：“胡爷原来是这般容易打发的人。”

胡通听出他话里的嘲讽，心中有些不爽利，可这人偏偏是叔叔想要交好的人，他忍住心中的恼意，佯装不懂般问道：“公子这是何意？”

“自然是好意。”他看了眼胡通，略弯了弯唇，问道，“今日瞧见胡爷来收租的人只怕不少，若是叫人知晓了胡爷是五百两就能打发的人，那些人又会如何看待胡爷，更甚者胡爷往后还如何震慑他人？”他说完，往那对父女看去，一副为人着想、用心良苦的模样，那一眼的意思再明显不过，这天下没有不透风的墙。

胡通转念一想，暗道也对！若是叫人知晓了看不起不说，要是传到叔叔耳里，只怕又要大发脾气，那不是因小失大了？

他连忙看向叶容之，挤了一堆笑，问道：“公子说的是，只是现下这钱都收了可怎么……”

叶容之闻言，意味深长地一笑道：“这银子是那位公子给的，他愿意给是他的事，归根结底这位老者并没有给，胡爷自然该怎么做还是怎么做。”

胡通听后一脸恍然大悟，笑眯眯道：“多亏了公子提点，否则我这可要出洋相了。”转头就吼道，“还不赶快把人给我拉走！”

那对父女刚刚还在庆幸自己遇到了好人，没想到下一刻就有了这般变故。那老者瞪大了眼睛，他从来没有见过这样的人，不仅不帮还要落井下石，他想冲上去和叶容之拼命，却被胡通的人死死拉着动弹不得，只能死命地挣扎，不停咒骂叶容之。

那女子被人拉扯着往前拍去，她看向叶容之的眼里流露出刻骨的怨毒，恨不得生食其肉，哭喊着骂道：“你真不是个人，我做鬼也不会放过你，你一定不得好死！”

胡通上前狠狠甩了女子一巴掌，骂道：“号什么！我送你去享福还不乐意，你个不知好歹的东西！”

女子被打得嘴角溢出了血，眼里恨意滔天，她看着叶容之，突然咧开嘴大笑道：“人在做天在看，你们这样一定会遭报应的！”

叶容之一贯的八风不动，这点谩骂于他而言太轻飘了，他还真是耐着性子听完的。

末了他抬头看了看天，嘴角泛起一抹嘲讽的笑，淡淡道：“你怕是要失望了，这天从来就没开眼过。”

正午日头高升，晒得人异常烦躁，他的声音却像山中流过的清泉般清冽，听着便觉丝丝凉爽拂面而来，说的却是这样大逆不道的话。

李言宗坐在桌前，面前是心不在焉的胭脂。

“饭菜若是不合胃口，就让小二再去加几道菜？”

胭脂放下筷子，有些疲惫道：“不必了，只是有些累，我去歇一歇。”冲李言宗示意他自己吃后，她便起身上楼回到房里。

她坐在窗前想了许久，前尘往事如风般拂来，今日再看见叶容之，她想起了那段在乱葬岗的日子，现下于她来说就像一场梦，她既怀念却又害怕。

在乱葬岗那样的地方，若不是她自娱自乐，心中又有所念想，只怕早就与那些精魅一般只会怨憎恨恶。经历了凡尘种种，那样凄楚荒凉的地方她是再也不想回去了。

她从衣袖中拿出了李言宗的命簿，上头的字只她一人可以看见，旁人看便是一本无字天书，在李言宗眼里她可谓是神机妙算的半仙，其实她不过是借了这本命簿的光。

她在李言宗身边帮他避了八年的劫，他这一世出身富贵，人又聪慧好学，学问做得极好，家中长辈都极其看重他，日后仕途也是一片光明，便是这样了，那龙王还是担心自己儿子吃亏，还要地府百般照应。

他与阿容两相一对比，胭脂不禁感叹道，这会投胎也是一种能力，阿容若是有这么一个爹在后头百般体贴，何至于少时日子过得如此凄楚……

至于阿容，他如今变了许多，若不是因为他脸上的那块胎记，她也不可能一眼就认出他来。

他当真如她预料的一样，面皮长得这般好看，就连脸上的那块胎记都没挡住他那股子祸害的劲头。

那块胎记乍一看去或许有些吓人，猩红胎记衬得面皮越发白皙，旁人见了只怕会觉得可惜毁了一张脸。诚然这胎记没了，是会更加好看，但胭脂想象不出他没有胎记会是怎样的，就好像这块胎记本身就应该在他脸上，她觉着这样更有味道，就如同一件陶器，毫无瑕疵地放在那里就会显得很寻常，若有些许裂痕，反而增添些许破碎韵味。

起初她觉着乱葬岗的戏子是她见过的最好看的了，如今却觉得自己眼光未免太过狭窄，叶容之顶着块胎记都能把青衣比下去，这实在叫人郁结。

他如今看着也不像以前那般阴沉，只是不知是不是真的像表面这样。

毕竟以前是那样的性子，如今若不是脱胎换骨变了，便是把原来的性子藏得深，叫人看不出来。

若真是前者，胭脂是会觉着格外欣慰，毕竟当过他的夫子，自然是希望他好好的。

可若是后者，她便不免有些毛骨悚然，有些东西浮于表面，眼能看见便不足为惧，但若是阴毒藏在暗处，埋于骨里，才叫瘆人。

但愿不是她所想得这般。

天色渐渐黑了下去，镇上的人越发多起来，白日来的时候就已是人声鼎沸，到了晚间人竟比白日还要多，街上挂起一盏盏雕花灯笼，煞是好看，街道两边摆满了商品，吆喝声、叫卖声不断。

胭脂看着不免有些心动，她在乱葬岗冷清了几百年，如今最是爱看热闹，正想起身下楼看看，便听李言宗在房门问道："师父可醒了？听小二说这镇上近日来了商队，这连着一个月晚间都有会市极是热闹，可要下去看看？"

胭脂连连应声道好，打开房门与李言宗一道下楼出了客栈。

长街上的灯笼极美，一条长街一路挂去，如同镶满了璀璨晶石一般，照得整条街犹如白昼。

胭脂顺着人潮一路走去竟没有重样的，她简直看花了眼，回过头来才发现自己与李言宗走散了，他怕是也看见什么喜欢得挪不开脚了。

胭脂正打算回头找他，却发现街那头来了舞狮的队伍，一路敲锣打鼓热热闹闹地舞了过来。到了这头已是人山人海，胭脂便站在原地看着那些人身体灵活地舞狮，越发觉得人间甚有意思，她心中满是感激，能让她有这样的运气，可以平白得来十世的喧闹。

胭脂正想着，恍惚间似乎看见了叶容之的身影，正待细看却被来来往往的人挡了视线，等人散开又不曾再见，胭脂想只怕是自己看花了眼。

舞狮的队伍很长，街上驻足观看的人极多，胭脂往后退了几步避让，却不想人群中有人冲撞出来，胭脂这一退正巧撞上了。

胭脂如今已非当初，早没有乱葬岗时那样的身手了，她根本控制不住力道，往后面人群里倒去，撞在一个人的怀里。那人也被她连带着撞得往后退了几步，撞到身后的摊子才堪堪稳住。后面铺子的老板惊呼一声，像是被吓到了。人群越发喧闹起来，七嘴八舌地责怪那个撞来的人。

胭脂看着眼前似曾相识的素简青衫，只觉得那些喧嚣一下子消失了，周围的声音瞬间变得很轻很远。

这人身上有一股淡淡的清新气息，温和干净，他一只胳膊揽着胭脂，稳稳地扶住她。

胭脂听他对周围的人说话，且从她头顶传来，离得这么近，她听着只觉得有些发晕，心思也沉了下来。不是她多想，而是她不信天下有这般巧的事。他们说话的工夫，他便带胭脂到了人少的地方。

这一处人少了许多，街角摆了一个摊，桌前摆满了用木头雕成的玩意儿，摊前坐了一位老者，正拿着木头雕花，这里离热闹中心点有些远，再加之这一街都是新奇玩意儿，雕几块木头没什么好稀奇的，是以没几个人在这过多徘徊。

耳边还传来街那头舞狮的敲锣打鼓声，胭脂抬头看去，果然是他。

胭脂有些腿发软，不是她没出息，他少时那样的性子，也不知现在如何。

胭脂思索片刻，便装作不认识道："多谢公子。"

他看了她一眼，片刻后道："往后走路小心些。"便从她身旁走过，往她后方走去。

流水溅玉般的声音，却尝出了几许荒凉与落寞。

胭脂回过头，他越走越远，慢慢隐没在夜色里，她疑惑他究竟有没有认出自己。待收回视线，却看见地上几滴血迹，她顺着血迹看去，血迹一直沿着他走的方向蜿蜒而去，难道是他身上的血？

那雕着木头的老者看胭脂对着地上的血迹发愣，便道："姑娘，刚才那位公子倒是好脾气，手上划了这么大的口子也没怪罪你。现下人多上街可要小心，刚才差点撞上后面摊上那尖木桩子。"

胭脂闻言看向叶容之离开的方向，心里有些不自在，他救了自己，她看到血迹的第一个念头竟是以人心之恶揣测于他。

她当过他的夫子，曾经答应过照看他一辈子，来了人间却又不闻不问，她失了承诺，到底是有负于他。

也不知道当年他生辰，那满山的灯笼他看见了没有，那些灯笼比这街上的更精致好看，是她从一座极其繁华的墓里一盏盏移来的。守着那墓的精魅极其……话多，讲的都是些寡淡无味的话，许是很久不见同类，一见她送上门来，就一股脑地把话都倒给她，她的耳朵险些废在那墓里。如今过了这么多年，倒让她都忘了当年的心境。

她只知道他少时待她是极好的，如今却要这样对面不相识，他若是不记得倒也没什么，可若真记得，那对他来说未免有些残忍……

胭脂不自觉顺着血迹一步步走去，到了暗巷里头血迹便消失不见了，这巷子幽深寂静，只隐约透进丝丝月光，周围寂静得可怕。

刚才南长街的热闹仿佛与此处隔开了一个天地，恍惚间想起乱葬岗中那狠厉的精魅，虽然对她来说已然隔世，但那精魅阴沉古怪、喜怒无常的性子她倒是记得刻骨。她第一次瞧见那精魅就是在这样的氛围下，他那时正在折磨几只山精，一点点磨散了那些山精的精气，若不是胭脂躲得快，只怕如今已经没有她了。

她现下站在小巷里，想起那天只觉遍体生寒。正往后退了几步，却瞥见地上一道阴影笼罩着她，她心头大骇，转身一看，叶容之就站在她的身后。

胭脂后退了一大步，满眼警惕地看着他。

叶容之默然看着她，手臂上的血浸湿了薄青色的衣袖，顺着指尖滑落，一滴滴落在地上，刺得胭脂心头一片愧疚。

她静默片刻，低头解下腰间的钱袋，递了过去："一点心意，还望公子莫要介怀。"

叶容之垂下睫毛看向她手里的钱袋，墨蓝色的钱袋衬得手指白皙小巧，钱袋上头绣了一盒胭脂，盒上纹雕繁花，小巧精致，绣工虽不是巧夺天工，却也别有一番玲珑心思。

胭脂见他看着钱袋却不伸手拿，便以为他面皮薄不好意思来拿，走近几步到他跟前，想将钱袋塞进他另外一只完好的手中："公子为了帮我才受的伤，我只能尽点绵薄之力，还望公子莫要推辞。"

叶容之意味深长地看了她一眼，伸手推回钱袋，他叹息道："姑娘好意在下心领了。"末了顿了顿，"若是姑娘实在过意不去，不如帮在下包扎一下，在下一只手来弄的确有些困难，此处离舍下不过几步远。"

胭脂心中很是愧疚，便答应了下来。

他微微一笑，转身前头带路，薄青色的衣角走动时微微拂起，上面沾了几滴鲜红色的血，乍一眼看去仿佛绣了早春二月的红梅，原本干净素雅的衣袍颇添了几分妖冶，偏生他气度端方，半点不显女气，温雅翩然间又蕴藉了几分风流。

过了狭窄阴暗的小巷，尽头两边各两条小道，倒是四通八达。前头小道豁然开朗，两侧是排排坐落的小户院落，一门一户皆大门紧闭，许是夜市热闹，都到南长街去了。

刚才巷子里窄，两人并排走难免拥挤些，这会儿道路变宽敞了许多，他放慢了脚步，看向并排而行的胭脂，一脸歉意："劳烦姑娘了，前头就到了。"

“公子客气了，原是我应该做的。”

再过几步，叶容之在一座院落前停下，那木门没有上锁，他上前几步伸手轻轻一推便开了，侧身让胭脂先进。

胭脂上前几步迈进院落，院子虽有些古旧，倒也干净。只是夜里看不清，黑漆漆一片，胭脂站在院子里莫名有些瘆得慌。

叶容之站在门口看她踌躇不前，便没有关上门，对胭脂温和道：“姑娘稍候片刻。”转身往屋里去。

未几，屋子里头亮了灯火，他从屋里端出一盏灯和一个木篮子，里头放了包扎伤口的白布和剪子，放到院子里的木桌上后，他低头挽起袖子，露出手肘上一道深可见骨的伤口，对胭脂略带歉意一笑：“姑娘随意包扎一下即可。”

如此做派，可谓是极其照顾胭脂的感受，胭脂见他伤口如此之深，哪里还有半分防备，连忙上前细看，她不禁皱眉道：“这样深的伤口当真不去看大夫？”

他低下头看着伤口，不以为然道：“早年害命的伤都是常事，这点小伤不足挂齿。”

胭脂见他嘴角带笑，可眼里却有几分落寞，知他是说年幼时受的苦，不知这些年他是如何过来的，心中不免叹息。只是这些都是各人造化，她一个阴物实在没什么好管的，便闷声不响地替他清理伤口包扎起来。

待包扎好伤口，胭脂小坐片刻便起身告辞，刚才走散了，言宗不知道怎么找她呢，实在不好逗留太久，即便是她与叶容之数载未见。

叶容之从院里提了灯笼出来：“这巷子偏僻，我送姑娘一路。”

胭脂见他行止温雅，风度翩然，颇有君子风度，不知道他师从哪位名师，修得这般赏心悦目的模样，李言宗家中对他可谓极其看重，找的先生皆是人中龙凤，也不见他有这般造化。

胭脂实在好奇他这几年有怎样的际遇，这院子仿佛只他一人住着，他那爹娘与弟弟如今在何处？他如今这一身造化，想必是因脱离了他那个家？

她想开口问，却又不知自己以什么样的身份，她不过教他识过几个字，如今见到他又装作不识，又有什么资格去问这些？

胭脂和他一道走出院落，他在后头将门虚掩好，便转身向胭脂走来，手上的灯笼透出朦胧的光，洒落在他身上，仿若他是从黑夜的缝隙中走出来一般。

他提灯笼缓步而来，与她并排而行，目光落在前方的某一处，温和道：“在下看姑娘不是这里的人，可是为了镇上的会市而来？”

“倒也不是，来这儿是为我那弟子找寻名师。”

他闻言微微一笑：“不想姑娘如此年轻竟收了个这般大的徒弟。”

这一笑险些让她乱了心神，她慌忙移开视线，虚笑道：“机缘巧合罢了。”不得了，少时阴郁，长大了竟变成了个温润如玉的端方君子，果然世事无常。

不过她一个乱葬岗的都能来凡间做人了，又有什么事情是一成不变的呢？

“姑娘学识必定渊博，如今女先生可是少见。”

胭脂一阵面热，她可万万担不起“学识渊博”这四个大字，忙道：“我也不过堪堪识得几个字，教不了他什么，他的学业早有人授业解惑，我不过是在他身边护他周全罢了。”

过了拐角，迎面吹来一阵冷风，吹得灯笼左右摇晃，他嘴角微微扬起，声音散落在风中，听不太真切，说道：“如此，倒叫人羡煞。”

羡煞？她来这人间做老妈子有什么好羡煞的？

转眼出了巷口，见着了外头的长街，胭脂念着他手上的伤，便转过身对叶容之道：“这接下来的路我便自行回去吧，你有伤在身可得休息好，今日实在是多谢公子。”

叶容之站在巷子里头，胭脂看不清他的神情，只听见他温和道：“小事一桩，姑娘客气了，既然相识一场，往后若有用得上在下的地方，尽管来找在下。”

她在凡间这么些年，自然知道这是客套，这怕是最后一次见面了，忙颔首客套一番，便告辞了。

叶容之走出几步，站在巷口看着胭脂离开，刚才虽然那话语柔和，叫人听着觉得他温和有礼，但实则面无表情，如此情景实在诡异，莫名让人心生胆寒。

“公子？”身后一声小心翼翼的叫唤。

叶容之转过身来看向那人。

那人弯着腰，一副讨好的姿态：“公子，刚才让推的姑娘小的也推了，只是您这伤可不能怪在小的身上，我可都是照着您说的做的。”

叶容之随手摘下腰间坠着的钱袋，扔给了那人，道：“剩下的。”

那人接过钱袋，用手掂了掂钱袋的重量，忙笑开了颜，伸手作揖道：“多谢公子慷慨，这事小的一定守口如瓶，绝不叫那姑娘知道半点，祝公子早日抱得美人归！”

叶容之闻言嗤笑一声，面带嘲讽道：“让她知道又如何？”

男人听完一愣，照理说这要是让那姑娘知道了，这事十有八九就泡汤了，这位公子也不知怎么想的？

不过既然有银子拿，他管这些做什么？便连忙笑着点头道：“是是是，公子说得是，知道了又怎样？那姑娘要是不愿意，多得是法子！”

叶容之看了那人一眼，不再说话，提着灯笼越过那人往自家院子走去。

踏进院门，他反手缓缓关上门背，倚着木门，将提着的灯笼往地上随手一丢，睨着灯笼里头的火慢慢烧着了灯笼，越烧越旺，又慢慢灭掉，院子又重归于阴沉幽暗。

胭脂出了巷子往客栈走，迎面便碰上了急急忙忙赶来的李言宗：“师父，你刚才去哪儿了？徒儿找了你许久。”一番上下打量后，又急道，“这身上的血迹又是怎么回事？”

胭脂这才发现自己的衣衫上也沾了几滴血迹，想是阿容刚才护着自己时沾到身上的，多亏了他，若是伤到了自己还不得疼死。

“师父，究竟发生了何事？”李言宗见胭脂默然不语，神情更加凝重起来。

“不必担心，这不是我的血。”

李言宗还待再问，胭脂抬手摆了摆：“回了吧，明早你还得去拜访季老先生。”

李言宗见自家师父当真无事，放下了悬着的心，道：“是，徒儿知晓。”

胭脂回到房中，拿出李言宗的命簿，这几日她一直忧心忡忡，明日便是李言宗命中大劫的开始，以往的那些不过是小磕小绊。

他这命中大劫的牵动人是个孤女，而且是位美艳动人的江湖女子，名唤沈绾。

他们相逢是因这女子其皮相貌美而遭人惦记，又因独身一人被人暗算成重伤，正巧被李言宗遇上救了，放在身边悉心照料，日久便生了情。

可惜李言宗族中对他期望极高，他的妻子一定要在仕途上对他有极大的助力，她一个孤女孤苦无依，李言宗便想要娶之为妻也是不行，那孤女亦不愿意为妾，二人几多纠葛，终于分道扬镳。

但若真是就这样结束了，胭脂也不至于如此苦恼。

此处只是埋下了一个伏笔，待李言宗仕途大顺、平步青云之时，他二人又骤然相遇，只是当年江湖飘荡的侠女早已嫁为人妇，且其夫婿还是李言宗的同僚，两人相见竟是互不能忘情。

再看下去胭脂便是恨铁不成钢，以至于每每看到李言宗，都恨不得一掌给他拍死，在他面前时他不要，都嫁人了他又非要，这不脑子给驴踢了吗？

他们私下见面互诉情肠，那女子虽然已嫁作他人妇，但她性子孤傲，取悦不了自己的夫婿。

虽说皮相摆在那里，但夫婿终究是叫别的狐媚子迷了心窍，是以夜夜独守空闺，多年下来，庶子庶女倒是一大堆，而她自己却是一儿半女都不曾落下。

李言宗此时已是朝廷命官，若与同僚之妻如此纠缠，终究会影响自己的仕途。

可要他再次舍弃心爱之人却又做不到，是以他向她许诺，待她和离之后便娶她为妻。

日子久了，纸包不住火，未待那女子与她夫婿和离，这事便传进了她夫婿耳里，那夫婿自然是个不一般的。

如何的不一般呢？就是这人完全忽略了自己头上那抹翠绿的颜色，不管不顾地将自己的妻子笼络住，只为了不让李言宗好过。

是以他为了不和离，对妻子百般呵护，也再不去找其他的女人，这烈女怕缠郎，当初这女子嫁给他本就是爱慕他的，如今见他回心转意，又怎会为了李言宗去和离，更何况到时李言宗又反悔，她不就竹篮打水一场空了？

是以他二人倒是恩恩爱爱，待她怀了身孕，李言宗才明白，这次自己又与她擦肩而过，这一辈子恐怕都遥不可及了。

况且这女子偏偏又是同僚的妻子，终日抬头不见低头见，每每便刺上李言宗几回，这一世便是爱而不得，郁郁寡欢而终。

胭脂不免觉得，既然这一段感情于你眼中如此痛苦，倒不如从头就掐断了它。

她做老妈子已经够苦了，难不成还要帮他追媳妇儿，更何况她一个乱葬岗的，从来只知冥婚这回事，若是让她来弄一场冥婚倒是可以，可惜他们怕是不会愿意的。

本身这局她还不知要怎么拆，但今日见到了叶容之，一切都如拨开了云雾一般。

叶容之如今未娶，沈绾也是未嫁，让叶容之去救她，他二人没有家世门槛的阻拦，自然不会如此坎坷。

若是真能凑成一对，也算她对这个弟子尽心了。

早间起来，李言宗便同小厮李书一道去拜访季先生，现下快正午了瞧着也快回来了，胭脂特地让掌柜的准备了一大桌菜，这一遭多了位以后在仕途上拉着李言宗往上走的先生，她也省去了些力气，自然是要好好庆贺一番。

待菜刚刚摆好人便到了，李言宗黑着一张脸坐下，胭脂心下便觉不好，忙问李言宗：“如何，老先生怎么说？”

李言宗在学识上未曾被否定过，他一时气愤便讽刺道：“他老人家可看不上我，让我另拜师门。”

李言宗话音刚落，李书便在后头愤愤不平道：“那位先生平白地耍弄人，看了少爷的文章明明点头说极好的，可到少爷提出拜师的时候，他却变了脸托词说自己年事已高无意收徒，接着便让人请我们出去了，真是气煞我也！”

胭脂一愣，这绝对不可能！

这位老先生那是两朝元老，这头退下来是为了颐养天年，现下看着不过是个闲散人，可往后新帝登基时若是特地邀请这位先生回朝，这一东山再起，便是位极人臣，官至宰相。

旁人不知，只以为他这位老臣当真退居其后，可他只是不耐烦伺候老皇帝，老皇帝年纪越大就越发残暴，自古伴君如伴虎，与其稍有不慎行差害了自己性命，倒不如扶新帝上位，然他也确有左右当朝局势之能。

好在他虽不把天子放在眼里，却将百姓之苦落在心里，所做之事皆为利民，若是一心向恶，以他这样的能力必会败坏一朝，以致民不聊生，天下大乱。

照命簿上写的，李言宗这次去拜访他，才华、学识、人品都是被这位老先生极为看中的，将直接收作弟子。

可以说，日后李言宗在仕途上能平步青云，这位季老先生可是起了不小的作用。

胭脂略琢磨了下，便道：“只怕这位先生是在考验你，你接下来便每日去拜访这位先生，好叫他知道你的诚意和学识。”

“师父，这季老先生都已经退居人后了，我当真要拜他为师？这京中名师我李家又不是找不到。”李言宗历来学识家世外貌皆高人一等，可谓人中龙凤，从来不曾这般被人轻视过，自然是有些不服。

胭脂无法和他说明其中因果，免得被人当疯子，她端起茶盏抿了口茶，故作高深道：“这京中名师如何比得上他一个指头，你且听我的，一定得拜他为师。”

她想到自己这些日子还要费些功夫去斩断他的孽缘，放下了茶盏，拾起筷子边往他碗里夹菜边交代道：“这些日子我还有些事要处理，你便和李书一道，等我这头好了便来找你们。”

李言宗再是不满，也不会不听胭脂的，这八年来她每一次做的决定从来不曾偏差分毫，能掐会算之道已然登峰造极，族中甚有传言她已是半仙之身，不老不死，虽他觉得是谬言，但细细看来，这几年她的容颜未曾有丝毫变化，果真应了这不老之说，他也渐渐信以为真，是以他才会心甘情愿地拜女子为师。

胭脂若是知道他心中所想，只怕要笑到面皮抽筋，倒不是她妄自菲薄，是她从来都觉着自己就是每天读读李言宗的戏本子，闲来无事给他提点几句的老妈子罢了，这活实在是无聊到半点挑战性都没有，有时她都想把那戏本扔他脸上去，让他自己消磨消磨。

可她终究还是不敢，好不容易做会儿人，万不敢如此任性。

这头安排好了李言宗的事情，胭脂便去郊外的客栈等着那名江湖女子。

这日正是那名江湖女子晕倒在路边的日子，胭脂特地算好了时间，给叶容之写了书信托人带去，信里表明了自己是当日他救的那个人，托他前来帮一个忙。

胭脂到了书中写着的位置，果然瞧见一名白衣女子正晕倒在路边。

她连忙找了一个隐蔽的位置躲了起来，待叶容之到了这里看到人晕倒在路边，以他的性子一定会相救。

自己也无须出现，既省了多余的事又牵了线，剩下的便靠他自己了。

胭脂在丛中躲藏了许久，也不见叶容之出现，这日头又越来越重，那女子本就受伤昏倒，若是再这样暴晒下去，还不等叶容之救她，只怕就要曝尸荒野了。

又等了片刻，胭脂实在是等不住了，她总不能为了斩掉李言宗的姻缘，而枉送了他人的性命吧，还是先去救了，往后的事只能往后再议。

胭脂连忙三步并作两步向那女子奔去，用手探了探她的鼻息，见气息还稳着便松了口气。

这女子真是长了一张好皮相，果然是要与李言宗历情劫的，这胎投得也是极好，可惜遇上了自己这个只会做冥婚的，要不然也能使些手段帮他们一帮。

胭脂不由得摇摇头叹道："作孽哟……"伸手扶起她，正想法子怎么给她弄回客栈，便听到了后头衣衫窸窣作响的声音，似是有人前来。

胭脂顿了顿转头一看，果不其然是叶容之。

他一身雅致青衫，在阳光下缓步走来，日头洒在他身上，发出耀眼的光芒。

待到走近，他冲胭脂微微一笑，清朗道："没想到我们这么快又见面了。"

胭脂脸色僵了僵，连忙回了一笑，心中却暗暗骂开了街。

这要是搁乱葬岗，以她的脾气早闹得天翻地覆，现下倒是脾气收敛了好多，只是颇为委屈了些，她在田间喂蚊子喂了半晌，这要是她晚一刻出来也不会白费了这一番功夫。

他见胭脂扶着一位姑娘，问道："这是？"

胭脂连忙移开些身子，将那江湖女子美丽的皮相露出来，又佯装不知情况，道："我也不认识她，看见她时就昏在这儿了，我现下一个人，也不知如何处置，便只好找你帮忙了，实在是麻烦你了。"

叶容之闻言一笑，温和道："姑娘说笑了，如此便让我来背这位姑娘到前头的客栈，再去城里找位大夫替这位姑娘治伤，余下的便等这位姑娘醒了再作安排，姑娘觉得可行？"

胭脂闻言连连点头，她自然是极乐意的，只是顾忌他手上的伤，道："可是你手上的伤？"

叶容之看了胭脂一眼，低下身子，边从她手中扶起那位姑娘，边对她笑道："没什么大碍。"

胭脂闻言也不多话，帮着把那女子扶起让叶容之背上，这事虽然没有按照她原先的安排来发展，但现下与她原先想的也差不离。

待安顿好这女子，她再想个办法借机溜走，这事还不是照样能成？

这英雄救美以身相许的，既成了一桩美事，又解了李言宗一生的劫难。最主要的是自己又乐得一身轻松，轻轻松松便能在人间过个几十年，胭脂越想越是开心，看着叶容之越发顺眼，不觉露出了老妈子一般的笑容。

到了客栈将那女子安顿好，胭脂便随着叶容之一道踏出了房门。

现下是离开的好时机，她借口去城中找大夫，到时让大夫自行过来。而她就借口有要事离开，余下如何便看他们各自的造化。

待到了客栈门口，胭脂正要开口，叶容之便道："姑娘先在此歇息，我先去城中找大夫。"

这哪能让他去，她连忙摆手道："不可不可，你手上还有伤，还是我去吧。这姑娘现下昏迷不醒，劳烦公子照看一二。"

叶容之看着胭脂，静默不语。

胭脂没想太多，只当他是同意了，对他报以一笑便往城中方向走。

这客栈位置极好，两边树林茂盛，林间的微风拂来，都能透着凉气，日头再毒也是恰恰好的，远处青山如屏重叠，叫人心中莫名舒爽。

胭脂走了没几步，便听后头那人略带凉意道："那日林中华灯初上，很是好看。”胭脂乍一听一时不明所以，颇为不解。

林中？华灯？

胭脂脑中突然轰的一声，像是从梦中惊醒一般，惊讶回头，看向站在身后的叶容之。

积石如玉，列松如翠。郎艳独绝，世无其二。

“你……”胭脂不知道说什么好，她现下想的不是该如何装作不认识他，而是他究竟知不知道她在装作不认识他。

只见他面上浅浅笑开，看着她轻轻唤道：“夫子，别来无恙。”

胭脂正待说话，便看见江湖女子扶着门出来，小二跟在后头问道：“姑娘，你受这么重的伤，这是要去哪儿？”

那小二一瞧见他们，忙对叶容之说道：“公子，你们在就好了，你们带来的这姑娘也不知要去哪儿？”小二见他们二人都在，里头又有客人叫唤，便不管他们，进去忙活了。

胭脂忙上前扶着那女子，见她面色苍白、眉黛轻皱，便纳闷儿道：“姑娘，你的伤这么重起来做什么？”

那女子见胭脂一脸善意，又看叶容之那样的气度，想来也不是什么歹人，于是道：“原来是你们救了我，多谢二位了。只是我仇家太多，这客栈鱼龙混杂，稍有不慎就会被他们找到。”

胭脂好不容易逮到的兔如何能让她轻易走掉，便道:“可你这样也走不了多远，若是又晕倒在半路，岂不更危险？”

她假作思索片刻，然后看向叶容之，问道：“不知你那住处方便不方便收留这位姑娘？”

叶容之看着她，弯了弯好看的眼，略带深意道：“方便倒是方便的，只是孤男寡女共处一室，难免有损这位姑娘的名节。”他略顿了顿，对胭脂乖巧一笑，如同少时的模样，轻轻道，“夫子不若一同住下，也免了他人闲话。”

胭脂闻言忙点了点头，只要他肯收留，其他的自然都好说。

“我先去客栈看看可有马车，你们且在此等候。”

这镇外只这一处客栈，有没有马车还是问题，若是没有，以他们三人这徒步龟速，目标确实太大，也不知这女子的仇家何时会找来，若是遇上那可真是倒了血霉了。

胭脂扶着那女子，感觉她摇摇晃晃有些站不稳，面色白得吓人，随便往棺材里一躺都可以当作死人盖上棺木，胭脂颇有些担心地道：“姑娘感觉可还好？”

沈绾闻言苍白一笑，强撑起一口气，毫不在意地傲然道：“姑娘放心，那些无名小辈还伤不到我半分。”话音刚落，她毫无征兆地喷出了一口血。

胭脂一惊。她在一片血雾中看着她苍白的脸，斟酌道：“姑娘不若先躺一躺，养养神？”

沈绾一阵剧烈咳嗽，险些把肺都咳出了嗓子眼儿，她用手捂着嘴，对胭脂道：“姑娘说得有理，我先养养神。”说罢便就地一躺，闭目养神了。

胭脂觉着她这般躺着，自己站着，再看着地上一摊血，颇有些不大好看，便也一撩裙摆席地而坐。

不多时，叶容之便回来了，看到这一番景象，面上愣是一丝波澜都没有，果然是自小经历得多了，现下这番“血案现场”也可以当作没瞧见，他上前扶起胭脂：“好在还有辆马车。”

“那真是再好不过了，否则我们可能得找个乱葬岗歇一晚上了。”

后头的马夫听到这话，又瞧见一人躺在地上如同死人一般，眼珠子都快瞪出来了，一脸惊恐地看着胭脂。

胭脂见状，连忙弯下腰扶起地上躺着养神的沈绾，那马夫才一脸自己想多了的模样。胭脂不由得觉得好笑，他怕是以为自己碰上了杀人魔头。

叶容之转头对后头跟的马夫道：“劳烦先扶这位姑娘上马车。”

马夫连忙摆手，不好意思地笑道：“不劳烦，不劳烦，先生客气了。”便上前扶了沈绾上马车。

胭脂跟在后头也准备上马车。

“等等。”叶容之唤她。

胭脂回过头见他走到跟前来，低下头细细端详了她一番，抬手用袖子轻轻擦干净她脸上残留的血迹，浅浅笑道：“好了。”

日头渐盛，清风徐来，眼前站的人额前的发微微拂动，眉目清润如沐春风，显露出自成一派的好颜色。

马夫上车赶到了镇上邻近的医馆。沈绾在里头治伤，胭脂和叶容之一道坐在外堂等着。

胭脂此时坐在他边上颇有些不自在，一旁的叶容之倒是怡然自得，半点不觉尴尬。

刚刚沈绾在，她不好开口问，如今思绪又颇多，不知该从何问起，便随口挑了个最想知道的问道：“你何时认出我的？”他若是说一开始就认出了她，那她该如何，他不开口相认，一直装聋作哑，究竟有什么目的呢？

叶容之闻言回过头看向她，坦然道：“我第一眼便认出来了，夫子与从前一样，没什么变化。”

胭脂闻言轻轻皱起了眉头，疑惑道：“那你为何不与我说？”

他眼里浮起几丝落寞，抬起手轻轻落在自己额头的胎记上，苦笑道：“夫子那样看我……我以为夫子不想认我。”

胭脂哪里知道他是这样以为，见他这般也颇为内疚，也确确实实是她不想认他，甚至怕见着他，而他根本没做什么，她却用那样的恶意揣测他。

“不是你想的这样，我……”她根本不知该如何解释，她总不能说自己不想认他是因为不敢认他，因为她怕极了他的性子，因为她觉得他的性子像乱葬岗的狠厉精魅，如同个炮仗闷声不响地就爆了。

而且她的过去与这凡间的人来说是无法想象的，她可不想被架起来烧了，知道的人自然是越少越好。

她顾虑得太多，却唯独忽略了他的感受。

胭脂心口有些闷，他自小孤苦，而自己做了他的夫子却又半途而废，到底是对不起他的，她有些愧疚道：“我以前是为死人怨气而生的阴物，如今却做起了人，你又是唯一知晓的人，我怕你我相认会惹来麻烦。”

胭脂顿了顿，看了一眼他的侧脸，碎发落在额前，眉眼如画的好模样，她低声道：“何况我看惯了你儿时模样，如今一眨眼长成了大人，瞧着便有些陌生。”

胭脂等了一会儿也不见他说话，这般实在太不自在了，便站起身说道：“我先去看看那位姑娘如何了。”

胭脂到了内室门口，正要掀开帘子往里头走去，却听他轻声道：“在夫子这儿或许只是一眨眼，于我而言却已是小半辈子。”他明明说得这样平静，毫无波澜，却让人平添些许苦涩。

胭脂闻言顿了顿，里头的大夫端着一盘子药瓶正掀开帘子往外走，见胭脂悄无声息地站在帘子外，很是吓了一跳，手一抖，那满盘子的药瓶子便“乒乒乓乓”落在地上，碎满了一地。

胭脂根本无暇顾及这些，她连忙转过头往叶容之那头看去，却见刚才还坐着的人已然不见了踪影。

她不知该怎么是好，他那时哭得那样伤心，若是她因魂飞魄散而一去不返，也没什么对不住人的。

可……可她偏偏却安然无事，还成了活生生的人，却是半点也不曾想过……去找他。

那老大夫见这姑娘闷声不吭地站在门口吓了自己一跳，还因此碎了一地的药，有些埋怨道："姑娘若是要看病患进去便是，这般站在门口是怎么回事？"

胭脂看着这碎了一地的瓶子碎片，忙道："对不住大夫，是我的不是，我这就帮你收拾了，这些药我全都照价买了。"

她蹲下身子，伸出手去拿那些碎片，手却被人握住了。胭脂看那手指节分明白皙修长，握着她的手却微微用了力。

她顺着那一袭淡雅素简的青衫一路往上看去，眼前瞬间有一种入了画的感觉，他冲着她一笑，仿佛拨开了云雾一般的光："我来吧。"

胭脂从未见过这样的人，与他相处永远如沐春风一般，他可以让人忽略他是怎样的相貌，回头再想起时，只觉得他就该是一个从画里走出来的人。

他让胭脂站在一旁，自己用手拾起地上的碎片放在托盘上，边捡边说道："外头的马受了惊吓，马夫一人拉不住，我刚才去帮他了。"

胭脂知道他在解释刚刚为何离去，刚才还那般委屈，现下却全压下来装作若无其事，他越是这般懂事胭脂心中越是愧疚，便更加怜惜他。

"你这些年过得可好？"胭脂面带愧疚，开口问道。

他闻言手下顿了顿，神色有些黯然，片刻后又转为一笑："好或不好皆熬过来了，如今又能见到夫子，就已然是好事一桩了。"

胭脂不禁有些感叹，见他三两下工夫便收拾好地上的瓶子碎片，端着盘子起身，胭脂忙接过托盘："你家中长辈还有弟弟如今还在百竹村？"

"他们？"叶容之看向胭脂，良久后缓缓道，"家中遭了变故，如今只剩下我一人。"他面色平静，就好像那些人与他未曾相识一般。

胭脂不由得一脸讶然，她倒未想到会是这样的变故。

虽说他们对他不好，但好歹是血脉至亲，胭脂也不好说报应之类的话，只能礼节性地表示下惋惜："竟成了这样，虽说他们待你不好，但到底是你的血脉至亲，你也莫要太过伤怀。"

他闻言神情有些黯然，片刻后眉眼染了一丝伤怀，看着胭脂的眼睛，意味深长地叹息道："夫子，我怕是真的天生不祥，他们都一一被我害死了，如今只剩下我一个了。"

胭脂见他这般像是入了死胡同，非要把这些事都怪罪到自己身上，她忙道："与你有什么干系，是他们待你太过苛刻，该是他们的报应，不干你的事，你莫要胡思乱想。"

叶容之闻言微微一笑，低声道："是啊，是他们的报应。"

胭脂见他这般，也知这心结不是一时半会儿能解开的，反正她也要在他家中住上几日，便想想法子帮着把他的心结解了。她心中既有了安排，便对叶容之道："我先去大夫那儿，过会儿接了那姑娘一道和你回去。"

"好。"叶容之见胭脂端着盘子去了堂前，他缓步走到门口，门外的马温顺乖巧地立在那里吃草，哪有半点受惊的模样。

马夫见他一人出来，连忙跳下马车来到他跟前，言辞恳切道："公子已如先生的意思回客栈等您，只是不知先生何时能够过去，这次的事太过棘手，公子才会按捺不住来寻先生的，还望先生莫要见怪。"

这位的性子可真不是好惹的，表面斯斯文文的，但若是开罪了那可真是倒了八辈子血霉，偏偏他的性子又不好相与，一个不小心就会开罪。

就刚才这番话，马夫已然细细斟酌了好几番，他一个武人还要这般费尽思量已是极限，公子未经叶容之同意便来寻他，这是公子自己的意思，只求眼前人高抬贵手别迁怒于自己。

尤十一一脸祈求地看着叶容之，只是对面的斯文败类权作没瞧见。

叶容之面上缓缓展露笑容，也不接话头，只上下打量他一番，玩笑道："刚才你扮马夫扮得极像，这场面话说得也漂亮，以往可是学过唱戏？"说话间，他抬起手做了个戏角儿的怒指，且正对着尤十一，刚还一派散漫悠闲的模样，一瞬间变了个人似的，眉眼如浸了刀剑的耀眼锋芒，凌厉逼人。

尤十一见状背脊僵直，浑身绷紧地看着他，一脸如临大敌的警惕模样。

片刻后，叶容之又对尤十一笑了笑，尤十一见他笑了忙松了口气，才这么会儿工夫他已是大汗淋漓，刚想开口说话却又见他缓缓张开唇："捻花芙蓉面，堂中女儿娇。"音调在他口中打了个转儿才出来，却是勾人的好听。

旁人或许不懂叶容之的意思，但尤十一是懂的，他这唱腔手势是雪梨园的旦角儿一枝梨花的拿手好戏，他平日若得了空也是常去捧的，而雪梨园那种地方的名角儿向来是客人的玩物。

他今日这般不过是点了点他，若再有下次，可就不是这么简单了。

尤十一虽然是个粗人但也明白他的意思，这以后未经允许再向公子透露他的行踪，他便有法子送他去雪梨园当个角儿，想来一个玩弄戏角儿的成了被玩弄的，其难堪程度可想而知。

如此这般，直到胭脂出来，叶容之才略作收敛，而尤十一心中跌宕起伏了好几番，当初他三夜不睡苦战数十匪类都不曾这般劳累过！

现下若能让他来选，他宁愿大战边城十大死士，也不愿意与叶容之这样的人周旋一刻！

马车到了屋前，胭脂先将沈绾扶进屋，让她躺下好生休息。

沈绾刚躺下便拉住胭脂的衣角，满目感激道："多谢姑娘相救之恩，沈绾日后必定报答！"

胭脂闻言心中惭愧，暗道：傻姑娘，我可是剪了你的姻缘呢……

只是这些她永远不会知道，胭脂替她盖好被子，顺道坐在床旁的木凳上，对她温和道："救你的可不是我。是我那弟子将你背了回来，他自幼就是个心善的。"

沈绾闻言一脸惊愕："弟子，他是你的弟子？！"沈绾细细看了看胭脂，又往窗外看了眼叶容之，回头对胭脂道，"我看你们这般相配，还以为你们二人是夫妻，没想到你这般年轻竟收了个他这般大的弟子。"

胭脂拂了拂衣袖笑道："我年纪可比你大多了，只是面上不显罢了。"

沈绾闻言不由得直起身道："我瞧你看着与我一般大，至多也不过双十年华吧？"

胭脂暗道：按年纪你祖宗都该唤我老太太了。这般一想，按人间的年纪来说，她还真是垂垂老矣，便说道："阿容六岁就认我做夫子了，你看他现在这般大了，也该清楚我有多大了吧？"

沈绾闻言瞪大了眼睛，一脸惊讶，凑近胭脂，伸手摸了摸胭脂的脸："还真是半点看不出来。"

"夫子。"叶容之在门外唤她。

胭脂转头应了一声，又转身扶沈绾躺下，对她道："你先躺下好生歇息。"便起身出了屋子。

叶容之正站在院子里等她，见胭脂出来，他温和问道："这大半天都未曾用饭，我想去镇上买些食材回来，夫子可要一同去？"

现在住在他家中已是诸多麻烦于他，连吃食这些东西也要麻烦他，负担未免太过，胭脂几步走到他跟前，对他道：“一道去吧。”

胭脂与他一道走出院子，她有些好奇他这些年是如何过来的，又是做什么营生养活自己的，如此想着便问道：“家中没有长辈，你这几年是如何过来的？”

叶容之眉眼温润道：“在一位大户人家的公子手下做事，替他料理些家务事，日子倒也过来了。”

“这个我晓得，是做管事对吧，这倒是条好路子，若是做得好再往上走便可以做管家了。言宗家中也有位大管家，家中大小事务他都管得井井有条，很得人敬重。如今在地方上也算是有头有脸的，家中的后辈们也争气，他日子过得可是极舒服了。”

胭脂这般想着，也希望他能如那位大管家一般，虽说不用那么厉害，管着李府上下百八十号人也能有条不紊，但也希望他能小有所成，好歹不用再过以前那样的日子。

叶容之闻言一笑，继而摇头道：“他家兄弟太多，个个都是人精，为了族业争夺不休，家中姨娘更是计策百出，恐怕做不到井井有条、毫不出错。”

胭脂不由得疑惑道：“若是如此，为何不分家，家中产业每人一份各自经营岂不更好？”

叶容之听得这话，像是在心中勾画了一番景象，看向胭脂的眉眼都染了笑意，故作无奈道：“他们可分不了家。”

怕也是长辈在不分家的缘由，胭脂见他这般无奈，也有些好奇：“你说他家中兄弟极多，到底有多少位？”

“先不说他家中姊妹，光兄弟大大小小就有十几位。”

饶是胭脂见多了世面，也不由得感叹道：“这般多养得过来吗，一两个可就累得慌了。”

叶容之闻言叹息道：“管生不管养的多得是。”

胭脂不由得想起他少时那些暗无天日的过往，她心下感叹，他家中长辈倒是管生也管养，只是把他当狗一般养来使唤罢了。

叁 渐染

到了镇上的集市，胭脂停在鸡摊：“这鸡怎么瘦得跟麻秆似的？”

摊主闻言连忙笑嘻嘻道：“姑娘，这就不知道了啊，这可是咱们这儿有名的高脚鸡，跑起来可快了！”

胭脂蹲下仔细察看笼子里的鸡，她看了一眼老板，有些摸不清他的意思，便一脸十分严肃地问道：“照你的意思，这鸡吃之前还要让它跑跑才能下锅？”

叶容之闻言失笑，弯下腰在胭脂耳旁道：“夫子喜欢吃吗？”

胭脂端详着笼子里的鸡，摸摸鼻子道：“倒也还好，不过跑得厉害的鸡倒是没吃过。”

叶容之闻言点了点头，看向摊主：“劳烦挑只嫩的。”

“好嘞！”摊主忙把手伸进鸡笼子里，认认真真挑起了鸡。

胭脂极少来集市，等摊主杀鸡的工夫便四下逛了逛，一会儿便买了一堆东西，顺道带了串糖葫芦回来。

回到原地，叶容之正站那处看摊主杀鸡，那手起刀落间动作又快又利落。

胭脂走过去将糖葫芦递到叶容之面前，笑道：“刚才街边有卖糖葫芦的，我见你少时喜欢便买了一串。”

叶容之看着眼前这串糖葫芦，并没有伸手去接，他嘴角微微弯起：“夫子，少时是少时，阿容现下已然不喜欢这甜腻的东西了。”

他长大了口味变了，倒也是在情理之中，只是不知为何，胭脂隐隐觉得他现下有些不对劲，可细细想来却又抓不到哪里不对。

“让二位久等了，这鸡好了！”摊主将鸡递了过去。

叶容之提过摊主递来的鸡，走到胭脂身旁接过她手中的一堆东西，问道：“夫子想吃什么？”

胭脂闻言，摆了摆手道：“够了够了，我刚才买了一路 ，这都不一定吃得完。”手上还拿着串糖葫芦，叶容之不爱吃，她对这甜腻的东西也不大感兴趣，但这随手扔了也未免有些不地道，便打算带回去给沈绾，戏里说过女儿家是尤爱吃这糖葫芦的。

是以胭脂便拿着糖葫芦走了一路，待到了院子便直奔屋内，进屋一看沈绾正躺着发愣，一副无聊至极的模样。

见胭脂进来，忙抬起头看向她：“你们回来啦！”

胭脂点点头走近，将糖葫芦递到她跟前：“买了很多吃食，一会儿烧好了便叫你起来吃，先吃这糖葫芦垫垫肚子。”

沈绾忙接过，她是极爱这糖葫芦的，忙咬了一颗放在嘴里，对胭脂含糊道：“你怎知道我喜欢吃糖葫芦，我从小到大最喜欢吃的便是这玩意儿。”

胭脂暗道，那是青衣唱的戏里讲的，戏里的姑娘都爱吃糖葫芦，书生给姑娘买了串糖葫芦便能让姑娘爱上他，胭脂听这戏的时候翻了整整半场的白眼，以至于下半场眼皮一直抽个没完。

沈绾正吃着忽然想起了另一茬，她忙低下头：“我这般是不是太给你们添麻烦了，你们对我这么好，给我治伤收留我，还给我买吃食，我都不知道该如何感谢你们了。”

胭脂闻言瞧了眼外头，又转头对沈绾笑道：“这话可真不该对我说，你若是要谢便谢阿容吧，我也不过是客居几日，也是白吃白喝的份儿。”

“那我岂不是更给你们添麻烦了，你放心，我不会白吃白住的。待我伤好了，我便去找些活干，将这钱挣回来还你们！”

她这话正中胭脂下怀，她正盼着他们之间有来有往，便道：“这我可管不了，你若是要还便找个空闲与他商量商量。不过我想以他的性子是必然不会要你的钱的。”

沈绾连忙道：“那我也得给的，可不能因为他性子良善便占他便宜。”

胭脂笑着点了点头，这红线牵到这处已然够了，她若是再强拉硬拽这事必然不美了，余下的便看他们的缘分吧。

叶容之端着一碗药踏进来，他将手中的碗递给胭脂："这是刚才出去时煎的药，趁热给这位姑娘喝吧。"

"还是你想得周到。"胭脂伸手接过碗，递给沈绾。

叶容之闻言一笑，视线却落在了沈绾手中的糖葫芦上，眼里闪过一丝凛冽，面上的笑却半分不减，他看着沈绾手中的糖葫芦："这药极苦，好在有这串糖葫芦，否则必是难以下咽，想来还是夫子想得周到些。"

沈绾端起药一饮而尽，现下苦得说不出话，忙皱着眉头咬了口糖葫芦解苦，她边吃边对叶容之点头示意他说得极对。

若不是这串糖葫芦，她只怕连舌头都要苦掉了。

叶容之面带微笑，极为认真地看着她吃，仿佛刚才看摊主手里杀的那只鸡一般。

"歪打正着罢了。"胭脂见他二人一个吃，一个看着对方吃，便觉这头开得极好，她笑着拿回沈绾手中的碗。

叶容之见状伸手来拿，胭脂连忙挡过："我来收拾吧，都耽误你大半天了，你先去歇息歇息，饭菜我来张罗便是。"

胭脂拿着碗出了屋子，这会儿才有工夫细细打量这个院子，前院正中间摆着木桌，边上搭了个毛草棚子，下头有个灶台，木架子上摆了些瓜果蔬菜，茅草棚子旁是一口古井。

棚子正对面靠墙边有一棵大榕树，树下摆着一张躺椅，夏日里在树下乘乘凉倒是极舒服的。

叶容之跟着出了屋子，他到井边打了盆清水放到灶台上，胭脂将碗放好，又将青菜叶子摘好放入水中清洗，那绿叶清水衬得柔荑白皙纤细，叶容之瞧了眼，问道："夫子这些年连做菜都学会了？"

胭脂略带疑惑地看了他一眼，暗道：做菜用得着学，不是炒熟填饱肚子就好了吗？

可到底还是没说出口，免得劳烦他亲自动手，随口道："言宗府中有专门的厨娘，我倒没怎么学，不过多少还是会一些的。"

叶容之拨了一些干净的柴往灶台下放："说来怎么不见夫子的徒弟，现下虽是太平盛世，但姑娘家一人在外还是有些危险的。"

"他去拜师了，我觉得这事枯燥乏味得很，一个人四处看看山水也比待在客栈里来得自在。”

“可是季傅？”

胭脂停下手中的活，看向叶容之，一脸错愕：“确实是季先生，你怎会知晓？”

叶容之将木柴堆好打了火苗，从袖口中掏出一柄折扇，轻轻扇着，说道：“不过随意猜猜，先前听闻过季傅辞官回乡。”他看着火苗慢慢大起来，“他名声在外，又传闻他想收弟子，那些听闻了风声来拜师的人极多，夫子的徒弟若想要拜他为师，恐怕要费些心思。”

胭脂有些疑惑，按命簿所写，季傅本没有要收徒的意思，只是李言宗前去拜访，季傅因极为欣赏其才华学识才有了收徒的意思。

她不知为何如此，以前不曾出现过这种变故，不过应当不会有什么大变动，只要结果还是李言宗拜成师那便没什么大碍，说道：“这些我倒是不担心，言宗聪慧过人，应当不会有什么问题。”

叶容之默然片刻：“夫子的徒弟自然该是如此，那阿容就提前恭喜夫子了。”

胭脂一想到有季傅这般厉害的人护着李言宗，日后也不必再提心吊胆防备李言宗出事，心中便十分欢喜，她对叶容之笑道：“那便承你吉言了！”

叶容之回以一笑，便不再说话，他静静看着柴慢慢烧着，便不再扇火，站起身将扇子随手丢在一旁，挽起衣袖帮着胭脂整理食材。

胭脂瞥了眼叶容之随手丢在灶台上的折扇，虽是极为寻常的样式，但那上头的题字与山水画却是一绝，她一眼便能看出这扇子绝非凡品，拿来生火也太过暴殄天物了些。

胭脂不由得感叹这扇子投错了主人，这若是落在李言宗的手里必会极为珍爱。

她见他在一旁帮忙，便刻意提点道：“我来吧，你忙活大半天了，进屋里去歇息歇息，顺道与那位姑娘多聊聊，她一个人怕是有些无趣。”

叶容之正掐着那只高脚鸡的脖子细细清洗，闻言手上微微顿了顿，看向她：“夫子似乎对这位姑娘极为上心？”

“算是吧，她一个小姑娘孤苦无依，瞧着怪可怜的，就想多照看照看。”这媒婆可真不好做，早知今日这般操劳，还不如以后想办法做点别的算了。

叶容之看着手中的那只高脚鸡，手上又微微用了些力。额前的发挡住了他的眼，让人瞧不清他的神情，他突然浮起笑意，缓缓吐字道：“夫子心善，自会有回报的。”

胭脂闻言惭愧，她刚才还想着办场冥婚，现下说她心善，实在是有些愧不敢当，又道：“说到底还是你帮了我这个大忙，否则我就是有心救人，也不知该如何办。”

这话说得可半点不违心，若不是叶容之，她还真不知要把沈绾往哪处藏好。

连日来，胭脂在这院子里住得极为舒服，她来人间八年，向来兢兢业业，一日不敢擅离职守，如今倒有了几日放松的日子，她便权当放工假了，是以过得极为闲散。

这夏日的清晨，风拂叶声响，听着便一阵清凉之意袭上心头，胭脂躺在树下的躺椅上，拿着叶容之那把折扇轻轻摇晃着，又伸手拿了摆在盘里的梨子吃。

叶容之起得比她还早，正坐在木桌旁看书品茶。

至于沈绾，胭脂轻摇折扇的手顿了顿，有些无力，这姑娘不知为何连日来极为嗜睡，上一刻还与她说着话，下一刻便困得哈欠连天，一日里醒着也不过三四个时辰……

可这命簿上也没写着她有这毛病，真真叫人费解。

胭脂站起身，晃荡到叶容之身旁，她看了看他手中的书，挑了挑眉，这书也不知说的什么，她每个字都识得，连在一起便是不知所云，瞧着晕眼得很。

胭脂便索性不看，走到木桌另一半坐下：“这人怎得这般嗜睡，你说可要找个大夫来看看？”

叶容之放下书，伸手替胭脂倒了杯茶，那动作行云流水般极为悦目，他将茶放到她跟前，颇有些随意道：“大抵在外奔波久了没睡过好觉，如今能睡久些也是好的。”

胭脂端起茶抿了一口，想了想觉得也有些道理，便点了点头：“也是，多睡于她这身上的伤也是有些好处的。”

片刻后，她慢慢放下茶，问道：“只是我们这般叨扰你有些不太好，也不知会不会耽误你的事，你这么久都未能干活，也不知你那主顾会不会生气？”

叶容之展颜一笑，语气清澈温和：“夫子想住多久便住多久，主顾那处也不是非我不可，不去也没什么大事。”尤十一要是在旁边听到这话，还不得气到“三尸神暴跳”，他家公子急得都快悬梁自尽了，他竟还在这儿说没什么大事！

胭脂想了想还是说道：“还是去的好，你毕竟是他府中的管事，即便没什么事也得去交差，免得不得主顾的眼，给你以后添麻烦。”她以往已然对不住他，万不能再让他丢了养活自己的生计。

叶容之闻言眼中闪过一丝讥讽，他看着杯中浮浮沉沉的茶叶，微微弯起嘴角浅笑道："便听夫子的，阿容明日便去，只是家中要劳烦夫子照看了。"

"也没什么可劳烦我的，整日里就吃吃喝喝，闲散得很。"确是如此，头几天她还张罗张罗饭菜，虽说不至于难以下咽，但味道淡得跟水似的。

她连着几日吃下去，嘴里都快淡出个鸟来了。后来便被叶容之以她是夫子又是做客他家中为故，自己张罗起了饭菜。

只是这伙食跟上来了，沈绾吃得好，日子过得舒服，也就越来越嗜睡了，胭脂也就开头几日和她说的话多些，后头她睡的时候多了便没法讲了，是以叶容之与沈绾之间便更没什么进展了。

胭脂私下想，怕是他二人没什么缘分，否则怎会这般艰难。

这缘分一事说来也玄乎，像命簿上那样，李言宗救了沈绾，他二人就能成了孽缘；这次救人的换成了叶容之，便成了整日整日的昏睡……

实在是让人有些啼笑皆非。

次日，叶容之出门去了，沈绾起来吃过饭后，过了会儿又是哈欠连天，胭脂便推她去睡了。

只是她一个人实在有些无趣，便打算去客栈看看李言宗。这都小半个月了，必然已经拜好了师。

她随手留了张字条给沈绾，随后慢慢悠悠出了门。

才到了客栈门口，便碰上了李书。

李书一见胭脂来了，跟有了主心骨一般，连忙上前急道："您可算回来了，少爷也不知怎么了，把自己整日整夜关在屋中写字，小的都不知该怎么办了。"

胭脂闻言一脸不可思议，这又抽哪门子风？

她抬步上楼，问道："季先生可有收他？"

"哪能啊，便是从季先生那处回来后就成了这样。"李书跟在后头，一副苦大仇深的委屈模样。

胭脂上了楼，往李言宗的房间走，到了门口敲了敲，见没反应便推开了房门。

一入眼却是满屋子的纸，这是要干吗，别人都是用土活埋别人，他这是要用纸来埋了自己？

李言宗披了一件外袍，发也不梳，人不人鬼不鬼地站在窗口，望着窗外发怔。

胭脂见状闭了闭眼睛，这走时多么意气风发的少年郎，才半个月就成了这副模样，实在有些缓不过来。

她见他半死不活的，便也没唤他，随手捡起一张纸拿着细细端看，是一篇策论，开头写得端端正正，极为用心。到了后头却越写越乱，潦草得不堪入目。

这必是他写的时候，刚开始写得还好，写到后头便觉不满意，又觉得自己写得极差，想来想去，一心分做了两用，便乱了思绪。

“少爷，您快看看，胭脂师父回来了。”李书在后头轻声唤道。

李言宗回过头看向胭脂，见胭脂手中拿着他写的策论，顿时慌了神，忙上前拿过撕了个粉碎。

他眼下一团青黑，瞧着颇有些疯癫的模样。撕完以后又像丢了魂一般，无力地跌坐在凳子上。

李言宗无论是家世相貌，还是人品学识，皆为人上，这些东西单独一样拎出来都能让人为之侧目，更何况他样样都是翘楚，可谓是人中龙凤。

胭脂何时见过他这般模样，她在一旁坐下：“怎么了？”

李言宗沉默了良久，才抬起头看向胭脂：“师父，我是不是很可笑……到如今才晓得‘山外有山，人外有人’这个道理。”他突然笑起来，眼里满是嘲弄，“如此目光短浅，还真把自己当回事了……”

胭脂微微敛眉，想来是了解了季傅的学识与手段，他有些觉得望尘莫及，安慰道：“季先生比你年长几十岁，论年纪都可做你的祖父了。你年纪尚轻，现下就能跟在他身边学习，日后必然青出于蓝而胜于蓝。”

李言宗闻言苦笑：“并不是季先生。”他闭了闭眼睛，似乎不想再回想，良久才一脸挫败道，“我连着数日拜访季先生，也晓得他确实有真才实学，我若能拜他为师，日后自然是前途无可限量。

“只是……他却始终不肯收我，我在他家中见过许多想要拜师的文人，而能留下来与季先生交讨学问的人只我一个，便以为他只是考验我，收我为徒不过是时间问题。

“后来，他让我写一篇策论，给我半日，写出最满意的来。我以为这般必是要考我，若过了便能成他的弟子，我便极为用心地写了于他过目。

“他看过后只给我看了另一篇策论，说是写这篇策论的人不过花了半盏茶的工夫。”

李言宗说到这儿顿了顿，叹了口气又开口道：“他说确实是有意收徒，也派人递了消息出去，只是他想收的徒弟早已有人选，他如此作为只是想等那人上门拜师。他还说我确实是棵极好的苗子，若是没有那样的珠玉在前，他必会收我为弟子。”李言宗说完以袖掩面，沉沉叹了口气，眼中极为酸涩。

他历来以为自己学识无双，却到底是自视过高了些。如此从高处跌落下来，他摔得极狠，心中苦意更难以与人言表。

胭脂心下咯噔，这事情已与命簿上所写出离得太多，她本以为拜师必然能成，只是多些周折罢了，可没想到竟是这样的结果。

这凭空出来的人究竟是谁，命簿上根本就没有交代。

也就是说不止这拜师一件事情，以后的事情都有可能会发生偏差，甚至和命簿上写的完全不同。

胭脂连忙站起身，走到李言宗跟前拉了下他的手，忍着焦急轻声问道：“言宗，你可知晓写那篇策论的人是谁？”

李言宗摇了摇头，苦涩道：“我不晓得，我当时看了那篇策论便已然晕了头，连怎么回的客栈都不晓得。师父，那篇策论写得真的极好。若是让我写，便是三年也磨不出这么一篇，可旁人只用一盏茶的工夫便能写出。师父，我真的有些怕了，这天下能人异士极多，我不过是沧海一粟……”他最引以为傲的，却比不过旁人一分，这叫他如何接受得了。

胭脂哭笑不得，他身在局中如在迷雾里，眼前这一点小小的挫败便叫他迷了眼。

而这对胭脂而言才是可怕的，她唯一仰仗的便是所有事情皆按命簿上来，一切与李言宗有关的她都能提前了如指掌，现下出了偏差，日后便是如同瞎子过河一般跌跌撞撞……

想到此处，她不由得暗自叹息，果然地府的差事不是这么好办的……

李言宗心绪不宁，胭脂便不好到处乱走，免得他一个想岔了又将自己整得人不人鬼不鬼的。是以连着几日胭脂都待在他身边照看他。而她自己也因命簿之事颇为忧心。

胭脂已然将命簿来来去去翻了几十次，可上面的事皆一成不变，根本没有因为人世间的变动而改变一笔一画。

堂堂一个地府竟然穷酸至此！连命簿这东西都不弄得高档些，这实时更新的速度竟如此缓慢，莫不是等到李言宗下一世劫难时才会有所变动？

胭脂气得暗自怒骂，她现下凡胎肉身，既没有在乱葬岗时的法力，又没有阴阳眼，连普通精魅都瞧不见。这可真是让她叫天天不灵，叫地地不应啊！

“师父的事情可处理好了？”李言宗的心情比起前几日略微好了些，虽然对这事还是耿耿于怀，但他到底不能让自家师父跟着一起担心，便也强迫自己不再去想这些。

胭脂停下心中怒骂，随口道："不过是一些琐事罢了，随意办办便成了。只是遇上了我之前的弟子，耽误了些时日。"她拿起筷子往嘴里拨了口饭。

"师父曾收过弟子？"李言宗略为好奇，他对师父的过去一无所知，每每提到她都不愿多说一字，今日倒是稀奇，自己提了起来。

胭脂见他好奇，便解释道："在你之前，我当过他的夫子，不过也只是教他识识字念念书罢了。"胭脂想起当初，到底有些不忍，叹息道，"他少时日子过得极苦，现下倒是好了些，在别人府里做管事，虽然不得重用但到底能养活自己。"

胭脂想起叶容之当日和她说的话，便隐约猜到他在那家主顾手下做事并不得志。

若是真的重用于他，怎会让他如此清闲？连着几日不去都无所谓，可见他这个管事是多么的清闲，几日不去也不会有什么大碍。

李言宗不以为然，照以往这点小事情他是不屑管的，连做个管事都不得重用的人自然不会被他放在眼里，见是胭脂的弟子，他才问道："是在哪一户人家中做管事，若是认识就让李书去打声招呼，也好照顾照顾你那弟子。"

胭脂一听便觉得这般极好，若是让叶容之自己这般憋屈地做事，倒不如想法子让人帮帮他，否则以他那样的处境要做到管家可是不容易的。

只是……她并不知道叶容之在哪户人家做事，她轻咬着筷子，温和地道："难得你有心，不过我倒是没细问，等得空再去问问看。"只是这事必然不能明着问，若是日后让他晓得，可是会伤了他的自尊的，胭脂还得好好琢磨怎么不着痕迹地问出来。

不过这镇上的大户来来回回就几家，到时细细留意一番也是能知晓的。

李言宗闻言点点头，其实照他想来，师父大可不必为了一个小管事跑这一趟，直接让李书去问问便是。

只是自家师父愿意亲自去，他这个做徒弟的也不好拦阻着。

胭脂看向对面的李言宗，这拜师不成，日后仕途也不知会如何崎岖。

李言宗从小到大向来是别人围着他转的，到了官场上与那些油条子虚与委蛇，以他清高傲然的性子，势必会得罪人。

若没有季先生这样的人在旁提点保以周全，恐怕连自己怎么死的都想不明白。

她想了想道："季先生既然不收你为徒，那你便不要提拜师了。每日上门多找先生交讨学问吧。”

李言宗闻言讶异，想了想又略略犹豫了起来，虽然十分仰慕先生的才识，可季先生都已然这样交代了，再如此过去岂不是太过厚脸皮了，他实在有些放不下脸面。

见他犹豫不决，胭脂放下筷子劝道：“你不用多想，季先生虽然打算收徒弟，但这人不是还没出现吗，人既然还没出现，你便是他现下最合意的人，趁这工夫好好与季先生相处，得了先生青眼与你以后仕途必然有益。”

李言宗虽然极为仰慕季先生的学识，但他已然退居人后，如何还能对他有益。他虽有异议但还是相信师父说的话，只是他一想到自己要每每厚着脸皮登门拜访，便有些犹犹豫豫下不得决心。

胭脂与他相处八年之久，一眼便能知他心中有何顾虑，她看向李言宗的眼睛，极为严肃地道：“言宗，看到机会便要伸手去拿，否则你永远得不到自己想要的。”

他与沈绾之事便是如此，若是下手快些，别东思西想，如何会成了孽缘？沈绾其人胭脂也是蛮喜欢的，这姑娘好哄得很，一串糖葫芦便能开心半天，胭脂想了想又看向李言宗，不由得叹了口气，可惜了这段姻缘。

李言宗见胭脂叹气，恐她对自己失望，忙点头称是，厚着脸皮便厚着脸皮吧，他若想要更进一步，就必须在季先生的教导下学习。这般放不下身段，放不下脸面，确实会使自己止步不前。

李言宗也是个听得进去话的人，次日，便带着李书又往季先生那儿去了。

胭脂本来因李言宗无法拜师一事颇为苦恼，但现下也只能先放在一边，她这几日无暇去想叶容之与沈绾那边如何，现下回想起来已经过去了七日之久。

她那日出门之前虽然留了纸条，但到底还是要去与他们说一声，免得他们担心。

胭脂出了客栈，一路上叫卖吆喝声入耳，集市人来人往，非常热闹。胭脂喜爱热闹，这一路看过去，买了不少东西，胭脂才算尽了兴，绕进了巷子里往叶容之住处走。

她整整七日未曾出现，以她来看，二人必然不会像之前那般整日说不上几句话，说不准她不在的日子他们已然暗生情愫。若是当真如此，那总算有一桩事是顺心的。

到了门口见门虚掩着，胭脂便上前推开了门。

木门缓缓推开，一眼便瞧见了叶容之，他一身月白简衫，腰间系着白玉带，简雅木簪束发，长身如玉，正站在树下若有所思。听门被缓缓推开，他转头看向她，这一眼悠远深长，他的眉宇间挂着一丝未曾收起的苦毒。

胭脂见惯了他穿青衫的儒雅清润模样，如今这一身白衣虽然简单，却极为出挑，他本身的气度就已经那样招人，如今又是这副打扮，可是把青衣戏里唱的风流倜傥翩翩君子的模样表现得淋漓尽致。

胭脂看得晃了神，见他一步步走过来站在她跟前，向她伸出了白皙修长的手，她才反应过来，急忙将自己的手上拎着的大包小包递给他。

胭脂回过神，颇为欣慰，这白衣以后可得多穿，不愁沈绾迷不了眼。

他伸手接过，对胭脂浅笑道："我还以为夫子不会回来了呢。"

"我去瞧我那徒弟了，他这几日很是不开心，我怕他想岔了，得守着他，近日怕是不方便来这里。今日特地来与你们说一声，免得你们挂心。"胭脂轻快地步下台阶，走到木桌前坐下，给自己倒了杯水，刚才一路买过来，这嘴可费了不少功夫，早已渴得不行，"沈绾呢，莫不是又睡着了？"

叶容之将东西放在木桌上："沈姑娘伤好得差不多就走了。"

胭脂闻一脸错愕，她倒是没想到沈绾竟然走了！

"怎么会……她可有说去何处了？"

"倒是不曾说过，她只问我哪处赚银子的活多，我便给她指了几处。"

胭脂想，说不准是为了把钱赚了还给叶容之，若是如此，日后还会再回来的。

叶容之看着桌上的一堆东西，随手打开了一包，里头包着青糯可口的绿豆糕，叶容之拿起一块尝了尝，点头道："好吃，入口即化，甜而不腻。"

胭脂一下被吸引了注意力，她本就是想吃这个才买的，是以现下也馋了起来，说道："这糕瞧着就好吃，那铺子里三层外三层地被围着，我可是等了好久。"便起身打算伸手去拿。

还不等胭脂伸手，叶容之便笑着拿起一块递到她唇前。

胭脂张嘴去接，忽觉得这般不妥，她一个夫子，又不是手断了还得弟子来喂，叫人看见可是要被戳着脊梁骨骂。她便尽量避免碰到他的手指，只是她不知自己该如何避免，眼前的人若是故意为之，她又如何躲得掉？

他拿着绿豆糕喂她，食指不小心触在她软嫩的唇瓣里侧，胭脂忙咬着糕点不着痕迹地往后一仰，见他好像没觉得不妥一般收回了手，她才慢慢咽下了糕点。

他又拿起一块糕点往自己唇边送，见胭脂看他，便相视而笑，张嘴咬了一口糕点，刚才碰到她唇瓣的食指也碰到了他的唇。待吃完了一块，他又将食指放在下唇轻轻一摩挲，像是在清食指上残留的绿豆糕渣子。

胭脂心下一惊忙别过眼，一脸不自然，她微微觉出不对劲，可又说不出何处不对。

她起先没注意他是如何吃这个糕点的，刚才这么一看颇有些心绪不宁，她满脑子都是刚才那一番景象。

胭脂看过去，他目光澄明，眼里没有一丝不自然，慢悠悠地给自己倒了一杯茶，细细品了起来。见胭脂在看他，便略带疑惑地看向她，仿佛在问：夫子，看着我做什么？

她连忙回神，喝了一口凉茶，才略略静下来。

此时胭脂才觉得自己太过大惊小怪，她这八年里在李氏那样的名门望族过活，里头的规矩太多。尤其她身份尴尬，又是李言宗的女师父，稍有一步踏错，就会有人用异样的眼光瞧她。

而叶容之自小便没有人教过他男女大防，如今大了便是知道，也不会把这些用在她身上，他只当自己是夫子，哪里需要这些规矩？他心思纯净，倒衬得自己有些不磊落了……

想到此胭脂不免有些唏嘘，在李府那样的大宅里待了这么些年，竟还真养了些自己都没意识到的规矩。

她不由得摇头轻笑，自己怕是头一个这般守规矩的阴物，若是让乱葬岗那群嘴碎的知道了还不得笑掉了大牙？

胭脂想了想又问道："你给沈绾指了哪几处地方，说不准我们还能去看看她。"

叶容之放下茶盏，看着她缓缓道："布衣巷口、边江码头。"见胭脂瞪大了眼睛，面上假作疑惑道，"还说了一处在城北街。夫子怎么了，可是这地方有什么不妥？"

何止是不妥，简直是巧得以为他在故意与自己作对，她这厢千方百计地把人隔开，他倒好，直接把人送到家门口了。

这三处地方正是李言宗去季先生那处的必经之路，最后这一处恰好就在季府边上，这简直巧得让人匪夷所思。

胭脂暗叹这沈绾与李言宗缘分实在太深，她这把剪子怕是不够锋利。

胭脂心中虽有焦急但面上不显，沈绾一会儿就得去找，免得他二人碰上，她现下还得先弄清楚叶容之对沈绾是否有意。

若是有意，主动一些沈绾未必会拒绝，胭脂试探道："倒是没什么不妥，只是她一个姑娘家在外奔波终究不是个事儿，这几处都是人多眼杂的地方，若是叫人吃了亏可就不好了。”她顿了顿，“我瞧沈绾人也是样样不错，便想给你说说，你觉得沈绾如何？”

叶容之闻言一笑，看着胭脂颇有深意道：“夫子怎么做上了媒人？以往夫子可不爱管这些事。”

确实不爱管，她在乱葬岗待惯了，鬼魅精魂们向来是独善其身的，她一个阴物不去害别人已然是有良心了，若不是因为李言宗这段是孽缘，她才懒得管这些破事。

“只是瞧着你们般配才提，沈绾是个好姑娘，你们两个一静一动、一文一武，若是皆对彼此有意，往后这日子可是极为有趣的。”

叶容之闻言不语，胭脂以为他在考量便不再说话，若不是这三个地方离李言宗去季先生的路径实在太近，她也不至于把话说得这般透。她本意是想让他们自己发展，自己牵牵线便好，可是眼下却顾不了这么多了。若是叫李言宗遇见了沈绾，对他们两个人来说皆是坏事，对她也是麻烦一桩，这往后人家龙子渡好了劫，想到自己这个在旁帮他避劫的人，连个情劫都避不过，还不得回过头找她麻烦。

胭脂想了想还待再说什么，门外却传来沈绾的声音。

“这便是我那恩人叶公子的住处，还要多谢公子能够给我找活，否则我可报答不了恩人了。”

“沈姑娘客气了，姑娘武功如此好，让你做护院其实有些屈才了。”

沈绾连忙对男子道：“不屈才、不屈才，这活可比我在码头扛麻袋来得好，更不会有那些无赖小人的搅扰！”

那男子闻言笑了起来，笑声爽朗，隔着门直传到院子里头。

叶容之对着胭脂一笑，意味深长道：“夫子，沈姑娘回来了。”

胭脂黑了一张脸，这可真是孽缘，才这么会儿工夫竟然就碰上了！

当真是诸事不顺，李言宗要拜师却拜不成，她要剪这孽缘又剪不断，这要是都按命簿上的来走也是好的，偏偏按照与她相反的意愿来，胭脂不由得暗自呕血，只怕接下来要费些功夫了。

她神情不安地看着敞开的门，沈绾和李言宗一道出现在门前，沈绾一眼就看见了胭脂，忙跑进来拉着胭脂，惊喜道：“胭脂，你回来啦？”

李言宗在后头瞧见她也吃了一惊：“师父？”

沈绾听到这称呼，忙转头看了李言宗一眼，又看向胭脂，一脸不可思议：“李公子是你的徒弟？”见胭脂闻言颔首，她又看了一眼叶容之，“胭脂你好生厉害，到处都是你的徒弟，那他们谁是师兄谁是师弟啊？”

李言宗闻言心下不悦，师父只收过他一个徒弟，而眼前这位，师父也说了只是教他读书识字罢了。但是旁人不会这样想，他们只会当他与这个小管事是师兄弟，且按照时间来算，他还是师弟。

非是他清高自诩瞧不起人，虽说师父这弟子的气度确实叫人欣赏，可又有何用，他只是别人府里的小管事，他堂堂李家少公子成了一个小管事的师弟，实在是件有失体面的事情。

李书跟在李言宗身边十几年，自小与他一起长大，自然知道他心中所想，他在后头忙笑道：“姑娘怕是误会了，我们少爷可是胭脂师父唯一的徒弟呢？这位小的可是连见都没过，何来师兄师弟之说？”

胭脂万没想到会出这般状况，她微皱了眉，略带提醒地唤道：“李书。”她看了叶容之一眼，他面上并无不快，只是眼里露出几分落寞。她本来就有几分自责，现下见到他这副模样，心下更是愧疚难当。

叶容之见胭脂看过来，便收起了那副神态，对她浅笑道：“难得来了这么多人，还要劳烦夫子带客人往屋里坐，阿容去添些茶水。”站起身拿起茶盏，待一转身，面上的笑便带上了七分嘲讽。

可叹这头胭脂还在心中担忧，担心他听了李书这番话不得开怀。

胭脂起身领着他们往屋里头去，到了屋里，虽说可坐的地方多了，但一下子多了几人，便显得这本来就不大的屋子更加狭小。

李书见到这番形容，忍不住嘀咕了句：“这屋子也太小了些，连转个身子都嫌挤，这可怎么住人？”他自幼在李府长大，便是最下等的下人住的屋子都比这宽敞许多。

叶容之正巧这关头进了门，一进屋便听到了这句话，他闻言笑了笑：“是小了些，倒是怠慢了你们，不过在下也着实变不出更大的地方。”

胭脂听得李书此话，不由得皱眉，这就由不得她不生气了，再怎么说也是做客别人家中，怎能如此寒碜人家？

李言宗见胭脂不悦，便沉下脸对李书道：“谁教得你这般无礼，竟然在别人家中这般说话，还不快向叶兄赔礼道歉！”

李书心中不快，倒不是生自家少爷的气，只是他自小就是少爷跟前的大红人，无论是在李府还是在外头皆吃香得很。

他不过说了句实话，却要向眼前这位道歉，他自然是不服的，他可是听他们提过，这人不过是这镇上一府的小管事，先不说这镇上有什么大户人家，便是有，放到他眼前也是不够看的。

李书心中思绪千回百转，最终还是低下头，心不甘情不愿地向叶容之作了个揖，正要开口，眼前的人却伸手扶住了他的手腕抬起，表示不受他的礼。

他抬头一看，见眼前这人面上带笑，不由得惊道，好一副面若冠玉的模样，只是可惜了面上有这么大块胎记。

叶容之温和道："不必如此，况且这屋子小也是不争的事实，小哥不过说了句实话罢了。"

李言宗见他谦逊有礼，一派大家之风，再观李书那般登不上台面的模样，心下更是不悦。

一个小地方的管事便有如此风度，李书跟在自己身旁十几年，却不及眼前此人一毫，叫他怎能不气恼。

不过再怎么样也不能叫别人笑话自己府中的规矩，李言宗回以一笑："叶兄莫要见怪，这歉是一定要道的。府中规矩甚严，本就不许多嘴饶舌，这些日子出门在外他便有些松懈了，现下若不教他规矩，往后若是到了别人府中再出这样的差错，实在会叫李府失了脸面。"

李书见自家少爷这般，便是真的动怒。他连忙上前，对叶容之恭恭敬敬地作了一揖："小的言语有失，冒犯了公子，还请公子莫要怪罪。"等了片刻，却没声响。他抬头一看，那人没有受他的礼，他提着手中的茶壶正走到桌前，将茶盏一一注满，茶水慢慢腾起的热气，使他的面容混混沌沌的。

他抬手将茶盏一一端起，放在他们面前，一举一动都煞是好看，骨子里透着一番风流倜傥的味道，说道："在下闲散惯了，不懂大户人家规矩如何，已然说了不介怀便是真的不介怀，又何来怪罪一说？"

胭脂见此便对李书道："既如此便算了，往后切莫胡言乱语。"

李书连忙点头称是，胭脂一开口李言宗便不会太过生气，果不其然，李言宗不再追究，让李书去外头候着了。

沈绾看着这番情形，面色微妙，旁的她倒没什么感觉，倒是觉得这李府的规矩颇大了些，往后她做护院岂不辛苦？她向来在江湖飘荡惯了，若是要她守规矩，那还不如让她挥剑自刎算了。

沈绾在心中叹了口气，这银子都拿了，如何还能推脱此事，往后也只能硬着头皮上了。她看向叶容之，从袖里拿出钱袋递过去："叶公子，这是这几日我在此处的花销，这些日子实在是劳烦你们了。"

胭脂和李言宗皆是一愣，倒是想不到这姑娘竟然明面上就要给钱，这叫人如何收得下？

叶容之面上诧异，流露出几分不解之色："原来这便是姑娘想要赚钱的原因？"他不由得失笑，"原也没用多少钱，姑娘不必放在心上。"

沈绾见他不要，急道："这银子公子可不能不收，这是我的一片心意。我不是想用钱搪塞您，只是不想给您添太多麻烦。二位既救了我的性命，日后若是有用得上我的地方，我必然赴汤蹈火在所不辞。"沈绾感激涕零地举着钱袋，言语恳切。

胭脂：这不过几日工夫没见，怎么就发展成赴汤蹈火的报恩了……

胭脂静静作壁上观，这和当初她拿钱袋塞给叶容之何其相似，她本意是想他们这一来一往可以有更多接触，但是现下已然大大脱离了她的预想，这怎么看也不像是能成一对人的模样，倒像是债主与欠债人的形容，胭脂如此看着，不由得觉得有些脑袋疼。

"既是沈姑娘一片心意，叶兄就接了吧。"李言宗接过沈绾手中的钱袋，递给叶容之。

他本意是既然是师父之前的弟子，现下过的拮据师父心中必然也不会开心，于是他想了想又开口："你在哪户人家做管事，若是相识，我可以让李书上门去说一声，日后自然会帮衬。"

胭脂实在不知怎么会变成这样一副情形，今日怕撞了邪了，她知道言宗是好意，可这事如何能这般明面上说？这事也不怪他，只是他从来都是这般行事的，毕竟身份摆在那里，求他的人得了这么句话，还指不定怎么开心呢。只是她拿不准叶容之心中如何想，毕竟这事于他有益。

叶容之微微一笑，接过钱袋放在桌上，不徐不疾道："不过小户人家养活生计罢了，如此小事就不劳烦李公子了。"

李言宗看了一眼胭脂以示询问，胭脂见叶容之这般便知他心中并不打算接受，想来他是不愿受李言宗的帮忙了，这般直接到底是伤了人的自尊。她冲李言宗轻轻摇了摇头，又起身对叶容之说道："时辰也不早了，现下也该是告辞的时候了，往后若有时日，咱们再聚便是。"今日人多实在不方便，况且言多有失，再留下来不知又会出什么乱子，再来几句怕是真的要得罪了叶容之，今日这般的言行举止，若是叶容之是个自尊心强的，怕是会多想了。

叶容之面上浮起一笑：“夫子客气了，该是阿容去拜访夫子才是。”

李言宗起身，对叶容之道了句“告辞”。叶容之含笑回礼，走在最后，送一行人出了院子，目送他们一路走远才转身缓步回了院子，行到树下的躺椅旁，伸手抚了抚椅背，神情淡淡。

尤十一在外头等了许久，见胭脂他们走了才从门外走进来，向叶容之作了一揖。抬头见叶容之这番神情，尤十一心中一惊，又是谁惹了这“魔星”，还正巧给他撞上了，今日可真是霉运至极。

见叶容之看向他，尤十一忙收敛神情，低下头恭恭敬敬道：“先生这次替公子出的主意极妙，公子既得了人心又不曾得罪兄弟。公子极为高兴，特设了筵席拜谢先生，望请先生赴宴。”

叶容之面色疏离，他转过头看向躺椅，手轻轻一推，那椅子便轻轻摇晃起来，他忽道：“若是你瞧见了少时心心念念的故人，却骤然发现她远不如少时那般好，一直待你如同外人一般疏离，你会如何？”

尤十一低着头愣了一瞬，这“魔星”莫不是要与他谈心？他颇有些受宠若惊，细细斟酌片刻，抬起头道：“这人心难测，既然已经变了，那也只能算了。”

叶容之闻言轻轻笑道：“算了？”他本还好好的，也不知想到了什么，忽地眸色一沉，“她对别人可是好极了，思来想去皆是为了旁人，既然只待我如同外人，那怎么能叫她过得太顺心？哪有我一个人心中不舒服，他们却安安乐乐的道理。”

尤十一就知道这哪是谈心，他不过是闲来无聊逗自己玩罢了，其实心中早已有了打算。尤十一不由得可怜起了他口中的那个人，这“魔星”最喜挑人痛脚下手，他要说直接取了你的性命倒也痛快，可偏偏喜欢拿你最在意的，细细折磨，磨得你生不如死才算罢休。

胭脂一行人回了客栈，李书替沈绾另开了一间房，又替她整理行李去了。胭脂见沈绾已然安排好，便不再多管，转身对李言宗道：“你与我来一趟，我有话说。”

胭脂这一路有些面色不好，也不曾言语，李言宗不明所以，连忙跟上。

胭脂进了屋便到了窗前，静静站了片刻，还是不曾言语。

李言宗见此情形，心中已有了底，多半是为了叶容之的事。落魄人家最怕什么？当然是最怕人瞧不起他。李书今日言语确有不妥，他想了想道：“师父可是因为李书惹气？若是，徒儿便将他赶回府去，换个人来伺候。”

胭脂回过头，她一路上思索良久，终究觉得必须将李言宗这自己都不晓得的毛病改掉，他这一番自恃过高的做派，到了官场上不知要得罪多少人，只怕到时被害得连骨头渣都剩不下。

“你可知我为何叫你来，却不是叫李书？你当真以为我是为了李书言语失当而生闷气？”

李言宗闻言，略带七分疑惑，又带了三分慌乱，他做事向来力求完美，师父从来对他赞赏有加，今日说这番话，这分明是自己哪处做得不好惹火了师父：“徒儿愚钝，还请师父言明，徒儿必定改正。”

胭脂见他如此低声下气，心中默默为自己捏了一把汗，这里历完劫以后他可就变回龙子了，自己还必须在这儿装腔作势一番，然已是骑虎难下，她想了想，严肃道：“你可知你今日这一番施舍他人的做派，若是在官场上会得罪多少人？”

李言宗不以为然，区区一个管事，何须他如此费力应对？他愿意为他讨得好处，已然是给了他天大的脸面。难道还要自己费心讨好不成？

他心中虽这样想，但还是恭敬回道：“师父不必担心，到了官场上，我自有另一番说法。”

胭脂见他如此，便知他心中还是不服，她面色微冷道：“你是不是觉得，他不过是一个小小的管事，而你是李府的嫡长子，他身份远在你之下，你便不需要费心经营？”

李言宗默然不语的模样分明是觉得自己一点错处都没有。

胭脂不由得加重了语气：“你可知官场上瞬息万变，今日在你之下的人，他日未必不可在你之上，你若是得罪这样的人，往后便有的你苦头吃。”

李言宗看向胭脂，坚定道：“若是在官场上，言宗自然会谨言慎行，可若是一个一看就知道毫无建树的人，也要这般费心对待，那岂不是白费力气？师父难道要我对下人奴仆都有礼有节不成？”

胭脂叹了口气，他这性子自幼养成，这一时半会儿怕是拗不过来，只怕是吃了苦头才能了解这世事无常，总不会按你想当然的来。人是万物中变数最多的一类，岂能小看。

李言宗见胭脂叹气，心中颇为委屈又有些不甘，不由得恼道：“师父莫不是因为今日言宗说话过于直白，伤了你那弟子的尊严不成？师父就这般看重他，难道言宗在师父心中还不如一个管事？”

瞧瞧这一股往死胡同里冲的劲，简直鸡同鸭讲，若是按照胭脂在乱葬岗的性子，早就将他打得哭爹叫娘了，哪还说得这般多的废话。

她与叶容之这么多年不见，早已不复以往，胭脂于他至多是怜惜他少时可怜，叹他年少孤苦，再多也不曾有。

而李言宗不同，她如今帮他避劫，明面上看她是他的护身符，但其实李言宗才是自己以后的倚仗。她早就想过，以阎王和判官的风格，只怕不会有这般好事送到她头上，多半是个陷阱，但这诱惑实在太大，胭脂才闷声不吭地往下跳。既然他们惧怕龙王怪罪，那龙子便是她以后的倚仗，往后若有什么不妥，也好有个人照应。

只是这些自然不能叫李言宗知晓，胭脂伸手按了按额头："你怎么会有如此想法，你们二人如何相比，阿容自小孤苦，我不过怜惜罢了，你我相处八年有余，我说这些也是为了你好，我怕你这样的性子，往后在官场无法立足。"

李言宗得到自己满意的答案，心中欢喜，嘴角控制不住微微上扬："师父放心，言宗谨记在心，往后一定会谨言慎行，免得让师父担心。"

长街上人来人往，这玲珑小镇倒是日日人声鼎沸，胭脂身着一袭茶色薄衫，衬得肤白胜雪，头缀桃花簪，黑发如丝垂腰。她斜倚在桌旁，窗外柳树随风而动，偶有燕雀啼叫声声悦耳，听着堂内食客说着细碎琐事，倒也消磨了些时间。

这十来日过得极快，因着李言宗那日说的话，她便没有再去看叶容之，她到底是看重李言宗些的，所以只能将叶容之放在一旁了。

而李言宗对沈绾的称呼也慢慢从沈姑娘变成了绾绾，言语之间如情窦初开的少年一般，他既怕沈绾知道他的意思而故作冷淡，又怕沈绾不知道他的意思而殷勤备至。

胭脂不由得叹息，既然喜欢那便罢了，至多到时她麻烦一些，李言宗若是左右摇摆不定，她就索性提早送他下地府投胎吧，也免得受后头那样的磨难。

李言宗从季先生那处回来，一进客栈便瞧见了胭脂，他面上难掩欣喜，快步冲胭脂走去，激动道："师父，今日季先生愿意收我为徒了！"他已然许久不曾如此高兴，自幼起，想要的都极容易得到，无论是人还是物，这次他本以为自己成不了季先生的弟子，是以一直耿耿于怀，如今这意外之喜让他心中激荡，久不能平复。

胭脂闻言双目一亮，她放下手中的瓜子："当真？"

沈绾跟在后头，见到桌上的瓜子，便连忙坐下，抓了一把嗑了起来："自然是真的，那季先生今日也不知抽的什么邪风，怒气冲冲的，我还以为他要辱骂言宗呢，哪承想他是要收他为徒！"

胭脂不由得惊异："这是为何，这季先生当初还是死咬着说自己只收一个弟子，且他还看中了一个人选，怎么突然间就改了主意？"事情虽然已经回到原轨，按照命簿上的来了，但胭脂还是想把事情弄明白些。

这个命簿上没有丝毫记载的人究竟是谁，若不弄清楚，往后的事情只怕也多有波折，他若是再出现，岂不又要横生枝节？

李言宗略一沉吟，疑惑道："今日季先生确有些古怪，我也只知晓他早间瞧了一封寄来的信，便怒气冲冲地进了书房不再出来。待出来后瞧见了我，便突然答应收我为徒了，只是不知那信中写着什么。"

胭脂默了默，一直得不到答案，忽然觉得有些气闷，便从袖中拿出了柄折扇，"啪"的一声展开，轻轻扇着。可她这气闷哪是热的，分明是烦躁，于是便将扇子随手放在了桌上。

李言宗今日实在太过欣喜，察觉不到胭脂心烦，见胭脂不再过问，便也不再多想，今日季先生收他为徒，合该大肆庆祝一番。

他一撩衣摆坐下，正准备询问他们晚间如何安排，却见沈绾手中的瓜子没剩多少，他便含笑伸出手到瓜盘中打算再摸一把瓜子递给沈绾，却在伸手时顿在了半空中，他面上的笑一下子僵住，看着胭脂放在桌上的折扇，一副受惊不浅的模样。

沈绾瞧了眼他，又瞧了眼李言宗瞪着的折扇，疑惑道："你怎么了？"这扇子沈绾识得，是叶公子常拿的那柄，他见胭脂喜欢便送给胭脂了。这扇子确实不错，然她一个舞刀弄枪的也看不出什么来，何以让李言宗跟见了鬼一般。

李言宗如同没听见沈绾的话，拿起折扇，细细端看，眉头紧皱又似在思索什么，他看着折扇上的字反反复复细细端详，像是在一笔一画地一一揣摩。

胭脂见他如此，惑然不解，这折扇上的字再好也不至于这般，李言宗自小见多识广，何至于如此惊讶，她略带不解地唤道："言宗？"

李言宗拿着手中的折扇，手微微颤抖，仿佛确认了什么，他低哑着声音，问道："师父这柄折扇从何而来？"

"是阿容的，我瞧着喜欢便讨来了。"她实在看不下去叶容之每每用这柄折扇来"煽风点火"，为此特意去街上买了把蒲扇给他用来生火，才救了这折扇的苦命。

沈绾对他们讨论的折扇没什么兴趣，她向来喜欢舞刀弄枪，这门子文绉绉的东西实在不合她的意，便站起身去往客栈后院里练武了。

李言宗见沈绾走了，又看向胭脂："师父可晓得叶兄是何处得来的此扇？"

“这我倒没问，这折扇连落款也没有，只怕是信手而来的一作，说不准是他自己写的。”都说字如其人，这字体遒劲有力，与叶容之也是相称的。

李言宗握着折扇摇了摇头，笃定道：“叶兄绝对写不出这样的字。”一个小户管事如何写得，更何况他所指的不仅仅是字。

胭脂疑惑不解：“何以见得，若是日日勤加苦练，写得好也不是什么稀奇的事。”

李言宗苦笑起来，颇有些酸涩地开口：“字写得好确实不算稀奇的事，可是写得这般好却绝对不是勤加苦练能成的，且这字迹与当日季先生给我看的那篇策论一模一样。”

胭脂闻言一愣，转而满目诧异，她伸手拿过李言宗手中的折扇展开细看，上头的字初看行云流水，落笔风流洒脱，细细端看下却暗藏玄机，笔锋险奇兼纳乾坤，暗含“来如雷霆收震怒”之势，胭脂心中微微一惊，略一沉吟，凝重道：“你可看清楚了，不曾认错？”

李言宗满脸肃然，郑重其事地点头道：“绝不可能看错，当日那篇策论我反复看了数次，一笔一顿皆记心中。此字独行其道，观字犹如剑走偏锋，就是最善临摹之人也未必能写出其中一二分意境。”他此时心中百感交集，既想见见其为何许人，又羡妒此人才识，颇为酸楚苦涩，个中滋味根本无法与旁人诉说。

文人重墨，虽有墨宝赠人为礼，但若真是那人送给叶容之的，又岂会如此随意使用，甚至再转赠他人。且看他这人温和重礼便更加不可能，除非这是他自己写的，若真是如此，那是不是说明她看到的叶容之也只是表象，实则如何她其实并未看清。

胭脂慢慢收起折扇，微微蹙眉：“此事你不必管，今日这折扇便当作没有见过。”

李言宗面色凝重，就算不比才学，以他的家世背景，难道在这人面前都不值得一比吗？

他不确定道：“师父，若是这人真的出现，那季先生是不是就……”

胭脂不待他说完便直接打断，李言宗出身名门望族，样样皆为出挑，难得遇上让他为之侧目的对手，心中难免想要比试，但现下情况未明，绝对不是争强好胜的时候。是以她面色严肃，颇有几分强硬道：“所以你切记不可叫季先生知晓此事，也万不要存了争胜的心思。我直白地告诉你，以季傅的性子，若是叫他知晓了这人的行踪，他必会弃你择他，绝无例外。”

季傅是什么人，皇帝不如他的意，他都能背地里想法子换掉，更何况是区区一个弟子。这样的人，他永远只要最好的，这次他愿意收李言宗为徒，其实已在她意料之外。

胭脂的话在李言宗心中投下了一块巨石，听她所言，似与季先生相识，且对他的性子了如指掌。

可师父种种表现皆说明他与季先生并不相识，不曾照面便能笃定季先生的心思，他早知自家师父神通广大算无遗漏，却没想到连最是叵测的人心都可推算，心中拜服之余又平添几分悚然。

肆 愁煞

巷口夕阳微斜，墙根稀稀疏疏长了些野草花，凌乱而又有些赏心悦目。

胭脂来到院落门前，门还是虚掩着，她思索片刻推门而入，院中无人，屋里门房紧闭，她向屋里唤道："阿容。"无人回应，到底心中疑惑未解，她缓步上前轻叩房门三下，等了片刻也没有声响，便推开了门，屋内空无一人。

胭脂转身往后头的客房去，之前她和沈绾住着的时候，叶容之一直睡在书房。

书房也没有人，只有满满当当一屋子的书，胭脂略一迟疑便踏了进去，她扫了一眼，书案上干干净净只摆了几本书，环顾四周不曾看见落有笔墨的地方，胭脂只得拿起书案前的一本书细细翻过，也是一样，一点笔墨也不见。

胭脂耐着性子一本本翻来，每本都是干干净净一墨不染，慢慢她觉出一丝不对，这桌上的每一本书都是鬼怪异志。

她心中疑惑，抬头随意一瞥，目之所及皆是此类书籍，这屋子里满满当当的书，不是闲话趣本，更不是学术策论，而是一屋子关于魑魅魍魉的书。

胭脂心下一惊，再低头一看手中的书，翻过一页便是折页，这一页上写的是借尸还魂，后头是道家的阴阳阵法，胭脂见过这种阵法。

当年在乱葬岗就有一个道士想要抓她，布了这天罗地网来收她，所幸她怨气太重，带得乱葬岗中鬼魅精魂怨气死起，那道士恐坏了阴阳秩序惹了大事，才收了手。

她现下虽然是个人，但到底只是一副皮囊罢了，她骨子里还是个阴物，与真正的人到底是不同的，也不知这阵法会不会对她有碍？

且最让她心中不安的是，他为何看这些，又为何在这一页折上一角？这阵法便是常人知晓也不知怎么用，难道他还修了道不成？

作为阴物，她心下自然恐惧这些，忙扔下手中的书籍，一转身却撞上了早就悄无声息站在她后头的人。他站得极近，她一转身就撞到了他怀里。

她心头一骇，不自觉往后退，却忘了后头就是书案，退无可退。

叶容之身子微微前倾，一手撑在书案前，一手伸过去拿胭脂扔掉的那本书，将她圈在自己和书案之间。他拿起书，微微侧头，似乎在认真端详书中的内容，缓缓问道："在看什么呢？"他微微低头看向胭脂，"借尸还魂？"

胭脂见他靠得如此近，心下既乱又怕，于是微微往另外一侧靠，却不想他的手还搭在书案上，她这一靠倒像是依偎在他怀中一般。

但见他眼神漠然，缓缓张唇淡淡道："还是阴阳阵法？"

胭脂见他如此只得迎上，她靠在书案前，抬起头看着他的眼："不知阿容看得是什么？"她顿了顿，"也是阵法？"

叶容之望了她好一会儿，直起身将手中的书放回案上，言语暗含讥讽："我看这阵法有何用，难不成还能收了夫子？"

胭脂一时怔然，颇有几分不知所措："那你为何……"

叶容之神色淡漠，语气平平："不过是想知道当年究竟发生了什么，何以夫子会给那本该死去的人做师父？"

自从瞧了那折扇上的字以后，胭脂就不敢再轻易信他，此时虽带了几分提防，但听闻这话还是顿生几分感慨。当初她是他的夫子，如今却成了别人的师父，若是换作她，只怕心中也会意难平。

她默了片刻，缓和道："我以为你无意知晓这些，你若是想知道，我现下就可以一一告诉你。"

"看了这么多书，心下也猜得八九不离十了，左右不过那么一回事，阿容已然不想知道了。"叶容之半笑不笑，还是一贯的温和有礼，却比往日更添了几分疏离。

胭脂捉摸不透他的想法，难道是自己想多了？

事已至此，若是再开口问字迹一事，只怕是会弄巧成拙，她微垂下眼："既如此，那我先回……"

叶容之未待她说完便打断了她的话，他看着胭脂，略带玩味一笑道：“夫子向来无事不登三宝殿，这次又是为何而来，怎么不将事情说透再走呢？”

这话里话外都带着刺，胭脂耐着性子不解道：“今日这是怎么了，可是谁惹你不高兴了？”

不想叶容之闻言不仅未有松动，神色一如方才一般淡漠，他绕过胭脂转到书案前坐下，随手拿起一本翻看起来，直接将胭脂晾在一旁。

这般作为，胭脂再傻也知道是自己惹了他不快，可细细想来也没觉得自己何处不妥，难道是自己今日来的时机不对，撞到了枪口上？

她不由得有些暗恼，一时语塞至极，从她有意识以来，整整两百余年，还不曾遭过这般冷遇。遇上看不惯的，她都是动手，如今这个哪能打，落得虐待弟子的名声可不好听。

正待抬步离去，却又想到这一走只怕就是形同陌路，折扇一事若要再查就需多费些周折。

然，胭脂是个懒的……却又是个拉不下脸哄人的……

是以一时间只能窘然而立，颇有几分石化的味道。

叶容之坐于案前看书权作视而不见，待翻过一页才缓缓开口：“阿容今日心情实在不好罢了，夫子不必放在心上。”

既然给了她台阶下，胭脂自然要接，她上前一步，手撑在书案上：“我哪是这般小气的人，阿容若是有什么大可与我说，我瞧能否帮你一帮？”

叶容之放下手中的书看向她，黑眸沉沉:“夫子不是向来只关心自己的徒儿吗，阿容算得了什么？这点小事还是不劳夫子费心。”他顿了顿，垂下眉眼，平添几分落寞，言语间暗含了几分苦意，“本来……师父就是要比夫子来得亲近些的……”

胭脂张了张唇想开口劝他，却觉得说什么都不对，无论从关系还是时间来说，她确实是和言宗亲近些，这一点她无论如何都无法反驳，于是开口道：“是我对不住你，当初那样离开，再如何也该回来给你个交代。”

她在地府养伤足足养了六天，刚到人间就遇上了李言宗的种种劫难，她忙着勤勤恳恳地做老妈子，叶容之如何早已被她抛在脑后，说到底确实是她太过凉薄了。

叶容之垂下眼默然无语，神色莫测，良久才道：“夫子当初可有想过寻我？”

胭脂再是昏了头也知晓这话不能接，可她又不好骗他，只得静默不语。

等了许久，叶容之慢慢笑开，眼中带了几分嘲讽，看着她却是温和的，说道：

“是阿容多此一问了，夫子的徒弟人中龙凤，自然不是我这种乡野村夫能比拟的。”

胭脂没想到他会有这样的误解，却又不能把实情说出，这天下没有不透风的墙，更何况她如今对叶容之还有顾虑。她沉吟一瞬，只得道：“言宗之于我关系到我的以后，并不是你想的那样，是我们……没有师徒缘分，这皆是冥冥之中早已注定，非你我所能左右。”

叶容之神色不动：“夫子说得是，有些东西确实不可强求，是阿容想偏了。”他站起身绕过书案，青衫清简随着他走动拂过书案一角。

他向胭脂缓步走去，面上的笑微微浮起，缓声道：“夫子可要留下来与阿容一道用饭？”

胭脂想了想，推托道：“来时吃了些零嘴，已然吃不下了，下回来再吃吧。”如何还会有下回，她已然不打算来了，叶容之心思多变，她实在无力招架，且自己又看不透他，还是避着些的好。

叶容之不禁莞尔：“既如此，阿容送夫子一程。”

胭脂点点头往外走去，这话说得虽然没有错，但她听着总觉得怪怪的。

出了屋子天已然黑了，待走到院子里，胭脂心想总不能白来一趟，便开口试探道：“上次送的折扇被我不小心弄坏了，不知阿容可否再替我写一柄，我实在很喜欢这扇子。”

走在一旁的叶容之闻言轻笑起来：“只怕要让夫子失望了，这折扇是当日在市集上买的，并不是阿容所写。”

胭脂顿下脚步转头看向他，探究道：“那人可还在？”

叶容之回望她：“许久没看见了，我见他模样像是一时困窘，所以买了柄折扇权作相帮。夫子若真是喜欢，我平日里多帮夫子留意着，说不准哪日就回来了。”

胭脂见他目光清澄，不似作伪便信了七分，那凭空出现的人又断了踪迹，实在叫她有些气馁，她勉强笑道：“也好，若是回来了可记得通知我一声，我也去瞧瞧他的字画，有中意的好多带些回来。”

叶容之点头，见天色已晚便去提了盏灯笼来，说道：“天色已晚，此处又偏僻，我送夫子到巷口吧。”

二人缓步前行，巷子里空无一人，白日里来还一番生机勃勃的模样，现下又回归了幽静可怕。

没走几步胭脂停了下来，神色凝重地看向巷口，那处空无一人，风轻荡灯笼，里头的烛光摇曳。

叶容之见她停了下来，也不问发生了何事，只看向她，神情漠然，到处都透着一丝诡异。

胭脂心思全在巷口，根本无暇顾及身边的人如何。

她静静站了一会儿，巷口的人按捺不住显了身。

几名黑衣人站在巷口，若不是有盏灯笼隐隐约约照着，只怕在阴暗的窄巷里根本看不清有没有人。

胭脂伸手握住叶容之的手往回跑，一回头却发现后面也站着几个黑衣人拦住了去路。

为首一人对胭脂道："都说陵都有位女半仙，今日一见果然有几分本事，只是半仙可有算到自己今日有此一劫？"

胭脂暗道倒霉，面上八风不动，故作不解道："我有些听不明白你的意思，什么女半仙？"

那人听后阴沉道："半仙还是莫要装蒜，当年李氏一族已显衰败之象，几年之内竟繁盛至此，仿佛事先就知晓哪条路好走一般，若不是有人从中指点，岂会如此一帆风顺？"

胭脂见他们一步步靠近，一副笃定的模样，不由得沉下脸："你们想要什么？"

"我们家主对半仙很是景仰，想请半仙一聚。"话音刚落，为首的黑衣人一个猛扑过来，使了极大的力气想要一把擒住胭脂。

胭脂虽然没有如在乱葬岗时的法力，但条件反射还是有的，精魅的速度哪是常人能比得了的？见黑衣人毫无征兆直扑过来，她随手拉着叶容之往一旁避开，那黑衣人扑了个空，又因用力过猛收不回来，整个人重心失衡狠狠扑倒在地。

气氛一时极为尴尬，胭脂轻咳一声，开口缓和道："这……不走吗，你们家主不是要见我吗？"

那黑衣人顿滞了片刻，猛地如弹簧一般从地上跳起，对着后面的黑衣人恶狠狠道："把他们绑起来！"

胭脂摸了摸鼻子，觉得颇为委屈。她看看周围，见其他黑衣人皆松懈下来，胭脂微眯了眼，眼里闪过一丝凛冽。

一旁的三个黑衣人上前了两个来绑他们，其中一个指着叶容之问道："这个多出来的怎么处置？"

为首的黑衣人阴沉道："拉到野外杀了，处理得干净些。"

话音刚落，还没等黑衣人眨眼，胭脂猛地伸出两指戳向叶容之身前黑衣人的双目，夺过他的佩剑，挥手一剑抹了自己身前黑衣人的脖子，将他狠狠一踹挡住另外四人的道，侧身避过身后袭来的一剑，再转身刺向靠近的黑衣人，将其一击毙命。

她忙拉起叶容之往另外一个方向跑，如此不过一息之间，待黑衣人反应过来，他们的人已然只剩四人。

胭脂拉着叶容之往前跑去，见身后的黑衣人越追越近，胭脂不由得沉了心，刚才不过仗着自己速度快，他们又没有防备才得了手。

现下他们生了警惕，若是被他们追上，根本招架不住，她现下形同一副空架子，再有叶容之一介书生做负累，想赢刀口舔血的江湖人简直是难如上青天。

她被抓住了还能暂时保得一命，但叶容之必死无疑，她拉着他借力往前一推："你走！"便转身往后拖住他们。

叶容之生死关头手中还提着灯笼，灯笼中的烛火随风摇曳，动静这般大竟也不见灭。他顺着胭脂的力顺势往前几步，便停了下来，闻她之言微微一愣，转身看向胭脂，神情恍惚。

四人与胭脂缠斗不休，她速度极快出手狠绝，一看便是老手，可又不出全力，四人亦不敢使出全力皆小心谨慎，恐中了奸计失了性命。

可胭脂哪里是没有使出全力，她一股子劲都快憋得青筋暴起，若是以前，一根指头都可以摁死他们，哪用得着这般费力气！

为首的黑衣人见久攻不下，瞥见远处站着的叶容之，直逼向叶容之。

叶容之不躲不避，从容淡定地看着他势如破竹的攻击，面上隐隐约约露出几分古怪的笑意。

胭脂见状，顾不得再与前面三人周旋，忙转身一剑劈向往叶容之扑去的黑衣人，却被他避过。胭脂后头失了防备，后背挨了一剑，她暗道不好，忙转身下腰，身近俯地，以一种极灵巧的姿势避开了身后的剑影，拉着前面黑衣人的脚踝，狠狠一拽。

那黑衣人见状忙借力往后一退，待胭脂位置移动至他前方，他强行遏制住退到一半的身形，猛地往前一掌劈向胭脂的后背。

胭脂猝不及防向前扑去，叶容之见状微微敛眉，上前几步正好接了胭脂入怀。胭脂挨了一剑又中了一掌，意识很快模糊，头靠在叶容之的肩膀上便昏迷了过去。

叶容之抱着胭脂，侧头低声唤道："夫子？"她呼吸轻浅，落在叶容之的颈侧。

胭脂的后背渐渐湿润起来，叶容之神色一暗。

身后的黑衣人还要攻来，叶容之嘴角微弯将笑不笑，抱着胭脂一个侧身避开黑衣人的攻击，抬手将手中的灯笼向黑人身上掷去，又从怀中拿出一药瓶往地上一摔，瓶碎药散，那落地的灯笼带着火苗势头猛地蹿到一人高，巷子里弥漫着一股淡淡的清香。

黑衣人纷纷手脚软麻，瘫倒在地，看着眼前这个文弱书生模样的人，暗恨自己太过轻敌，竟一而再再而三地失手。实在是这二人太会装模作样，刚刚那女子分明是将他当作手无缚鸡之力的书生护着，万万想不到那女子竟是装给他们看的，简直阴险狡诈至极！

黑衣人如今连手指头都抬不起来，只能眼睁睁看着那书生一步步靠近。几人眼里的凶残呼之欲出，但看那书生斯斯文文的，也许未必敢提刀，等再逮到他们，一定先叫他们生不如死一番才能解这戏弄之辱。

隔着摇曳的火光，前头站着的人青衫清简，一派正人君子的模样，面上还带着几分笑，可眼神却暗含暴戾阴郁，此情此景不禁叫人为之悚然。

火势渐渐小下来，叶容之抬脚将灯笼踢到黑衣人的身上，待沾衣后火势慢慢大了，叶容之才鄙夷道："没用的废物，白叫我费工夫引你们来。"

黑衣人面露惊恐，瞠目欲裂，他意识清醒，却身不能动，连张嘴求饶的力气也没有，只能呜呜咽咽看着自己慢慢"引"火烧身，生不如死竟然是这般可怕的感受。

一同倒在地上的黑衣人见此景更是毛骨悚然，想要咬舌自尽却张嘴的力气都没有，只能看着同伴面目扭曲地死去，火苗慢慢蔓延到自己身上，一点反抗的余地都没有。等待死亡也是一种酷刑，远比立刻死去还要可怕百倍千倍。

清晨的光透过大敞的窗户，丝丝缕缕洒进屋内。屋内敞亮，陈设简单，木床上趴卧一人，半身只着茶色绣山水肚兜，背上敷着白布，隐隐见红，衬得肤色苍白柔弱。

床上的人细长的睫毛轻轻颤动，紧闭的双眼慢慢睁开，带着些许迷离，胭脂微微撑起身子，后背一阵刺痛，她轻轻"咝"了一声，忙安分趴回去。

"夫子？"房内响起一道清透好听的男声，如春日杏花落下时的溪涧流水声，胭脂猛地看向声音来处，只见叶容之手执一本书坐于桌旁，侧头看向她。

见胭脂瞪大眼睛看着他，他嘴角染笑，站起身拿着书走到胭脂床边，半蹲下身俯在胭脂床头，满目关切却又暗含一些说不清道不明的意味：“夫子，可是伤口疼？”

胭脂只穿个肚兜半趴着，见他靠在跟前，浑身僵硬，一时间起身也不是，不起身也不是，只能勉强笑道：“还好。”转而才想起晕倒前的危险境地，见他们二人又都好好的，不禁有些疑惑，“咱们这是被抓了？”

叶容之闻言颇有些难为情，看向别处，随意道：“阿容也不晓得是怎么一回事，夫子流了好多血，我见那些人凶神恶煞地想来杀我，便吓晕了。再醒来时便是这荒郊野外了，于是就近找了一户人家借宿。”

“竟还有这样的事？”胭脂颇为惊奇，难不成有高人路过救了他们？

胭脂觉得不可能这么巧，但又解释不通他们为什么安然无恙，可惜他们二人皆是昏迷，根本不晓得到底发生了什么。

叶容之隐隐一笑，将手中的书递到胭脂枕前，暗含几分试探道：“夫子怕是买了本假书，这里头连一个字都没有。”

胭脂见到此书神情微变，不过片刻便收敛了神情，若不细看根本不曾察觉。

叶容之在旁看着，自然一丝都未错过，他眉梢微微一挑又平了下来，看着那本无字书，心下一片了然。

“这是我买来练字的，这不是见折扇上的字写得好，才心血来潮有了这样的念头。”胭脂撑起身子伸手拿书，忽看见自己光溜溜的手臂，又想起自己只穿了一件肚兜，忙又趴下，“阿容可否将我的衣裳拿来，我有些冷了。”

叶容之看向胭脂，视线在她身上流转几番，一本正经道：“夫子的衣服破了又沾了好多血，阿容便扔了，现下已没有多余的衣裳了。”说着他站起身，开始解身上的衣衫。修长的手指缓缓解开衣扣，一路向下，鸦青色衣裳衬得手指白皙，他视线一刻也不曾离开胭脂。

这女子只着肚兜趴卧在床，男子又立于床旁宽衣解带，瞎子都能觉出几分旖旎。

胭脂见他颇有几分风流之态，忙错开眼，疑惑道：“阿容？”

片刻后，衣衫轻轻覆在她后背，带着几许他的温热：“夫子背上有伤，盖了锦被恐将伤口闷着，只能将就一下。”

胭脂暗道自己太过龌龊，竟然这般误会弟子的心意，实在有些羞恼。身上盖了薄衣，她才微微定下了思绪：“此处可还安全？那些黑衣人只怕不肯轻易罢手。”

“我来时看过了，这个村落极少有外人出入，地处偏僻独居一隅，不会有人发现。”叶容之在床边坐下，看着胭脂，颇有几分深意道，“夫子可晓得他们是何人所派？”

胭脂摇了摇头，莫名出现的黑衣人让她心生不安，她在陵都行事一向低调，轻易不肯得罪人。

但若是李府的对头，那就不是一星半点了，所以究竟是何人她根本一丝头绪也没有。

叶容之坐在胭脂身侧，恰好在胭脂视线不能及的范围，他的目光落在胭脂白皙的背脊上，轻薄的衣衫根本挡不住什么，反而隐隐约约透出几分若隐若现的柔嫩肌肤，透血的白布挡住了细长的剑伤，他的眼神不知不觉越发深沉起来。

叶容之默了片刻，忽道：“以夫子的能力，昨日本能全身而退，何以不使出全力？”

胭脂早已不再防备，闻言苦笑：“我如今一介凡人，自然没有了法力，昨日已是费了九牛二虎之力。”

昔日乱葬岗法力高强的阴物，今为不堪一击的凡人，万事皆有利有弊，岂能一直独好。

借住的这户人家面善心热，大娘每日为胭脂换药，胭脂背上的剑伤已然开始愈合。

胭脂午间小睡片刻，醒来时阳光透过窗洒进来，屋内轩敞，叶容之正站在案前拿着一盒胭脂端看。窗微敞，清风拂面，夏日的阳光洒在他身上，更衬得气度若仙。

胭脂看了许久，他好似有感应一般，转头看向胭脂，见她醒了便笑了笑向她走去，举止间颇有几分悠闲自在。

见胭脂起身披了件外衣，便道：“夫子可要出屋逛逛，这村落的景致极好，夫子一定会喜欢。”

胭脂这几日闷在屋里养伤，如今可走动了，闻言忙连连点头。

这几日叶容之眉眼渐渐柔和起来，再没有之前那般客气疏离，话语间也没了那日的刺，与人相处真有如沐春风之感。

林间鸟啼悦耳，几间屋子零零散散坐落，斑斓石子分布溪涧里，孩童来回追逐打闹，闹出一片生机热闹。

胭脂深吸一口气，顿觉神清气爽。

叶容之走在一旁，看见了远处鬼鬼祟祟躲藏着的尤十一，冲他可怜巴巴地望着，知道是那位又有了急事。他瞥开眼权作没瞧见，又望向远处山峦叠起，温和道：“夫子喜欢这里吗？”

“自然是喜欢的，比起高门宅院，这样的风水宝地更得我心意。”胭脂顿了顿，到底心有牵挂，“也不知言宗那处如何了，若是再遇上黑衣人只怕我们不会这么走运了。”尤十一听到，暗喷一口血，你这弟子早已风卷残雪般将那群黑衣人抹去了，他们要是活着才该担心遇到你这弟子会不会走运这类的问题！

叶容之眼中笑意尽逝，闪过一丝阴郁，片刻后才笑道：“夫子不必担心，李兄身边有沈姑娘护着不会有事，何况已经托人去通知李兄，今日也该到了。”

胭脂正要回话，却见远处林间有人骑着马而来，待一细看正是李言宗和沈绾。胭脂见他二人安然无恙，心中的石头才算放下来。

待马将近，李言宗一看见胭脂，连忙勒马跳下，疾步而来。他上前握住胭脂的胳膊，喘着气问道：“师父，可有哪处受了伤？”

沈绾下了马，见胭脂安然无恙地站着，也放了心，又看见叶容之，便冲他点头示意。

叶容之回以一笑，便往远处继续散步，尤十一见状心中一喜，忙跟上去。

胭脂拉下李言宗的手，略拍了拍，视作安抚道：“没什么大碍，只是受了些皮外伤。你们那处怎么样，来时可有碰到黑衣人？”

沈绾站在一旁，总觉得哪处不对，哦，对了，胭脂刚刚那番模样，像极了她祖母少时，拉着晚辈的手，一脸慈祥，而李言宗则像个乖巧懂事的小辈……

沈绾想到此，恨不得自戳双目，为何年纪轻轻做事这般老气！

李言宗闻言忙立在一旁乖巧地扶着胭脂，见她问起便一副摸不清头绪忧心忡忡的模样。

沈绾便开口道：“黑衣人都死在了巷口，俱是焦尸，被打更的看见报了官，仵作也验了尸，说是活活被火烧死的。几个一身武艺的江湖人不声不响活生生被烧死，实在太过诡异，被烧得太干净，根本没有东西可以辨认出他们的身份，来历也无从查起。”

“烧死？”胭脂低吟几声，心中浮起一丝疑惑。

沈绾点了点头，肯定道：“确实是活生生烧死。”

李言宗皱眉，忧心道：“只怕还会再有下次，不如让族中派些人来，也免得师父再受威胁。”

胭脂闻言摇了摇头：“动静太大难免打草惊蛇，人多了就不好引出他们，以后就算日日提防也难免会中招，总要先弄清楚来历。这些日子我谨慎些就好。”

胭脂重伤初愈，站一会儿便觉得有些累，她提起裙摆往前几步，在涓涓溪流旁找了块凳子般大小的石头坐下，看了眼溪水，问道：“你在季先生那处怎么样，可有什么不妥？”

李言宗闻言眼眸一亮，他连忙上前半蹲在胭脂身旁，兴奋道：“师父，我竟在季先生那处见到了端王！”

他顿了顿，羞涩中带着些许引以为豪：“端王不知在何处听过我，对我极为赏识，季先生道我日后必能成大器。”

胭脂心中有些不安，端王过早出现了，命簿上写的是李言宗一直跟在季傅身边，直到端王在季傅的扶持下登了基，他才晓得自己是端王的人。

胭脂蹙眉问道：“他在何处听说过你，又是听何人说起？”

李言宗闻言迟疑道：“好像是在行路时听人讨论起了陵都的事情。”李言宗有些底气不足，其实许多事情都是师父出的主意，他只是去实施罢了。

胭脂点了点头，虽然心里还有一丝挂虑，不过经历了之前的事情，现下与命簿有些偏离，她就没有那么放在心上了，反正无论怎么改变结果都不会变。

李言宗想了想又有些为难：“不过季先生选得过早了，现下局势未明白，我担心万一端王……”

胭脂随手拾起一块碎石丢入溪涧，水面激起小小的水纹，她漫不经心道：“不必担心这些，跟着季先生便是。”

“师父的意思……”李言宗面露疑惑，他隐隐猜到自己师父的意思却又不敢表明，毕竟当今圣上康健，连储君都未曾立，皇子众多，过早选下只会把自己的路弄窄。

胭脂不置可否，转头看向他，眼神肯定地道：“你只需记得，万不可得罪了端王，该表的忠心和实力一个不能少。”否则日后他登基为帝，见李言宗站位中立，且在一旁不曾出力，他如何会重用他，就是有季傅为师也只能成为弃子。

李言宗不由得有些担忧：“端王虽说有可能，但是宁王也不可小觑，他前些日子就因为惩治贪官而立了头功，连圣上都赞赏有加。端王也是为了此事来与季先生商讨。”

“宁王？”胭脂轻声念道，她微微蹙起眉头。

李言宗正待开口向胭脂讲讲宁王其人，胭脂复又启唇道：“宁王易怒好战，生性妄为，这不是乱世，不需要一位好战的君主。最主要的是……宁王不聪明，一根肠子通到底的人没什么好惧怕的。”

沈绾听他们王来王去的都快睡着了，她从来只知道一种王，那就是千年的王八万年的鳖，虽然觉得李言宗讨论朝廷大事的认真模样很是吸引人，但对他们说的话实在提不起半点兴趣，便牵着马儿带它们吃草去了。

李言宗闻言惊愕不已，师父这话已经非常明白，他若是还听不懂那便真是朽木了。他的师父半仙之名岂是白叫的，他心中莫名升起一种敬仰之情，这样通晓后事、算无遗策的人是他的师父，那他还有什么可怕的？

李家日后何愁不能成为京都的世家大族！

李言宗正沉浸在雄心壮志中，久久无法平静下来。

叶容之从远处缓缓踱回来，待走近了，他笑着将背在身后的手伸出来，是一束小巧可爱的野草花，一看就是花了心思的，原本平淡无奇的野草花，这样搭在一起竟有一种说不出的美感，莫名让人心生喜欢。

叶容之将花递到胭脂跟前，青色衣袖干净清简，修长好看的手被手中花衬得越发让人移不开眼，浅笑道：“夫子，你看我现下结的是不是比少时好看些？”

胭脂不错眼地看着这束野草花，到底是乱葬岗出来的，见惯了死物，一切有生气又明艳的东西她都是喜欢的。她伸手接过他手中的花，仔细瞧了瞧，不由得揶揄道：“确实好看许多，你那时结的花连狗都嫌弃。”

百竹村有个习俗，每每过节都要扫榻相迎，结花为礼，不过叶容之每每都被他家中长辈赶出家去，免得客人来了看见他觉得晦气扫兴。

胭脂气不过，就将百竹村所有的野草花都挪到后山了，让叶容之结个痛快，连带后山那群鬼魅精魂也欢欢喜喜地结了许多花，就是结的花和他们的长相一样……不提也罢。

“阿容结的还是好看的，比起山里那群……”叶容之故意瞥了一眼李言宗，顿了顿，又笑道，“比起那群懒鬼结的可要好看许多。”

胭脂闻言不由得失笑，那群懒鬼结的花她可是亲眼看见了的，那满山乱七八糟叫人一看就想自戳双目的颜色，实在很难忘记，她不禁莞尔道：“懒成那样能动手结花已是难得了，总好过在一旁哼哼唧唧个没完。”

李言宗见他们相谈甚欢，却又有意避过一些他不知道的，心中有些不舒服。

突然意识到师父眼中未必只有他一个徒弟，她还有个比自己早十几年就出现的弟子，且这弟子行为处事让人如沐春风，气度礼节皆远超常人，如此想来他脸色有些不好，不过却还是勉强撑起一个笑容。

叶容之瞥了眼李言宗，闪过一丝阴鸷，又慢慢浮起笑意，眼中仿佛蕴藉了五光十色，更衬得容色逼人。

李言宗看见叶容之便想到了折扇，他心下一沉，也不知那人此时何处?

他想了想还是压下了心中担忧，对胭脂道："师父，我让李书驶了马车来，明天就可以回去，不如师父和我一道去季府住下？师父若是一人住在客栈，言宗实在放心不下。"

胭脂自然是不同意的，住在季府固然安全，但却不是长久之计。这黑衣人的来历一日没查清楚，她就一日不能松懈，她总不能日日防备，提心吊胆地过日子。

叶容之在一旁温和道："李兄要读书，无法分心照顾夫子，还是让夫子住在我那处养伤，我在一旁也可时时照看，到时再去向主顾借护院护着夫子，以策万全。"

李言宗闻言正要笑着拒绝，胭脂却已然点了点头道："这样也好。"她看向李言宗，"你要去季先生那处学习，如何能为了这些琐事劳烦他，免得叫他瞧你麻烦。"去了季府反倒不好引黑衣人出来，这藏在暗处实在叫人寝食难安。

李言宗见如此也唯有苦笑应下，他现下在季府也确实步步谨慎，唯恐一步走错惹得季先生不高兴，到底还是他担心自己不足，怕季先生不再看重自己。

他抬起头对叶容之拱手道："那便麻烦叶兄了，他日若有需要相帮，言宗必定在所不辞。"

叶容之眉眼染了一丝笑意："照顾夫子本是分内事，李兄不必太过客气。"

长街上人来人往，李言宗、沈绾与李书四处探听那写折扇之人，按照师父所说，这人既然在这里摆过画摊，必定有一些时日，即便离开了也会有人记得他。只是一路寻找来，摆画摊卖字画的书生极多，根本无从找起。

一位姑娘迎面而来，李言宗心事重重走路也未留心，一下就将人撞倒了。李言宗回过神来，连忙弯腰扶起那位姑娘。

姑娘抬头看了李言宗一眼，一片讶异，不可置信地唤道："恩公。"

早间清风阵阵拂柳，空气沁人心脾，胭脂起了个大早在树下躺椅沉思，她一连好几日等黑衣人，却一次都不曾出现，叫她根本无从查起，心中很是焦虑。

她拿起话本子，细细翻了几页，反而更加烦躁，便随手丢去。

叶容之从书房出来看到胭脂这般模样，便走过去，手扶着躺椅一角，俯下身看着她，关切道：“夫子怎么了？”

胭脂拿起话本子，翻开自己刚刚看着的那页，一本正经地指给叶容之看：“你瞧瞧这写书人写到精彩关头便一句带过，实在叫人扫了兴致。”

叶容之颇为认真地低头一看，确实精彩，这书生和女鬼正覆雨翻云之处，衣衫尽褪后便是一笔带过。叶容之微挑眉梢，将书接了过来，眉眼染笑：“夫子认为这处该如何写？”

胭脂见叶容之一副钻研学问的模样，她突然来了极大的兴致，忙探过身悄声道：“我倒是不知怎么写，但我以往看过几本写得极为精彩的，这般那般写得可真是活色生香，阿容可要瞧瞧？”

叶容之笑意盈盈，一副受教了的模样：“夫子还随身携带了？”

胭脂闻言一笑，神秘兮兮道：“阿容这次可是有眼福了，这话本可是难得的。”说着忙站起身往屋里走去，在自己的包袱中拿出几本书，想了想又留了一本给自己，免得自己无聊了也可消磨消磨时间。

叶容之跟在身后，将胭脂的一举一动都尽收眼底，见此便上前一步，伸手收了胭脂手上的话本，将胭脂藏起来的一本拿了出来，叶容之笑问道：“夫子可还有？”

胭脂不明所以，呆愣片刻后摇了摇头。

叶容之修长的手指细细翻着手中的话本，果然很是精彩，言词露骨，确实活色生香得很，他面不改色看着书，缓缓道：“夫子若是要看书，便去看阿容的书吧，这些书往后不可看了，免得坏了夫子的声誉。”

胭脂木着一张脸：“你一定是在说笑？”

叶容之抬起头，眉眼认真，颇为严肃道：“姑娘家如何能看这些，若是叫人知晓，唾沫星子都能将你淹死。”

到底身不正，胭脂也没多少底气，只能嘀咕道：“这不是没叫人知道吗，等知道了再说呗。”说着，便微微伸出手扯着叶容之手中拿着的书。

叶容之食指与大拇指一圈，弹开了胭脂的手指，将书一合，一锤定音道：“姑娘家就是不能看，叫外人知晓太不成体统。”

胭脂见他一副顽固不化的模样，羞恼得就差指着自己鼻子，称自己不是个姑娘家，是乱葬岗活几百年的阴物祖宗！

可一个夫子总不能从弟子手里抢这艳情本子，她还是爱惜脸面，只能有气无力地走到床榻边，往床榻上一扑，做死人状。

叶容之负手而立，眉眼带笑道：“夫子，早间想吃什么，阿容去给你买？”

胭脂正肉痛着，自己一片好心将好玩的拿出来给他，却还被没收了，她现下哪有心思吃饭，有气无力地挥了挥手道了句：“随意吧。”

叶容之上前看着胭脂：“给你买几只高脚鸡玩？”

胭脂想了想忙道：“要，挑几只壮的，这回我要斗鸡！”

叶容之眉眼清润，眼蕴笑意，伸手将枕头拿来，俯身替胭脂枕上：“夫子小憩片刻，阿容去去就回。”

听到叶容之出院子的关门声，胭脂靠着枕头很是舒服，索性就不起来了，翻了个身躺在床上绕着自己的发梢玩。

躺了一阵儿，正百无聊赖，便有些昏昏欲睡，突然院子里响起剧烈的敲门声，细听之下才晓得是李言宗的声音，胭脂起身去院外开了门。

李言宗一进门看见胭脂，一脸怒气冲冲往里头走，见叶容之不在，便转头问道：“师父，他人呢？”

“去市集了，怎么了？”胭脂关上门往回走。

李言宗见人不在，方微微平息了怒火：“师父可知道我今日遇到了何人？”

胭脂知道他只是问了句废话作开头，便不去回答，静待他下文。

李言宗顿了顿开口道：“当日我们刚到镇外，见到一对父女备受欺凌，我便给了那恶霸五百两想要救下那对父女。我今日在市集遇到了那位姑娘，师父可还记得当日叶容之也在？”

胭脂自然记得，那是时隔十六年第一次见到他，当时自己认出了他却装作不知，只不过这些没必要与李言宗说，她开口道：“自然是记得的，只是当时我没认出他来。这与那对父女有何关系？”

李言宗有些不忍道：“那张氏女沦落暗窑任人糟践，她爹一气之下当场便去了，她如今到何处都被人指指点点，现下这般只为等死罢了。”

胭脂不由得蹙眉，有些惋惜道：“是我们大意了，轻信那恶霸，可怜了这姑娘。”

李言宗忙道：“我也是这般说，师父可知道那姑娘是怎么说的？她竟说那恶霸原是打算放了他们的，只是有位面上带着红色胎记的恶人在一旁说了几句，她便落到了今日这般下场。”那张氏女言辞激烈，已是恨毒了叶容之，李言宗再三确认才信是叶容之，却始终难以接受这一身气度过人的谦谦君子，骨子里会是这般的恶劣。

胭脂便是心中存有疑惑，可不至于别人说什么便信什么，总要先弄清楚是非曲直，见李言宗这般义愤填膺，叹他日后仕途艰难。

这季先生心中已有属意人选，若是出现，李言宗必是被抛到一边的，无人引导便会多受许多苦，多走许多弯路。

胭脂开口道："这其中究竟如何，你我非当局人，如何能听信旁人一面之词就作了判断，难道你往后做官也要这般，只听一位说得合乎情理，便不信另外一位吗？"

李言宗知师父说的在理，有些落了气势，可还是更相信那张氏女，便道："可，可师父，那张氏女与他素不相识，也不可能结怨结仇……"李言宗说到最后越发说不下去了，无冤无仇的叶容之，为何会害那张氏女一家，这完全说不通啊！

李言宗心中虽有不解，但他还是相信张氏女所说，毕竟一位姑娘家落到如此田地，他叶容之若真是清清白白的君子，又怎么会有人这般说他，有道是一个巴掌拍不响！

"师父还是跟我一起回季府去，再在这里住下去，言宗实在不放心。"

胭脂默了默："此事我自会问清楚，你先回季府安心读书。"

李言宗忙上前一步，拉住胭脂的衣袖："师父，你问，他又如何会说，万一他存心蒙骗师父又当如何，况且他这样的人，根本不知道他心里在想什么，我恐他对师父不利！"

胭脂见此不由得苦笑，他终究还是没把自己的话听进心里，心中已经笃定了叶容之不对，如今多说无益，以后吃了苦头便会记着了。

她走到木桌前坐下，倒了杯茶，微微抿了口才道："你眼下最要紧的便是着重课业，我这处你不必担心，我自有分寸。"

李言宗看着胭脂的模样，不由得急道："师父莫要被他外表迷惑，那叶容之根本就是个两面三刀的伪君子！"

胭脂见他越说越不像话，重重放下了茶盏，杯中的茶水溅了出来，怒道："是谁教得你这般妄议他人，谨言慎行这么浅显的道理都不知道，李府给你请的先生没教过你吗？"

"师父！他分明……"李言宗满腹委屈，又难以置信自己的师父竟然这般偏袒一个外人。

“回季府去！”胭脂沉下脸，直接打断了李言宗的话。

李言宗闻言也多了几分负气，转过身，头也不回出了门。

胭脂坐了片刻便起身进屋，拿了包袱出门，她得去一趟百竹村，弄清楚叶容之的过往。

第二日，李言宗左思右想还是担心胭脂，便又来了叶容之的住处。

木门大敞着，李言宗一进门就看见叶容之端坐在树下写字，一副悠闲自在的做派。

旁边立着一个面无表情的人，看模样应该是他去主顾那处求来的护院，倒是有模有样的。

不过这时候竟然还有心情写字，难道师父不曾问他？

李言宗扬声喊了一句“师父”，却无人应答，他心里咯噔一下，冲到叶容之跟前问道：“叶容之，你把我师父弄到哪儿去了？”

见叶容之不理睬他，他上前想要一把夺过他手中正写着的折扇，待眼神落在折扇上落墨未干的字上，还未伸出的手生生顿在半路。

他看着叶容之，满目惊愕，话卡在喉头不上不下，极为难受。

叶容之权作视而不见，待落下最后一笔时才抬起头看向李言宗，拿起墨迹未干的折扇，温和有礼地笑道：“我观李兄在寻那折扇之人，特地为李兄做了一柄，不知在下写的这柄李兄可还满意？”

李言宗后退了几步，不可置信地看着叶容之：“竟……竟是你……”

这折扇与师父手上拿着那柄写有一模一样的字句，连字有双面的意境都一般无二，这分明就是一个人写的。

叶容之见他后退，便站起身，一派受伤的模样道：“李兄这是怎么了，难道是嫌弃在下写得不好？”

尤十一在一旁作壁上观，难得这一次不是自己撞在枪口上。

李言宗一副无法接受的模样，喃喃自语：“竟然是你，怎么会是你……”他低下头静默了片刻，才开口道，“你难道不知道季先生想要收你为徒吗？”

这么远在天边近在眼前，没有道理不晓得这事，难道是因为貌有缺憾而自怨自艾？

叶容之闻言嗤笑了一声，他收起折扇在指间转了一个圈，才看向他，缓缓吐字道：“季傅也配收我为徒？”

心心念念想要得到的师父，竟被人这般瞧不起，他李言宗苦心拜师，终日战战兢兢地习学，岂不成了个笑话。

再看叶容之这般轻狂傲慢，心中已是怒不可遏："连端王都尊他为师，你一个山野村夫竟在此处妄言，简直不识天高地厚！"李言宗顿了顿，斜睨了他一眼，讽刺道，"你这般侮辱季先生，怕是知道季先生真正知晓了你的为人就不会收你做弟子，才这般出言诋毁……"

叶容之听后不怒反笑，他言语里透出几丝委屈，可面上又带着笑，摆明了一副捉弄人的神情："李兄竟是这般看待在下，实在是枉费了在下向季傅引荐你的心思。"

李言宗乍听之下颇为惊愕，转念一想又觉极为可笑，他不由得鄙夷道："季先生分明是因为我的才学才收我为徒的，况且论家世背景你有哪一点及得上我，竟还敢在这儿口不择言！"他面上虽是风平浪静，心中却已一番起伏，不然以他的骄傲，绝不会把自己的家世搬出来说。

叶容之缓缓开口，略带疑惑地问道："难道李兄不知道季傅是看了一封信才收你为徒的？"

李言宗突然想起季先生收他为徒之前，确实看过一封信，他还曾好奇信中究竟写了什么让季先生如此震怒。

他瞳孔慢慢放大，心下有些不确定。

"其实也没写什么，不过就提了提季先生的不足之处，还顺道提了句李兄也未必愿意做他徒弟，使了些激将法让他收你为徒罢了。"叶容之将折扇转了一圈，背着手满目不屑，"若是夫子看重你，哪用得着我这般费功夫。"

李言宗闻言瞠目欲裂，他从来是天之骄子，如今竟在自己看不起的人眼前成了个窝囊废，竟然是他自愿退出，自己才拜成了师！

枉他还以为是自己的学识家世才得了季先生的青眼，他胸口一闷隐隐有种透不过气的感觉，后退了好几步直靠到了木门上才缓过气来。

尤十一在一旁瘫着张脸，显然见惯了这副场面，已然见怪不怪了。叶容之向来喜欢捏人七寸，尤其还喜欢捏住了死死地往里掐，这书生倒是还好，当初他可是见过一个被叶容之激得当场自尽泄愤的书生，结果周遭的文人竟还安慰起叶容之，让他不要介怀，是那书生太过激愤等等。

尤十一当时就告诉自己一定要小心小心再小心这个"魔星"，一步都不能错，否则他必会借宁王的手杀他，甚至累及他的家人，因他最喜借刀杀人。

胭脂连着奔波了几日，才到了百竹村，入目却是一片废墟，到处都是烧过的痕迹，荒无人烟，透着丝丝冷意。

眼前的断垣残壁让她以为自己寻错了地方，仔细辨认许久才确定就是这处。

她微微皱眉，徒步行了许久才遇到了一个步履蹒跚的老妇人，她连忙上前问道："婆婆，请问这百竹村究竟发生了何事，何以会变成如今这般模样？"

老妇人乍听百竹村，面上微微一惊，又细细打量了番胭脂，一脸讳莫如深道："姑娘不是这里的人吧，这百竹村……唉，还是莫要问了，这村子不干净。"

四周风声荡起，偌大一条路空无一人，虽是白日里艳阳高照，也显得冷冷清清，寂静得可怕。

胭脂本以为是发生了火灾才成这个模样，但听老妇人之言，事情并不简单，她疑惑道："我是来这儿寻人的，可现下变成这样实在是找不到人，还请婆婆一定要告诉我，这村子究竟发生了何事？"

老妇人略一迟疑，才叹了口气道："姑娘若是要寻百竹村里的人便回去吧，莫要白费力气了，百竹村十年前就没了，整个百竹村的人都死透了。"

"死透了？"胭脂不由得惊疑，若说死人她没少见，但这整个村子的人都死了，那绝对不可能，除非是天灾。

老妇人顿了顿，提着木篮子的手微微颤起来，那可怕的场景仿佛就在眼前，惊恐道："起初是村里穷人因没钱治病误食了种在村外的草药，之后这人得了种怪病，口舌生疮，身体慢慢腐烂。这病一传十十传百，只要接触过的人没一个能逃得了。后来村子里半数人都得了这种病，连请去的大夫都染了这病，便再没有一个大夫敢进这村子，闹得人心惶惶，没染上的人想出村都被官府拦着，这种病如同时疫太让人害怕，若是让这些人出了村后果不堪设想。后来官府就放火……"

老妇人摇了摇头，叹息道："整个村子的人都给烧死了，那火烧了三天三夜啊，那些惨叫声如今我都忘不了，当真是作孽啊！"

胭脂微微一怔，问道："婆婆可曾见过面上带着块胎记的孩子？"

老妇人一听便晓得她说的是谁，这孩子她自然是记得的，这周围的村落都传遍了，这孩子就是个灾星，刚生下来就让村里土地不丰，后来整个百竹村又落得这样不得好死的境地，自然是人人惧怕，便道："那孩子也是个命苦的，一家子虽然提前搬了出去，奈何这孩子名声太不好听，不知被卖到了何处去。"

胭脂默了一阵，心中隐隐有了不好的预感，她忽道："婆婆可知晓那户人家现在如何了？”她知道人死了，可她想知道这事究竟与叶容之有没有关系！

老妇人细细回想了一番，叹息了一声：“逃出来了也没用，没个好结局，那家小儿子看着是个乖巧的，哪里知晓竟染上了赌博，欠下许多债被赌场的人打断了腿。他爹又是个暴脾气的，上门算账被人乱棍打伤，病了许久就去了。后来那孩子寻了死，他娘哭瞎了眼，现下如何我也不晓得了，不过大抵也去了罢……”

胭脂闻言闭了闭眼，良久才开口道：“多谢婆婆告知这些。”

老妇人连忙摆摆手，摇着头走了，胭脂看向远处，微微蹙起眉。

害过他的人都这般凑巧地死了……

全村的人都死绝了，只有他叶容之活着……

不是她武断，天下哪有这么巧的事呢？

胭脂静静站了片刻，便慢慢走回了百竹村，凭着自己的记忆找到了之前叶容之的住处，一片灰烬中依稀留着昔日房屋的模样，看着后院里叶容之的昔日住处，她心中浮起一丝担忧。

四周阴气沉沉，不复以往生机勃勃。胭脂叹了口气，转身走出了后院，却见叶容之站在外头，她顿下脚步看着他。

叶容之站着未动，一身清简素衫，见胭脂默然不语，他缓缓道：“夫子身上的伤还未好，应当好好养伤。”

胭脂未接此话，另开了一话头：“昔日乱葬岗有许多奇书，我曾经看过一本草药集，极为有趣，说是有两种草药相生相克，分开可为药，若是混在一处，便会叫人口舌生疮，全身腐烂而死……而这些奇书我有一日全部搬给了你。”她笑了笑，直接问道，“阿容，你说这是不是很巧？”她静待叶容之回答，而他眼中透着凉薄，一片静默，仿佛没有听见胭脂所说的话。

胭脂不由得怒道：“你真是疯了，明明知道这世上有地府鬼差，因果轮回，竟然还敢这样做，难道你就不怕遭报应吗？”

叶容之嗤笑出声：“报应？”他看向胭脂，言语轻狂，“夫子，莫不是误会了什么？阿容从不曾夺他们的性命。”

他伸出手在阳光下看了看，手指修长白皙，语气淡漠道：“阿容这双手可是半点血迹都不曾沾染呢。”他看了片刻，又叹息道，“夫子，这事要怪只能怪人心向恶，愚蠢又贪婪。”

胭脂这才想到，这些事他确实可甩脱得干干净净，百竹村的人染病是误食了草药，而他的血亲则是因赌而亡。他作壁上观，将人心算计得分毫不差，竟是一时分辨不出他到底是对是错。

见他毫无悔过愧疚之心，胭脂皱紧了眉头，只觉得眼前站着的这个人和乱葬岗的那个丧心病狂的精魅没什么两样，心中一时百感交集，痛心疾首之余又觉得可惜可恨，怒道："不用叫我夫子，我担不起，罔顾人命的人，我可做不了他的夫子！"

叶容之笑了笑："是啊，夫子早就有一个相伴十六年的徒弟，又怎么会在意一个声名狼藉的弟子？"他垂下眼睫，神情莫测道，"就是不知夫子这般看重的徒弟，往后会是怎么个结局？"

胭脂听闻此言心头一跳，眼睛微微眯起："你若是敢伤他一分，就别怪我不留情面！"

她越过叶容之，缓声威胁道："阿容，我们还是桥归桥路归路，各行已路的好，否则我也料不准自己会做什么样的事。"

叶容之垂着眼睫，面无表情，忽抬眼看向胭脂离去的背影，微微勾起一抹笑，显得越发诡异可怖。

伍 难平

季府门口人来人往，大门敞开，文人学子纷纷进出。

胭脂在府外等了片刻，沈绾得了信忙从府里窜了出来，胭脂正支着一条腿坐在门外的马车上嗑瓜子。一旁路过的人纷纷侧目，实在没见过这般不成体统的姑娘家，连个男人也未必会这样坐。

胭脂心中烦闷，早已懒得顾及礼数规矩，叶容之如今变成这样，自己又和他撕破了脸，日后也不知会出什么变数，哪管得了这面子功夫。

“胭脂，你可算回来了，我们找了你好久，叶容之有没有把你怎么样？”

胭脂将手拍了拍干净：“没事，以后碰到他就避着走，惹不起还躲不起？”

“唉，可惜了，真看不出来他是这样的人，太可怕了。”

“是我太疏忽，我早该看出来了，他根本不屑认真骗我，可笑我连‘敷衍地骗’都没看出来，真是太愚蠢了。”

沈绾默了片刻，她发现听不懂胭脂的话，什么叫敷衍地骗？她想不明白，心中又记挂李言宗，迟疑了片刻又道：“你快去看看言宗吧，他……有些不好。”

胭脂眉心一跳，叶容之这么快就动手了？！

她跳下马车，示意沈绾带路：“他怎么了？”

“倒也没什么，只是自从那日回来以后就病了一场，好了以后一直意志消沉，在季先生面前频频出错，连端王都有些不喜欢他了。”沈绾顿了顿，压低了声音，

“季先生连日来脸色不是很好，也不知是不是因为言宗的关系。”

胭脂摇了摇头，跟着沈绾进了季府，说道：“和言宗没关系，季先生是另有事务烦恼。”

季傅这样的人，怎么可能因为一个徒弟而影响了心情，泰山崩塌于前也未必能让他变了脸色，何况是一个徒弟。

沿途而来，胭脂倒也是听闻了些风声，大致也猜得七七八八。

一路上都是对宁王的歌功颂德，这次百官贪污实在处理得大快人心，连一向受百姓爱戴的端王也要避其锋芒。

这二王相争，倒不如说是背后的幕僚相争。

胭脂不由得忧心忡忡，按命簿里的时间线，现在并没有出这一遭，百官贪污其实是端王上位以后才处置的，用的也是雷霆手段，牵连甚广以至于朝局动荡三年之久，并不及如今这般不动声色便处理大半，余下未处置的也是记罪在身，如有再犯便一句数罪并罚，压得那些油条子战战兢兢不敢再犯，甚至于有些竟洗心革面从良了。

宁王当日出了大风头，在场的百姓正欲将他当作神明供起，宁王却当场下跪叩谢皇恩，既得了民心又避了龙椅上那位的忌讳且讨了大好，简直是做得滴水不漏。

这事现下提前了这么多，且还是宁王的功劳。这宁王背后的幕僚实在太过厉害，这种官官相护勾结，其中牵制极多，稍有行差踏错便是万劫不复，每走一步都是如履薄冰。

这幕僚究竟是谁，这般精于揣摩人心，深明刚柔之势，实在太过棘手……

也不知季傅能否应对，不是她对季傅没有信心，只是几次交手季傅连连失了先机，她实在有些担心。

局势如此不稳，端王和季傅自然都不会有好脸色，李言宗又是个不看眼色的，胭脂想到此不由得微微皱眉，只怕要想想办法补救一番，免得李言宗失了未来君王的心。

沈绾带着胭脂绕过几个园子，步入了一座院落，沈绾指了指屋里，担忧道：“去看看吧，一回来就待在屋里，哪处也不去，实在愁死人了。”

胭脂点点头进了屋，果然见李言宗面色苍白、恍恍惚惚，一副大病初愈的憔悴模样。

见胭脂、沈绾进来，李言宗这才提起劲头，问道：“师父，你回来啦？”他又看了看她身后，面色古怪道，“他没跟师父回来？”

胭脂想起叶容之，心中不是滋味，黛眉微蹙：“你说的对，他确实不是好人，往后不要再提起他了。”

李言宗有些不确定道：“他没和师父说什么？”

胭脂闻言不解：“说什么？”

“没什么。”李言宗见胭脂像是什么都不知道，便也不想再提这根卡在喉头的刺，他起身替胭脂沏了茶，便不再作声。

胭脂见他一副丢了魂的模样，觉得碍眼得很。然，这事不是三言两语就能开解的，只能先放一放。

她别过眼，抿了口茶，问道：“黑衣人的来历可有消息了？”

李言宗想到黑衣人的事，便觉此事太过古怪，说道：“倒是发现了些踪迹，不过都死了，皆是一剑封喉，根本不知是何人所为，会不会和上次救师父的是同一个人？”

“谁知道呢。”

黑衣人背后的指使者是什么人，又是谁杀了黑衣人，胭脂想破了脑袋也理不清这一团乱麻，她哪里知道，这一切都是她的弟子间歇性发癫惹出来的事，因为他一会儿恨不得杀了她，一会儿又舍不得杀了……

而被他借来当刀的黑衣人就……

唉，世风日下……

不过若是她认识尤十一，那就一切都清楚了，可惜……她不认识。

山间的路白日里也极少有人走，路两侧的树林连绵无尽延伸，路旁置了一座亭子，亭里一片肃杀。

叶容之坐在亭下乘凉，待尤十一单枪匹马杀完了一拨黑衣人才起身走出亭子。只是看到尤十一，又慢慢收回了脚，问道：“这是第几拨？”

“第十二拨……”尤十一面无表情，瘫着张脸，心中却已然炸出了一片火山海。

他为何还不死！

为何还要活着虐待我！

他难道没有看见我刚才差点就死了！

十二拨，一拨比一拨难缠！他没看见吗！

苍天啊，您为何不收了他！

叶容之微微一笑："陵都王家果然有几分实力，养了这么多死士，正好我心情不是很好，便去一趟陵都玩玩吧。"

尤十一闻言如枯死的木头一般，他内心平静到甚至寻思着下次要不直接撞到对手刀口上一了百了算了……

窗外稀稀疏疏飘进几片落叶，天微微有些凉意。

再过一个月便会有一场旱灾，这次正好是端王负责。

胭脂花了整整十几日，才整理出季傅当年所列赈灾措施。

旱灾之后便是饥荒，赈济、赈贷、赈粜、施粥、蠲免、罢官籴、招商、工赈、劝分等一个都不可少，其中细分千条万分，胭脂细细理来更觉季傅之才奇高，实在叫人五体投地。

只是这些法子是端王上位五年以后才得出的，是经历了各种灾祸才得出的法子。

事急从权，现下宁王势头大好，若是端王在这关键时刻表现不佳，那便是季傅也难挽回端王在圣上那里的印象，皇位若失，天下命数皆变，胭脂可不敢冒这个险。

胭脂只能将这法子先整理出来，让李言宗交给季傅，既让端王漂漂亮亮地把事办好，又能让李言宗在季傅面前被高看一分。若是得了季傅真心相待，他自会多给李言宗机会历练，假以时日必能成大器。

只是胭脂万万没想到，她千叮咛万嘱咐要交给季傅的东西，李言宗却越过季傅交给了端王，这赈灾法子自然是解了端王的燃眉之急，端王少不得在季傅面前大为夸赞李言宗。

端王不是个省油的灯，不过是借此敲打季傅，莫要存了一支独大的心思，这江山毕竟人才辈出。

胭脂瞪着眼前坐着的李言宗道："我千叮咛万嘱咐，你竟当了耳旁风，你为何要给端王？"

李言宗这几日受了端王重用，心下已是飘飘然："那日是想给季先生的，只是一直见不到他，正巧碰到了端王我便交了。赈灾一事刻不容缓，多拖只会多添人命，反正端王和季先生是一体，交给谁不都一样，师父何必忧心这些？"

胭脂沉下脸，虽是疑问却带肯定地问道：“言宗，你当真不存有别的心思？”

李言宗默然不语，他确实存了几分欲博端王赏识的心思。当初端王在旁人那处听得他才华出众能力非凡，便对他极为赏识，可现在他在季先生手下做事，如何能展露自己分毫，季先生光芒太盛，他这点微弱星光如何能让端王看到？他若不是季傅的徒弟，尚能博得几分出彩。

再加之叶容之先前的刺激，他越发急功近利，如今有这么一个机会，他怎能不抓住？

李言宗想到此处，搁在桌上的手不由自主地握成了拳，想他出身名门，文韬武略皆上佳，怎么可能敌不过叶容之这么一个伪君子？

胭脂心中不解，李言宗虽然说不屑看人脸色，但这么显而易见的为人处世他必然会懂，毕竟是从大宅门里出来的嫡长子，钩心斗角并不少见，如今竟是全然不管不顾地胡来，她蹙眉道：“你怎么能这样不把季先生放在眼里，你明知会惹得季先生忌惮，竟还这般肆意妄为。”

李言宗自然也不会说出自己想要与叶容之一较高低的想法，他只得硬着头皮道：“我既然已经站了端王这处，自然要全心全意辅佐端王，若是不显露些实力，只怕会被端王弃之如敝屣。季先生虽然厉害，可到底以后不会是一国之君，总不可能顾此失彼，因小失大。”

胭脂气得恨不得挥一巴掌将他拍下地府算了，平复怒气道：“端王现在倚仗的是季傅，你去讨好端王有什么用，季傅若是容不下你，你觉得端王会选你还是会选季傅？”

李言宗知晓前路极难，可他不后悔，他扬起头看着胭脂，肯定道：“不是还有师父吗，季先生如何比得过师父？”

胭脂不由得气苦，她如何比得过季傅，季傅若是要算计她，动动小拇指，她便输得一塌糊涂。

胭脂用手按了按额头，心中极为忧虑，李言宗这么一来，事情就更不好控制了，以季傅要强的性子难免心生不满，这一遭必会与端王、李言宗都生了嫌隙。

也不知季傅会如何对付李言宗，这些都是命簿上没有写的。

说来说去都怪端王过早知道李言宗，也不知是谁在端王面前提起过他，若是晚一些他们三个也不至于……等等不对……这若是有人故意为之呢？

胭脂心头一跳，突然想到了什么，忙对李言宗道：“言宗，去查当初是谁在端王面前提到了你，乃至整个李家。”

若是宁王背后的人，那这人的心思该有多深，这一遭分明是将端王一派的个中心思都参了个透，甚至连自己这个未曾露面的也在其中。

李言宗虽有疑惑，却也不敢多问，忙应下。

外头李书气喘吁吁地跑了进来，一脸惊慌，胭脂、李言宗二人见状皆心道不好。

果不其然李书哭丧着脸道：“少爷，胭脂师父，大事不好了，家中来了信……”

天已微微转凉，大敞的窗户可窥见院中一处景色，如画框一般，裱好了一幅百花盛开。

胭脂看着这处美景，目光却落在远处。

那将李言宗过早暴露在端王眼前的人，与宁王背后的幕僚是同一个人，只是她万不曾想到会是叶容之。她当日随意教导的弟子如今却是她最大的阻力，这个变数原来早在十六年前就埋下了。

他怕是知道了胭脂能够预知后事，才会埋下这步暗棋，端王虽然倚仗季傅却又忌惮他，而季傅心高气傲但不得不敬未来帝王三分，这二人原来是个平衡之势，但加了李言宗就不一样了。

李言宗好胜骄傲，虽不足以与季傅抗衡，但胭脂必会在其中相帮，以其通晓后事的能力，季傅便是才比天高也料不到后事如何。

他们几人互相争斗、暗生不和，这坐收渔翁之利的岂不是宁王？叶容之这一步可谓一石三鸟，将人心算得太过透彻，胭脂心中百味掺杂，心中又气又恨，这个已然陌路的弟子将她所有的计划全盘打乱了。

再加之陵都王家这个李氏的死对头也来掺一脚，王家长子不知得罪了何方神圣落得半身不遂，多年费心养的死士尽折。

且因着他们之前派了黑衣人来抓胭脂都是有来无回，于是就将这笔账记到了李氏一族的头上，这简直是荒谬之极！

光脚的不怕穿鞋的，李氏就是再有实力，也扛不住王家这般伤敌一千、自损八百的敌对法。

不用想，这个搅得陵都两大世家乌烟瘴气的人，必定是叶容之，当初在百竹村他说得这般明白，分明就是要让李言宗身败名裂，一无所有。

奈何她根本找不到一丝证据证明是他所为，只能凭空猜想。

李家这个后盾危在旦夕，而李言宗现下越发不招季傅待见，明里暗里地下绊子，导致李言宗做事频频出乱子，引得端王又不喜了他，这般前有猛虎后有恶狼，她如何保得住李言宗！

这一盘好棋走到如今已是处处死局，命簿一点用也顶不上，根本如同一堆废纸，胭脂不由得焦头烂额。

胭脂正看着窗外郁结于心，门外有人轻叩房门，胭脂回过头一看，是季府的丫鬟，她站在门外对胭脂行了一礼："胭脂姑娘，老爷有请堂前一叙。"

胭脂微有疑惑，但还是点了点头跟着她去了堂前。

到了大堂，堂上坐着一位青年，而季傅坐在堂下右侧，这一看便知堂上乃是端王。

端王示意胭脂坐下后，便率先开口道："听闻姑娘是言宗的师父？"

胭脂笑了笑，谦虚道："不过是照看他衣食住行罢了，季先生这般授业解惑，才称得上师父。"

"姑娘过谦了。"端王含笑，笑中带着几分矜贵，"听闻姑娘还有一位弟子，姓叶名容之，姑娘想必也知道了，他现下正在宁王手下做事。"

胭脂默了一默，这莫不是担心自己与李言宗有二心？若真是如此，这事可真不好办，她微微笑起："十几年前的事了，如今与他也不太相熟。"

季傅坐在对面忽然开口，开门见山："宁王残暴无德，喜好杀伐，再加叶容之这诡计多端、阴狠毒辣的作保，若是被他们得逞，这天下必然生灵涂炭。此人戒心极重，又擅用药，派去暗杀的人无一得手，我们实在是逼不得已才请得姑娘出来。"

季傅和胭脂想象中不太一样，他看着颇有老者的慈祥，除却眼中偶尔透露的精光，和一般人家的和蔼祖父没什么两样。

胭脂看着他不语，季傅顿了顿，带着几分严厉道："还请姑娘为天下苍生清理门户！"

胭脂不由得暗骂，这老奸巨猾的，竟将烫手山芋抛给自己，面上却不动声色，肃着脸道："先生言重了，胭脂只是一介弱女子，如何做得了什么，十几年前也不过教他习得几个字，他未必就将我当作夫子，何来清理门户一说？"

胭脂所言是在季傅意料之中，他端起茶抿了口才道："姑娘此言未免有些推脱，据我们所知，叶容之对姑娘可是极为敬重。"季傅顿了顿，"姑娘莫不是对叶容之持有庇护之心，若真是如此，老夫不得不怀疑，姑娘与言宗何以会投奔我们端王殿下？"

胭脂不由得沉下脸，垂下眼挡住眼里的冷光暗涌，周身的戾气却是挡都挡不住，这下她根本不能不答应，若她不答应，只怕回头她和李言宗就被季傅杀了以绝后患，可叶容之那头……也是死路！

端王在一旁笑着缓和道："先生未免言重了，我相信胭脂姑娘一定不会袖手旁观。"

胭脂只觉头痛欲裂，这二人一个唱红脸，一个唱白脸，摆明一定要将她拖下水，季傅倒是想省力，只是未免太高看她了些。

端王见胭脂似在思索，便一脸笃定道："姑娘若能玉成此事，本王日后一定会让姑娘风风光光地嫁言宗为妻，做李家的主母。"

胭脂：这端王怕是脑子……

死一般的寂静后，胭脂直接开口道出自己的要求："我此去生死未卜，只请二位替我做一件事即可。这等糟心事，既二位想让我去会会叶容之，我便答应了，不过这王家可要劳烦二位了。"

胭脂顿了顿，语气轻浅却又满含戾气，像是将刚才受的怨气发泄到了王家，她看着季傅，一字一句道："我要王家从此在陵都世家中除名。"

初秋天渐凉，院里的落叶透着丝丝冷意，零零散散地飘落在院中伏案而卧的人身上，落叶飘到她的额前，案上的人睫毛微颤缓缓转醒。

胭脂撑起身子，她在院子里等到睡着，醒来依然空无一人，天微微转凉了，初秋的凌晨有些许湿湿的凉意，胭脂不由得打了个寒战。

来时这院子就积了一层灰，想来叶容之是不会再来这院子了，还是得想想别的法子找他，这般空等不是办法。

她背起身旁的包袱，打算先去市集吃个早饭，才迈出门口走了几步，就见一人双手抱臂，悄无声息站在外头，胭脂看着远处的马车停了下来。

尤十一对胭脂做了个请的手势，胭脂静默片刻才抬脚往马车方向走去，待走到马车前，里头微微荡出些茶香，安静祥和的气氛不自觉让人放松了警惕。

马车里的人温和有礼只是表象，骨子里的冷漠心狠让人不寒而栗，他仅仅因少时受过辱骂歧视，就能对整村人见死不救，就连刚刚出世的孩子也不曾有丝毫怜惜……

胭脂不待细想，尤十一便替她撩开了车帘，胭脂毫无征兆地与里头的人对视。

那人眼眸透着几分凉薄，她别开眼默了片刻，终是一撩裙摆上了马车。

马车布置得极为舒服，铺了几层棉被，放了几只软枕，一侧摆了张小茶几，上头摆着一碟点心及刚沏好的茶，缓缓冒着白烟。

胭脂不由得沉了脸，合着她在院子里伴着风露睡了一宿，他倒是自在舒服得很。

叶容之一手撑着头，一手执着书，斜靠在软枕上，一身清简青衫，腰间配着块暖白玉，微微支起一条腿，一派闲适悠闲的模样。马车缓缓驶了起来，叶容之一直看着手中的书，不曾理会过她。

胭脂也不知究竟为何，这样丧心病狂的人她竟然不怕，还主动送上了门，她不由得感叹，果然是惯会伪装的，那表面的温润如玉已然叫她不由自主地放松了下来，这样下去她怕是连自己怎么死的也不知道。

胭脂盯着叶容之看了许久，他忽道："阿容等了夫子十六年，夫子却连一天都等不了……"他微抬起眼看向她，凉薄的眼微微弯起一个好看的弧度，声如清泉流石子般清冽动听，"夫子说，这样是不是很不公平？"

胭脂心中复杂，遗憾他终究走了这条不归路，又不齿他的所作所为，说道："若不是因为言宗，我连一个时辰都不会等。现下我人就在你面前，你若有什么怨恨便冲着我来，莫要牵连旁人。"车内一片寂静，胭脂也不急，只静静等着。

马车缓缓压在石板路上，车内轻轻晃动，车帘外头传来早点铺子的热气，勾得人食欲大振，远远传来早起学童的琅琅读书声。

叶容之静默了片刻，放下手中的书坐起身，拿起茶几上的一块糕点递到胭脂唇前，贴着她软嫩的唇，似笑非笑道："夫子还未用过早饭，这是阿容特地为你准备的。"

胭脂眼观鼻、鼻观心地端坐着，嘴紧紧闭着，眼睛只看着前方，对嘴前的糕点视而不见。

叶容之见她不吃也不勉强，便自己咬了一口贴过胭脂唇的，又放下不吃了，细嚼慢咽之后，看着胭脂慢慢笑起来："夫子来时可与李兄说清楚了，往后可要一直陪着阿容了？"

胭脂不由得侧目看向叶容之，勾了勾嘴角，假意笑道："我何时说过这样的话？"

叶容之面上笑着，声音略带几分阴沉："夫子以为自己还能回去？"

胭脂微一蹙眉，眸中暗生愠怒，面上却不显："那就要看阿容有没有这个能耐了。"

叶容之往后一靠，看着她似笑非笑。

胭脂不由得眯起眼，暗道：混账东西，当你夫子祖宗我是软脚虾啊，总有叫你翻船的时候！

胭脂想到此，神情有些莫测……

胭脂自从到了叶容之的新府，连着十几日都不曾在府里见过叶容之，不过倒是送来了不少新奇玩意儿，其中有一只金丝雀甚得胭脂喜爱，她每日总要逗弄几番。

今日府中大摆筵席，想来宁王势头大好，已然独占鳌头，如此下去只怕夜长梦多，叶容之留不得，他实在是个变数，胭脂想到此不由得苦恼，她连人的衣角都见不到，又要如何害他性命呢？

胭脂想了想，提着鸟笼出来，院子的丫鬟忙上前紧紧跟着，不声不响的，像是她的影子一般，胭脂虽然不习惯，但也没什么法子，毕竟自己不是她们的主子。

胭脂穿过几个园子到了前院，便被院子口站着的两个小厮拦了下来，说道：“姑娘请回，前头席间吵闹，恐扰了姑娘清静。”

胭脂站在院外，只听到里头的琴瑟歌舞声，往里头看了一眼只瞧见里头一角翠衣薄裙，旁的便再也瞧不见。胭脂有些羡慕，这日子过得倒舒服，可怜自己只能逗逗金丝雀，又道：“那便算了，他若是好了便请他来一趟后院，我有事相问。”

小厮行了一礼低头应是，胭脂就又提着金丝雀往回走，顺道四处逛了逛园子，慢慢悠悠才晃回了自己屋里，等着叶容之。等了不多时便睡着了，再醒来已是两个时辰以后了，想来这正午摆的筵席只怕要闹到晚间才好。

胭脂刚闭上眼睛打算缓一缓，就听外头丫鬟唤道：“公子。”胭脂惊得睁开眼睛，忙又闭上，这真是猝不及防，她还未想好如何应对他，索性闭上眼睛装睡，趁他放松了警惕再伺机而为。

叶容之“嗯”了一声，胭脂闭着眼睛，所有的注意力都集中听觉上。他踏进来，想是在屋里看了一圈没发现她的人，稍做停顿便绕过床榻前的屏风进来了，后头又没了动静。胭脂听不见动静心中疑惑，也猜不出他站在那处做什么，只感觉到自己好像被什么东西盯上了一般，危险而炙热。

胭脂撇开不舒服的感觉，认认真真地装起睡来，想她是个乱葬岗出身的，装死都不在话下，更何况是装睡这一桩小事。

他站了一会儿才走过来，胭脂能听到衣衫行走时发出的窸窣声，床榻一侧微微下陷，片刻后衣衫拂过她的脸颊，指尖轻轻抚上她的眉眼，略带几分微凉。

胭脂虽有疑惑，但也耐着性子看他究竟要如何，索性他也没再做什么，只停了下来，撑在胭脂枕侧，没了动静。感觉一抹视线一直停留在她脸上，慢慢地感觉好像有阴影压上来，一抹带着清冽酒香的气息袭了上来。

胭脂忙睁开眼，随之对上了叶容之清润的眉眼，他的薄唇与她仅隔一指之距，她不由得惊得瞪大了眼。叶容之见她醒着，眼中的讶异一闪而过，快得让人怀疑自己瞧错了一般。

胭脂见这般还有什么不懂，她心中尴尬，这实在太出乎她的意料，忙伸手撑着他的胸口将他推开，自己也跟着微微起身。可才微微撑起身子，叶容之拿开她的手便压了上来，将她又欺在床榻上。叶容之看着她，清润干净的眉眼染上了几分迷离，越发衬得容色潋滟。

刚才虽然靠得近，但到底没有碰到，现下却是实打实地压着，胭脂都觉得胸口被压得微微有些发疼。被自己的弟子压在身上，其羞恼之度可想而知，不由得更生出几分震怒，这孽障竟敢如此肆意妄为！

胭脂挣扎起来，又恐外头人进来瞧见不成体统，只能压低声音咬牙道："给我起来！"

叶容之压着胭脂，不错眼地看着她，轻启薄唇，低沉着声音唤道："绾绾。"

胭脂瞪大了眼睛，已然忘记了挣扎，见他眼中似有几分迷醉，才松了一口气，正要开口唤他，他却低下头吻上她的唇，他柔软的唇略带几分凉意，一股清冽的酒香在唇齿之间纠缠。

胭脂忙别过头去，他的唇落在她的耳畔，胭脂不由得轻颤一下，忙转头道："阿容，你认错人了。"

他见胭脂避过他的吻，才微微撑起身子，端详了片刻，忽道："为何喜欢李言宗？"

"我是你的夫子，看清楚！"他竟然喜欢绾绾，那当初为何不抓住机会，自己可不知给他制造了多少次机会！

叶容之像是入了执念一般，根本听不进去她的话，捏着她的下颌，略带几分狠意地问道："为何要喜欢李言宗！"

胭脂伸手，想要先一巴掌把人拍醒。

叶容之按住她的手，压着她轻佻道："是中意他的家世无可挑剔，还是因为他相貌出众？"

胭脂颇有些气急败坏，这哪是喝醉了酒，这分明是中了邪了！

她看着叶容之，颇有几分心累："我如何知道沈绾为何喜欢他？我要是知道也不会让他们凑成一对，平白给我添麻烦，要是早知道你喜欢她，我自然是会帮你。"

见叶容之冷冷看着她，像是不满意她说的话，她只得耐心地开口道："姑娘家喜欢的无非就是相貌，家世，李言宗两者都有，性子又温和良善，自然招姑娘家喜欢，你要是改好了，自然也是有姑娘家喜欢的。"

他松开她的手，翻身躺到床榻里侧去，闭上眼睛，片刻后，忽道："若是改不了呢？"

胭脂好不容易脱身，连忙坐起身子离了床榻，见他这样问，便随口道："你这样的性子是不会有姑娘喜欢的。"

胭脂整理好衣裳，过了好一会儿也不见他有动静，便低声唤道："阿容？"走近一看，见他呼吸平稳似是睡着了。

刚才推他起来的时候将他的衣领拉开了一些，外头的青衫微开，露出白色里衣的一角，他的衣裳从来都是一丝不乱的，如今竟有几分遭人轻薄之感。

胭脂忽起意，她靠近床榻，一膝半跪于床侧，又唤道："阿容？"他双目闭着，黑长的睫毛在眼下投下一道阴影。

胭脂眸色微沉，从袖中取出一把精致小巧的匕首，里头的刀刃出了鞘，折射出一道光芒。

叶容之必须得死，他是一个变数，他的存在只会给自己增添麻烦，季傅都不敢对他掉以轻心，若是真让他扶了宁王上位，先不谈自己能不能好好护着李言宗，就论他这样的心性，与宁王再混在一起，不出几年到地府报到的鬼魂只怕会把本就寒碜的黄泉路给踏平，孟婆熬汤的手都能活生生熬断了！

她在乱葬岗见得最多的就是那些冤死枉死的，如有更多人死于非命，这天下成了偌大的乱葬岗，也不知会是怎样的情形？

胭脂举起匕首，正要一刀落在他的颈上，却在最后关头顿住，她看着他温和无害的睡颜，突然想起他少时那般懂事可爱的模样。

曾几何时，她也是极为心疼他的，如今即便不喜他的行事作风，也终究是下不了手。

胭脂叹了口气，又收回了匕首："罢了，你现下死了，我也没法子带你去乱葬岗看青衣唱戏。"让季傅自己想别的法子吧，凭什么让她做这档子糟心事。

她在屋里坐了会儿，又去外头喂金丝雀去了，那活蹦乱跳的鸟儿能让她了却心中的烦恼。

待她出了屋子，床榻上的人才睁开眼睛，眼中一片清明，哪有半分喝醉的模样。

就这么不咸不淡地过了些日子，事情就来了。

胭脂怎么也没有想到，她的一时心软竟铸成了这般大错。旱灾之后，其余事情本都已上了轨道，却不想赈灾最后关头出了差错，流民动乱，劫匪四起，伏尸已近数万，天子震怒，端王办事不力被禁于端王府中。胭脂不由得闭上眼，天下已初现乱世之象。

端王一败涂地，从此与宝座失之交臂，季傅便是有通天的本领，也无法扭转端王在百姓心中无能的印象。

民心所向才是君王。

这一局是季傅输了，胭脂错了，她怎么也没有想到，叶容之竟然已经丧心病狂到这样的地步，那天下的百姓在他心中与蝼蚁无异，季傅如何斗得过他，他本就略胜季傅一筹，如今不择手段根本不拿人命当回事，季傅根本无力招架。

现下情形已成死局，胭脂握紧了手中的书信，心中追悔莫及，她真不该心慈手软！

胭脂站起身怒气冲冲地往前院去，后头的丫鬟连忙跟上，唯恐公子怪罪没看住人。

胭脂绕过几个弯弯曲曲的回廊，便见叶容之站在花园中修剪盆栽，那下手极为干净利落，眉眼带着几分凉薄之意，在秋日显得越发清冷，胭脂就站在回廊，里面无表情地看他剪着。

他听见胭脂来了，手中微微一顿，继而又继续修剪，待修剪到满意的模样才侧过头看向她，眼中的凉薄未曾淡去，看得人周身发冷。

他放下剪子，走到胭脂跟前，立在台阶下看着她，一言不发。胭脂见他这般风轻云淡的模样就怒不可遏，扬手就给了他一巴掌，他不躲不闪，头也没偏硬生生受了。

“畜生！”胭脂咬牙切齿骂道。

叶容之面上浮起一笑，问道：“夫子不高兴吗？这天下很快就到手了。”

胭脂冷冷冰冰讽刺道：“到手了又怎么样，阿容，你这样的人配吗？拿百姓做梯子，你就是扶一百个宁王上位也照样一一跌下。”她顿了顿，言语中透着一丝后怕，“你知不知道这样做改了多少人的命数，这天下若是大乱你怎么收场？”

叶容之闻言只觉可笑，他薄唇轻启，说的字眼都含着不屑：“乱了又怎么样，与我有什么干系，要怪只能怪他们命数不好，非赶上这个时候。”

胭脂一阵懊悔：“早知道有今日，当初在林中见到你时就该掐死你。”

他静默了片刻，突然笑了起来，低声道：“其实我总在想，若是那时死在李言宗的马蹄下会不会好一些，那样我是不是就可以和夫子去乱葬岗听青衣的戏了。”

胭脂一时语塞，心中复杂，只觉眼前这人又是可恨，又是可怜。实在不想再与他多做纠缠，道不同不相为谋，他们根本没办法沟通。

胭脂径直下了台阶越过他往园外走，她该回去好好打算下以后该如何。

不过走出几步，进来几个小厮，拉住园子里的丫鬟们就往外拖。丫鬟们纷纷哭着跪地求饶：“公子饶命啊！”

胭脂见状忙拦在他们面前，不可置信地看着叶容之：“你这是干什么？”

叶容之但笑不语，他走到盆栽前，拿起剪子剪下一株不怎么顺眼的枝叶：“她们看到的太多了，我不喜欢。”言罢，又转头看向她，淡淡提醒道，“夫子走错方向了，回屋可不是往园外走。”

胭脂快步走到他面前，一把抓住他的衣领，吼道：“叶容之，你是不是疯了，你究竟要背多少命债？”怎么会有这样的人？他简直比乱葬岗的精魅还要可怕，人命在他眼里竟然这般轻浅，他当这是在剪草！

她动作太重，手中的剪子险些划伤她，好在叶容之手收得快，他放下剪子，握上胭脂的手，温和道：“夫子小心些，刚才差点伤到你的手。”

胭脂狠狠地抽回了手，见那些小丫鬟哭得涕泗横流，心中极为不忍，她只得拉住叶容之的衣袖，放柔了声音求道：“是我不该打你，你要是心中不爽利，我便由你打回来，你要打多少下便打多少下，你放过她们好不好？”

叶容之弯起嘴角，伸手微微拂过她的脸颊，将她耳旁的碎发轻轻绕到耳后：“夫子心情不好，怎样对我都没关系的，阿容绝不敢心生怨言。”

胭脂见他一副油盐不进的模样，耳旁又是一阵哭喊求饶声，心中焦急，只觉头痛欲裂，叶容之这厮忒是难缠。

见小厮又开始拖着人往外头走，胭脂急忙上前，却忽然浑身发软起来，连站都站不稳，直往后倒去。叶容之上前一步，将胭脂抱在怀里，他浅浅笑起，声线干净清冽道：“夫子又走错了方向，还是让阿容送夫子回屋吧。”

自那以后，屋里的丫鬟就都换了，她问起原先的，她们便面面相觑，一副不敢多言的模样。胭脂心中有数，只怕她们是凶多吉少。

“姑娘，早饭已摆好了。”丫鬟走近床榻，扶胭脂起身后走到外屋坐下，将筷子递给胭脂，便静立于一旁等候吩咐。胭脂刚拨了一口饭，想到里头的软筋散，便没了胃口。

丫鬟见她不吃，忙道：“姑娘，你多少吃一些吧。”

“撤了吧，我实在吃不下。”胭脂勉力站起身进了屋里，一整日都不打算吃任何东西。叶容之根本就是疯子，难道他要一直把自己当个废人般软禁起来？

到了晚间，胭脂正躺着挨饿，叶容之来了，他站在床榻侧居高临下地看着胭脂。片刻后让人撤了屏风，让胭脂可以一眼看到外屋满桌的菜，她闭上眼不去看，可架不住那阵阵的香味往鼻尖飘。

胭脂看向叶容之，他今日穿得格外隆重，湛蓝色的衣袍腰间系着白玉带，缀着块白玉佩，头戴玉冠，越发显得玉树临风，想是刚回府就来了这处。

叶容之微微笑起，弯腰坐在床侧，伸手将胭脂揽在怀里，低声问道：“夫子饿了吗？”

如今只要他一靠近，胭脂就瘆得慌，她蹙眉想要伸手去推开他，奈何没中软筋散时都不能推开他，如今简直就是以卵击石。

叶容之握住胭脂的手低头看她，见她眼中含着厌恶，不由得解释道：“我没杀她们，那几个丫鬟都逐出府去了。”

胭脂听到此不由得松了口气，若是他真那样做了，他只怕离疯也不远了。

见胭脂神情缓解了些，他又低声轻柔道：“现下吃点东西，一整日都未曾进食，对身子不好。”

许是他太过温和，胭脂不由得忘记了他的本来面目，言辞间毫不顾忌地讽刺道：“你怎么不说软筋散对我身子不好？”

他竟然毫无愧疚之心，笑了笑说道：“夫子不必担心，这药是我亲手调的，至多就是叫你浑身无力罢了，不会伤身的。”

胭脂听到此冷笑出声，照他这样说，自己还得感谢他不成？

她沉着张脸，冷道：“我不吃，你要么让我走，要么便让我饿死算了。”

不想叶容之权作没有听见一般，让丫鬟端了碗粥来，说道：“夫子一整天不曾吃东西，先喝些粥垫垫才好。”他让胭脂靠在自己肩膀上，一手环过她端着粥，一手拿着勺子喂她。

勺子贴在她的唇瓣上，胭脂紧闭着唇不去理会。

“夫子是不是不喜欢？”叶容之很平静地问出口。

胭脂忽然有种不祥的预感，果不其然他将勺子放回碗里，将粥随手丢到了地上，轻描淡写地吩咐道：“去灶房将厨子的手打断。”

屋外的尤十一立即应声，胭脂吓得够戗，连忙伸手攀住叶容之环着他的手臂，急道：“别……我吃，我吃！”

胭脂现下是彻底拜服这位“魔星”了，在他眼中人命根本如同草芥，稍有不如意便除草一般地扫荡而去，她真是半点不敢惹恼他了。

叶容之听得此言，搅着胭脂，修长的手指在她脸上摩挲几下，在她耳旁轻笑道：“这才听话。”

胭脂不惯与他如此亲近，只觉得浑身不自在，便往后躲了躲，若不是知晓他心慕沈绾，只怕自己都要误会了。

他起身将胭脂横抱起，走到屋外坐下，将胭脂抱坐在怀里。她这下是真无法忍了，堂堂长辈坐在晚辈怀里吃饭，成何体统！

她挣扎着站起身，无奈手脚使不上力，他微微一按她的肩膀就倒回他怀里了，软得跟泥似的。胭脂忙使劲道：“我自己可以坐着。”

叶容之抱着她，低头看了她一眼，含笑道：“是阿容过虑了。”用脚将旁边的椅子勾到跟前，将她抱到前面的椅子让她靠在自己身上，伸手拿起勺子舀了几勺汤，拌上晶莹饱满的白米饭，一下子便让胭脂食欲大增。

虽然一想到饭菜里的软筋散胭脂就没了胃口，但她还是伸手拿过叶容之手中的勺子，有一口没一口地吃了起来。

她心中压抑，略微缓和着自己的语气，不解道：“你将我困在这儿，究竟为何？你若是在意往日我不曾回来找你……那确实是我不好，你心中有怨气我知道，你只管发泄出来便好，无论如何我都认了便是，只是你不要牵连旁人。”胭脂困在这里消息不通，根本不知道李言宗如何了，心中有些担忧。

“夫子陪了李兄十六年，却不愿意陪阿容区区几个月。”他静默片刻，缓缓问道，“我这个弟子就如此不得夫子的意吗？”

胭脂见他如此，想说实话但又怕得罪他，可她又不愿违心说话，只得委婉道：“阿容，我不想骗你，你的有些做法我确实不喜欢，你我之间立场不同，我不会强求你如何，你何必执着于让我陪着你？”

胭脂放下勺子，转头看向他：“你不过是因为少时只我对你好一些，才会如此执念于这零星温暖。你若是放开心，想要对你好的人何其之多，我只是在你最需要的时候给了你一点点怜悯，其实想来也不算什么。”

叶容之看着她，突然眼里泛起几分恨意，捏着胭脂的肩膀，狠道：“怜悯，那你为何不多怜悯我一些！你给了李言宗十六年，那本都该是我的，他李言宗家世背景相貌什么都有，你还要护着他！夫子……你有没有想过我的感受？”

胭脂肩膀一疼，心中有些酸楚，她待叶容之确实不公平。她忽然想起他少时那样依赖自己，若是没出那一桩事，他或许真的会成为温润如玉的谦谦君子，而不是如今面善心恶的伪君子。

可很多事情便是注定了的，胭脂也改变不了什么，她也不过是一枚棋子罢了。

叶容之眼里氤氲一片，他放松了手上的力道，轻轻道：“受益惟谦，有容乃大，是夫子给阿容的教诲，是阿容不争气没能学到一二。”他看向胭脂，眼里透着可怜又微薄的期盼，良久才涩然开口，“若是阿容都改了，夫子能不能不离开？”

叶容之这般模样她何时见过，他从来都是笑意晏晏的模样，胭脂垂下眼心中难过，却没有想过答应他。

她……已经卖给了地府，根本没有自己选择的权利。

她闭起眼不去看他，仿若老僧入定一般平静，半点不起波澜。

过了好一会儿，叶容之眼里的期盼如光般慢慢淡了下来，直至消失得毫无踪迹，他起身站了片刻，看着胭脂丝毫不为所动的脸，慢慢笑开，那刚才的温暖如春水映梨花般，不过一瞬流过便消失无踪，他强忍着眼里微微泛起的水泽，轻声道：“是夫子不肯给阿容机会呢……”

胭脂不敢睁眼，她怕一睁眼自己就要心软答应下来根本做不到的事情，到头来伤的还是他……

叶容之走了，不过每日还是会来看着胭脂吃饭，只是不怎么说话，他身上的戾气越来越重，胭脂与他相处越发难受，每每压抑得透不过气来。

胭脂只昏迷了半刻，再缓缓转醒时还在马车里，马车慢慢悠悠地往前驶着，此前绵延的雨水现下已经停了，叶容之坐在马车帘旁，离她有些距离。

她摸了下身上的衣裳是干的，显然叶容之已经给她换过了。

胭脂心中极为气恼，可也无可奈何，如今换都换了，还有什么可说的。只是这衣裳极为合身，像是为她专门准备的一般，胭脂心中有一丝惊疑，这事先就准备好的东西穿在她身上，让她如鲠在喉，不知如何安定下心。

马车外传来一阵叫唤："师父！"声音由远及近，是李言宗在外头。

胭脂连忙起身，却因马车骤停，她手脚又无力，只能跌倒在叶容之怀里，才发现他的衣服是湿的，叶容之握着她的手将她扶起："夫子，小心。"

胭脂只觉得他的手极为冰冷，他替她换了衣服，为何不替自己也换了？

李言宗拉下车夫，掀开马车帘子，见胭脂安然无恙便松了一口气，看向叶容之，怒道："叶容之，你快放了师父，如今你自身难保，莫要再牵连了我师父！"

"李兄说的什么，在下听不明白。"叶容之将胭脂往马车里头轻轻一推，胭脂就跟站不稳的娃娃一般，一头栽到棉被里。

胭脂软弱无力，气得肝疼。

李言宗见此瞠目结舌，他的师父在他心中可是半仙一般的人物，怎会如此不堪一击，他半晌才反应过来，气道："你这个目无尊长的混账！"

他上前拉住叶容之的衣领，将他拉下了马车："你死到临头了，季先生买了凶名最盛的'南疆十鬼'取你性命，你这次就是有登天的本事也跑不了了，还是想想一会儿怎么求饶吧！"

叶容之站在马车旁弯了弯嘴角，又伸手将自己的衣裳理了理，便不动声色地站在马车旁看着李言宗。

李言宗见他不说话，以为他服了软，便不再管他，上了马车将胭脂扶起："师父，我们走。"

胭脂见叶容之这般轻易就下了马车，有些不可置信，她不知叶容之在玩什么把戏，她借着李言宗的力起了身，轻声问道："你说的是真的？"

"自然是真的，先生和人商量时我偷听到的，那'南疆十鬼'可不是好相与的，我们得赶紧走。"李言宗一脸紧绷，心中仓皇，他什么都来不及准备便来了，实在是怕师父会受到叶容之的牵连。

偷听？胭脂心中咯噔一下，季傅是什么人，他若是不想让人知道，绝对不会露一点风声，那就是说，他是故意让言宗听到的……

他为何故意引李言宗来，难道……

胭脂正猜测到最后一层的时候，将她扶着的李言宗就倒了下来，胭脂一点也不惊讶地看向叶容之，果不其然，他面上一点意外之色也没有，胭脂不由得往后躲去，她拉着李言宗的衣袍，喊道："言宗！"

他面无表情上前将胭脂拽了出来，抱下马车，车夫忙上去将李言宗往马车里一推。

胭脂心下一骇，暗道不好，她伸手去拉车夫却够不着他。

“你放开我……放开……言宗你醒一醒！”胭脂死命挣扎却被他抱着动弹不得，只能眼睁睁地看着车夫驾了马车带着李言宗往另外一个方向去。

她使尽全力掐着叶容之的肩膀怒道：“你究竟要干什么？！”

叶容之抱着胭脂往林子里缓步走去，对胭脂哄道：“夫子，不必担心，我只是将李兄安然送回去罢了，他实在太碍事了。”

“你真把我当傻子哄骗不成，不要以为我不知道你心里想什么，你若是敢害李言宗的性命，我就……”胭脂想了一圈，发现根本没什么可以威胁他的，不由得语塞。

叶容之略带无辜地笑了笑：“夫子怎么会这么想，明明是季傅居心不良。”

胭脂抿着发抖的唇：“什么意思？”

叶容之顿下脚步，将胭脂往上颠了一颠再往林子里走，继而说道：“季傅引李兄过来不就是为了将他与我一并杀了吗，我只是让车夫将他送到安全的地方罢了。”

他说谎了，之前胭脂就注意到他有这个习惯，说谎时会看向前面不自觉走神，连说谎都是敷衍的模样，半点不屑认真。

季傅想杀言宗，他刚才应该也是猜到了，所以他故意顺势将言宗送到叶容之面前，借叶容之的手杀言宗。

待言宗死了再将这事漏点蛛丝马迹给李家，以李家对言宗的重视程度，必会不计代价让叶容之血债血偿，然叶容之不是个好相与的，势必会是一场恶斗。待他们两败俱伤，他和端王就可以坐收渔翁之利了。

胭脂心中又急又怒，面上却不能显出来，死命咬伤了舌头才微微提了些劲，她假意咳嗽几声，做出一副喘不上气的模样。

“夫子怎么了？”叶容之看着她一脸关切，见胭脂难受得答不上话来，忙弯腰让她坐在树下，正要拿开她环着自己肩膀的手，好替她仔细查看一番时，却发现脖颈上贴着一丝冰冷的凉意。

胭脂眼神发冷，握紧手中的匕首，她伤了舌头只能含糊道：“叶容之，不要动，否则我真的会杀了你。”

叶容之看着她嘴间的猩红，默然不语。

胭脂忙伸手到他怀里拿药，却摸出了一根木簪，她一蹙眉便随手丢到了一旁，顺着他的衣袖一摸，果然摸到了两只小药瓶子，只是她不知这两瓶究竟哪一瓶是李言宗的解药，只能问叶容之："哪一瓶是解药？"

叶容之不理她，更无视了他抵在她脖颈上的匕首，伸手去拿她刚才随手丢掉的木簪，因为他的动作，匕首在他颈上划出了一道血痕。

胭脂按住他的手，李言宗危在旦夕，她已然完全失去了耐心，吼道："叶容之，你最好不要耍什么花招，快告诉我哪一瓶是解药！"

那软筋散太过霸道，舌尖的疼痛快要失去作用，胭脂心中焦急，手里握着的匕首离叶容之的脖颈越发近了，血从锋芒毕露的刀刃上微微流出。

叶容之像是感觉不到痛，他看向胭脂，忽道："夫子若是能回答我一个问题，我便告诉夫子哪一瓶是解药。"

胭脂看着他不语，他轻声问道："夫子为什么收李言宗做徒？"

为什么？

究竟为什么十六年都不曾回来看他一眼？

事到如今，胭脂不想再与他纠缠下去，她不由得嗤笑道："你问我为什么要收言宗为徒，倒不如问我为什么只把你当作普通弟子。"

她回忆起他少时的模样，带着几分悲天悯人，说道："我给你取了'容'字为名，受益惟谦，有容乃大是我对你唯一的期许，可你太让我失望了，你完全成了与这相反的人。你眼之所视、心中所念皆是怨恨苦毒，你看不见好的东西，这样的你要怎么和言宗比？"

胭脂面色温和地看着他，嘴上却吐着恶毒伤人的话，又道："家世相貌你已然比不过他了，可笑连最基本的正直良善都没有，你根本……不配做我的弟子。"

叶容之垂着眼，额前的碎发挡住了他的神情，很平静的模样，他忽然笑了起来："十六年……我盼了夫子十六年，原来到头来……只有我一个人在十六年前……"

胭脂忽然觉得心口紧得难受，她不敢看叶容之，只是死死地盯着刀刃，哑着声道："该你回答我的问题了。"

叶容之清秀的眉眼染了黯淡的笑意，眼角微微湿润起来，他颇为认真地看着胭脂，眼神在她脸上流连许久，带着几分宠溺，轻声道："白玉瓶里的，是你们的解药，另外一瓶是迷药，一滴可以放倒十个壮汉。"

胭脂立马拿着两瓶药，起身头也不回逃一般往来时那路奔去。

如果两个只能选一个，那么那个人只能是李言宗，这是她答应地府应该付出的代价！

胭脂打开解药，在自己鼻尖猛嗅了一番，等到恢复了力气就连忙奔出了林子，一直不停歇地顺着马车的印记追了许久才赶上。

借着天边隐隐泛起的鱼肚白，她看见远处停了一辆马车，周围倒着几个黑衣人，胭脂心下大骇，莫不是迟了？！

远处的尤十一砍倒了最后一个黑衣人，他的声音传来："瞎担心什么，胭脂姑娘那儿有叶先生在，绝对不会有事的，你们要担心也该担心'南疆十鬼'，毕竟道上名头这么响，死得若是太难看也叫人怪唏嘘的。"

沈绾气得在一旁骂道："叶容之一个手无缚鸡之力的书生能顶什么用，你以为'南疆十鬼'是纸糊的人，动动手指就能倒！还不快解开我的穴道，你个蠢货！"

尤十一早被叶容之锤炼成了铜墙铁壁，这点小辱骂与叶容之那"魔星"相比，简直犹如和风细雨般温柔，只是他有些叹息："真不明白叶先生为何非要我护着你们这些累赘，简直浪费人才。"

胭脂闻言如遭惊雷，她拿着手中药微微颤抖起来，她……误会了叶容之！还拿了他的迷药，那他要拿什么来对付"南疆十鬼"？胭脂猛地回头朝原路跑去，以她对叶容之的了解，应该会留有后手，可是她这心头却一直盘旋着一种不祥的预感，不安忐忑至极。

天色还是暗暗的湛蓝，四周灰蒙蒙一片，林子里更加暗了，胭脂跑得气喘吁吁，林里的树大多千篇一律，加之她心中又急切慌张，竟然迷了路。

胭脂一急，越发慌张，她强忍舌尖的痛意，喊道："阿容！"

四周毫无回应，静得可怕，突然远处却传来几声诡异的惨叫，在这灰蒙蒙的林子里显得尤为瘆人。

胭脂忙往声音那头赶去，那声音听着近，却没想跑了许久才到。

入眼是一片触目惊心的红，满地的血，不远处还躺着一个人，发着微弱的哀号。

空气里弥漫着刺鼻的血腥味，胭脂忙回过神，四处张望，看见了在一棵参天大树下靠坐着的叶容之，他那一身青衫染尽了血，几乎成了一个血人，手中似乎还拿着东西，他正低头看着。

一动不动，安静得像个没有声息的死人。

听见声音，他才缓缓抬起头看过来，眼里微微一怔，继而又满是微薄的希冀，像少时每每等了她许多天，终于等到她从乱葬岗回来的那种欢喜模样。

她连忙跑过去连蹲下顾不上，扑跪到他面前，看着他身上的伤，手足无措，她伸出手却又不敢碰他，只能颤着声音哽咽道：“阿容……夫子带你去找大夫……”

叶容之不说话，他原本如水般潋滟的薄唇如今苍白失色，他微微动了动唇想说什么，却终究没有说出来。

胭脂轻轻扶起他，转过身使劲将他背起，到底是个男人，就是再虚弱那重量也是胭脂吃不消的，更何况刚才那一番折腾已然消耗了她许多体力，她咬着牙强行背起叶容之往前走。

才走了没几步，她就感觉叶容之还在流血，没一会儿自己的后背就湿透了。血顺着她的衣裳滴落，那一滴滴血，在寂静的幽林里显得格外清晰，好像不停地滴落在心口，慢慢浇凉了所有的希冀。

叶容之靠在她的肩头，默不作声。天色慢慢透起来，就快要亮了。

胭脂看着他环着自己脖子的衣角已然看不出原先的颜色，只有鲜红的血晕染着，她像是背着一个血人，其实她心中已然有了数，却固执地自欺欺人，咬着牙死命地往前走。

叶容之忽然开口，声音虚弱得听不到，缓缓道：“夫子，算了吧。”

胭脂眼里含着泪，强笑道：“胡说什么，找到大夫你就没事了。”

叶容之知道自己撑不了多久了，只是心里还有一丝牵挂，温柔道：“夫子送我的华灯我都还留着，埋在百竹村那片林子里，若是有空便去一趟把灯烧给我吧，免得……我黄泉路上太冷清……”他说到最后有些喘不上气，声音轻得一阵风就能吹散。

他的话像是压弯骆驼的最后一根稻草，胭脂哭了起来，他就算是个坏人，可从头到尾不曾伤过她一分。

他对不起天下人又怎样，可他没有对不起她啊！

他少时还说长大了要陪她看遍大江南北的戏，可他长大了她却变了！

他如今要死了，她的心忽然如撕裂了一般，哭喊道：“是夫子不好，是我的错，我不该说那样的话！阿容，你再撑一会儿好不好，很快就能找到大夫了！”

胭脂感觉到他轻轻抬起手，在她发上轻轻一压，他眉眼染上了笑意，像是回光返照一般轻笑道：“夫子，阿容很欢喜。”

这是他这么多年唯一欢喜的事了……

他的夫子没有再抛下他，以后也不能再抛下他了……

他的手无力地垂落了下来，头轻轻靠在胭脂的肩上，像是睡着了一般。

“阿容……”四周静悄悄的，胭脂轻轻唤着，却再也得不到任何回应……

胭脂哭着不停呼唤：“阿容……阿容……”

再也不会有一个人眉眼染笑地唤她夫子了，大千世界凡凡几何，她永远也见不到叶容之这个人了……

番外一

满桌琳琅满目的木雕，有栩栩如生的鱼、飞鸟，还有地上跑的鹿、马，胭脂最感兴趣的，还是老者手中渐渐成形的木头，是一根木簪。

老者正在木簪上雕花纹，胭脂觉得很稀奇，她见过戴玉簪、金簪、银簪的姑娘，极少见到戴木簪的。老者手艺极好，雕的纹路清晰雅致，既无损木质，又显得木簪纹路精致。

胭脂在一旁看了许久，惊叹老者的雕功神乎其技，一块木头竟能化腐朽为神奇至此，她看着这样的木簪便也想戴戴："您雕得可真是好，这木簪可否卖与我？"

老者抬起头，语气慈祥地道："姑娘不是这里人吧。"

见胭脂面带疑惑，老者看了看她后头站着的青衫男子，气度虽然出众，但未必比木城的男子会疼人，他不由得引以为豪道："俺们这儿的女儿家出嫁，夫君都会亲手雕一支木簪以示白首偕老之意，所以从来都不会自己出来买木簪。俺这木簪也是给我那老婆子雕的嘞，姑娘若是实在喜欢，就送给你了，讨个好彩头。"

胭脂闻言不由得羡煞，最终没要那木簪，买了别的木雕，这木簪既然是这样一个由来，她要来又有什么意义呢？

毕竟是来做老妈子的，要有些眼力见儿。

叶容之看着老者手中的木簪出了会儿神，白首偕老就是一辈子在一起，只有夫妻才能永远在一起，若是她成了别人的娘子，他一想到这些就不敢再想下去，他不由得自嘲，自己何时有真正怕过什么，如今竟然也有了连想都不敢想的事。

胭脂走了几步，发现叶容之没跟上，便回头唤了一声：“阿容？”

她站在远处等他，黛色的衣裳被风轻轻拂起，手里抱着一只木雕兔子，正笑颜如花地看着他，他不由得也跟着笑了起来。

若是夫子能一直待在自己身边，他一定会每日谢过所有神明，他一定想办法赎尽一切罪孽……

只要她肯待在自己身边……

桌上堆着好多各种花纹的木头，以及四散的木屑，老者看着眼前这个青衫男子，万万没想到他竟然大老远将自己请到府里学雕木头。

看着他极为用心地雕着手中的木簪，老者不由得满意地点了点头，这算是他教过的最聪明的，雕的花纹尤其别出心裁，煞是好看。

可惜就在叶容之快雕好时，不小心划伤了手指，冒出来的血珠子很快染上了木簪，叶容之忙用手指去擦拭却抹不去了，那滴血染在木簪上，像是一抹鲜红的胭脂一般。

老者不由得提了口气，这木簪沾血可是大忌，他明知道这话不好听，可还是得说，这真不是吉利的事。

老者有些小心翼翼道：“这木簪沾了血可是不祥啊，你与那位姑娘怕是……”老者有些不敢说下去，明明当初看着和善斯文的公子哥，如今瞧着却是这般煞星模样。

叶容之雕完最后一刀，细细摩挲手中木簪许久，久到老者以为他会一直这般看下去的时候，他忽然面无表情地低声道：“不祥也别想逃出我的手掌心。”

老者被吓得不敢再开口说话。

……

夫子走了，她应该见到李言宗了吧，她心心念念的徒弟，她陪伴了十六年的人。

叶容之看着被她随手扔掉的木簪，弯腰拾起，垂下眼睫看着自己亲手雕的木簪，轻轻用手指摩挲，“叮咚”一声，一滴水落在木簪上。

水珠落在木簪上，越发显得晶莹剔透，他用手刚拭去又落下一滴，滴滴落在指间继而滑落到木簪上，慢慢浸湿了整根簪子，直到再擦不干净时他才意识到自己哭了。

他不由得轻轻自嘲轻笑，他的心肠这般硬竟还会落泪，真是可笑至极。

好像自他记事以来只落过两次泪，一次是十六年前，一次是现在。

他不由得闭上眼却止不住泪，泪晕湿了眼角，他突然有些哽咽，不是都说苦尽甘来的吗？

苦尽甘来，苦尽甘来，忍一忍苦后头就甜了……

为什么唯独他不行！

都是骗人的，后头明明更苦，如同沾了苦的毒，毒入肺腑，生不如死……

耳旁传来细碎的声音，他缓缓睁开眼，手伸到腰间摸到一瓶极小的药，忽然想到她说自己不配做她的弟子。

是啊，他这样的人真的永远都不会有人爱他，也不会有人怜他，到头来终究是一个人。

他要这权势名利何用？

他要这性命……又有何用？

余光已然看见了衣角，危险近在咫尺，他却松开药瓶，手轻轻移出了衣衫，就静静站着那处等他们动手。

若是他死了，夫子会难过吗？

不会吧，她现下一定恨不得自己早点死……

“南疆十鬼”从树上滑落下来，在七八步开外将他围了起来，一个个面色警惕不敢轻举妄动，生怕落了圈套。

“南疆十鬼”说是十个人，其实如今只剩下了七个人，另外三个几年前来中原碰上了叶容之，其中一男一女喜练邪功，又一道看中了他，想抓了一道亵玩，却不料自己碰上了活阎王。

叶容之是什么人，不惹他都能莫名其妙被波及的人，更何况是送上门的，那死相可以说是很……一言难尽……

“南疆十鬼”一想到自己同伴死相惨状，就不由得胆战心惊，见他这般平静甚至还闭上了眼任取性命的模样，更是寒毛叠起。

他们惊恐地咽了咽口水，又纷纷退了几步，一定要谨慎谨慎再谨慎！

对面这个斯文败类可不是一般的变态！

叶容之没什么耐心，听他们这般动静不由得挑了挑眉，他缓缓睁开眼睛看向他们，笑着嘲讽道：“‘南疆十鬼’也不过如此，季傅真是越老越不中用了，找些废物就想杀了我。”

“南疆十鬼”何等人物，凶名在外恶名远播，在眼前这人看来竟成了一群废物，如何能咽得下这口气？其中一个身壮如牛、身长两尺的光头大汉，提着大刀就冲了上来，猛地一刀砍在了叶容之的肩膀上。

叶容之不躲不闪，硬生生抗了一刀，力道太大，压得他半跪倒地。他抬眸看着眼前的大汉，嘴角微微弯起了诡异的弧度，眼里带着森然的笑意。

大汉暗道不好，来不及喝止，其他人已经一窝蜂似的冲了上来，武器纷纷砍向叶容之，好好的人片刻就成了个血人。

他们正享受着活活砍死杀死这个变态的乐趣，却发现脚底一阵猛烈刺痛，痛入骨髓生不如死，低头一看自己的脚竟然已开始融化，如冰一般慢慢化作血水蔓延开来，偏偏意识却极为清晰，折磨……才刚刚开始……

只听他云淡风轻，仿佛是在说今日的天气很好一般，笑着咳道："你们有幸了，可以送我一程。"可惜回应他的却是凄厉的惨叫声，他不由得有些遗憾，一群废物半点不经打。

他嫌弃这些人脏，不愿死在他们的血水里，费了大劲才走到了一棵大树下。本还想再走远些，可他实在没有力气了，只能慢慢靠着大树滑坐下来，他的手紧紧攥着簪子，手中的血彻底染红了木簪，他无力地笑了笑，当真是不祥呢……

血慢慢从身体里流出，身上的伤口疼得他无法呼吸，他的意识慢慢开始迷离，突然听见远处一声叫喊，有一个人由远及近地从林间跑来，他抬起头看着顿在他几步开外的人，笑了起来……

真好，原来临死之前还能看到自己想要看的虚影。

她看见了他，快步跑了过去，黛色的衣裙扬起，衣带飞舞，连停住蹲下这点时间都不想浪费，径直扑跪到他面前，他觉得她这一扑好像扑到了他的心窝里。

"阿容……夫子带你去找大夫……"

好，都听夫子的。

番外二

季傅坐下，却不接下人端上来的茶水。

跟着季傅的小儿看了眼座上的男子，不敢相信也不明白为何这样一个风度绝佳的温润之人，却引了天下大祸，连季老先生都如此忌惮。

叶容之随手挥退下人，端起一旁的茶盏，轻握茶盖，拂过杯盏中的茶叶，缓缓道："成败已定，季先生何故来此？"

"端王已败，多说无益，你既唤我一声季先生，我便作为长辈提点你一句。"

叶容之闻言一声嗤笑："不知先生有何见解？"

季傅并没有像往常那样怒于他的无礼，而是平静地问了一句："你那夫子可是在你府中？"

叶容之手中转动的茶盖微微一顿，慢慢抬眼看去，答道："夫子待我恩重如山，自然在我府中休养生息。"

季傅冷笑一声："她待你恩重如山不假，你往后会不会恩将仇报就不好说了。这天下大道，伏尸百万，你这般要遭天谴，又岂会在意'恩重如山'这四个字？"

"天道待我不公，我又何须忌讳天谴？"叶容之语气浅淡，仿佛完全不屑于人命。

季傅勃然大怒，猛然站起，怒道："天道待你不公，又何尝待旁人公平？你夺了他们性命，他们又向谁去讨公平？你可知道宁王上位，他那样不仁的暴君，会让多少人遭受不公吗？”

叶容之面容平静地听着，忽而笑了出来，话间微讽：“自古成功的人，哪一个不是百万伏尸上踏过，季先生如今来说，不觉得晚吗？难道先生手里就绝对干净？你扶端王，我扶宁王，有所牺牲，不过是彼此彼此。”

“你这是视人命为草芥！”季傅见他轻描淡写的样子，一时怒起，伸手指向他，“你若是觉得这般轻巧，这话怎么不说与你夫子听？”

叶容之闻言眼神倏然凛冽，手中的茶盖跌落于茶盏之上，发出清脆声响。

“你的夫子教导了你什么，难道是教你杀人不眨眼，为达目的不择手段吗？”

季傅见他不说话，心中了然，逼近一步，又道：“想来教的不是这些吧，她必然是教过你如何成为一个端方君子，否则又如何称得上一声夫子？”

周围一瞬间安静，紧张的气氛如一把把剑悬在上头，晃动而不落。

季傅身旁立着的小儿第一次感觉到压迫，他从来没有见过这般喜怒不形于色的人，明明面容平静没有说话，却让人感觉如芒刺背。

“你的夫子既教导你这些，必定不喜你今日所作所为，那往后她若时时站在你的对立面，你……又会不会杀了她？”

“她是我夫子，自幼教导于我，我怎会杀她？”叶容之不为所动，一字一句都带着笑意，完全不放在心上。

“你如今自是不会，却难保以后，人心最是难以捉摸，更何况是你这样没有心肝的人，人命于你，不过草芥，以后杀得麻木了，自然也不会把夫子放在眼里。”

叶容之没有接话，直道：“季先生若是来当说客，就请回吧，说得再多，也不会改变败局。”

“我不是为了改变败局，而是敬重你那位夫子。往后之事谁也不知晓，倒不如将她放了，对你和你的夫子都好。时至今日，你已无法收手，以后遇神杀神，遇佛杀佛，你那夫子如何会看不见？”

叶容之冷呵一声：“季先生如今倒是学了好些本事，粗粗伎俩就想摆弄人心，未免自不量力。”

季傅不管他狂妄无礼，冷言说了一句：“人心最是易变残忍，你自幼便看得清楚，如今护得了你夫子，可往后，说不准就没人护着了，你又如何确保你这样的人永远不会杀你的夫子？”

叶容之忽而抬眼看向他，眼下神色深不见底。

“君子为何不可行差踏错一步，那是因为错一步，步步错。老夫言尽于此，算是给你一个忠告。”季傅一甩衣袖，大步离去。

叶容之安静地坐在堂上，没有再开口说一句话。

若不是屋外风吹得树叶晃动，还以为时辰都是静止的。

天边渐渐沉下来，良久之后，叶容之才起身往外走去。

天色灰沉，已经飘起绵绵雨丝，带着丝丝刺骨的冷意。

叶容之缓步走向内院，内院从来没有别人，只有他的夫子。

他往日会来这里看着她吃饭，如今却没有踏进院内，而是站在垂花门外看着院子，怔了很久。

良久，里面才有人掀开布帘子，披着外衣慢慢走出来，因为没有力气，她走得很慢。

她走到廊下，看着挂在外面的鸟笼，有一搭没一搭地逗着鸟，显然是关在这府里，给她闷坏了。

她逗了一会儿鸟，也没了兴致，又被丫鬟扶着进了屋。

叶容之在门外站了许久，才慢步踏进屋内。丫鬟见他进来，连忙上前轻声启禀：“姑娘刚吃了一碗粥，在外头逗玩了一会儿鸟，现下已经躺下了。”

叶容之点头，让她出去，自己却没有进里屋。而是走近几步，隔着纱绣屏风，看见里面模糊的人影，没有要进去惊动她的意思。

屋外的风刮得有些大，树叶窣窣作响，雨丝渐大，屋里却还是安静的。

叶容之隔着屏风看了许久，忽然很轻地开口：“夫子，竟有人说我往后会杀了你……你说好不好笑？”

他说到最后笑了起来，似乎觉得很可笑。

外头忽然一声惊雷，雨越发大起来，噼里啪啦砸落，将外头慌乱的鸟鸣声都掩盖过去。

叶容之忽然敛起眉，唇角的笑也慢慢淡了下来。

这话虽然可笑，可他还是信了。

这世间人心本就凉薄恶毒，转眼就能变化，他又如何知道往后的自己会如何？

他本就太过凉薄，又怎么保证自己往后不会心肠更加狠绝？

那时的他又会拿夫子如何？

叶容之在屋里站了许久，似乎不敢深想，没有再停留，转身快步往外走去。

尤十一轻身而下，禀报道：“公子，宁王殿下来了。”

叶容之听到这话，不慌不忙往外走去。

宁王已经等得有些不耐，见他出来才终于有了点笑模样，道：“先生大喜，往后天下就是我们的了，我要往东，那群人绝不敢往西，谁敢说一句不，我们便杀光他们！”

叶容之慢条斯理地坐下，面容没有任何变化，说道：“殿下往后继承大统，万不可随意表露杀心。”

“这不是还有先生吗，有你在暗处留刀，谁敢说话。”

叶容之垂眼半晌，忽而轻浅开口：“倘若真有人敢说，乃至敢骂呢？”

宁王看向他，面上带着了然的笑意，缓缓道：“我想先生心中自有决断，往后天下都握在手中，又怎么可能会在乎？这点儿不平骂声，以先生的手段，杀了便是，惹你不开心的，怎会在意？”

外面的风“呜呜”吹着，雨点斗大，倾盆而下不见停。

叶容之许久没有说话。

忽然外头传来吵闹声，护院慌慌张张过来，禀报道：“公子，有人闯入，院里那位姑娘跑了！”

宁王当即看向他。

叶容之闻言慢慢抬眼，看向外面，似乎完全不慌张。

末了，他忽然笑起来：“殿下说得对，惹我这样的人不开心，又岂会有好下场？”

他说得很轻，像是说给自己听，那穿门而过的风，都将他的声音掩盖了去。

他慢慢站起身，说道：“殿下留步，在下有些许事宜要处置干净。”

宁王一贯知道他阴晴不定的性子，向来狠绝，也不敢多问。

他以为他这次终于狠下心，不会再留着他那位夫子的性命。

可没想到他这次杀的竟是他自己……

为了他所谓的夫子，杀了自己。

荒谬！可笑！可怜！

二月春，叶容之死。

宁王知其死去，自知再无反抗之力，已然疯了，宁王一势彻底没落。

至于宁王是真疯还是装疯，也都是一样的结果，至多就是留条性命而已，王位于他已然失之交臂。

季傅看着尤十一送来的信，信中交代往后应对霍乱之法，最后只有一个要求，就是护他夫子周全。

可惜，他没想到，他那位夫子会不顾宁王这个威胁，亲自给他送葬。

如今，信到他手上已经为时晚矣。

季傅看着信，许久未动。

“先生实乃大智慧，一番说辞，不费一兵一卒就将此人除去。”

季傅许久没有说话，半晌才开口道：“不是我杀了他，是他自己……他太过聪明，又太过凉薄，聪明凉薄到连自己都不相信。”季傅说到此处，没了言语，难掩感慨。

他活了半辈子，看透了人心，是当真没想到，此人会做到这般地步，狠到连自己的后路都要切断，只为了他夫子往后没有性命之忧。

季傅一时不知是该敬还是该怕，一个可以狠到连自己性命都不留的人，是何等可怕。

身旁小儿疑惑道：“先生，他既已死了，又如何聪明？”

季傅低头看向他，感叹道：“因为他聪明到，算到以后的每一步，连自己都包括在内。谢怀，你往后辅佐君主，要牢牢记住这样的人，若是遇到这样狠绝无心之人，万不可扶他握权，否则必然生灵涂炭。”

谢怀听着季老先生这般慎重言辞，心中骇然，季老先生在他心中已是神祇，能让神祇这般后怕的人，他又如何不怕？

他想起那人风度做派皆是难得一见，心中却又不免可惜，可惜这样的人，大乱能起亦能压，却偏偏走了歪门邪道。

季傅看着手里整治大乱之法，转向端王：“老夫请求王爷能将他的夫子以国礼风光大葬。”

端王闻言面露疑惑：“何以是他夫子，而非他自己？”

季傅抬头看向院子里的参天大树，长长叹息，藏了几许感慨深意，说道：“许是他那夫子待他恩重如山，不可薄待。”

卷二·两世檐下雨

陆 再遇

胭脂举伞站在回廊，正等着自家小姐在寺庙里求姻缘签，其实哪用得着求啊，小姐今日就会见到如意郎君，便是龙子李言宗。

这一世李言宗叫谢明升，是京都里日渐没落的名门嫡长子，这一世的姻缘是与她现下伺候了十五年的小姐丁楼烟。

照判官的意思来说，是她上一次办事不力。

原是去保护龙子的人，竟然还比龙子早死了整整三十年，所以这次她只需要做一件事，便是将他的姻缘劫渡好。

胭脂等了十五年，才等到小姐与龙子今日的相见，这一趟谢明升会对丁楼烟一见钟情，待到二人成亲以后日子过得倒也是和和美美。

然而怪就怪在谢明升的庶出堂弟谢清侧身上，两兄弟其实是同时喜欢上了容色倾城的丁楼烟。

只是谢清侧再喜欢也没用，自家堂哥也看上了，家中长辈又向来看重嫡长子，自然什么好的都会给长子。

谢清侧自小就这么过来的，如今连心爱的女人也要拱手相让，这让本就对谢明升恨之入骨的谢清侧，恨不得食其骨啖其肉。

他对长嫂心怀不轨，每每都想方设法挑起谢明升和丁楼烟之间的隔阂怀疑，少年夫妻又如何经得住这般挑拨，二人渐行渐远。每每丁楼烟伤心欲绝，谢清侧都会陪在一旁疼惜安慰。

如此丁楼烟移情别恋也只是时间问题。

而那日在茶章寺，丁楼烟是同时见到他们兄弟二人，第一眼属意的自然是谢明升。谢明升相貌气度比谢清侧好出太多，通身都是世家子弟的大气，而谢清侧是妾室是养大的，骨子透着些小家子气，畏畏缩缩上不得台面。

可嫁过来以后，却发现谢明升太受女子喜爱，家中的家外的根本数不上来，他们每每为此不欢而散，日子久了她自然便对陪在一旁的谢清侧生出了爱意。

这事纸不住火，二人的事终究传了出来，谢清侧被祖父废了一条腿，送到乡下宗祠永远不得回来。

而丁楼烟失了所爱之人便终日礼佛，谢明升过尽千帆后才晓得丁楼烟是自己一直以来都爱着的人，可是一切都晚了，丁楼烟不会在原地等他了。

余生漫漫几十年，他将没落的家族引向了鼎盛，可他终究在爱而不得的痛苦中抑郁而终。

看完命簿的胭脂感慨不已。

她在考虑等一下见到谢明升，要不要干脆给他喂砒霜直接下地府算了，还渡什么劫，他脑子是给榔头劈了？

为什么每次都是失去以后才心心念念地要找回来，真是病得不轻！

初夏的雨来得又快又急，雨水顺着屋檐滑落下来，落成了晶莹剔透的水帘子，也浇灭了刚刚起头的暑气，空气里清清凉凉，好不舒爽。

胭脂伸出一只手穿过面前的水帘子，水珠纷纷砸向她白皙的手，衬得手越发纤细秀美，水珠四溅湿了半边衣袖，她也不曾理会。

她已然在人间做了十五年的丫鬟，上一世于她来说好像走马观花一般，唯独……叶容之的死她却记得尤为清晰。

上一世她是被宁王一剑刺死的，就死在叶容之的棺木旁。

那时宁王提着剑将她死死地钉在叶容之的棺木上，他拔下胭脂头上的木簪，扔到叶容之棺木里，一副疯癫的模样，说道："你让本王丢了唾手可得的皇位，本王不计较，你看看，本王把你看重的女人杀了，就在你面前杀的，你看你一点办法也没有，只能眼睁睁地看着……哈哈哈哈……只能眼睁睁地看着……哈哈哈……报应啊……"

宁王哭哭笑笑了好几回，他的侍从才发现人疯了，手忙脚乱地将人架了回去。

那宁王虽疯了，但折磨人的手段倒是有的，非要把阿容给她戴上的木簪扔这么远，她怎么使劲都只差一点点，胸口的剑磨着伤口，血止不住地流，疼得胭脂喘不上气。

没有多少时辰可活了，再过一会儿她就要断气了，木簪是一定要拿回来的！

她一咬牙用手在棺木上一拉，将自己往一侧移去，胸口的伤疼得让人窒息，仿佛下一刻就要疼死过去。

胭脂疼得落泪，但还是强咬着牙死撑着拿到了木簪，死死攥在手中，她喘着气，面色苍白得已经如同死人。

她记得那时自己还笑了笑，轻轻对棺木里躺着的叶容之说："阿容别担心，簪子丢不了的。"

可惜……死人又怎么听得到呢？

她下了地府以后，不是没有试着去找叶容之，可命簿司她进不去，根本无从查起。

胭脂叹了口气，身后传来些细微的声响，她转头穿过层层叠叠的雨帘看去，待看清了来人，一时发怔，松落了手中的油纸伞。

那人穿过园子，沿着树下避过了些雨，往回廊这处走来，乌黑的发用白玉冠束起，白色里衣外罩黑色衣袍，腰间系着条白玉带，缀着一块汗白玉，如同上一世般清简雅致，干干净净衬得人清冷若谪仙。

那人看了她一眼，眼神淡漠，像初夏的雨一般，透着丝丝的凉意。

竟然是……他？

竟然……让她碰上了叶容之的转世！

三千世界，凡凡几何，竟然能再看见这个人。

可是怎么可能呢？先不说他们为何会碰见，她上一世在地府等了李言宗三十多日，而叶容之早就应该转世投胎了，就是见到也该是知天命的年纪，怎么可能如此年轻？

这实在叫人费解。

胭脂满目透出藏不住的惊讶疑惑，她细细端详了他一番，见他的脸上已然没了胎记，衣着雅致，这一世应当是过得不错的。

看见他眼里闪过的一丝厌恶，知道是自己一直盯着他瞧让他不舒服了，做了十五年的丫鬟，这点眼力见儿还是有的，胭脂忙垂了眼，弯腰去捡落在地上的油纸伞。

胭脂捡起伞的工夫，他已经往回廊另一头走去。胭脂看着他的背影，忽然害怕这只是一个虚影，他若是说说话该多好，哪怕只有一句。

她快步追了上去，在他身后几步停住，唤道：“哎，你……要不要伞？”

他回头看向她，眼神越发凉薄，竟有隆冬腊月的寒冷之意。胭脂被他看得遍体生寒，她带上笑意，将手中的油纸伞递给他：“雨这么大，这伞就给公子了吧……”

他目光落在伞上却没有接，抬眸冷冷地看了她一眼，没有再理会她，便转身继续往回廊方向走了。

胭脂无力地垂下了递着油纸伞的手，心中难过愧疚，但又为能再看见他而欢喜。

可……他这一世好像不太好相处，上一世虽然为人不好，可每每见到眉眼都是染着笑的。

“胭脂，小姐都出来了，你还站那儿发什么愣？”刘嬷嬷跟在丁楼烟后面，瞧见胭脂站在前头发愣，连自家小姐出来了都不晓得，便有些不喜地训斥道。

胭脂转过身，看见她们正往这处行来。和沈绾相比，丁楼烟是一位冰山冷美人，美得没有一丝烟火气。

胭脂见到她就有些无奈，这小姑娘实在是有些严苛的。

待她们行到近处，她连忙向丁楼烟行了一礼，俯首道：“小姐恕罪，奴婢刚才出了会儿神。”

“出门在外还是要多注重些，免得叫旁人看轻了丁府的规矩。”丁楼烟看了她一眼，眼中带着些警告。

胭脂忙低下身子，俯首低眉道：“奴婢知错了，往后一定多加注意。”

丁楼烟微颔首，边往前走边问道：“母亲那里如何了？”

胭脂退后一步，和刘嬷嬷一道跟在丁楼烟后面，回答道：“夫人还在和师太叙谈，并未出来。”

丁楼烟看了眼外头的雨，眼里透出几分不耐，这天气实在不该出门，雨水打湿裙角难免有失风仪，便道：“先去母亲那处。”

一行人沿着回廊一路行去，正好碰上了迎面而来的谢明升。胭脂的视线却落在后一步的人身上，他为何会和谢明升一道走来？

“楼烟妹妹？”谢明升一眼就认出了丁楼烟。虽然许久未见，她相貌容姿太过出众，谢明升想不认出来都不行。

胭脂瘫着张脸看着谢明升，心中很是恨铁不成钢。

丁楼烟看向他，视线扫过身后的人，微微笑着道："明升哥哥。"

谢明升闻言朗声一笑，他看着丁楼烟，眼中含着笑："真没想到楼烟妹妹还记得我，竟然这般巧在这处遇上了。楼烟妹妹是一个人来的？"

丁楼烟看向谢明升，略略打量了他一番，又扫了一眼他身后的人，回道："是跟着母亲一道来的，现下正要去找母亲。"

谢明升这才忽然想起站在自己后头的弟弟，向丁楼烟笑着介绍道："这是舍弟谢清侧。"

胭脂闻言如遭晴天霹雳，她不可置信地看向他。

他这一世……竟然是谢清侧！

谢明升回头看向谢清侧，朗笑道："清侧，这是楼烟妹妹，我们少时还一同玩闹过。"

丁楼烟抬眸看了看他便垂下眼，微含笑唤道："清侧哥哥。"

谢清侧看向声音传来的方向，清冷的目光扫过胭脂又看向丁楼烟，他微点头回道："楼烟妹妹。"

胭脂一听这声音险些落下泪来，她有多久没有听见他的声音了，久到自己都模糊了记忆。

胭脂庆幸之余又觉得讽刺，他是谁不好，偏偏要是谢清侧。

谢清侧啊谢清侧，那可是命簿里最工于心计、居心叵测的配角儿，是谢明升情劫的推动人，是她……这一世的宿敌。

胭脂忧心忡忡，她这一回怕是做不到全心全意地帮助谢明升了，若对手是谢清侧，她真的没有把握下手对付他。

"小姐，夫人那处还等着咱们。"刘嬷嬷在后头出声道，自家小姐可不能与外男相谈太久，免得传出去坏了名声。

"许久不曾见到伯母，今日既然遇上，理应去拜见一番。"谢明升明显也察觉到了这一点，可又不愿意还未与她交谈几句便分开，便如此提议到。

"也好，母亲时有提到明升哥哥，今日见到必然是极高兴的。"丁楼烟美目一柔，顾盼生姿。

胭脂在心中叹了口气，这真是难解之局，他们二人只要不瞎自然都是会对这般极品美人一见钟情，她什么也做不到，只能眼睁睁看着这线纠缠到一起，真是心塞至极。

见谢明升眼里露出几分愉悦，胭脂便晓得他这是入了局了，她在心中叹了口气，又看向谢清侧。

他正垂着眼睫不知在想什么，似乎是察觉到了有人注视，抬眸看了过来，清冷的目光一直看到了胭脂的心里，她不由得心口一颤。

她……好似看到他眼中含着一丝厌恶之意。

他转头看了眼外头的雨幕，对谢明升说道："四妹妹要来了，我去接她。劳烦大哥代我与四妹妹问候伯母。"

谢明升闻言拍了下头，懊恼道："我倒是忘了这茬儿！行吧，你赶紧去，免得晚了她又要发脾气。"

嫡庶有别，身份使然，谢明升便未察觉自己的语气有何不对，胭脂却一听就觉出了几分颐指气使的味道，显然是往日使唤人使唤惯了。

谢清侧刚才就未带小厮，身边连个撑伞的人都没有，谢明升的小厮自然不可能主动去给他撑伞。

而谢明升作为家中的嫡长子，向来都是旁人为他考虑，何曾需要他替别人着想，是以他看着谢清侧从回廊往外头的园子里踏去，心中并无多余的感想。

丁楼烟看着在雨幕中离去的谢清侧，又瞧了一眼无动于衷的谢明升，不免动了恻隐之心，她启唇道："这雨有些大，一会儿工夫便淋湿了，我带了两把伞，正好可以借清侧哥哥一把。"

谢明升见丁楼烟如此为人着想，又添几分好感，楼烟妹妹果然人美心善。

"如此甚好，那便多谢楼烟妹妹了。"谢明升伸手作揖道了谢，可谢清侧人已然走远，便是唤他他也听不见了。

丁楼烟侧首对后头的胭脂吩咐道："胭脂，你去替谢二公子撑着。"

胭脂微微欠身应是，连忙几步踏出回廊，撑起伞往谢清侧离开的方向赶去。

园子里夏花被雨滴打得颤颤巍巍，晶莹的水珠顺着娇嫩欲滴的花瓣颗颗滑落，越发清透好看。

胭脂顺着色彩斑驳的石子路，一路向前赶去，却没有看见谢清侧，且这园子四通八达的，胭脂根本不晓得他去了哪条路。

胭脂撑着伞站在石子路上有些无可奈何，感慨道："小伙子就是走得快，我这老胳膊老腿的吃不消。"

正纠结着，却发觉一道视线如有实质般地落在她身上，她往一侧看去，谢清侧站在不远处的屋檐下，透过稀稀疏疏的落雨，就这么默然不语地看着她，眉眼被雨丝润湿，显得氤氤氲氲，整个人越发清冷雅致。

不得不说，他上一世有胎记时，那容色也是挡不住的惑人，如今没了胎记，又是这般冷冷清清的模样，简直叫人不敢多看一眼，唯恐一个不慎生了邪念。

胭脂见他站在檐下避雨，不由得有些疑惑，不是说去接四小姐?

怎的现下和没这回事一般，且就这么看着自己从眼前跑过也不提醒一声，叫一声是会把他累死还是怎么?

胭脂心中千回百转，面上是一丝未显，她连忙撑着伞快步走到他跟前，将伞高高举起。雨丝微微飘散进来，落在胭脂的脸上，显出面上细细的绒毛，看上去格外面嫩，她带上几分奴婢该有的卑微和讨好：“公子，奴婢给你打伞。”这神情和语气应当打上百八十分，十六年的丫鬟可真不是白做的。

谢清侧的目光落在她脸上，片刻后，忽然问道：“多大了？”

这没头没尾的一问，让胭脂破了功，她一下子忽略了丫鬟该有的战战兢兢的卑微姿态，有些错愕地回道：“十六了。”

谢清侧听到后轻挑了下眉梢，便不再说话，踏着台阶下来，行走间微微扬起的衣袍拂过胭脂衣角，往前走去。

胭脂连忙举着伞几步小跑跟在后头，将伞举过他的头顶，遮住天上连绵不断洒落的雨水。

雨水顺着伞骨落下，一把伞挡不住两个人，胭脂高举着伞硬是没让他淋湿一片衣角，自己大半个身子在伞外，衣裙已然湿透了，贴在身上让她极不舒服，初夏的雨还是透着丝丝凉意的，她有些发冷。

他们在这院子里来来回回走了三遍，直到第三遍的时候，胭脂不由得咳了声，无奈笑着直言道：“你便是气奴婢刚才冒犯了你，现下也该消气了吧。”她顿了顿，想起叶容之，心中一片苦意泛上心头，缓缓道，“若是还没有消气便让奴婢自己淋着就好，不用劳累自己多走这么些路。”

若是旁人，她哪会有这么好的耐心。

他是叶容之，便是打她骂她，她也决计不会还手，说不定还得哄着让他用棍子打，免得将自己的手打疼了。

谢清侧闻言转头看向她，见她衣裳湿透了，雨水顺着她的发丝滴滴落下，乌黑的发丝沾在白皙的额上，显得越发柔弱可欺。

他抬起手拿过她高高举起的伞，将伞举过她的头顶，冷冷看着她，上一世清润如流水溅玉般的声音，这一世带着几分沉穆之感：“你也知道那是冒犯，随意盯着男子看，丁府一向家风严谨，不承想下人竟如此放肆轻薄，不知规矩。”

胭脂不由得叹了口气，上一世叶容之对她恭恭敬敬，重话都没有说过一句，她却满不在乎。

这一世想要递把伞便被如此冷嘲，真是报应不爽。

“若是惹公子不快，奴婢向公子道歉，往后绝对不会如此了。”

胭脂想起当年他俯在自己背上轻轻说“我很欢喜”的时候，不由得微微哽咽道：“奴婢只是觉得公子有几分像送奴婢木簪的那个人，才多看了几眼，还请公子见谅。”

谢清侧看了一眼她头上的木簪，很别致，只是微微染着古怪的红，他问道：“哦？那个人在何处，让我看看有多相似。”

胭脂垂下眼睫，挡住眼里的湿意，微微苦涩道：“他在很远的地方，见不到的。”

他在四十七年前……

胭脂心中不得不承认，叶容之成了谢清侧以后，那么便再也没有叶容之这个人了……

眼前的人是他，然而又不是他。

晚间丁府下人有条不紊地忙碌着，来来往往端盘摆碟，准备着主子们的晚膳。

胭脂随谢清侧接了谢四小姐后便自行回府，此时帮着将碗筷摆好，丁楼烟正好从屋里出来。她是丁府嫡出的大小姐，家中长辈的掌上明珠，衣食用度皆是顶好的，论及家中的其他姐妹，与她相比那可是天上地下。

丁楼烟自己也是个争气的，琴棋书画无一不精，相貌仪态皆是翘楚。

她走过来在案前坐下，伸出优美如兰花的手向上摊开，胭脂拿起放在桌上的筷子，轻轻放在她的手上。接着便立在一旁看着她缓慢小口吃着，动作优雅得无可挑剔。

胭脂瞧着有些累眼，照她这吃的速度，少说得一个时辰，胭脂百无聊赖地数着她吃了几口。

只是丁楼烟不过随意吃了十来口，便放下了筷子。

刘嬷嬷忙关切道：“小姐这是怎么了，可是有什么烦心事？”

丁楼烟沉默片刻，素来冷冰冰的面庞竟然浮起一丝羞意，道：“嬷嬷觉得今日见到的两位公子如何？”

刘嬷嬷闻言一笑，一副自家姑娘终于长大了的模样，说道：“谢公子可是谢家的长公子，为人处世大方，夫人今天看见可是夸个不停，刚才还在与老爷念叨呢。”

问的两位公子，但刘嬷嬷直接忽略了谢清侧，虽然这两位皆是仪表堂堂的谢家公子，但较真起来，谢清侧那出身比之谢明升还真是云泥之别。

更何况嫡庶有别，将来谢府的一家之主只可能是谢明升，前途一片光明的自然也是他。

“爹爹是如何说的？”丁楼烟褪去了脸上的羞意，恢复了冷冷冰冰的模样。

刘嬷嬷忙笑着长篇大论起来：“老爷可说了，谢家历来是以清贵著称的世家大族，虽然如今清贵之中只剩下了清，也越发不如以前，可到底还是大族。在谢家面前，那些新起的世家是不够看的，且还有谢老太爷在，谢家倒不了。老爷还说了，谢明升是他自幼看到大的，为人处世，学识才智皆是顶好的，日后必是谢家的顶梁柱。老爷有心将小姐许配谢家，也不至于嫁得太远，免得受了委屈也说不得。”刘嬷嬷是丁楼烟的奶娘，丁楼烟从小便是她奶大的，她自然将丁楼烟当作亲生的一样看待，如今连老爷如此严苛的人都对谢家长公子赞不绝口，她自然是一万个满意，恨不得自家小姐明日就嫁过去。

丁楼烟听得这些自然明白了家中长辈的意思，也晓得其中的利害关系，她虽然面无表情，但就是能感觉到她有一丝闷闷不乐。

“嗯，这事全听长辈安排便好。”她起身往屋里走去，行到窗边榻前坐下，靠着榻上的软枕。

外屋的刘嬷嬷吩咐人将饭菜全撤下去，劳累了一天，年纪大了自然是吃不消的，小姐那处自有胭脂伺候着，便下去歇息了。

胭脂是贴身丫鬟，自然得寸步不离地跟着。这丫鬟可真不是一般人能做的，主子站着，你得站着；主子坐着，你还得站着。

比的可是耐力，胭脂这十六年是被折磨得极有耐心了，这要是搁在上一世，她可能会学叶容之，每日按三餐给他们下药。

突然想到叶容之，她心中又有些感伤起来，一时间忽然很想看看谢清侧，性子虽然截然不同，但到底还是那个人。

又想起那谢清侧淡漠着那张脸让她在前面带路的时候，她才晓得他是兜兜转转根本找不到去外头的路，才会在雨里走了这般久。

他这一世是个不折不扣的路痴……却偏偏还觉得自己能走出去，若不是胭脂提起，他们二人只怕还得再多走上个十来圈……

胭脂微微含笑，笑中又带着几分苦涩，个中滋味实在难以形容。

她想叹一口气，却没想到有人先替她叹了。

胭脂低头瞧了一眼丁楼烟，想她锦衣玉食，吃穿不愁，还有自己这么个威震乱葬岗的大阴物伺候着，还有什么不满足的呢？

丁楼烟黛眉微蹙，看着窗外缓缓道："你觉得谢二公子如何？"

胭脂："……谢二公子？"

丁楼烟看向她："对。"

胭脂心道：这不对呀，按照命簿来说，她看上的应当是谢明升啊。

胭脂笑着试探道："谢二公子瞧着虽冷清，但奴婢去送伞的时候，他还让奴婢谢过小姐呢，言语之间颇有几分情意。"

丁楼烟闻言美目微弯，为人虽如冷月，但到底年纪太小，轻易便将心事从眼中透出，说道："你确定不曾听错？"

胭脂看着她的眼眸，一语双关地轻轻肯定道："错不了。"

这丁楼烟啊，确确实实是瞧上了谢清侧。

这虽然和命簿上写得不一样，但也未必说不通。

命簿里头明明写着谢清测是二房的庶子，自幼就不受待见。

那谢老太爷纵横官场数十年，年轻时就素有谢家宝树美誉，生了两个儿子，大儿子有勇有谋，骁勇善战，却因一场惨败，死在了战场上再也没有回来。

剩下的二儿子，却是个没什么大出息的，只爱美人，且还纳了位妓楼清倌人为妾，这事一度沦为京都几大世家之间的笑柄。

若不是因为谢老太爷只这一根独苗，指不定都能当场杀了这败坏家风的不孝子。

谢清侧就是这清倌人生的，自家爹是万花丛中过的多情种。

那时娶清倌人也确确实实是真心的，只是这真心维持不了多久，谢清侧生下来没过多久，他娘就失宠了。

没了亲爹庇护，谢老太爷憎恶谢清侧的娘亲狐媚之态勾引自己的儿子，又嫌弃她的出身让谢家蒙羞，自然连带着谢清侧也是不喜的，加之又有谢明升这样的大房嫡孙在，可想而知谢清侧的日子有多难过。

按照这样的背景，长大以后的谢清侧应当是个畏畏缩缩且心胸狭窄的小人。

如命簿里所说，谢清侧是由他娘亲养大的，他娘亲别的不会，可骨子里尖酸刻薄、锱铢必较的市井之气，谢清侧自小看到大，自然也是一点不落地学了下来。

是以按理说，今日看到的应该是个登不上台面、一派小家子气的人，这般模样的人与谢明升如此光明磊落的长公子站在一起，只要是不瞎都会选谢明升的。

但现下情况却又不同了，谢清侧完全不同于命簿里描述的模样，那清冷君子模样叫人看一眼便能生了执念，他容色本就惑人，与相貌出众的谢明升站在一起，不但没有落了下乘，反而越发出挑。

所以丁楼烟会看上谢清侧倒也不值得奇怪。

听到胭脂肯定的回答，丁楼烟的心跳快了半拍，片刻后她又想起了他的出身，心顿时冷了下来。

谢清侧再好又有什么用，他终究不是谢家的嫡长子，且又是那样的出身……

她少时曾去谢家住过一段时日，也知晓谢老太爷有多不喜谢清侧，老太爷甚至当着他们的面就责备他，他也常常被老太爷罚跪祠堂。

那时嬷嬷就与她说过，少接触二房的庶子，免得拉低了自己的身份。

她那时并没有过多关注于他，再多的她也不晓得了。

这样的处境，二房想要越过大房一枝独大，根本就是不可能的事。

丁楼烟美目中含着一丝轻愁，还是要趁早掐断了这不该有的念头，免得日后受苦受难，还要叫旁人看不起。

他谢清侧便是再好，她也是不敢嫁的。

丁楼烟微微闭上眼不再去想，却不知自己搅得胭脂心里一团乱麻。

胭脂细细理了理，接下来她面对的局面是这样的……

谢明升喜欢丁楼烟，丁楼烟喜欢谢清侧，谢清侧照命簿里来说是喜欢丁楼烟的，可丁楼烟又要嫁给谢明升……

胭脂："死局……"

正午时分，胭脂去往丁府外头，替丁楼烟取最新到的胭脂水粉。

原本这些都有专门的人每月月初送到丁府里头给夫人小姐们挑选，只是因着隔日丁楼烟就要赴尚书府千金的泛舟之邀，等不到月初了，便让胭脂直接去拿。

胭脂偶有出门，不过大多数时候都在伺候丁楼烟，也不可能自己四处逛，今日倒是有机会好好看看。

京都的长街比上一世的小镇繁华热闹不知多少倍，大街上到处都是铺子、茶馆、酒楼之类的。

这街的长是小镇那条长街的好几倍，中间一道长宽运河，拱形石桥坐落上方，桥上的人来来往往，远远看去如同蝼蚁般，满目波澜壮阔之感。

胭脂边走边看，却不经意瞥见了不远处的糖葫芦，不由得停在原地失了神。

当初她买了串糖葫芦给叶容之，他笑着说自己不爱吃甜食，可他明明极爱吃甜的，尤其是甜腻腻的糕点，各种各样的，只要是甜的他都喜欢。

他明明爱吃，却不愿意吃她给的糖葫芦，是不是因为他心中正气恼自己不将他放在心上？

胭脂心中涩然，如压了一块石头般沉重，正沉浸在其中无法抽离，耳旁突然响起谢明升的声音："小丫鬟想吃糖葫芦？"

胭脂侧头一看，果然谢明升就站在不远处看着她。

谢清侧也在，二人身后各跟着一名小厮。他站在后头没看这处，倒是看着远处的糖葫芦，不知在想些什么。

片刻后，他像是感觉到胭脂在看她，转头看了她一眼又移开了。

胭脂有些不解，但还是收回了视线，看向谢明升，忙微欠身笑道："请二位公子安。"

耀眼灿烂的阳光染在胭脂的眉眼上，衬得眉眼越发灵动好看，谢明升多看了两眼，意识到不对忙收回了目光，他轻轻咳嗽了声，以缓和尴尬，说道："楼烟妹妹今日也出来了？"

胭脂摇了摇头，做出一副丫鬟该有姿态，笑吟吟道："小姐不曾出来，奴婢出来是替小姐拿胭脂水粉的。"

谢明升闻言有些失望，不过他还是掩住失意，对胭脂微微一笑。

胭脂见他学会了掩饰心中的想法，心中不免有些安慰，上一世那可是什么都写在脸上的，叫别人一看便晓得他在想什么，实在叫人操碎了心。

八宝楼门口出来了位衣着光鲜的贵公子，他看见了谢家两位兄弟，直接越过谢清侧，叫道："明升，杵在那里做什么呀，还不快快进来，大家都等你们许久了。"

谢明升闻言，忙回过头，朗声笑道："不过一会儿工夫也搁那儿叫唤，这不是来了吗？"

说着便带着小厮快步向那位贵公子走去，二人有说有笑地进去了。

胭脂见此情形，想想谢清侧，不由得有些难过，京都的世家公子相交皆要看出身，他在其中一定受了不少为难。

胭脂突然意识到，他这一世出身世家也未必是件好事……

谢清侧正准备进八宝楼，她想了想，上前几步，挡住了他，开门见山说道：“我家小姐明日受尚书小姐之邀泛舟北湖，公子若是有空便去瞧一瞧吧。”谢清侧如此处境，根本无法立足于京都，若是一直这样下去，胭脂实在于心不忍，她不能眼睁睁看着他再受苦。

丁楼烟既然有意谢清侧，那她就得看看谢清侧如何想了，若是二人两情相悦，她便想办法帮帮他们，若二人在一起了，谢清侧的处境绝对好过许多。

而谢明升，他既然不知珍惜那便算了，免得日后受这爱而不得的苦楚。

胭脂觉得自己意思如此明白，谢清侧不可能不清楚。

可谢清侧看了她一眼，颇为清冷道：“你只是个丫鬟，不该有的心思不要生。”

这杆子都送到他手边了他还不抓着上岸，实在是急死胭脂了，她不由得道：“可我是为了你好，你难道不想娶丁楼烟吗，我可以帮你！”

一旁的小厮谢揽闻言瞪大了眼，惊讶过后又忙低下头，装作自己什么也没听见。

谢清侧像是有些招架不住，原本如一摊冷清湖水一般不起一丝波澜的人，如今眼里竟然透出几分讶异：“你就这么想进谢家？”

胭脂错愕，正要开口问，却见八宝楼里又出来一个面生的小厮，他道：“谢二公子，我家爷见您迟迟未上来，便让小的下来问一问，可是有什么事？”

原本立在一旁做木头人的谢揽立刻回道：“并没有什么事，我家公子马上就上去了，劳杜公子操心了。”

那小厮见这情形心中也有了数，忙笑着点点头，上去回自己公子话了。他不过就是走得慢了些，微微听了些墙角。

谢清侧也没什么心思和胭脂纠缠，他绕过胭脂往八宝楼走。胭脂忙轻轻拉着他的衣袖，问道：“你明日会来吧？”

谢揽笑出了声，还真没见过这般不要脸皮的姑娘，为了进自家主子的后院也是拼了，简直是不达目的誓不罢休啊！

谢清侧略带警告地看了谢揽一眼，谢揽忙低下头继续做木头人。

胭脂见他不理自己，反而和自己的小厮眉来眼去，有些心塞，她苦口婆心道：“小姐出门不多，一定要抓住机会，这事可不能由着你的性子来。你明日一定要来啊！”

胭脂顿了顿，又道：“你现下处境太难过，只有娶了丁楼烟才能改变，丁老爷疼爱丁楼烟，爱屋及乌势必会提携你，将来……”

胭脂还有句话没说出来，你们若是在一起，你也不用废了那一条腿，丁楼烟也不用终日苦苦相思，只是这话确是不能说的，让胭脂好一顿憋苦。

胭脂还未说完谢清侧就打断了他，他低头看向她，眼里冷得像座冰窖，寒气透骨。他抬起手，将袖子从胭脂纤细的手指中抽离出来，他生得这样好看，说出的话却不大好听："我的处境如何是我的事，与你有什么相干，我与你不过一面之缘，不必装得如此相熟。"

胭脂这才发现自己太过激进了，这种想法向来只可意会不可言传，况且他不知道以后会发生什么，如今这般直接说出来，不伤到他的自尊才怪。

胭脂有心补救却不知该说什么，只能先按捺下来，往后再做打算。

她低下头先退一步做谦卑恭敬状："是奴婢逾矩了，既然公子不喜奴婢不会再提，奴婢先回去了。"胭脂微欠身，退后几步才转身离开。

循序渐进，这次泛舟她就不提了，回去再想别的法子。

看着她离去的背影，谢清侧一派冷冷清清的谪仙模样，眼却微微眯起透出几分冷意。

其实哪里是变成另外一个人，只是换了个性子玩，肚子里头只怕还是那一如既往的黑墨汁。

里头的杜憬见人走远了，才摇着手中的折扇从后头慢慢悠悠逛出来，啧声道："这小丫鬟倒是个胆大的，有个什么词来着？"他轻扶下颌，做出恍然大悟状，"对了，色胆包天！哈哈哈，这对你的企图可真是半点不加掩饰啊。"

见谢清侧还是面无表情、无动于衷的模样，他凑过去一脸猥琐道："这小丫鬟颇有几分姿色，这送上门的你还给推了，你难道还要修仙不成？"

谢清侧转身往八宝楼处走："送上门的何其多，难不成都要一一收了？"

杜憬听后恨铁不成钢地说道："这个和那些个只想爬床的小丫鬟能一样吗？你刚没听见，这丫鬟可是看得远，一心为你谋划呢，她说的可不失为一个好捷径！"想他堂堂广陵王世子爷，如今竟成了个"男老鸨"，且这拉牵的活他还心甘情愿，真不知造了哪门子的孽！

谢清侧顿住脚步，肯定回道："不需要。"

杜憬琢磨了下，还是觉得这条捷径好走些，谢家老太爷根本不可能给他一丝机会，加之谢明升挡在他前面，如此下去他何日才能熬出头来？

杜憬上前几步追上谢清侧的脚步，借口道："明日我们还是得去北湖一趟，我妹妹昨日就和我说了，北湖这次可是闺秀齐聚，说不准里头就有我们未来的娘子，怎么样也得去瞧瞧哪个模样好，也不至于以后摸瞎呀！”

初夏时景正盛，正是游湖泛舟的好时节，一湖水波潋滟，水面上水泽氤氲，轻风阵阵拂起一片凉意。

丁楼烟正和几位要好的闺秀有一句没一句地闲扯着，船中敞亮华美，一船盛装打扮的美人或卧或坐，个个都养眼入画，船两边挂着丝丝缕缕的轻纱，风荡起更添几分灵动美意。

远处水榭中传来丝竹弄弦之乐，透过轻纱荡了进来，一番悠闲雅致，叫人心生愉悦。

胭脂不得不感叹，大户千金倒是贯会享受，这日子过得好不惬意。那阵仗摆得极大，不远处的水榭及湖上其他游船，但凡是个男的都纷纷举目眺望这处，虽然瞧不真切，但就是不自觉看来。

胭脂站在丫鬟堆里听这些千金闺秀闲扯，抬眼望去见到这番情形不由得失笑，这尚书千金只怕是醉翁之意不在酒，只是不知她看中的是哪家公子？

这游湖泛舟也实在太为难人家了，追姑娘可是要时刻维持风流倜傥的模样，总不能跳进湖里一路追着游吧。

这船中的各位闺秀胭脂没注意都是哪家的千金小姐，只留心了两位谢家小姐，一位衣着清雅朴素，脸庞秀丽，言行举止颇有世家大族的风范；另外一位穿着明媚出挑，容色美艳绝伦，言行中颇有一番盛气凌人，这是她上次在茶章寺见过的四小姐。

这船中美人实在太多，个个都是鲜活的青春模样，胭脂都不由得看花了眼。

不过丁楼烟的面皮是不得不服气的，在这么多美人中，她反而更加凸显出来。

但凡与谢明升历情劫的女子，那皮相可都是数一数二的，这等艳福实在让寻常男子羡煞不已，可偏偏他还不珍惜。

上一世，端王如命簿所说登上了皇位，李言宗和沈绾自然也如命簿的结局一样，终究还是没走到一起，她什么也没能改变，反倒是害了叶容之。

这一世，无论如何她也要保住谢清侧的腿，这是她欠他的，还不完就接着还。

胭脂正想着，却听船里的说话声大了起来。

坐在正中间是年纪最小的闺秀，眨着水汪汪的大眼睛，一副不谙世事、天真烂漫的模样，叫人看了就心生欢喜。她正脆生生道：“我可听哥哥说了，今日他们一群要好的也要来游北湖，说不准我们正巧就碰上了呢！”

这么一句话像是扔进了深海的炮仗，炸得那么深沉，平面风平浪静，底下早已搅得天翻地覆。

座上的少数皆露出欣喜期待的模样，而大多数都是藏得深的，不过大抵都是竖起耳朵听着的。

广陵王的世子爷最常和哪些公子交好，她们可是听过的，家世自不必说，仪表堂堂的可真是不少，说不准就有自己未来夫君在其中，这一番想来，心如揣着一只跳兔，根本按捺不住。

尚书千金一副了然于胸的样子，她美目微弯，端庄温婉地笑着去刮她的小鼻子，道："你呀，好好的湖面风光在你眼前全成了摆设，与我们一道还要想着你哥哥。"

小美人连忙嘻嘻笑笑地躲开，一副顽皮模样，叫嚷道："我这还不是为了姐姐们好，姐姐们光看湖水难免乏味，看看玉树临风的公子们岂不快哉！"

众闺秀见她越说越不像话，忙玩闹似的去堵她的嘴。一时间一船莺莺燕燕玩闹得不可开交，悦耳笑闹声传到了湖面上，越发叫人想撩开纱帘瞧个真切。

胭脂与一排丫鬟站在一块，显然成了一块活化石，她目光微微放空，面色僵硬，年轻人精力就是旺盛，都讲了三个多时辰，她们就不嘴累？

好不容易待到她们玩闹好了，又开始你一言我一语地谈论了起来。

胭脂心想，判官下一世要是还让她当丫鬟，她一定会千方百计地让判官尝尝在阎王身旁当个太监头头的滋味！

胭脂听她们提到了谢清侧之类的字眼，忙细细留心听着。

她们正说到各位公子中谁的相貌最好，有的说杜憬，有的说谢明升，世家公子相貌顶好的都排了一遍，可偏偏除去那个最出挑的没讲。

刚刚一语激起千层浪的小闺秀闻言有些不解："为何你们都不提清侧哥哥，他长相俊秀，连我姑姑这么挑剔的人都夸赞过呢！"她姑姑是当今皇后，哥哥杜憬又与谢清侧交好，对于家世背景这些自然不会如旁人一样看重。

众闺秀个个面面相觑，尤其是谢家两位小姐坐在其中好不尴尬，实在是谢清侧那个出身太叫人难以启齿。

皮相再好看又能怎么样，她们一个个都是家中的掌上明珠，若是有那样一个婆婆，再加上风流成性的公爹，丢的可不只是她们的脸，还有她们家族的脸。

不过想起谢清侧那副好皮相，心中说不惋惜是假的，好好的一个世家公子竟被爹娘拖累至此，日后娶妻只怕也是高不成低不就，实在叫人唏嘘不已。

这突如其来的静默，让谢家两位小姐越发下不来台，眼看着谢家四小姐就要发飙，尚书千金正打算圆场，其中一位清秀佳人发了声："若说是好看那确实是好看的，可男儿郎又不同女儿家，光长得好看又有什么用呢？这比的还是才学，若是论才学，那还是谢家大郎最为出色。"

话说的倒是半点不错，只是这踩一个贬一个实在叫谢家四小姐有些不上不下。

且她说的又偏偏在理，她若是反驳便是拉低了自家大哥；若是不反驳，二哥又被说成了一无是处。

谢家四小姐暗暗气苦，权衡利弊后只能选择不说话，总不能为了二哥叫自家最有出息的大哥失了颜面。

可她还是一脸郁郁，怒火是想发发不出，一旁的小姐轻轻拉了拉她的衣角，她也一把抽回，嘟着嘴缩在角落，浑身上下都写着不高兴。

胭脂见状不由得失笑，这谢家四小姐虽然骄纵，但这为人倒是直爽得可爱。

片刻，她微弯的嘴角缓缓落了下来，按命簿里所写，他这一世才学确实平庸。

谢老太爷厌恶谢清侧，自然不会花心思栽培，且又是妾室养大的，那点学识若是放在平常人家倒还是够看的，可在谢家这样的百年世家大族，说平庸都是夸赞了，再加之谢明升的光芒，他的学识可以说是根本看不到一星半点。

人说起谢家公子，永远都是谢明升，谢清侧不会被人记起，就算是记起也是因为他的皮相，可这恰恰是一种讽刺。

一想到他的皮相，就会想到这是她娘亲给的，而他娘亲又是……纵然有副好皮相那又怎么样，倒还平白叫人看轻了。

胭脂暗暗叹了口气，他怎么每世都这般难熬，这一世还要和龙子做兄弟，他一个凡人能拿什么和龙子比，光是主角光环就能将谢清侧压得死死的，旁的更是痴人说梦了。

她看向丁楼烟，有些担忧，她太了解丁楼烟，这么多千金闺秀却没一个瞧得上谢清侧，对于丁楼烟这样骄傲的人，这无疑是一种侮辱，自己喜欢的是别人摈弃的，这叫她心中怎能不多想。

胭脂微蹙眉，心口有些沉闷，谢清侧的那条腿要怎么才能保住，这一时间竟然无从下手。

远处湖面上传来一阵喧闹声，胭脂抬头看去，原是她们刚才讨论的几位公子已然来了。

有几位正站在船头向这处频频望来，胭脂大致扫了一眼，没看见谢清侧。

船上的闺秀们见这情形，面上心生欢喜，皆不约而同地透过被风轻轻荡起的纱帘看向船外。

不多时那头便派了小船来，上来几个小厮，其中一个胭脂在八宝楼时见过，是杜憬的小厮，说道：“小禄儿请各位小姐安，我们家公子说今日出游竟能巧遇上各位小姐，便让小的来打声招呼，顺道送上珍馐楼的几道拿手点心，给几位小姐助兴。”

珍馐楼名为珍馐，是因为那处的吃食只吃上一口便能念念不忘，若是想吃还得排上几月之久，可谓是千金难求了。

如今杜世子出手如此大方，且他本身无可挑剔，出身高门，世袭爵位，谁不想做广陵王妃？

杜憬这是轻轻松松就能俘获一片芳心，可叹胭脂千方百计想替谢清侧讨个媳妇儿却障碍重重，难不成他谢清侧天生是个孤寡命？

原来不是胭脂所想象的那般在湖里游着来去，而是小船载着仆从来来回回，到底是名门世家不同凡响，怎么折腾怎么来。

尚书千金莞尔一笑，落落大方对小禄儿道：“那我们便谢过世子爷了，只是世子爷既送了我们，我们总得送点什么回去。”她转头看向一船子的闺秀，笑着问道，“该送回什么好？”

这倒是个难题，贴身之物自然是不能送的，她们随行也只带了瓜果点心，总不能也回一样的礼，叫人看着失了诚意。

可不回礼吧，又是说不过去的，倒是叫人有些为难。

小禄儿见众位闺秀苦思冥想，忙道：“各位小姐莫要为难，我们世子爷已然让小的携了琴来，今日既然遇上了，可要烦请小姐们妙手轻弹，来一番以曲会友岂不妙哉！”

杜憬的妹妹听到此，笑着嗔道：“你倒是会卖弄，哥哥原早就想好了，你竟然还让姐姐们这般苦恼，回去可饶不了你！”

小禄儿忙连声道：“冤枉，奴才错了。”忙逃也似的退出船里，赶紧跑上小船，一行人一溜烟就回去了。

众位闺秀看着摆在桌上的琴，个个跃跃欲试却又不敢上前。

实在有些顾虑，这琴若是弹得好倒是能得个好名头，可若是弹不好，那可真就成了闻名京都的大笑话。

纱帘飘荡，那头已传来悠远的箫声，这事已然等不及再想，总不能让人家自顾自吹完了箫，这边还没个人敢出来，那这一船子名门闺秀的脸可就丢完了。

“各位姐妹既然这般客气，那便让楼烟先献丑一番吧。”丁楼烟站起身，冲众人微微点头，走到摆琴的案前坐下。名琴美人自然是再相配不过。

她的手轻抚上琴弦，指尖微动，一曲缥缈的琴声流出船外，在湖面上四散，顺着水间波澜缓缓荡开。

一箫一琴配合得极好，如同天籁。这一曲绕梁三日余音不绝，曲终收了最后一个尾音，众人还是久久不能回神。

船里一片寂静，闺秀各怀心思，谁也不曾先开口说话。

诚然，丁楼烟这一曲弹完还有谁敢上前，谁也不会傻到平白给人做了绿叶。

那头也再无回应，那箫吹得可与丁楼烟媲美，甚至于锦上添花，自然也是头名。

胭脂心头微沉，她一听就知晓这是谁吹的箫。

谢明升上一世也是名门贵子精通乐律，吹得一手好箫，今日听来与前世相差无几，不过意境倒是更为宽阔了。

她又开始担心丁楼烟会看上谢明升，毕竟与谢清侧相比，他确实占了太多优势。

果不其然，丁楼烟见没有人打算弹，便吩咐胭脂将琴送回去。

胭脂上前取琴时，丁楼烟看了自己一眼，胭脂便心中有了数，这一趟可得把吹箫的公子看清楚。

胭脂和另外两个如同摆设般不言不语的丫鬟一道乘了小船过去，登了船便见几个小厮立在船头，显然是等着她们过来。

胭脂远远地就瞧见了谢清侧的小厮，倒是没想到他还是来了，如此这媒也好做了一些，免得她还要费心思去找他。

小厮将胭脂她们引进船里，船里几位或站或坐着谈笑的公子纷纷停下看来。与刚才那些软嫩嫩闹腾腾的大家闺秀不同，这一船可都是风流倜傥的男儿郎，唯一相同之处便是两艘船上的皆是秀色可餐。

胭脂与两个摆设丫鬟一同行礼，齐声声道：“奴婢向各位公子请安。”胭脂接着道，“小姐们吩咐奴婢将琴送还，另不知刚才吹箫的公子是哪位，烦请各位公子给小姐们解一解答。”

几位公子听得此言，皆朗笑起来，其中一个白衣儿郎笑道：“可惜了这大好机会，早知道我便第一个来。”船里顿时一片笑闹声，皆相互取笑了起来。

胭脂趁乱抬头扫了一眼谢清侧。

他看着窗外，清隽雅致的气度如山间泉水透着微凉之意，这一船的欢闹与他无关。湖面上，微风拂来，那阵风荡过他的衣，向胭脂拂来，叫人难以招架。

胭脂不错眼地看着，谢清侧见船中实在太过吵闹，才略略往船中看来，正对上胭脂的视线。他微微敛起了眉，如画的眉眼上染着透骨的凉薄，又含了几分凛冽。

胭脂垂下眼睫，有些担忧，他若是不配合，这腿如何保得住？

正想着，她又忧心忡忡地看了一眼他的腿，倒是够长的，这若是废了可怎么行？

胭脂蹙眉，又不自觉看向他的脸，不想竟对上他陡然严厉的眼神。胭脂不由得微怔，疑惑不解。这又是怎么了，她就打量打量，还惹到他了不成？

杜憬瞧这丫鬟实在不会遮掩，真当旁人都是瞎子不成，这企图也太明显了些。他觉得好笑，便轻咳了一声以作掩饰，对胭脂笑道："你来猜猜这么多人里，哪一个是刚才吹箫的？"

杜憬这么一说，果然吸引了他们的注意力，皆纷纷附和起来。

胭脂垂下头做出恭敬为难的模样，微微笑道："几位公子皆是人中龙凤，奴婢瞧哪个都像是刚才吹箫的人，实在猜不出来。"

那白衣儿郎闻言率先笑出声，许是个浪荡惯了的，言语间不自觉带出几分调戏："这丫头倒是嘴甜机灵，贯会哄人的。"他顿了顿又问道，"你说说，你伺候的是哪家千金？"

胭脂缓缓抬眼看向他，面带三分皮笑肉不笑，道："刚才弹琴的是谁，奴婢便是哪位小姐的婢女。"这人倒是运气好，要是搁以往在乱葬岗时的狗脾气，胭脂还不得当场逮了吊在乱葬岗正中间日日折磨报复。

"哟，还跟我打起了哑谜。"白衣儿郎许是个眼睛脱窗的，胭脂这般明显"居心不良"竟一点也没有看出来，他这会儿竟还真觉得有那么点意思了，还待再问。

杜憬开口截了他的话："你少说几句，莫要吓坏了人家的丫头。"杜憬看向胭脂，用折扇指了指坐在不远处的谢明升，对胭脂道，"刚才吹箫的是谢家大公子，你可要看清楚了。"杜憬明显话中有话，笑得那叫一个……

胭脂不由得感叹，能将这么一张俊俏秀气的面皮笑出七分猥琐之意，也是一种本事。

谢明升坐在不远处，冲她颔首示意，微微笑了笑算是打了个招呼。胭脂看了一眼谢明升，面带笑意微欠身应到，才与另外两个丫鬟一道退下去。

"究竟是哪户千金的丫头啊？"白衣儿郎冲杜憬问道。

一旁的儿郎取笑道："怎么，你还真瞧上了人家丫头不成？"

白衣儿郎忙摇摇头，这么多闺秀瞧上了个丫鬟，像什么话，他忙撇清道："哪能啊，只是瞧着这丫头有趣，想必她家主子也是有趣的。"

杜憬抱臂靠在后头茶案上，笑吟吟道："那可未必，这是丁府大小姐的丫鬟。"

白衣儿郎闻言瞪大了眼，丁楼烟美则美矣，也是个做妻子的好人选，只是太冷了些，难免失了趣味，便道："原来是她的丫鬟，倒是奇了怪了，竟养出这性子。可惜……"

杜憬看了眼谢清侧，见他一副漠不关心的模样。他想了想，嘴角勾起一抹坏笑道："可惜什么，若是喜欢，你便想办法娶了丁楼烟，小丫头不也一同进了你府里？"

见世子爷这般说，座上几位纷纷露了本性附和道："是啊，进了你的府里，日日都在眼皮子底下，还怕成不了事？"

一位娶了妻的儿郎却胸有成竹地笑道："哪用得着这般麻烦，过不了多久夫人就会自己将丫头送来，免得找了别的不好掌握的对手来。"

这话音刚落，一群人皆心领神会地笑了起来。

谢清侧微敛了眉头看向杜憬，杜憬耸了耸肩，一副你能奈我何的模样。

谢明升在一旁见他们越说越不像话，他本就不爱听这污糟事儿，且谈论的还是他本就心悦的丁楼烟，只能强压着心中的不适，似笑非笑着转移他们的话题。

心中想的却是，一定要想办法早点去丁府提亲，早日娶到楼烟妹妹。

胭脂若是知道，只怕是要呕血不已，这谢明升就这样下定了决心要娶丁楼烟，给她添的不是一星半点儿的麻烦。

日头西沉，众人游湖泛舟一番后，两船人便一道聚在水榭上。

水榭上的闲人早让人清了个干净，晚膳是珍馐阁的席面，早已在桌上一一摆好。

筵席分为两侧，一侧是闺秀，一侧是公子，中间半垂下排排纱帘，下头并无遮挡，垂眸看去便能见一角香衣粉裙，隔着纱帘隐隐约约看出婀娜的身影，听席间女声悦耳如莺啼，倒是有另一番新奇滋味。

胭脂透过帘子模模糊糊地朝那头看去，谢清侧一侧坐着杜憬，杜憬端着酒杯与谢清侧说着什么，而谢明升正和旁人高谈阔论。

谢明升和谢清侧二人的兄弟情谊只是面子功夫，这胭脂是知道的。

照命簿来说，谢明升虽然看不惯谢清侧的为人，奈何是一家血脉，所以只能时不时相帮，免得拖了谢家的后腿。

而谢清侧却是个喂不熟的白眼狼，非但不心存感激，反而以为谢明升每每带着他，不过是为了在别的世家子面前突显自己罢了。

旁人越是轻视他，他心中越发记恨谢明升，直到丁楼烟嫁给了谢明升，才彻底爆发了出来。

胭脂不由得疑惑，谢清侧若真如命簿所说对丁楼烟一见钟情，那么昨日怎么会对她的提议提不起一丝兴趣？

更让胭脂不解的是，谢清侧怎么会与杜憬交好？命簿里，杜憬是谢明升的好友，二人可是焦不离孟，孟不离焦。

杜憬其人因为他姑姑的关系，自幼就时不时被接进宫里小住一段，宫中的水太深，他什么伎俩没见过，论城府心机，谢清侧根本斗不过他。

谢明升被算计时皆是杜憬想法子挡了或替他算计回去，连到后头谢清侧与丁楼烟的事情败露，都是杜憬一手所为。

若不是杜憬，谢明升早不知被自己的兄弟明里暗里弄死多少回了。

所以这一世，杜憬之于谢明升是如季傅一样的存在。

唯一与季傅不同的是，杜憬是直接将那些肮脏龌龊的心思挡在外头，让谢明升半点不曾接触。

而谢明升能让谢家登上世家之首，并不只因他自身能力，这其中杜憬的身份和人脉也起了不可磨灭的作用。

如今杜憬却与谢清侧交好，以杜憬那护短的性子，你若是个好的，他便也会是个好的，就如谢明升一般；若你是个心思不正的，他也可以两眼一抹黑，是非不分地偏帮你。

只一点，得是他看得起的人。他为人世故，防备心重，所以想让杜憬真心实意地认作兄弟实在太难。

照命簿里来说，谢明升也是从小到大都迁就杜憬，且将他当作亲弟弟一样爱护，才得了杜憬的认可。

她不明白，为何杜憬会与谢清侧交好，看谢清侧那清清冷冷的模样，并不像是会迁就旁人的人。

胭脂闭上了眼，谢清侧和杜憬混在一起，她这一世不知得费多少功夫才能护谢明升周全，若谢清侧真是如命簿所说的阴险小人，她又该如何？

手心手背都是肉，哪一个她都不能伤，难免有些束手束脚。

现下胭脂没有别的法子，只能按照命簿上的来，无论谢清侧是否心慕于丁楼烟，她都必须想法子将他们凑成一对。

胭脂正想着如何让谢清侧和丁楼烟多多接触，尚书千金突然凑到丁楼烟耳畔，道：“烟儿可否陪我一同去更衣？”

丁楼烟闻言点了点头，便起身与尚书千金一道踏出水榭，胭脂和尚书千金的丫鬟一同跟在后头。

这水榭临岸而建，水榭与楼阁之间林立着古树，尚书千金带着丁楼烟走过窄小幽径，进了一处楼阁，便没让她们跟着了，想来是有些私房话要与丁楼烟说。

胭脂见丁楼烟进去了便松懈下来，活泛活泛筋骨，一直这么端着实在累人。

一转头见尚书千金的“摆设”还这么直挺挺地站着一动不动，且不说一句话，低垂着头，在暮色里瞧着颇有些瘆人。

胭脂正想开口逗她说说话，却听后头有人叫道：“你们俩过来一个，替本世子送灯笼去。”

胭脂和“摆设”一道向后看去，杜憬站在那处看向她们，冲胭脂露了一个七分猥琐笑：“就你了。”他将手中的灯笼向胭脂的方向递出，“去外院亭子里，把这灯笼给谢二公子送去，本世子走不动了。”

胭脂闻言应声，忙上前接过灯笼往外院去。

杜憬看着胭脂离去的背影，眼神微暗。谢明升今日表现太好，谢清侧光靠皮相虽可以抓住女儿心，可丁楼烟这样的名门闺秀未必会上钩，不过抓住她身边的丫鬟倒是没问题。

若是有了这丫头在其中周旋，时不时吹吹丁楼烟的耳边风，何愁得不到丁楼烟的心？

以丁善群疼爱女儿的程度，只要丁楼烟喜欢的，他怎么可能不许？

这事若是能牵上头，也不枉费他刚才苦口婆心灌了那厮几杯酒，又辛辛苦苦把人给哄骗出来。

柒 卿卿

外院离水榭和林里楼阁有些距离，可以说是极为偏僻了，胭脂走了许久才到。看见不远处一座亭子，她提着灯笼走进亭子看了一遭，并没有看见谢清侧的踪影，她不由得怀疑杜憬是不是喝醉了酒胡说。

外院静悄悄的，院子里空无一人，又是临近湖边，到了夜里冷风呼啸，显得幽深可怖。

不过胭脂没放在心上，这地方比之乱葬岗简直是温柔窝。

她站了会儿便打算转身往回路去看看，却看见远处有个人朝这处缓缓走来，手中的灯笼昏黄摇曳，照着他清隽的脸庞，身上清冷味道去了几分。黑色这般肃然沉寂的颜色，却让他穿出了一尘不染的清冷味道，干净的眉眼宛如水墨山水般清澈脱俗。

胭脂素来不喜暗沉沉的东西，可如今竟也觉得黑色很是好看。

谢清侧停在了几步外，淡淡看着她。

院外，湖面的水汽荡来，夹杂着若有若无的花香。

胭脂一阵恍惚，他站在那处，提着灯笼，如上一世一般看着自己，让她不自觉地以为这些年的种种都好像是个梦，他从来不曾离去……

可那又怎么样，也不过是以为。

她下了台阶向他走过去，离他几步远停下，满心愧疚。

胭脂略收了情绪，微微欠身，轻轻笑道："奴婢请公子安，您可是又迷路了？"刚才见他那闲闲散散的模样，就知晓必然在此处转了好几圈了。

这活脱脱的调侃，谢清侧是不会理的，他权作没瞧见胭脂，越过胭脂往另外一条小径走去，这方向俨然与水榭越行越远。

他这方向感简直太过悬乎，这么来来去去竟然没走对过一次，胭脂闭着眼睛倒着走都能比他先找到对的路。

胭脂在他身后也不提醒他，只离他几步远默然不语跟着。

二人提着灯笼，一前一后地走着，到了僻静处，蟋蟀声嘘嘘作响，衬得周遭更加寂静。胭脂提着灯笼停下脚步，忽道："二公子昨日为何不认同奴婢的法子？"

谢清侧闻言顿下脚步，转过身看向她，还是冷冷清清的模样，连眉眼都透着几分凉薄。他的眼眸太过深邃，看过来时好像透过了重山叠嶂一般。

胭脂看着他，略带几分调侃："以谢二公子现下这般的处境，难不成还以为日后能与自己的堂哥平分秋色？"

胭脂低头看着手中的灯笼被风荡得左右摇曳，里头的烛火忽明忽暗，又轻轻道："只怕便是可以，天子也未必同意。"

谢清侧微挑眉梢，听到这些非但不见丝毫恼意，反而提着灯笼走到胭脂跟前，神色莫测地道："你可知道自己在说什么？"

胭脂抬头，一眼不错地看着他，面色肃然，灯笼里微弱的光芒照得她清秀的脸庞更显稚嫩，她缓缓道："天子早已容不下谢家再出俊杰，更何况是花开两头的宝树。"

她顿了顿，微微蹙起眉头，带着几分悲天悯人的神情惋惜道："公子的上一辈人不就是活生生的例子吗？自己父亲已然为了保全谢家甘愿自毁前途，难道连公子自己也要如此吗？"

谢清侧没有反驳，冷清的眼眸不复凉薄，透出了几分暗藏的凌厉狠意。

胭脂知道自己猜对了，命簿虽没提到这些，但胭脂早觉谢清侧的父亲不是平庸之辈。

自幼与兄长一道读书识字，亲爹又是大名鼎鼎的谢家宝树，谢家这样的世家大族教养出来的子弟，怎么可能会是浪荡无能的人？唯一的可能便是，这浪荡皆是他装出来的。

谢家是百年世家，根基极深，子弟遍布朝野，天子早已有隐刺在心。谢老太爷是谢家宝树，所行所为皆为光大谢家，但奈何身在局中看不清形势。而谢家大郎骁勇善战，却不知收敛光芒，亦早已成为天子的眼中钉。

谢家唯一看得清局势的便是谢明升与谢清侧的父亲，谢家二郎，他知晓谢家虽是鼎盛，但若惹得天子忌惮渐深，那大厦倾塌也不过是一瞬之间的事。

父亲和兄长已然锋芒毕露，势不可挡，若他再表现出挑，天子必会对谢家有所行动。为了整个家族，他不得不牺牲自己的前途，装出一副纨绔子弟的模样来安天子的心。

直到谢家大郎死后，谢家年轻一辈再无出挑者，天子这才放下来些许忌惮。虽然谢家日渐衰落，但谢氏一族的性命却得以保全。

而下一辈的谢家子弟长成还需时日，到那时天子的羽翼早已丰满，已能掌控谢家。若是还需倚仗谢家，他自然会允许谢家再出宝树，不过也只能出现一个。所以谢家孙子辈中，也只能有一个出挑的。

而谢明升已是命簿写下的谢家未来家主，无论过程多么曲折，结果都不会改变。

胭脂这般说，只是希望谢清侧知道自己的处境，心甘情愿地娶丁楼烟，免了他们三人情劫之苦，也免得日后多生事端。

胭脂想到此，看着谢清侧，言辞坚定地骗道："公子现下的处境，想要胜过谢明升至少要十年，可谢明升不会等，您再拖下去根本没有赢的机会。唯一的捷径便是拥有强大岳家的助力，而我家小姐没有一处不合适你。"

胭脂确实是骗他，先不说谢明升是不是命簿已定的谢家家主，就算没有既定的命数，以谢清侧现下的眼界和学识，也不可能赢过谢明升。即便他有丁家这样炙手可热的新贵做助力，也不可能改变什么。

有些东西就是这样，是与生俱来的，谢明升自幼在谢老太爷身边长大，而谢清侧是他娘亲养大的，他们二人所听所视的高度已然不同，更何况其他东西。

一个是世家长者教出来的，一个是市井小妇教出来的，两相对比，高下立见。

再叹惜不公又能如何，世道本就如此，有些人生来就是被人仰望的，旁人终其一生都未必能赶超这些人的起点。

罢了罢了，他这世再怎么说也比上一世好多了，至少他买得起糖葫芦了不是？

谢清侧垂下眼睫若有所思，再看向她时眼里好像盛了细碎耀眼的光芒，问道："这些是谁和你说的？"他看着她，神情认真，问道，"还是你自己？"

胭脂避开他的眼，默了一下："奴婢见识浅薄不懂这些，都是我家小姐说的。

她自幼博览群书，才智堪比男子。娶妻娶贤，公子若是能娶得我家小姐，岂不是得了世间至宝？”

胭脂这做媒的派头是越发有模有样了，想当初她还只是操办操办冥婚，如今竟然能说得这般天花乱坠，下一世不当个媒婆实在有些说不过去，若是这一身本事没处使，实在太叫她惋惜了。

谢清侧闻言似对丁楼烟有了极大的改观，修长的手指在灯笼杆上摩挲，问道：“这些话也是你家小姐让你说与我听的？”

胭脂的视线落在他手上，片刻后避重就轻道：“那日在茶章寺见过公子以后，小姐便将公子记在心里，只是苦于女儿家矜持无法明说，还望公子能多争取一二，若是不成也不至于将来后悔。”

胭脂低下头不再看他，又不慌不忙道：“这些都是奴婢擅自做主说与公子，只是希望小姐别再闷闷不乐，还请公子千万不要与小姐说破。”

谢清侧闻言看向她，神情未明，久久不发一言。湖面荡来的风越发大，吹得两人衣裳扬起，灯笼里微弱的火烛被风吹散了，一切归于灰暗，四周陷入了一片静默，只有微微风声拂耳而过，良久，才听他在夜色里轻轻说道：“既有幸得小姐赏识，在下愿勉力一试。”

他的声音与上一世相差无几，如涓涓古泉，带着丝丝清冷的味道，透骨微凉，在黑暗中越发清晰，听得人心里微动。

胭脂垂着的眼睫微微抬起，谢清侧的“一见钟情”终于如命簿所说一般开始动了。

第二日，众人皆各自回程。

丁楼烟靠坐在回丁府的马车里若有所思，忽然问道：“你刚才可有看见谢家二公子？”

胭脂在她腿上按摩的手微微一顿，暗道：等的就是你这句话。

她接着按摩，做害羞小女子状：“看见了，谢二公子谁也没看，就看了小姐。”

丁楼烟玉面上冷若冰霜，眼里却藏了几分女儿家的羞怯：“你确定没有看错？”

胭脂一脸肯定，雀跃道：“错不了，昨儿个晚上奴婢去送灯笼时，谢二公子还问了奴婢小姐喜欢什么琴。”

这般谪仙模样的人喜欢自己，但凡是女子都会欢喜的吧，更何况丁楼烟本身就对他存有好感。

可丁楼烟欢喜之余，又想到谢清侧的爹娘，心中便不悦起来，这其中的纠结实在无法与常人道。

胭脂看见她的神情转变，便知她挑剔谢清侧的出身，于是停下替丁楼烟按摩的手，从腰间拿出一块玉佩。

这是她昨日从谢清侧那儿讨来的，既然要娶人家姑娘，总该花些心思讨好。

她本想让他动手结野草花的，只是他这一世的眼光好像不太对劲，结的花真是……不提也罢……

总之胭脂是看不下去才拿了他的玉佩充数。

胭脂将手中的玉佩递到丁楼烟面前："小姐，这是谢二公子让我给您的。"她不可替谢清侧说太多好话，否则以丁楼烟的聪慧，势必会觉得自己有问题。

丁楼烟看着玉佩有些微怔，她伸手接过，拿着来回摆弄，爱不释手，半晌竟笑出了声，道："真没想到他看着冷冷清清，倒是会讨好人。"言辞之间已将女儿家的羞涩甜蜜展露无遗。

胭脂：这……就成了？

龙王莫不是海里住多了，脑子都被水泡发了，自己儿子的历劫对象一个个都这么单纯好骗，他竟然还怕自己儿子吃亏，实在叫人匪夷所思。

茶楼的说书人正讲完一回，一拍惊堂木，起调儿说道："欲知后事如何，请听下回分解！"便起身回后头歇息去了。

楼下的听客又三三两两闲扯起来，颇有几分偷得浮生半日闲的好滋味。

杜憬闲坐案前品了口茶，咂了咂嘴，有些感慨道："没想到丁楼烟这般通透，能将谢家的局势看得如此透彻。"

谢清侧垂眼看着手中的策论，微微颔首算是默认。

杜憬放下那茶盏，展开了折扇微微扇着，看着谢清侧，不怀好意道："你倒是有福气，往后可是娶一个送一个，这小丫鬟虽然不及丁楼烟仙姿玉色，但也颇有几分灵动之姿。"

谢清侧放下手中的书，瞥见杜憬脸上那抹猥琐的笑便觉伤眼，看了眼窗外的好风光才算养回来，道："确实是个好的，若是进了谢府，我自会给她指个好归宿。"

他能讲出这样的话，杜憬根本不吃惊，毕竟他爹的浪荡虽是装的，但女人也确实是一个不少。

浪荡这种东西可是假装不出来的，没有几笔情债，如何称得上风流成性。

女人一多，这乌七八糟的事儿可就少不了了。

杜憬想起胭脂那灵动的模样，不由得替这小丫鬟惋惜，辛辛苦苦忙活到最后却是押错了宝，谢清侧根本没打算收了她。

他突然意动，笑着问道：“不知谢公子说的是怎样的好归宿？”

谢清侧随手拿起案上的书继续看，闻言头也不抬道：“谢揽是个好的，到时将她指给谢揽。”

杜憬差点笑出声：“哎呀，我说谢二爷，那丫头心里认定了你，只要不是你，可都不算个好归宿。”杜憬不由得站起身，凑到谢清侧身旁嬉皮笑脸道，“不如到时把那丫头给了我，这样她心中一定不会有这么大的起落，说不定还会感激你。”

谢清侧反手推开了杜憬的脸，漫不经心道：“给了谢揽好歹是个妻位，给你，恐怕连贴身丫鬟的名都捞不到。”

杜憬一想也是，说到底也不过一时新鲜，到时一弄回府就给忘了，那可就对不起自家兄弟了，好歹也是谢清侧的月老，不同于别的丫鬟，便也歇了这念头。

日头刚出来，茶章寺外头参天古树，苍翠挺拔。

胭脂站在茶章寺外的亭子里等谢揽，自从泛舟那次为谢清侧与丁楼烟牵了线，他们二人的联系便越发紧密起来。

虽然面没见着几回，但每每都会互送些稀奇的小玩意儿，这倒让胭脂跑断了腿，与谢清侧的贴身小厮谢揽也越发熟悉起来。

是以谢揽今日替谢清侧送东西时，还特地给她带了串糖葫芦，这让胭脂有几分哭笑不得。

她这么大年纪了，还吃这些小姑娘才吃的零嘴儿，实在有些不大好看，若是叫乱葬岗那群嘴碎的瞧见，那还不得指着她的脊梁骨讲上十天半个月的话头。

胭脂拿着糖葫芦一脸怔忪，谢揽见她光盯着糖葫芦却不吃，便催道：“想什么呢，莫客气只管吃，往后还给你买。”

这话怎么听着不对劲，胭脂笑了笑客气道：“一串就够了，平白浪费银子，且我又不爱吃。”胭脂说完越发觉得不对劲了，她索性便闭嘴了。

胭脂看着眼前的糖葫芦，想了想谢揽那爱哭鼻子的尿性，还是张开嘴咬了口糖葫芦，可怜她一大把年纪还得装嫩吃糖，做人实在不容易。

看着谢揽一副你可得全部吃完的模样，胭脂无奈只得以肉眼可见的速度一口一颗吃完，连核都没吐就解决了这串糖葫芦。她嘴里含着没嚼完的糖葫芦，含糊不清道："公子今日要送什么，快些拿出来。"

谢揽被胭脂这狼吞虎咽的架势看傻了眼，呆若木鸡般点了点头，从怀里掏出一封信递给胭脂："这次是写了信，若是楼烟小姐能回信是再好不过。"

胭脂嚼着嘴里的糖葫芦，拿过干干净净的信封，上面不着一字，这是他们头次开始写信。

其实早该开始了，就靠这来来往往送东西，又见不到面，能维持什么感情？

胭脂拿过信点了点头，道："知道了，没什么事情我就先回去了。"

胭脂转身走了几步，忽然想起了什么事，忙转头冲谢揽郑重又委婉地嘱咐道："谢谢小揽的糖葫芦，往后莫要乱花银子买这玩意儿了！"这都什么事儿，她刚才连这核都是生吞的，差点卡了喉头。

谢揽见她这般体贴自己，心中不自觉多了丝甜蜜，发誓往后要多给她买糖葫芦。

待胭脂走得没影儿了，谢清侧才从后头竹林里走出来。谢揽忙上前作揖道："公子，胭脂没说什么便拿着信回去了。"也不知是公子的糖葫芦起了作用，还是这丫头心大，这未出阁的姑娘，尤其是像丁府这样的世家大族，私相授受又往来信件绝对是大罪。

公子本打算谢揽搞不定时，他再亲自出来和胭脂说，没想到只用了串糖葫芦便将人收买了。

谢清侧闻言点了点头，随口嘱咐道："你往后时不时就给她买些糖葫芦吧，这可是你日后的媳妇儿。"

谢揽闻言心中一喜，胭脂人长得好看，从小又在丁府长大，言行举止都养得像个大户人家的小姐，娶回来当媳妇儿不知该多有面子。

这回得了公子的准信儿，心中怎能不喜，只是他得多攒些银子，胭脂这般喜欢吃糖葫芦，往后可要照一日三餐的次数来买才好。

胭脂拿了信回去后，丁楼烟正在作画，她画技一向高超，自小师承京都第一女画师青岚夫人，平日信手拈来的画卷今日却怎么也画不出合心意的，她现下只觉烦躁不已。

胭脂站在门外静待，待她实在画不下去放下了笔抬头看向胭脂，胭脂才进去请过安又将信递去："小姐，这是谢公子给您写的信。"

丁楼烟看着胭脂手中的信，没了往日收礼物的欢喜模样，只盯着发愣。

胭脂等了一会儿，轻声唤道："小姐？"

丁楼烟垂下眼睫，长长的睫毛如一把小扇子一般在眼睑投下一道阴影，显出几分落寞，良久后才道："不看了，往后不要再提他了。"

胭脂看了她一眼，知晓必是几日前的赏花会惹的。

赏花会就赏赏花吟吟诗多好，没事老将那些公子比较来比较去做什么，平白给她添事儿。

丁家如今是京都炙手可热的新贵，丁楼烟又是家中嫡长女，从小到大哪一样不是顶好的，而谢清侧虽然出身谢家大族，可到底不是嫡出。

世家庶子本就配不上丁楼烟，更何况谢清侧那样笑柄一样的出身。

按他们世俗的标准来说，丁楼烟嫁给谢清侧那可就是低嫁，旁的先不说，她自己那关都未必过得了。

胭脂心里虽然着急，但也知晓现下绝对不能逼得太紧，否则只会适得其反，她只能按捺下心思，静待时机。

胭脂就这么等了七八天，丁楼烟每日就是看看书绣绣花，整个人一直郁郁寡欢，而谢清侧那处已经不能再拖下去，他们若是就这么断了联系，岂不是叫胭脂白费了这许多功夫。

她只能先临摹着丁楼烟的字迹给谢清侧回信。

为了避免谢清侧这头的心思冷下来，胭脂还特地去淘了些话本，学着里头写了些肉麻的话。

做媒做到这份上，也实在费心思……

胭脂没想到她这一装丁楼烟就装了好几个月，且还是耗尽了心血地装。

她看着谢清侧写的信，陷入了沉思，他现下写的字和上一世大有不同，这一世字迹颇显沉稳雅致，观字便觉其人乃是德行上佳的方正君子。

这字不似上一世有行云流水般的洒脱之感，但细看之下还是能察觉他字间暗藏的凌厉笔锋，那剑走偏锋的意境倒是一点没变。

胭脂心中忐忑，命簿里所写的谢清侧绝对不可能写出这样的字来，以其见识更不可能有如此意境。

她不知哪里出了偏差，谢清侧的言行与字迹都与命簿所写的不同，唯一能解释的就是，他那个性子恐怕是轮回转世也未必能改得了几分……

胭脂想了想又觉得还是莫要揣测这些，字迹也说明不了什么。

谢清侧这信倒是写得中规中矩，无非是些吃了什么做了什么一类，类似于日常报备。

胭脂每每不知如何回应，便只能抄些甜甜蜜蜜的小肉麻话哄着，刚开始她本以为这般写了几次，他就会断了往来信件的念头，重新改送小物件儿。

可没想到自己还是料错了，起先也不过是七八天往来一封信，后头变成两三天，再后头竟成了每日都有。

胭脂这边既要往来拿信，又要勤勤恳恳地将肉麻话融会贯通而不至于太过生硬……

这差事实在不是人干的，但她不得不继续勤勤恳恳地写……

谢清侧倒是一如既往地写日常报备，费不了多少力气就能捞到一股子甜蜜话，多少是让胭脂有些羡慕的，这都是命。她就是个老妈子的命，照看完那个祖宗，又得伺候这个祖宗……

不过谢清侧真没那么容易伺候好，胭脂不过微微偷了回懒，将好久之前的甜蜜话重新用了回，第二日便得了他的信，开头还是平平淡淡的日常报备，只是最后一行赫然写着："昨日写的看过了。"

他这一世真的如命簿所说，才智平庸无奇？

命簿莫不是又来诓她，这般倒像是上一世过目不忘一样！胭脂这写的可是好几个月前的话，他竟都一字不落地记着！

她忽然想到，上一世让季傅这样的人都觉得难以对付的叶容之，不由得心惊起来，这若是没让他娶成丁楼烟，那谢明升岂不是砧板上的鱼肉……

胭脂吓得连忙又勤勤恳恳、呕心沥血地写了整整五页甜蜜话送去，待隔日拿了回信，见他在最后头写道："佳，若有再犯加写十页。"

胭脂一阵无奈。

要不算了吧，她还是找个机会捅谢明升几刀，大家一起欢欢喜喜下地府重活一世，岂不是省事多了？

这几个月来，本就不爱说话的丁楼烟越发寡言少语，胭脂稍微一提谢清侧，她便冷了张俏脸，严厉地呵斥一番，甚至疑心谢清侧给了她什么好处，对她也越发冷淡起来。

胭脂便只能不提，先放松她的警惕，其他的事情慢慢来，反正谢清侧那头还通着信，只要丁楼烟回心转意，他们俩便还是一对，不会有什么问题。

可不待她再想其他办法，变故来了。

谢府向丁府提了亲，丁善群对谢明升各个方面都很满意，且原本就有此意，不过他还是问了问丁楼烟的意思。

让胭脂意外的是，丁楼烟点头同意了……

胭脂怎么也想不通，丁楼烟喜欢谢清侧，但考虑到种种原因不想嫁他，这可以理解，可既然不嫁谢清侧，又怎么会愿意嫁给他的哥哥，这往后相处岂不是尴尬？

难道丁楼烟也喜欢谢明升？莫不是因泛舟那次的琴箫合奏生了心思？

若是如此，那不仅是谢家两兄弟都喜欢上了丁楼烟，而丁楼烟也同时喜欢上了这两人……

若是他们二人相互为敌，那她又要怎么办？她不可能不护着谢明升，可谢清侧，她又是……真的下不了手……

她真的怕了他再用那样轻描淡写的语气说："夫子，算了吧。"

那种悲凉的绝望，她真的不想再来第二次……

胭脂微蹙起眉心中烦闷，想了想，还是起身往丁楼烟的闺房走去。

天边泛起了鱼肚白，平日里她等一个时辰丁楼烟才会起来，今日她却早早便起来了。

胭脂见她坐在梳妆台前，拿着梳子慢慢梳弄着头发，又在镜中窥见她的容颜，便知晓她昨夜定是一宿没睡着。

胭脂站了会儿，才上前接过她手中的梳子，轻轻替她梳着发尾，不动声色问道："小姐，您为何要答应嫁给谢大公子？"

丁楼烟平静道："父母之命，媒妁之言，并不是我想怎样便怎样的。"

胭脂梳发的手轻轻一顿："可是小姐，您明明喜欢谢二公子，怎么如今竟要嫁给他哥哥了呢？"

丁楼烟面上带着不屑，可眼角湿润了，她微微笑起的模样叫人莫名感伤："喜欢又有什么用，他那样的出身能有什么出路？我若是嫁过去，往后连个诰命夫人都拿不到，实在太过难看，只会平白成了别人眼里的笑柄。"

胭脂转到丁楼烟身旁半俯下身，看着她，不可置信道："您从小到大就已经活在别人的眼里了，现下难道还要为了旁人的眼珠子去决定后半生？"

丁楼烟看向窗外，忽然就平静了下来，叹道："你懂什么，不过是个丫鬟，又怎么会知道这些东西的重要。"

胭脂是不懂，她只是乱葬岗的阴物，终日与那些鬼魅精魂相处，他们执念太深无法投胎，或为名或为利，或为爱或为恨……

胭脂一直想懂，却没有机会懂，她现下只是替谢清侧不平，可这世道又有什么公平可言，他谢清侧若是龙子，想要什么还不是信手拈来，可惜……他不是。

胭脂又想起了叶容之，便更加不忍心起来，她拉着丁楼烟的衣袖："小姐，可是谢二公子喜欢您啊，您如今要嫁给他哥哥，您让他情何以堪？"

丁楼烟蛾眉微蹙，也不知是刺到了她心中哪一个点，她恼怒至极地甩开了胭脂的手，双目垂泪哭道："你怎么不问问他为何不是谢明升！为何不是谢家的嫡长孙，为何有那样的爹娘！你以为我就好过了，从小到大我什么不是最好的，凭什么要嫁给这么个庶子，他根本配不上我！"

胭脂心中酸楚，她眼里千好万好的人，在旁人眼里竟成了这样。

胭脂却只能暗暗心疼。丁楼烟没有错，她只是选择了她最想要的东西罢了。

胭脂只是一个阴物，她从来没有拥有过，当然不会觉得这些东西难以舍弃，自然没有什么立场去说什么。

都是可怜人，哪有什么错，她垂下眼睫沉默了许久，才缓缓道："是奴婢不该提他，小姐莫要气坏了身子。"

第二日天还未亮透，胭脂就去了茶章寺外的亭子等着，谢揽却是久等不来，胭脂心慢慢沉了下来，果然还是出事了……

她心中既担心谢清侧，又担心谢明升，且谢清侧那处怕是没那么容易糊弄过去，她这下该去哪里找个如丁楼烟这般才貌双全的女子给他。

胭脂等到正午还是不见谢揽，只得去谢府找谢揽，费了好些功夫才托人进谢府将谢揽叫出来。

她在街头的茶棚等了许久，谢揽才顶了双核桃眼出来。胭脂连忙拉他坐下，看着他的眼欲言又止，她默了默，实在忍不住问道："小揽，你看得见我吗？"

谢揽从眼缝中看向胭脂，默默点了点头。胭脂见状松了口气，还好他没哭瞎了。

她看向有些破旧的桌角，问道："二公子怎么样了？"

谢揽一听就止不住地掉眼泪，那豆大的眼泪落在桌上，惹得路上行人纷纷侧目。

"胭脂，公子完了，老太爷真的发了大怒，昨日老太爷动了家法，公子现下都还没下来床……呜呜……胭脂，离科举就没多久了，这下可怎么好？"

谢揽哭得好不伤心，桌上已然是一大摊水渍。那茶棚的小二拿着块抹布立在几步外两眼发光，一脸想擦桌子的神情。

胭脂默然不语，谢揽越哭越伤心：“明明是大公子先挑事的，老太爷却只罚我家公子，老太爷太偏心了！呜呜……胭脂……你家小姐究竟为什么这样啊？”

胭脂沉了眼眸，谢明升必是知晓了些什么才会寻事挑衅，世家里的庶子本就不易做，更何况是与大房长子喜欢上了同一个人。

这若是传出去，又得是旁人茶余饭后的闲话事儿。

这样下去，谢清侧恐怕不好再在谢府立足。若是两个孙子只能选择一个，那么谢老太爷毫无疑问会选择谢明升。

胭脂默了许久，耳旁是谢揽的哭声，夹杂着往来路人的窃窃私语，这扰了胭脂思绪，她半晌后才缓缓开口道：“等公子好了，便让他去茶章寺一趟，我家小姐要见他一面。”

落雨缠绵，亭子四周草木幽深，亭外氤氤氲氲。

胭脂撑着油纸伞一步步往亭子里去，斜风细雨微微打湿了她的衣摆，浅色的软底麻布鞋已经晕湿了一片，颜色渐深。

她一眼就望见了亭子里的人，长身玉立地站在那处安静地等着，还是黑衣玉带，乌黑的发用一根白玉簪一丝不苟地束起，谢家世家大族的气派在他身上显露无遗。

胭脂已有大半年不曾看见他了，他正神色不明地看着亭外漫天落下的细雨，胭脂见过他这样的神色，上一世在院落里的树下就见过，那时他一身白衣迷了胭脂的眼，让她以为他是个方正君子，其实那时他就已经开始算计自己了吧。

胭脂怕再与他为敌，先不说有无余力招架，心中有愧于他才是她最大的心魔。

胭脂看了他许久，他似是有所感应，抬眸看了过来，视线穿过绵绵细雨落在她身上，见来人不是丁楼烟，也不说话，只是静静看着，不过眼神却越发高深莫测起来。

他这样子和叶容之太过相像，或许他根本不像命簿里所说的那样，既平庸又无能……

胭脂顶着视线的压力踏进亭子，侧身收起了油纸伞，才转头看向谢清侧。他全程不发一言极为耐心地看着她动作，他太平静了实在叫她摸不着脉络，倘若能像丁楼烟那样把情绪表露出来就好了，至少她还能把握一二。

现下这样平平静静的模样，实在叫胭脂无从下手，她突然有一种面对叶容之的感觉。这样的不动声色却又死寂阴沉，压抑得她透不过气来。

她垂下眼微欠了身，轻声细语地将自己原本就想好的话道了出来：“奴婢请公子安，我家小姐让奴婢前来与公子说一句话。”胭脂紧紧捏着手中的伞，纤弱的指节都泛了白，“父母之命，媒妁之言。小姐她身不由己，还望公子莫过介怀，祝公子往后得觅佳人，往昔总总皆随风散去不必流连……”

亭外的落雨淅淅沥沥，斜风细雨染湿了亭子里的一角干地，慢慢晕开了一大片。

谢清侧看着她默然不语，半晌后，他的声音才透过雨声传进胭脂耳里，被雨声衬得缥缈淡远：“父母之命，媒妁之言。”他微启薄唇重复了一遍，言语之中隐约还透着几分轻描淡写的不屑。

胭脂垂首不语，忽听他言辞淡淡道：“你觉得你家小姐是会被这些羁绊的人？”

胭脂抬起头看着他，不知如何解释，以她在信中的肆意妄为，确实不是个被这种话束缚的人。

他负手而立看向亭外的雨幕，带着几分微讽道：“她丁楼烟若是不想嫁，丁善群会舍得逼她？既然一开始就想嫁于他人，何必招惹我？”他突然转头看向胭脂，神色清冷，语气淡淡，甚至于有一些轻忽的味道，“你家小姐这是在耍弄我呢。”他的尾音似在舌间轻轻卷起，带着一丝玩闹的亲昵之感。

胭脂闻言瞳孔不自觉放大，一时惊落了手中的纸伞，猛地往后退了一步，带着几分惊悚之意看着谢清侧。常人听到这话或许不以为然，甚至于以为他是个良善宽厚的正人君子，将这事当作玩笑揭过便罢。

可胭脂不一样，她上一世就看清了叶容之，那一顿顿吃软筋散的时日已让她摸透了叶容之的性子，他越是和善，后果便越可怖，越是平静，下场就越是瘆人。

他现下明明与上一世是完全不同的两种人，可表达情绪变化的方式却一点都没变，那种骨子带着的狠戾、狠毒及狠劣一点都没有少，轻飘飘一句话便让胭脂听得毛骨悚然。

亭外天色越发迷蒙，蒙蒙细雨浸得亭外草木幽深。

谢清侧神情淡漠地看着她惊惧的面色，既不出言安慰，也不结束这般可怕的寂静，反而越发加深了这种瘆人之感。

显然她刚刚的举动已让自己处在极大的危险之中，没有一个人会喜欢别人看透自己，谢清侧这种人尤甚。

胭脂架不住他的眼神，那眼神落在她身上透着可怕的压力，她的背脊都透出了细微的汗珠，站她面前的人不是叶容之，绝对不会对她手下留情！

照他的意思，怕是连丁楼烟都不会轻饶，胭脂可不能让丁楼烟背这口锅，事已至此，胭脂只能上前骗道：“非是我家小姐要弄公子，只是夫人以死相逼，我家小姐她是真的身不由己，公子你可千万别误会了我家小姐！”胭脂是惯会演的，当初装睡都能骗得了七窍心思的叶容之，如今也一定能糊弄过去。

谢清侧看着她默了许久，就在胭脂心悬到最高处时，他忽道：“你说的都是真的？”

胭脂连忙举掌发誓，斩钉截铁道：“绝无半句假话，若有，便叫我天打雷劈，不得好死！”

胭脂说的确实是假话，只是她没有想到她这一世的结局……

谢清侧现下听着还觉得她发誓虽然不是很毒，但也尚可。可他怎么也不会想到，就是这么一句话，竟成了他漫漫余生里永无止境的噩梦。

谢清侧信了，最主要的是他也不愿相信丁楼烟会是那样的人，他有些漫不经心地道：“无妨，他谢明升娶不娶得成，还是个问题。”

胭脂不由得寒毛竖起来，她这哪是替谢明升挡劫，她分明是替谢明升招难来了，竟把谢明升直接推到了谢清侧面前……

照命簿来说，谢清侧的阴险歹毒根本不是谢明升这样的人能招架的，更何况为他保驾护航的杜憬成了谢清侧这边的，这两人随便一联手，谢明升就可以再次下地府，准备下一世渡劫了。

胭脂连忙上前扑通一声跪下，拉住他的衣摆一角：“公子，您这是要逼死小姐啊，若是谢大公子出了事，我家小姐会被旁人的唾沫星子给淹死的！”

谢清侧看着她不说话，胭脂越发不安，她拉着他连连恳求道：“求您千万别这样，他们如今已然定下来，我家小姐那样骄傲的一个人，若是出了这档子事，旁人一定说我们家小姐不祥克夫，您让她怎么活呀，这般一定会逼死她的！”

胭脂紧蹙眉头，开始无法遏制地自责，都是她的错，是她自作聪明，才会弄成现在这样的局面。她不该招惹他的，应该一早就避开他才对。

如今她既没有帮到谢明升，也没有帮到谢清侧，甚至将他们两个针锋相对的时日提前了这么多！

许是胭脂的借口有些道理，寻常闺中女子都禁不住这些流言，更何况是丁楼烟这般名动京都的大家闺秀。谢清侧微敛了眉，若是不让她嫁谢明升，她家中长辈也不会让她嫁他，若是嫁了别人便更麻烦，倒不如嫁给谢明升。只是这般，竟是只能眼睁睁看着楼烟嫁给谢明升了，他清清冷冷的眉眼蕴藉上了怒意。

胭脂见他如此，悔之晚矣，她算得什么夫子，若不是她，哪会害他至此！

风越发大起来，天边响起一道惊雷，风声夹杂着雨声而来，亭外下起了瓢泼大雨，雨水溅湿了亭子里仅存的一块干处。胭脂跪在地上，烟粉色的衣裙已然晕湿大片。谢清侧抬步要走，她连忙拉着他的衣摆，无可奈何地强调道："公子，求您千万看顾我家小姐。"

"放手。"他语气里像是绷着无限的压力，胭脂微微发怔放松了力道，手还僵直着任由他的衣摆从手中滑过。他快步走出亭子，踏进了雨幕中，在层层叠叠的雨幕中离去。

胭脂扶着亭柱站起，看着谢清侧头也不回地离去，她心中升起一丝忧虑。

他不是……路痴吗？

这么大的地方走丢了怎么办？

她连忙拿起地上的伞，径直冲进了雨幕里，往谢清侧离去的方向追去。

谢清侧走得再快也不及胭脂跑得快，她很快在大雨中看见了谢清侧的身影。

她连忙追上去，将伞撑到他的上方，胭脂知道他早就全身湿透了，撑伞根本毫无意义，可她还是想替他撑着，说道："公子，还是等雨停了，奴婢再送您回去吧。"

谢清侧是真的好看，上一世的时候那块胎记都没能盖住他的容色，这样的人站在身旁，任谁都会有一种"珠玉在侧，觉吾形秽"的难言之感。

他的眉眼被雨水润湿，长长的睫毛沾着晶莹的水珠子，本来冷冷清清的眉眼被染得像雾里看花似的，好看得让人心颤。

这样的殊色，连丁楼烟那样的皮相都未必驾驭得了，胭脂不由得心累，弟子面皮长得太巧了，往后也不知该给他找什么模样的来相配。

谢清侧垂下眼睫掩住了眼里的神情，眼睫上剔透的水珠子顺着睫毛滑落下来。良久，他才淡淡道："告诉她，想嫁便嫁吧，往后的事还未可知。"他说那么明白，让人一听就知道他根本不会放弃丁楼烟，如同命簿里所说的一样。

就连胭脂也不得不承认，丁楼烟这样的女子也确实叫人放不下，她真的称得上完美无缺。

胭脂抬眼看他，微微动了唇可却没吐一个字来，只看着他离去的背影微蹙黛眉，眼里透着几分悲天悯人，她闭上眼，叹了口气。

是她不该不信命，他和谢明升之间的命根本就改不了，而她也是注定要与谢清侧……为敌。

胭脂心底的无可奈何油然而生，其中又掺杂了些许酸涩苦楚。

她再怎么想要逆天改命，事情也终究是照着命簿里来了……

谢家是百年老宅，大大小小几十座院子皆透着古朴大方，这气韵是那些新贵家族金山银山都堆不出来的。

杜憬刚从堂屋会过谢老太爷，现下正让小厮带着去找谢清侧。他平日里不会常来谢府，便是因身份使然，即使想随意些，谢府也不可能随意待他。

小厮引着他到谢清侧的书房，杜憬挥手让他退下了，站着静待了一会儿，谢揽才扶着容色苍白的谢清侧进来。

谢清侧刚一坐下，杜憬上前几步端详片刻，直起身子，一手摇着折扇，一边稀奇道："我原以为你是装病，没想到还真病了这么久，你这莫不是撞了邪？"

谢清侧还未说话，谢揽就在一旁抽咽起来："都是那日淋了好长时间的雨，身上的伤都还没好全又不认得路，要不是小的去找，只怕公子就要丢了……"谢揽说到最后，竟然极为难过地号啕大哭起来，一副险些把自家公子弄丢的后怕模样。

谢清侧手掩在嘴边轻咳一声，才道："去沏茶。"

谢揽闻言忙应声，又抽抽搭搭地跑去沏茶。

杜憬不可思议地看着谢揽离去的背影，感慨道："小揽还是这么爱哭哭啼啼的，你这儿怎么也没给他淹了？"

谢清侧闭上眼按了按额角，淡淡道："也差不离了。"

杜憬收了折扇握在手里，一撩衣摆扶案坐下，见他还是病容苍白的模样，凝重道："你一病这么多时日，秋闱又近在眼前，这可如何是好？"

谢清侧睁开眼微微敛起好看的眉，浅声叹道："耽误了这么多时日未曾温书，秋闱人才济济，我已无太大把握。"

杜憬闻言也是眉间一皱，沉重道："可错过这次又得再等三年，若是让谢明升先出头，哪儿还有你的立足之地？"

谢清侧默然不语，眼神淡淡更透出几分凉薄，他那冷冷清清的好模样根本瞧不出里头还暗藏了几分阴鸷。

杜憬见状心下会意，他想了想还是觉得不妥，又道："可你和谢明升闹成这样，他要是出了什么岔子，谢老太爷第一个就会怀疑你，若是查出了些什么，直接将你逐出家族都是有可能的，这般太冒险了……"

门外有了响动，谢揽端着茶盘进来，将茶具一一摆在案上。谢清侧端起茶壶，垂眼沏了一杯清茶才抬起清清冷冷的眼，淡道："那便叫他自己出岔子。"茶水腾起了氤氲的水汽，模糊了他的面容，叫人分不清那是谢清侧还是另外那个人。

他沏茶的神情姿态和那个人一般无二，那么他骨子里是不是也如上一世一样，藏了无可救药的苦毒……

胭脂端着一盆清水往丁楼烟屋里去，走到院落外头的树下，落下几片泛黄的叶子，一片小叶儿在眼前飘过，打着旋轻轻落在水盆里，浮在清水上泛起微微波澜，显出几分冷清凉意。

今日是十月初九，丁楼烟行及笄之礼的日子，也就是说此时已经过了秋闱，而谢明升却错过了这场本该大放光彩的机会。

按命簿来说，他会在这次秋闱名列第一夺得解元，而后在来年二月春闱夺会元，同年三月初一殿试得状元。三元及第，成为本朝第一人。

而这样三元及第的人，自开科举以来笼统不过两人，其中一人和胭脂差不了几岁，如今骨头都化成灰了，另一人便是谢家大公子谢明升。

天子惜才，更何况是这样三元及第的人中龙凤。因着谢明升，天子也存了起复谢家的心思，毕竟谢家根深叶茂，是别的世家比不上的，影响力也是举足轻重，若是能将谢明升收为己用，那在朝堂上便多了个合用的帮手。

如今谢老太爷年事已高，天子已能掌控大局，他又看重谢明升的才识，便更不介意因为谢明升扶谢家一把。

谢明升少年出世，使天下文人震惊之余又无不羡妒佩服。有这般才能之人几百年也出不了一个来，更何况年纪如此之轻，以后仕途根本无法估量。

谢家因谢明升重入世家名门之列，回到世人视野，连着谢家之前那茶余饭后的笑柄也无人再提，那些与状元郎相比显得索然无味。

状元郎才貌双全且出身名门，这样的人放在何处都是让人津津乐道的话头，谁又会在意早已嚼烂的"冷菜剩饭"。

胭脂看着都羡慕嫉妒得直抽眼皮，龙王这个暴发户可以再浮夸些吗，他是不是把海里捞的奇珍异宝都堆在命簿司了，这命簿写得……啧啧，出身名门的世家子，三元及第的状元郎，天子看重的大门生……

这哪里是来渡劫的，分明是来耀武扬威的。

只不过路本来铺好了，可惜中途出了岔子。

谢明升他错过了这次秋闱，是因为在去贡院的路上，为了避让一个突然从角落蹿出来的小乞儿，从马上跌落下来，昏迷不醒，待醒来时已然错过了秋闱的第一场考试。

谢老太爷气得险些晕过去，那乞儿年纪极小，问什么都懵懵懂懂，他当时只是瞧见了街边有人将啃剩的鸡腿扔在地上，便不管不顾地冲过去抢地上的鸡腿，并没有注意旁的，模样也很是无辜可怜。

然谢老太爷爱孙心切，盛怒之下要拿了那小乞儿送去官府。

谢明升阻止了，他心中虽有不甘可也是注定，这早不早晚不晚的，偏偏是那个时候窜出来，也只能说是天意如此了，送了官又能如何，还不是一样要等三年，更何况这乞儿进了官府哪里还有活头？

多少是一条命，只能算了。

事情传到丁府，丁善群极为惋惜，可也只能叹世事无常。

可这事究竟如何胭脂心里清楚，命簿里也确有这么一出，是……谢清侧设的局。

命簿里谢清侧本要与谢明升一道参加秋闱，他才学平庸比不过谢明升，加之丁楼烟一事，他不想输得太过难看，是以使了手段害他。

他找了几个互不相识的人，每每在谢明升必经之路扔吃食，让小乞儿习惯性地以为待在那处等着就一定会有吃的。

待到谢明升经过时便扔下，小乞儿眼里只有吃食，一见便条件反射冲到街对面，那时机不偏不倚正正好，叫人只以为是偶然。

这利用的就是谢明升心地良善，见了乞儿第一反应必会避让，哪怕伤了自己也不会枉害旁人性命。

命簿里是因为有杜憬护得周全，谢明升才没出什么事，现下没了杜憬，胭脂只能自己来。

她本是可以及时赶到的，却被刘嬷嬷教训而拖住了脚，到了那处事情已经无法挽回，连场子都收得差不多了。

胭脂想到此就险些气背过去，她早早就找人递了字条给谢明升，让他不要骑马去贡院，也亲眼确认他的贴身小厮拿了字条，怎么还会如此不小心！

谢明升的脑子莫不是给榔头劈过，都这样明明白白地告诉他了，还骑马，就这么爱骑马？只是这头胭脂在心里连骂了谢明升三天三夜，却怎么也想不到这字条早早就落在了谢清侧的手上……

临街的窗子大开着，里头清脆悦耳的唱曲儿声荡到了长街上，在空中打着旋儿，外头的熙熙攘攘传到了屋里，热闹又不吵闹，喧闹得刚刚好。

谢清侧坐在案前，拿着手中的字条，手指在上头微微摩挲着，纸上只写了一句话：“八月初千万不可骑马。”

纸条上头的字歪歪扭扭，如垂髫小儿写得一般，显然是为了遮掩自己原来的笔迹。

送字条的人是个瞎子，他说给他字条的是位过路行人，说是被一位姑娘突然拦住，让他将这字条托给自己送给谢府大公子谢明升，还给了自己三串铜钱作为酬谢。

瞎子看不见行人是什么模样，加之京都每日来来往往的人数不胜数，想要找这么个人根本如同大海捞针。

暗处这人实在太过谨慎，只怕就连那位姑娘都是随处找来的。

这谢清侧可真是高估了胭脂，她能找两个已经是极限。

他微侧着头看着桌上的三串铜钱，伸出手将之拿起来又翻看了一遍，这线打的结很是特别，常人打结都会留个活扣，这个却不一样，打的结很别扭。结上加结，最后还系了死结，又留了两条微微修剪过的长线头，像是……头上伸出的两条须？

他细细想了想谢明升往日交好的几位世家子，可惜未曾见过他们打结，有几个衣来伸手、饭来张口的，都未必会打结。

敌暗我明是最不利的局势，他从小到大从未让自己处在这种局势之中，骤然如此倒还生出几分新鲜刺激的滋味。他不由得微挑眉梢，眼里多少盛了些许兴致，衬得眼眸琉璃泛着细碎的光芒，叫人轻易便迷了心窍。

而靠在窗旁榻上的杜憬可是坐立难安，他突然站起身走到隔着两屋之间的帘子前，一脸烦躁地挥手，将平日喜欢的几个弹曲儿的都赶了出去。

杜憬面色越发阴郁，他捏着手中的折扇狠狠道：“明明就在身边，可查遍了所有就是没有一点痕迹，藏得未免也太深了些。”一想到这人手里握了把柄，就像是被人捏住了七寸，杜憬紧皱眉头，“这人明明知道我们设了局，却又只传字条给谢明升就算了事，也不设法帮一帮，莫不是他也想要拿住你的把柄，好将你毁了？”

那人若是存了这样的心，那确实是没办法，以谢清侧祖父的性子，一定会把谢清侧逐出世族。

被世族离弃的子弟，根本不可能有前途可言。

谢清侧微垂下眼，拿起那串铜钱轻轻晃了晃，层层相叠的铜钱碰撞出清脆的声响，他微抬眼睫，轻描淡写道："不必上心，他想说的任何话都到不了祖父的耳边。"

春去秋来一晃两年多了，今日是个宜嫁娶的大好日子，丁府的嫡长小姐要出嫁了，那红装铺了整条街，从头都看不到尾，叫人眼红羡慕。

街上站满了人，好不热闹，不过在胭脂看来，还是没有命簿里写得热闹。

那时谢明升是三元及第的状元郎，娶得又是名满京都的大才女丁楼烟，那被围观的场面简直挤得连条狗都窜不进去。

现下与那场面相比还是冷清了许多，胭脂不由得替谢明升暗暗惋惜了一番，不过他能四肢健全地迎娶丁楼烟已经费了胭脂九牛二虎之力了，旁的还是不要再多求了。

这两年多以来，胭脂过得可谓是胆战心惊，她和谢清侧不知暗中交过多少回手，回回都是靠命簿夺得先机，否则早不知被弄死了多少回。

她一想起有一回险些让谢清侧逮到就吓得魂不附体，那次后行事也越发谨慎起来，一直战战兢兢撑到了现在。

不过这活也着实累人，胭脂一面要防着心思缜密的谢清侧时不时设局对付谢明升，一面还要护着谢明升这个"傻白甜"时不时撞枪口不受伤，中间还夹了个杜憬这么个惯会使阴招的。

她还是有点庆幸自己没了在乱葬岗时的本事，否则以她的狗脾气，真的会费尽心机地逮到他们三个狠狠按着打，一路从东城街头打到西城街尾……

这老妈子真的不是什么人都能做的，她是真的想下地府躲躲风头了，这两年多来她已经是历经了沧桑。他们三个年纪轻轻耗得起，她吃不消啊，她这一世可不可以先死掉！

一路敲锣打鼓到了谢府，谢明升执彩球绸带引丁楼烟从花轿里出来，二人进谢府三叩九拜行了大礼，成了孽缘。

胭脂在旁扶起丁楼烟，随意扫了一眼四周，谢家的亲朋好友，相熟的不相熟的都到齐了，唯独不见谢清侧。

她垂下眼，心中又生出愧疚之感，今日丁楼烟与谢明升成大礼，他作为谢家子弟本该在场，可他没出现，可见有多不想见到这样的场面，也不知他心里会有多难受。

礼成之后晚间又是贺郎酒，闹洞房，一通忙活完，已是夜半。谢明升的丫鬟珠德儿引着胭脂往早准备好的屋子走。

眼前这个珠德儿不是普通丫鬟，乃是谢明升的通房丫头，往后是个麻烦的，不过丁楼烟才刚嫁进来，珠德儿还冒不出头来，是以还不着急解决。

胭脂在她后头跟着，待快到了房门口，她才开口问道："谢家有两位公子，刚才一直没瞧见谢二公子，不知他何故不来见大礼？"

珠德儿闻言看向胭脂，眼里有些许讶异，显然没想到胭脂会问起二公子。谢家的事情哪是下人可以问的，见胭脂又是脸嫩易欺的模样，便摆足了派头道："这事不是我们这些下人该问的，我们只管做好自己本分的事才是正经。"

胭脂见她似有隐情，便微微笑起，连敲带打道："我刚才听人嘴碎道，谢家二公子不喜堂嫂，连成大礼这般大的事情都不出来。如今你又这般说话，看来谢府的人是真的不喜我们家小姐了。"

珠德儿以为胭脂说的是真的，这事若是闹起来，可不就怪罪到她头上了，她权衡利弊，连忙笑着道出事实："原不是妹妹想的这样，是二公子惹气了老太爷，老太爷就罚了二公子跪祠堂，明日认人见礼时就出来了，可真不是妹妹听到的那样。"

胭脂闻言眉心一皱，心道：哪是什么惹气跪祠堂，分明是防着谢清侧闹出乱子。

这谢老太爷未免太不公平，谢清侧再怎么样也叫他一声祖父，可他在谢明升与谢清侧二人之间，这心实在偏得太厉害，真是半点道理不讲。

她伸手轻抚了抚衣裳上的折痕，笑道："原来如此，是我想多了，好在姐姐说清楚了，否则小姐问起来我还真不知如何回答。"

珠德儿闻言打量了眼胭脂，不再说什么，轻轻扯起一笑，冲胭脂点点头便走了。

胭脂站在原地默然不语，跪祠堂啊……谢老太爷让他跪祠堂，还能让他吃饱了再跪不成？

胭脂拿出放在怀里的桂花糕，谢清侧在信里的日常报备常常会出现今日吃几块甜糕之类的话，胭脂便自己琢磨着学做糕点，因着她喜爱桂花的香味，便学做了桂花糕。

当初他不吃自己买的糖葫芦，胭脂一直觉得颇为遗憾，便总想找机会补偿他一二。

这桂花糕原本是做来垫肚子的，可刚才一直忙活根本没时间吃，现下也算派上用场了。

她不由得叹了口气，她怕真就是为老妈子而生的，操心的命……

谢家虽然日渐衰落，可到底是古宅，望族该有的庄重肃穆一点不少。重门深巷，尚朴去华，庭院坐落错综复杂，曲折幽深，眼到之处皆可入画。

谢家家宅之大之广，远非常人所能想象，胭脂住过的最大的地方也就是乱葬岗，而谢家大大小小整整有三十六座院落，只怕要有十个乱葬岗这般大。

换言之，这谢家大得，就是一条土狗不眠不休地跑上个三天三夜也未必跑得完。

祠堂一向被视为宗族的兴衰根本，对祠堂的坐落朝向都极为讲究，谢家这样的百年世家尤甚。

谢家祠堂坐西朝东，明堂宽大，飞檐微翘，雕梁画栋巧夺天工，其气势足以使其他家族祠堂望尘莫及。

谢家祠堂在命簿里出现的次数极多，谢清侧从小可谓是在祠堂跪到大的，跪祠堂对于谢清侧来说那是家常便饭。

胭脂因研究命簿，所以对谢家祠堂的位置非常熟悉，若非如此，她就是找得两腿劈叉也未必找得到这处。

祠堂里头灯火通明，胭脂一进去便瞧见了跪在先人牌位前的谢清侧。周围没有一个人，他却跪得认认真真的，像是真的在反省什么一般，不得不说这表面功夫做得真是滴水不漏。

胭脂站在门口看了他一会儿，祠堂外的风微微拂过她的裙摆，带出了些细微的声响，她才微微欠身道："奴婢见过二公子。"

谢清侧闻言微微动了动，却没有转过头看她，权作没听见一般不去理会她。

胭脂挑了挑眉，要是这两年多他都像这般安分守己，她何至于每过十来日就要拔几根白发。

她只得上前几步，走到他面前，正准备开口寒暄，便听谢清侧淡道："规矩还是不曾学好，刚来谢府就敢乱跑。"

胭脂充耳不闻，微微笑起来，答非所问道："公子一天都没吃东西了，奴婢这是来给您送些吃食。"

谢清侧抬眼看她，轻描淡写的一眼，胭脂微微有些发怔，他眼里的不屑藏得很深，可她还是瞧出了几分。胭脂勉强笑了笑，他这一世是真的有些难伺候，且还……有些不喜自己。

可再怎么样，还是得想办法让他吃点东西，要不然下半夜可怎么熬?

胭脂抬起头打量了眼谢家祠堂，又大又空，就摆这么一排排的木头，实在是浪费。

她从谢清侧面前走过，在他旁边空着的蒲团上坐下，拿出包得完好无损的桂花糕，想递过去可又想着他刚才的那个眼神，他便是爱吃这玩意儿也未必会吃。

胭脂默了片刻，只能哄骗道："这是小姐做的桂花糕，小姐担心公子跪了这般久，又一日未曾进食，特地让奴婢送来的。"

胭脂见他似有松动，便打开油纸，里头包着一块块香软可口的桂花糕，道："公子尝尝看，可甜了。"

说着又拿了一块递到他嘴前，谢清侧微微敛眉，往后一仰，避开了送到嘴前的桂花糕。

谢清侧看着胭脂，冷冷清清的眉眼含着明显的疏离，还带了几分警告。胭脂以为他还是不肯吃，正苦恼有什么旁的法子让他自觉吃的时候，他却自己伸出手拿了一块，安安静静吃了起来。

胭脂拿着糕点还僵在那处，心里说不酸涩是不可能的，他是叶容之时还真没冷待过自己，如今这般落差实在有些大，多少是有些接受不了的。

胭脂压下心中的苦意。看了他一眼，还是那样的眉眼，还是一贯的冷清凉薄。

他垂着眼吃桂花糕，微微垂下的长睫显得越发浓密，和上一世一般无二。

胭脂已经很久没有看过他笑了，久到连他笑起来是什么模样都有些记忆模糊了。

她将那块桂花糕喂到自己嘴里，漫不经心地嚼着，又将手上的一包桂花糕塞到他手里。

他和上一世一样，也爱吃这甜腻腻的玩意儿，胭脂嚼着嘴里的桂花糕，不明白他为何喜欢吃这般甜腻的东西，她觉得这玩意儿甜得过头了，都有些发苦了……

本就是夜半，胭脂没再说话，四周便显得越发寂静，如此相对实在有些许不自在。胭脂正准备起身走，谢清侧忽道："进洞房了吧。"他言辞之间虽是疑问却带着肯定。

胭脂见他平平静静的模样，有些摸不清他的想法，想来是很难过的吧?

胭脂不免有些心疼，她怕他终究还是像命簿里写着的一样，千方百计使心机破坏谢明升的姻缘，又怕他的结局像命簿所写一样毫无指望，好好的世家公子却被祖父打断了腿，被世族所抛弃。

其实按照命簿里所说，谢清侧未必有多喜欢丁楼烟，他那样的人其实是最爱自己的。

而茶章寺那日，谢清侧不过是乍见一位仙姿玉色的美人而生了好感，这种浮于表面的喜欢本来不会有后来的故事，但丁楼烟嫁给了谢明升，成了他求之不得的自家嫂子。

从小到大谢明升都是他心中的苦毒，越长大便越苦，他越明白自己的处境就越毒。

谢清侧这一世最大的错就是妒贤嫉能，一辈子心胸狭窄见不得旁人好，兜兜转转出不了那个圈子，执念太深，才造就了自己凄苦的一生。

所以丁楼烟在他这里，倒不是什么生死不能弃的心爱女子，只不过是他以后结局的一个诱因罢了。

无论是谢明升的才学人品，还是家中长辈的关爱偏袒，抑或是不相关的人对谢明升的赞许甚至于崇拜，谢明升所拥有的一切，都是谢清侧望尘莫及的。

或许是自幼一起长大，也或许是他善于揣摩人心，他早早就明白了丁楼烟对谢明升的重要性，也只有丁楼烟，是他唯一可以胜于谢明升的突破。

胭脂心下黯然，她有命簿在侧，事有因果皆提前知晓，而他身在局中迷了心，说什么才能引他出来？

在胭脂看来，自己无论说什么，都是不痛不痒的，她又没有感同身受，又没有经历这些不平，说什么都是苍白无力的。

不过在胭脂看来，若是这些放在她身上只怕也是承受不来的。先不说旁的，光是家中长辈偏袒轻视，就足够让她失了本心。

胭脂的目光落在他手上，干净白皙的手指正拿着她做的桂花糕安安静静地吃着，她心不由猛地一紧，难道这一世还要眼睁睁看着他走到那一步吗？

她一想到过往种种就心疼不已，缓了好久才开口道："小姐已经是二公子的堂嫂了，她让奴婢送吃的，也不过想让奴婢和二公子说一句话。"胭脂顿了片刻，才斟酌道，"往后，二公子但凡是有什么事都可以使人告诉奴婢，小姐知道后必然会帮，二公子若是有了心仪的女子，我们家小姐也会替您想法子。"

谢清侧慢条斯理地吃着手中的桂花糕，好看的眉眼染着凉薄，神情漠然，不发一言地看着她，像是在审视胭脂一般。

胭脂见他不语，也不知他有没有将自己的意思听进去。被他这般不错眼地看着，她有几分不自在，莫不是他看出了什么来?

胭脂看了他一眼，对上他清清冷冷的眉眼突然心头一颤，她别开眼有些慌张，微微稳了稳声音唤道：“二公子？”

谢清侧放下手中的桂花糕不再吃，他看着胭脂，声音冷冷清清，不含一丝感情，问道：“心悦我吗？”他的声音就像古井里刚打上来的清水，冰冷刺骨，问的却是如此暧昧缠绵的问题。

胭脂闻言错愕，她看向谢清侧，他精致的眉眼透着的是轻忽凉薄。

他明明心悦的是丁楼烟，现下却这样问她，这究竟是为何?

胭脂越发摸不透他心中的想法，但她可以肯定的是，他说这话的目的绝对不会简单。她垂眼略想了片刻，还是决定将计就计，免得他后头又出什么旁的法子来算计人，叫她防不胜防。

胭脂抬眼看向他，略微斟酌道：“在茶章寺第一眼看见您的时候……”胭脂看着他的眼睛下意识一顿，良久才有些难以启齿道，“奴婢……奴婢心悦公子已久……”她还从未对旁人说过这样的话，若不是那小肉麻话抄多了，她还真是说不出来的。

许是胭脂这般羞于启齿的模样，造成了一种女儿家羞怯扭捏的假象，谢清侧没再细究她是真是假。

他放下手中的桂花糕，伸手拉过她的手，手指在她的手背上轻轻摩挲，带着情人之间的亲昵之感，清冷的眉眼之间暗藏些许漫不经心，又带着几分轻慢，但看着胭脂却又言辞旖旎：“其实我也心悦你，你这般乖巧懂事，往后可要常常来见我。”

他一贯清冷不爱亲近人，如今骤然做出这般迷惑人心的轻佻模样，不仅没让人觉得轻浮，反而平添了几分惑人的味道，叫人看了莫名心头一颤。

胭脂看着他，微微发怔，片刻后才垂下眼睫，掩住眼里的一丝情绪。

多荒谬，两个人都会说甜蜜缠绵的话，却没有一个用了真心……

捌 重门

第二日是丁楼烟成亲后头一日见谢家人，七大姑八大姨整整这么一圈子认下来已然去了大半天，待到正午才完完全全将人都认全了。

胭脂跟在谢明升和丁楼烟身后也默默松了口气，好在谢清侧和丁楼烟刚才都装作互不相识，也免了许多麻烦事。

可胭脂那口气到底还是松得太快了些，她千算万算，没算到谢明升会主动去招惹谢清侧……

谢明升扶着丁楼烟下了台阶便没有放开她的手，叫住了走在前头的谢清侧，笑里带着挑衅道："清侧，不如一道吃正午饭，你嫂嫂刚进门还不习惯，你若能陪她说说话也是好的。"

胭脂终于明白谢清侧这两年多以来，为何会时不时就要设局整谢明升了，她原道是谢清侧间歇性抽风，却不想是这个"傻白甜"非要冲上去招惹是非。

谢清侧转过身看着他们，目光落在他们相互牵着的手上，又抬眼淡淡看了眼谢明升，片刻后，不动声色回道："大哥说得是，总要叫嫂嫂适应了谢府的规矩才好。"

胭脂站在后头心塞至极，她这两年多来千方百计为谢明升避开谢清侧，他倒好，合着这些全是他自己招惹来的。

胭脂将饭菜一一摆好在桌案上，与其他丫鬟忙前忙后地侍奉三位主子用饭。

她心中一直忐忑不安，所幸他们倒是安安分分地吃饭，席间偶然说上几句话。除去谢明升时不时为丁楼烟夹夹菜，秀秀夫妻恩爱，以及丁楼烟微微有些羞意和些许不自在外，总体倒都是和和气气的。

胭脂站在丁楼烟后头，看着谢清侧平平静静地吃东西，连眉头都不曾皱一下，不由得暗暗猜测道，可能是他昨日跪得太累，也没什么精力去整谢明升。

可她哪里想得到，谢清侧整人哪需耗费什么力气，让谢明升这处闹得鸡飞狗跳也不过是几句话的事儿。

待到他们吃得差不多了，丫鬟都上前来伺候。谢清侧拿起丫鬟递来的手布擦了擦手，略一抬眸，淡淡看了眼站在他身旁递手布的丫鬟，又看向谢明升，佯装不解道："珠德儿还在？"说完便在谢明升一脸错愕和尴尬下，又看向丁楼烟，眼里透出几分感叹怜惜之意。

胭脂闻言猛地震了下，她千算万算没算到是在这处等着她呢！

这下可真完了，谢明升和丁楼烟再是和睦，这成亲头一日就出来个通房丫头，这下可真是有得热闹了。

胭脂闭了闭眼，暗暗吸了口气，缓了缓快要暴起的青筋，她早该想到哪有这么容易的事儿，他谢清侧要是能轻轻揭过，那才真是稀奇事！

这完全没有给她反应的时间，她根本来不及将珠德儿从谢明升与丁楼烟之间的情劫中抹去，他就先一步把珠德儿掀了出来。这在命簿里原本是谢明升自己与丁楼烟说出的，丁楼烟见他主动与她说，才没怎么闹腾。

现下好了，这事儿由谢清侧点了出来，丁楼烟心中没有想法是绝对不可能的！

这珠德儿与谢明升的关系也是真的不简单，珠德儿不是普普通通的通房丫头，她是去了的谢老太太给谢明升留下的。

按照规矩，一般正室进门，先头的通房丫头都是要被打发走的，可谢明升如何舍得下这么多年朝夕相伴的人，况且还是祖母给的人，在他心中的地位可想而知。

谢明升要留着人，谢老太爷那里自然不会说什么。谢明升自小就聪明有主见，做事都是一把好手，在谢府已然有了少年家主的风范，这点小事在他看来是不可能处理不好的。

胭脂想到此不由得心累，这谢老太爷也不知哪里来的自信。

命簿里头，珠德儿是谢明升与丁楼烟感情分崩离析的起头，因着她的存在，他们常常闹不和，长此以往二人之间的浓情蜜意就渐渐被搅散了。

但在命簿里，这个起头是没那么快出来的，因为谢明升那时已经入仕了，又极为爱重丁楼烟，丁楼烟就算知道了珠德儿的存在也没有放在心上，二人甜甜蜜蜜了好些日子。

后来珠德儿怕谢明升真的不要她了，才有些按捺不住浮了出来，背地里使了不少手段，当然这其中是少不了谢清侧在旁帮衬的。

胭脂原本想将谢清侧的注意力先转移到旁的地方，然后再想法子摘掉这颗藏在暗处的炮仗。

可她哪里想得到谢明升今日直接撞上去了，她是想拉又不能拉，只能眼睁睁看着局面一发不可收拾。

谢清侧话虽只点一半，可丁楼烟是何等聪慧的一个人。窥一斑见全豹，轻轻一点她自然就清楚了，丁楼烟冷着张俏脸，看着站着的珠德儿，不发一言。

而珠德儿紧张得低着头缩着身子，一副胆小怕事的柔弱模样。

胭脂有些发怔，这丫鬟实在厉害，这演得比她还真，颇有几分青衣的真传，昨日是一副模样，今日又是另一副模样，三两下就入戏了，实在是造诣颇高，她得好好观摩学习，免得露些许马脚，叫人看她不像个丫鬟。

谢明升这头闻言眉头紧皱，看向谢清侧，眼里含着怒火，他本是想晚间再对丁楼烟说这个事儿，现下可好，没机会了！

他当下就摆起了脸色，不留情面道："这事儿也由得你指手画脚，真把自己当回事儿了不成！"

胭脂一时间头痛欲裂，谢明升莫不是已经被气疯了，他真以为这般恶语相向就能吓退黑暗势力？若是如此简单，胭脂哪用得着如此操劳，且他这般说话只会被丁楼烟更看低了去，衬得谢清侧越发和善。

胭脂微蹙眉头看向谢清侧，他果然是权作没听见，面上丝毫不起波澜，他看着谢明升，眼里带了几分不赞成，开口劝道："大哥若真为嫂嫂好，还是莫要叫她受了委屈。"

胭脂闻言心不由得沉了下去，这两厢一对比高下立见，谢明升这一局输得太难看，尤其还是在丁楼烟面前。

胭脂又看向谢清侧，倒是难为他这样冷清的性子能这般情深，她看了都为丁楼烟所托非良人而感慨惋惜呢……

胭脂眼里神色未明地直看着他，谢清侧起身准备离开时正巧对上胭脂的眼，他微微一怔，片刻后又恢复了常态，随意道了句告辞便转身离开了。

剩下的只有一室寂静，气氛压抑得人透不过气来，没一个人敢动，也没人敢开口说话，珠德儿不敢说，谢明升不会说，丁楼烟不想说。

这一场劫来得太突然，胭脂根本没想好应对的法子，珠德儿多的是法子解决，可他们夫妻二人的感情却是不好修补的。

胭脂看了眼门外，他早已走得不见踪影，她微微蹙起眉头，只有她知道自己刚才想了些什么……

她既为他不耻，又对他失望，她知道自己心中想的，眼里也一定表露了出来……

可她没有办法，纵然再愧疚于叶容之，再纵容谢清侧的所作所为，她也无法苟同谢清侧这样的为人。

她和他果真是应了那古话："道不同，不相为谋。"

那日过后，谢明升和丁楼烟就开始了望不到头的冷战，两人相处起来颇有一番相敬如"冰"的感觉。

丁楼烟的性子是吵不起来的，谢明升倒是伏小做低地哄了几天，不过到底是少年心性，见丁楼烟一直丧着张脸，也不由得生起了闷气。

他再喜欢丁楼烟又如何，整日连个笑脸都不给。谢明升天之骄子，自然是被人追捧着长大的，在女儿堆里从来都是炙手可热的人物，哪里受得了这般冷遇。

再加之珠德儿在一旁温柔体贴又日日提心吊胆的可怜模样，谢明升心中不起怜惜之意是不可能的，是以这娶妻不过一个月，就宿在了珠德儿的屋里。

府中慢慢传开了，大房正室不得宠，大少爷最心爱的还是珠德儿这个通房丫头，过阵子便能提了做妾，且必是个宠妾……

屋前是个四方小院，院中只栽了棵小树，清晨的日头洒下光芒，透过树叶落下一丝丝光线，细小的灰尘在光线中浮浮沉沉。

胭脂蹲在自己屋前，往土里倒着洗漱后的水，一想起谢清侧就一阵阵心梗。两年多了，她早该知道他的手段的，这么个走一步就往后看一百步的人，那日说的几句话，怎么可能是只求谢明升夫妻二人不和，他的目的根本没有那么简单。

宠妾灭妻，是所有名门世家的死穴，这名声若是传了出去，谢明升也不用走什么仕途了，他便是三元及第，也挽回不了恶名昭著带来的伤害。

妻不成妻，妾不是妾，家宅不宁，若是连屋里头的事儿都管不好，谁会相信他能管好天下百姓的事儿。

胭脂现下根本做不了什么，丁楼烟不会听她的劝，谢明升更不会理她，而珠德儿……她有谢清侧在一旁指点，竟然是一点错处都没有犯，胭脂根本抓不到任何把柄。

命簿里珠德儿该犯的错，现下她一样也没犯，胭脂便指望不了命簿了。

胭脂不知谢清侧到底是如上一世太会算计人心，还是因为太了解谢明升，才会让珠德儿这么轻轻松松就笼络住了谢明升。

谢明升又不是个傻的，他在世家长大，对于这种事情自有分寸。这争宠一事，太过激会惹人疑心，总装可怜又会显得太假，且对手还是丁楼烟这么个国色天香的大家闺秀，这之中的分寸是极难拿捏的。若是没有谢清侧在其中，以珠德儿那个水准，绝对不可能做到。

她不由得感叹，谢清侧怎么就不是个女娃娃，实在是太可惜了，不然凭这手段心机，这皮相身段，进了后宫还不得所向披靡，势不可挡！

胭脂拿着个空盆子，低头望着土里被她淹得差不多了的野草花，这要是谢清侧该多好，一淹就弱得无力作妖了。

诚然，胭脂是真有些吃不消了，他谢清侧轻轻飘飘一句话就将水搅成了墨鱼汁，而她这头上蹿下跳一个月也没法把墨鱼汁变回水。

一个累字根本不足以表达她现下的心境，任何动作都无法宣泄她心中的郁火。

胭脂正捏着盆子暗暗发狠，身后一道清冷的声音响起：“不喜欢花？”

胭脂回过头看向站在屋檐下的人，这样的角度竟然都能把屋檐底衬得这般好看，这人的面皮实在叫人心中郁结。胭脂略缓了缓心中的不甘，片刻后才随口回道：“奴婢喜欢的。”如此看人实在有些脖子僵，气势差了太多，且这眼珠子向上摆又成了死鱼眼，胭脂低下头缓了一缓，片刻后，正打算站起身，他却在身后俯下身来，伸手递来一束野草花，黑色的衣袖边上绣着雅致的花纹，干净清隽，衬得他的手越发白皙修长。

微弱的光芒透过清晨的树叶，早间的风气最是沁人心脾，加之土壤里散发着让人闻之神清气爽的干净气息。

胭脂看着眼前的野草花失了神，他结的野草花和上一世相差无几，连每朵颜色的位置都一模一样，就……就好像他从来都没有那样子死去一般……

胭脂突然有些恍惚地以为她还是他的夫子，往昔的种种忽然如微风般迎面而来，又好像听到他站在她面前，眉眼染笑地说道：“夫子，你看我现下结的是不是比少时好看些？”

胭脂想起这些，心中一窒，掩饰不住的心疼，他那样的为人却这般记得她给的零星温暖，他的心里究竟是有多苦，才会连这么一点点的好意都能放在心上这么多年？

饶是胭脂是个再能忍的，想到此眼里也噙满了泪。

她手下一松，刚才拿着的盆子骤然滑落，落在土壤上倒没出什么大的声响，只是让身后的谢清侧起了疑虑，各种反应他都预料了一遍，唯独现下这种他没想到，一时间有些拿捏不准。

谢清侧见她不言不语，又看不见她的神情如何，实在有些难以把握，便试探道：“不喜欢？”又伸手一撩衣摆半蹲下身子，半身微微往前倾，要看她神情如何。

胭脂忙伸手拿住他微微收回的花，却因为太快而失了准头，连花带他手都一并握住了，但却成功阻止了他想打量的心思。

胭脂的手不及他的一半大，却也是好看的。谢清侧的手白皙修长，指节分明，而她的手却过于苍白，隐约能瞧见底下浅浅的青筋，更显薄弱纤细。

谢清侧不动声色，胭脂却因想起昔日种种而微颤了手，她掌心的温热微微传到谢清侧的手背上。

胭脂忙平复情绪，强迫自己不去想那些。谢清侧这一世不是个心思少的，若是叫他看了去，只会让自己更加被动。

片刻后，胭脂勉强笑起，声音却因良久未说话而带着些许哑然：“喜欢，很好看。”她抬眸看向他手中的野草花，轻轻拿到手上细细端详起来，她神情专注，明明看着花却又好像不是，她的眼神透过这束花似乎看见了许多……

“在夫子这儿或许只是一眨眼，于我而言却已是小半辈子。”

“十六年……我盼了夫子十六年，原来到头来……只有我一个人在十六年前……”

“夫子，算了吧。”

胭脂猛地闭上眼睛，拿着花的手死死握紧，指尖都泛起了白，想起他说的最后一句话，心口发紧。

他那时很虚弱，早就没有多少气力了，却还笑着与她说他很欢喜……

她从来都知道他欢喜的是什么，他越发欢喜，胭脂就越是愧疚，为了那么一点点的温暖，他将自己当作救赎，可偏偏错付了人……

也正是因为知道才会如此耿耿于怀，她愧疚了这么多年，非但不曾随着时间慢慢淡去，反而越加浓烈。

叶容之，早就成为她深入骨髓的苦毒，她便是再洒脱，也脱不了这别离之苦。

许是胭脂的声音太过低沉落寞，谢清侧伸回手，手肘撑在膝上，看着土里被水淹的东倒西歪的野草花，忽然问道：“生气了？”

胭脂闻言回头看他，唇角却不小心擦过他的鼻尖，谢清侧眉间微起了折痕很快便退了去，若不细看根本看不出来。

谢清侧不着痕迹地往后微微一退，手轻轻扶上她的眉眼，他的指尖微凉，如他这个人一样凉薄入骨，他轻声问道：“是不是生我的气了？”

胭脂低垂下眼，良久才道：“怎么可能会生你的气。”

谢清侧看着她，眼眸闪过一丝不耐烦，但还是伸手握住胭脂的手，指腹在她手背轻抚，顺着她手背上浅浅透出的青筋颜色，慢慢摩挲，带出了些许旖旎，语气却淡漠，甚至带了几分微微的告诫：“我说过喜欢你因你懂事，你若是还要继续闹脾气，便真要叫我失望了。”

胭脂闻言一怔，她慢慢抬眼看向他，好像猜到了些什么……

她看着他，带着些许不敢相信，她掩饰住心中的酸涩，微微启唇试探道：“公子别气，奴婢……再也不敢了，奴婢什么都听您的，您让奴婢做什么就做什么。”

谢清侧不发一言地看着她，像是审视她说的是真还是假。胭脂眼里的感伤还未淡去，瞧着还真像是害怕情郎抛弃的模样。良久后，他才伸手抚上她的脸庞，指腹在她面上轻轻摩挲，言辞间透出了些许轻佻暧昧，意味深长地轻轻道：“非常好，这才是我喜欢的样子。”

他慢慢俯身过来，神情专注地看着她，说道：“前日里，我给你家小姐写了一封信，你可要帮我给她。”他微一停顿，靠近她耳旁，声线低沉，带着蛊惑人心的意味继续道，“我的好胭脂，你这般听话，我会一直心悦你，绝对不会亏待你。”

胭脂闻言轻颤眼睫，她看着谢清侧握着她的手，又看着另一只手握着的野草花，一时难以抑制心中的复杂。

她怎么也没想到，当初那个敬她为夫子的人，如今却要用她做棋子了……

胭脂如今骑虎难下，这信若是不接，他一定会想别的法子，丁楼烟已然嫁给了谢明升，再纠缠下去于他们三个人都不会有益处，她如今只能每隔几日就写信给谢清侧暂且稳住他，待她等到时机先解决了珠德儿。

她现下时不时会做些桂花糕送去，谢清侧倒是真的安安静静了些日子，这让胭脂轻松了不少。

胭脂唯一担心的是，他二人同住谢家，难免会有碰到的时候，不过好在丁楼烟也知道避嫌，每每都会避开谢清侧，加之她又在信中提过避嫌之事，他们倒是没有说上一句话，故而也让胭脂省了不少事。

就在胭脂耐着性子等时机的时候，珠德儿……怀了身子。

这无疑是给了谢明升与丁楼烟之间的关系粉碎性的一击。

谢老太爷与谢明升不可能将这孩子落了，虽说这事确实是打了丁楼烟的脸，但谢老太爷亲自做主只要这孩子生下来，便立刻把珠德儿送走。

老太爷都这般说了，丁楼烟还能说什么，只得答应下来，然她确实也没那么狠的心将珠德儿的胎落了。

这与命簿也实在相差太大，珠德儿哪儿有什么孩子，每日伺候完谢明升都是要喝避子汤的，要喝到丁楼烟嫁进来满一年才能免了。

不过事情到了这个地步，胭脂倒也没觉得有什么不可思议的，这摆明是谢清侧在后头动了手脚，以珠德儿的胆子，根本不敢做到这一步。

胭脂特地瞧了眼命簿，还真是固执得一字不改呢！这头已经天都差了个地，它还自顾自地写原路戏码，简直是顽固不化，胭脂都恨不得给它拧碎了事。

不过等了这么久，终于等到了这个时机，珠德儿怀了身子看似是个死局，却也是个极大的契机。

通房丫头怀了身子，自然不可能再伺候主子，胭脂若是能将这段时间把握好，或可修补谢明升与丁楼烟之间的关系。

只是丁楼烟的态度是个问题，本就冷若冰霜的模样，如今因着珠德儿的事儿越发冷硬起来，她若是一直如此，胭脂就是有劲也没处使。

她这头着急上火，丁楼烟那屋里头还传来萧瑟低回的琴音。

人家都打上门了，她还在那儿弹琴作画，胭脂急得挠心肝……

可转念一想，她又直叹气，谢明升这个混账玩意儿，让她实在恨铁不成钢！

就以谢明升这般所为，他就不要妄想安安稳稳渡什么情劫！

若她不是来替他避劫的，哪会替他做这等糟心事，指不定还会为丁楼烟成了他一辈子求不得的人而暗道活该。

只是无论如何，胭脂现下还是得替他搏一搏，免得地府怪她办不好差事。

胭脂垂下眼睫，站在门口等了良久，待琴音停下才端着果盘进去，将果盘放在案上。见丁楼烟正对着琴失神，胭脂默然站了会儿才问道：“小姐，奴婢有句话不知当讲不当讲？”

虽然依着规矩该称丁楼烟为少奶奶，可胭脂现下却还像在闺中时那样唤她，这让丁楼烟放松了心中那根绷紧的弦。

胭脂知晓她现下根本不想做这谢家的少奶奶，谢明升的所作所为让她极为排斥，这无疑是胭脂认为最棘手的问题。

丁楼烟伸出手无意识地拨弄琴弦，片刻后才问道：“你想说什么？”

胭脂见她有闲，便起了个话头：“小姐，珠德儿已经怀了身子。”

这已是板上钉钉的事了，丁楼烟一听就猜到了她的下文，无非是让她为了自己的将来打算，笼络好谢明升的心，早日生下子嗣什么的……这些话刘嬷嬷在她耳旁念叨了不知道多少回，她早就不想听了。

凭什么让她去讨好谢明升，他这样的人根本不配。

胭脂见丁楼烟微蹙蛾眉，美目微透恨意时才开口道：“小姐可知我今日听到了些什么？”

这与刘嬷嬷不一样的开头倒让丁楼烟收起了些许不以为然，胭脂见状才慢条斯理继续道：“他们说丁府的大小姐不过是个好看的绣花枕头，中看不中用。”

丁楼烟乍闻此言，竟微微怔住了，片刻后猛地站起，美目瞪圆，一副怒急的模样，怒道：“你说清楚，是哪个嘴碎的敢在背后这般编派我？”

丁楼烟到底年纪轻又爱重脸面，半点激不得，她旁的或许不在意，但最在意旁人如何看她。

胭脂闻言连眼皮都未抬：“小姐是可以责罚他们，可管得住他们的口，却管不住他们心里如何想，谢家上下这么多人，小姐还能一一管过来不成？”

丁楼烟闻言失语，一时竟不知说什么好。

胭脂提醒道：“珠德儿会生下姑爷的第一个孩子，往后这妾室是一个一个儿地往屋里抬，这子嗣也是一个一个儿地往外蹦，可却没有一个是小姐的，您猜那些京都闺秀会说些什么？”胭脂微微一顿，面上带着几分调侃，“她们只会说名满京都的大才女又如何，还不是成了今日这般独守空闺的下场，连丈夫都管不住，也不过如此。”

“你大胆！”丁楼烟气急败坏，拿起案上的果盘狠狠掷到胭脂身上。

胭脂站着不动，任由果盘砸到自己身上，待盘子落地碎成了两截，颗颗饱满的果子四下滚落，胭脂才一撩起裙摆跪下请罪，平视前方，面色平静道：“奴婢不过是替小姐揣摩一番往后的日子罢了，小姐是可以每日弹琴作画不理世事，那多自在逍遥啊。可旁人不会这样想，你若是一直没有子嗣，在谢家就永远没有根，谢家人只会记住谁是谢家下一任家主的母亲，旁人在他们眼里算得了什么……长此以往，这个中苦楚可远不止奴婢说的这么简单。”

胭脂抬眼看向丁楼烟，眼里微微带着丝丝凌厉之意，微微蹙起眉头，低沉道：“您若想不受轻视不被欺凌，就该表现出该有的能力，有些东西不去争、不去抢，永远不会有人送到您面前。”

那日过后，丁楼烟便开始不再刻意排斥谢明升，她本就是个聪慧过人的，只是被意气蒙蔽了眼，再加上胭脂对谢明升的喜好性子了如指掌，有她在一旁时不时帮衬，丁楼烟轻轻松松就笼络住了谢明升的心。

珠德儿即便怀了身子，也不过沦为了个摆设。

珠德儿在争宠中落了下风，而谢清侧那头却是毫无动静，胭脂心中不由得有些七上八下，他若是有动静她倒也不用这般费心思防备，可偏偏就是这般不动声色，实在叫她疲惫不堪。

谢府的园子极多，少数偏僻园子除去府中长工每日打理，白日里都不会有人出现。

花木茂盛，偶有山石林立，园中花草已长到半人高，花上蝶舞，颇有几分肆意凌乱之美。

胭脂早起去了园子送信，往日这个时候谢揽都是站在最明显的位置等着，今日一过去倒是没瞧见人。

胭脂四处打量了眼，瞥见花间一片深色衣角，隐约有个人坐在那石椅上，若不细看根本无法察觉。

胭脂微挑了挑眉，这是要和她玩捉迷藏？

就这三脚猫的功夫，在她眼前都不够看的，当初在乱葬岗时，她最大的消遣之一就是逮那些喜好躲藏的鬼魅精魂来逗着玩，看他们被她吓得号哭而逃，就隐隐有一种难以言喻的满足感。

胭脂为此特地放缓了步伐，用花木做掩护，待到近了猛地跳到谢揽跟前，眉眼都笑弯了，声音却阴森森作弄道：“小揽！”

眼前鲜艳的花枝被胭脂的衣袖带到，花枝上娇嫩的花瓣微微散落，正上下不停摇晃着，胭脂隔着花枝看清了眼前的人。

是谢清侧……

胭脂微微发怔，面上的笑也慢慢淡了下来。

他的眉眼染上些许细碎的阳光，衬得眉眼越发耀眼夺目，这光缀在眉眼间稍减清冷凉薄，略添了几分温润如玉。他向后靠坐在花间，半点也没被她吓到的意思，只是不发一言地看着她。

谢清侧本就容色过人，如今乍见之下更添几分摄人心魄。

花瓣落得满地都是，谢清侧垂眼看了会儿，才抬眸淡淡地看她。

胭脂缓和了些略显僵硬的表情，微微笑着问道："二公子怎么亲自来了？"

谢清侧直起身伸手握住胭脂的手，将她拉到自己的跟前站着，他的指腹在胭脂微微发凉的手背轻轻摩挲，抬眼道："许久不曾见你，便来看看你。"他言辞动人，眼底里却隐藏着漠然，不过没人看得出来，因他一贯就是清清冷冷的做派。

胭脂见他看自己时似乎带了几分审视，忙别开眼做出一副女儿家羞怯模样，低声回道："奴婢也想公子能常来看我，这些日子没见着公子，奴婢……过得颇为难挨。"

谢清侧闻言轻挑眉梢，神色未明："是吗？"言辞间颇有几分微妙。

胭脂眼睫微颤，有些摸不透他的想法，又被他看得颇为不自在，便肯定道："自然是，奴婢怎么可能骗公子呢？"她心下有几分不安，莫不是自己在暗地里撮合丁楼烟和谢明升被他知晓了？

胭脂想了想又觉得不可能，珠德儿连丁楼烟的院子都踏不进来，是不可能知道这些的，那谢清侧就更不可能知道了。她暗道自己想太多，太过疑神疑鬼而累着自己。

谢清侧闻言轻轻眨了下眼，掩饰了眼中些许神情，越发叫人看不透他的想法。他看着胭脂，意味深长回道："你这般听话确实不会骗人，我自然相信你。"

胭脂闻言微微有些僵硬，她有些心虚起来，微微稳了下心思，又不动声色收回被他握着的手，从袖子里拿出信递过去，微微笑着道："公子，这是小姐给您的信。"

谢清侧接过信。胭脂忙又从怀里拿出一包糕点一并放在他的手上，轻快道："小姐做了桂花糕，让奴婢一道交给公子。"

谢清侧看了一眼手中的信与糕点，片刻后，忽道："我听府里的下人说，大哥也爱吃桂花糕……"他顿了顿，眉眼间竟透出了几分孩子气，眼里满是疑惑，低声不解道，“以往倒没听说他有这么个喜好，难不成要与我争食？”

胭脂从来没见过他这般天真孩子气的模样，如今乍然一见，心下莫名生出几分喜爱，甚至有心伸手摸摸他的头。

刚才的警惕也松懈下来，心都软了一块，她笑着肯定道：“放心吧，大公子可不爱吃这些甜糕，不会与你争抢的。”话音刚落，胭脂便微微僵住，暗道不好。

她不该说的。她是丁楼烟的丫鬟，丁楼烟既然无心谢明升，又怎么可能对谢明升的喜好如此了解？即便是知道也不该如此肯定。若是谢清侧听出了什么，从而疑心自己，那后果……

胭脂强迫自己稳住心思，莫要自己吓自己，可她的背脊已然有了些许湿意，她站在原地，不错眼地看着谢清侧。

谢清侧抬眼看向她，半点没有觉得什么不对，连一丝停顿都没有，眼里带着微微欢喜道：“那便再好不过，省得我还得与他争吃食。”他突然一顿，慢慢站起身，俯身靠近胭脂，语气温和道，“好胭脂，多亏了你替我送这些，你实在太能干了，往后我一定会好好待你。”

胭脂闻言暗暗松了口气，虚虚一笑以示回应，她已然没有力气去与他多说什么，明明只与他周旋一会儿却这般累人，实在有些力不从心。

待谢清侧从胭脂跟前走过，带的花枝上仅剩的少许花瓣也都落光了，只留下光秃秃的枝干。

胭脂看着花枝出了神，心中浮起几分疑虑，想要细细琢磨，却又因摸不着具体脉络而不得其解。

又平静过了几日，谢清侧那头还是风平浪静，胭脂暗道自己多疑了，就又放松了些许。

半夜里，胭脂才刚睡下，门外就传来轻轻的敲门声，不过敲了三下便停了下来，胭脂应声道：“谁？”外头却没有回应，敲门声也不再响起，她无缘由就生起一种诡异可怖之感，在寂静漆黑的屋子里显得越发瘆人。

然，这对胭脂来说实在不够她看的，她唯一气恼的是被扰了清净，让她不得好眠。

她费了些力气起来，深夜起来简直就是受罪，不过做丫鬟也做习惯了，起早贪黑的事情不曾少做，是以也没这么心不甘情不愿。

反正外头的人也不急，胭脂便慢条斯理地穿好衣服，才打着瞌睡将门打开。可是门外却空无一人，半夜的院子里越发显得阴森寂静，让人骨寒毛竖，仿佛刚才那敲门声不是人敲得一般。

胭脂连房门都懒得踏出去了，她双手抱臂，闲闲散散地靠在门上："大半夜就消停会儿吧，别在你祖宗面前班门弄斧。"

她等了片刻还是无人反应，便有些不耐烦起来，正打算关门去睡个回笼觉，回廊尽头就有了些响动。胭脂闻声看去，一片衣角消失在柱子后方，她微挑了挑眉，直起身踏出门槛往那头走去，待到了柱子后头，果然空无一人，而远处拱门那头有个人影闪过。

胭脂的眼弯起了一个弧度，离了乱葬岗这么久，还真没再碰到过这么个让她想要奋起直追的"鬼魂"了。

胭脂跟着影子，绕过几个小庭院，待到了一处大庭院，中间横着一条长长的回廊，将一处大院子分成两头，这分作两头既不会显得院子太大而空荡荡，又不会因为回廊之间视线不相通而显得窄小不大气。

那影子已经不见踪影，回廊那处的院子里立着一个人，一动不动，在这寂若无人的院子里更显毛骨悚然，若是寻常丫鬟，早被吓得手脚发软、捻神捻鬼了。

然而，胭脂是什么出身，她通常是让人毛骨悚然的那一个，这种场景对她来说实在太亲切了。

她走到回廊里，又往前几步，一膝半跪于廊凳上，微微俯身向那人看去，这才看清，是怀了身子的珠德儿。

胭脂当下只觉得莫名其妙，便冲她喊了一嗓子："哎，干啥呢，三更半夜不睡觉，给你闲得？"

这口音还是她跟谢府的一个小长工学来的，可以说是学得非常惟妙惟肖，这骤一开口，什么阴森恐怖的气氛都给破坏了个干干净净，半点不存。

珠德儿转头看向她，像是没料到会出现这种情况一般，有些呆愣在现场。

胭脂见她如此不由得费解，她抬起腿跨过廊凳，从回廊的台阶上轻轻一跃，玩儿似的跳了出来，看向珠德儿问道："刚才可有看见什么人？"她刚才追的速度可是极快的，所以绝对不可能是珠德儿，她怀了身子怎么可能跑得那么快？

珠德儿现下才反应过来，她眼里含了泪水拼命摇头，泪珠儿从眼眶里流了出来，那伤心欲绝的模样瞧着有几分癫狂。

胭脂一时无语。

她的问题有这么难回答？

胭脂站着耐着性子看了会儿，半晌后实在看不下去了。她这哭法简直太浮于表面，表情也太“唯美”些，一点也没有乱葬岗的那群鬼魅精魂哭得有派头。

想当初他们看青衣唱的那什么王什么姬时，哭得那叫一个面皮抽搐，浑身颤抖，那种悲愤欲死又深深压抑的感情，胭脂实在是想忘都忘不掉。

那场戏，胭脂记得最清楚的就是水，到处都是水……青衣在台上分饰二角，哭完男的哭女的，这台上的在哭，台下的也在哭，两厢对着哭了整整三天三夜，乱葬岗如同被大水淹了似的，有几只精魅的瓶瓶罐罐还被灌了眼泪，放在大太阳下晒了几天才算能住下……

有了这么些个惊心动魄且震撼的大场面刻在脑子里，眼前这个她实在没什么心思看，便转过身准备打道回府。

后头突然传来重物落地的声响，胭脂转头一看，珠德儿正摔在离她几步远的距离。

她怎么摔的？刚才还好好站着的，怎么突然就摔了，且还是平地摔？

珠德儿躺在地上捂着肚子，发出痛苦的呻吟声，颤颤巍巍向她伸出手：“胭脂……救……救我……求你……”

她身下已经见了血，胭脂顾不上疑虑，连忙上前握住她的手，细看她的情形。正打算开口喊人，却没想到珠德儿突然歇斯底里地尖叫起来，大喊道：“救命啊……快来人啊……救命！”

珠德儿的血流得越发多，浸湿了她的衣裙，带着胭脂的裙摆也染上了血迹，胭脂被她拽得身子前倾，她死死地拽住胭脂，像是要抓住她不让她走一般。

胭脂紧紧蹙起眉头，越发觉得不对劲……

她撑起身子，猛地甩开珠德儿的手，对她试探道：“我去给你叫人！”她站起身，果然珠德儿死死拽住了她的脚踝。胭脂低头看了一眼，眉头紧蹙，怀了身子且还倒在血泊里的人，她实在下不了手。

远处院子已经传来了声响，忽明忽暗的灯笼光芒正往这边来。

胭脂微微眯起眼看向珠德儿，片刻后，猛地俯身狠狠扯着珠德儿的头发，将她的头微微拽起，面上浮起一副古怪诡异的笑，以一种极为毛森骨立的尖厉语调，阴恻恻问道：“你信不信我把你的孩子从肚子里……弄出来？”

珠德儿闻言微怔，一下子忽略了身体上的痛，她看着胭脂，不由得瞳孔放大，不可置信地看着她。

一贯面善模样的人突然换了这副七分森然三分诡异的阴厉模样，再加上这么个气氛，珠德儿心中大骇，顿时只觉骨寒毛竖，微微颤抖起来。

珠德儿感觉胭脂的手如毒蛇一般凉凉地爬上她的肚子，下一刻就要动手……她突然不可抑制地惊恐尖叫起来，双手发了疯似的使劲乱甩，试图拨开胭脂的手。

胭脂当即脱身，退后几步离了珠德儿，迅速地观察了一遍四周，两处出口都有了微弱的光亮，她只能转头往不熟悉的方向跑。

她飞快地往另一处的拱门奔去，待到了拱门正要冲出去，却生生顿住了脚步，她的瞳孔微微放大，一下子怔在了当场，直看着静静站在黑暗中的那个人，全身僵硬。

拱门那头的人从黑暗处缓步走出来，月光散落在他身上，落在眉眼处熠熠生辉，衬得越发精致好看，轻易就能迷了人的心窍。只是他看人的神情太过凉薄，如同看一个死物般淡漠。

眼前的人一步步靠近，胭脂不由自主地一步步后退，另一头过来的人也到了，她停下了脚步，根本退无可退。

胭脂看着他，又听见后面的动静，突然觉得有些可笑，她堂堂乱葬岗出身的一介阴物，竟然做出养虺成蛇这种蠢事……

他停在胭脂几步之外，看神情淡淡，轻启薄唇，颇为漫不经心道："大胆刁奴，竟敢残害谢家子嗣……"

胭脂闻言猛地闭上了眼，心口微微一窒，这夜半凉风有些刺骨了……

天还未亮透，一片灰蒙蒙的蓝色，早间风中都透着刺骨的寒意。

院里一片寂静，谢家没有声张，只来了谢老太爷，现下正着急地站在屋外等消息。

婆子和小厮们站在胭脂身旁守着，一副严阵以待的模样，谢家少数几个知内情的下人纷纷站在回廊处观望。

胭脂跪在院子正中，暂时无人顾及她，不过等珠德儿的消息确定了，对她的责难就要开始了。

她低垂着眼，眼里一片漠然，心中却思绪万千，她的心口堵成了一团，便是千算万算也不会想到谢清侧会对她下手，且还是下了死手。因她潜意识里只觉得他是叶容之，又如何会真的害她，可……到底是她想多了……

她早该想到，她这般拦阻在他和丁楼烟之间，他这样的人怎么可能会没有察觉？

怪只怪她太过天真，对上他这般城府心思深重的人，若是只会被动防备，根本就是自寻死路!

这一遭，珠德儿的孩子无论保得住还是保不住，胭脂都难以脱身。

半晌后，屋里的大夫出来了，谢老太爷连忙拄着拐杖上前：“如何，可保住了？”

大夫摇了摇头，还未说话谢老太爷就一阵晕眩，扶着拐杖都站不住。所幸后头的下人眼疾手快纷纷上前，七手八脚地扶住了谢老太爷。

谢家人皆慌张不已，场中唯有胭脂与谢清侧不为所动。一个是外人过客，无意关切；一个是血脉至亲，眼含冷讽。

一阵忙乱过后，待谢老太爷回了屋，谢明升才想起来大动肝火，珠德儿的孩子没了，还害得祖父如此，谢明升额间的青筋不停跳动，心中怒火再也压制不住，他看向丁楼烟，目眦欲裂，指名道姓吼道：“丁楼烟，看看你做的好事！”

丁楼烟闻言极为震惊地看向谢明升，她何时受过这种冤枉，且这冤枉还是来自每日睡在身旁的人，又心痛又惊愕又觉不可置信，她看着谢明升，喃喃问道：“你什么意思？”

谢明升走到屋前台阶，指着胭脂，对着丁楼烟大发雷霆道：“这不是你的丫鬟？没有你的吩咐，她一个贱婢敢做这样的事？！”

丁楼烟看着谢明升，气得说不出话，她一个世家大族的千金闺秀，自幼养成的风仪早已刻在骨子里。她见谢家的下人皆看着她窃窃私语，强压着怒气愤愤不平道：“谢明升，你不能这么冤枉我。”

“冤枉？都让人逮个正着了，连珠德儿都说了是胭脂推的她，你还有什么好说的？”说完不等丁楼烟回答，谢明升就自顾自痛心疾首道，“丁楼烟啊丁楼烟，我真没有想到你会是这样的人，表面一套背后一套，真叫人看不起！”他实在太过失望，之前丁楼烟在他心中，说是天仙下凡也不为过，如今这般真是从天上掉落到了泥里，落差实在太大，他一时接受不了。

胭脂闻言，紧蹙眉头，今日种种已成死局，她再如何辩驳也不可能改变。这“看到”的人不是别人，是谢家的二公子，谁会相信谢二公子没事去陷害一个丫鬟？

谢明升和丁楼烟再争执下去也改变不了什么，徒伤了夫妻二人的感情，让谢清侧的局更加圆满些罢了。

胭脂说什么都没用，她承认是错，不承认也是错，这已经是板上钉钉逃不了的了，只是不能再让他们的隔阂更大，那会更加如了谢清侧的意。

谢明升先入为主，胭脂无论怎么替丁楼烟辩解他都不会相信，就算说这件事是自己一人做的，他也不会相信。

胭脂不由得暗叹了口气，见丁楼烟正要再说，她连忙出声截了他们二人的争吵，装出一副憋屈至极又气急败坏的恼怒模样，歇斯底里地吼道："是她珠德儿欺人太甚！她凭什么让奴婢舔她的脚趾！她算个什么玩意儿啊！她也配！我呸！"

闻言，在场众人皆是一愣。

胭脂趁他们没反应过来，又低声委屈道："奴婢自幼在丁府长大，哪里受过这样的羞辱，实在受不了了才与她争执几句，奴婢是真的不知她如何摔的！"

场面实在太尴尬，尤其是谢明升，他这雷霆之怒还未收起，就莫名其妙地卡在半道，这下是发出来不对，不发出来也不对。

气氛一时有些凝固，连耳畔吹来的风声都越发清晰起来。

出声打破寂静的是谢揽，他站出来一脸气恼地质疑道："你的意思是我们冤枉你了，我和公子可都是亲眼看见的，你明明就推了珠德儿，休要狡辩！"

胭脂闻言狠狠一蹙眉，没想到谢揽会跳出来。

他一副天真烂漫的单纯模样倒是真骗到了她，只是她早该想到，谢清侧身边的人会简单到哪里去！

她眼里谢揽是天真烂漫的，旁人眼里自然也是如此，因此他说的话谁会怀疑，再加之谢清侧一副霁月清风的方正君子模样，胭脂就是能把死人说活也比不过这两个人的只言片语来得更有说服力。

胭脂想了想，正要说话，谢清侧却直接开口截了她的话头，淡淡道："谢家容不下心思狡诈之人，这件事若是不严加惩治，日后不知这个家会被带成什么风气。"

胭脂心中既酸涩又懊悔，是她太掉以轻心了，她把谢清侧当作叶容之来看待，如今成了这番局面，其实全都怪她自己。

谢明升闻言看向胭脂，眼神严厉，沉声问道："你还有何话说？"

胭脂低垂着眼不发一言，事已至此，她说得再多也没有用，又何必多言。

可这在谢明升眼里可就成了默认恶行，还顽固不化、不知悔改。

谢明升怒不可遏，上前就往胭脂心窝上狠狠踹了一脚，众目睽睽之下，胭脂只能硬生生受了。

只是这一脚太过狠厉，谢明升是男子，力道本就不容小觑，且又是盛怒之下，胭脂根本受不住力。她直直地往后倒去，心口疼得直抽搐，险些一下子厥过去，喉间忽觉腥甜，一阵猛烈的咳嗽后嘴角溢出了血。

胭脂喘着气，手撑着地半支起身子，神情淡漠地看向谢清侧。

谢清侧站在梧桐树下不动声色地看着她，还是眉眼如画的好模样，他那波澜不惊、淡淡看着她的神情，连胭脂都差点相信，自己就是那个居心叵测的人呢。

许是踹了这么一脚，发泄了谢明升心中的些许怒火，谢明升垂眼看着胭脂，开口吩咐道："杖责四十，让谢家的人看看这犯错的后果，以后谁敢再犯，下场与之一样。"

杖责此刑全看施刑人手法，上位人若是不想要人命，百来杖内也不过是受了点皮肉伤，但若是想要你的性命，几杖便可将人打死。

现下谢明升这般，分明就是要人打足四十板子，好将胭脂活活磨死。

丁楼烟自然也听出来了，谢明升此举分明就是打她的脸，这事若是传出去，她的脸面往哪里摆，且胭脂又是个合她心意的，她如何能袖手旁观，便道："谢明升，这是我的丫鬟，该如何处置应该问过我，你若是敢……"

谢明升本就在气头上，听得如此让他下不来台的话，更加恼怒，不待丁楼烟说完便怒气冲冲道："你看我敢不敢！"

丁楼烟怒道："这是我丁府的人，你若是敢动，我绝对不会善罢甘休！"

气氛一时间剑拔弩张，胭脂垂着眼睫不知在想什么。

谢清侧等到时机差不多了，才开口劝道："嫂嫂宅心仁厚可以理解，可这一遭已经害了嫂嫂一回，再留这样的人在身边岂不危险。"谢清侧顿了一顿，看向胭脂，轻描淡写道，"嫂嫂身边的人，应该有为人最起码的正直良善，连这些都办不到，留着还有何用？"

正直良善……胭脂一听便微微发怔，心口也慢慢发闷起来，这可真是天道好轮回，当初她对叶容之说的话今日又回到她身上了……这是不是她当初那样对他的报应呢？

胭脂一时心中复杂，她既愧疚于当年之事，又失望于他这般为人，这两种情绪交织在一起竟叫她心中苦涩起来，完全不知该拿他怎么办。

她抬头对上谢清侧淡漠的眼，眼里说不出的嘲弄。

谢清侧见她如此，看着她的眼神也越发淡漠，眼底隐隐透出几分肃杀之意。

丁楼烟一听他这般说还能说什么，哪一句话不是全心全意为她着想，总不能驳了人家的好意。

谢明升看了眼谢清侧，又转向院中站着的下人，喝道："还不动手！"

一旁的婆子连忙上前拽住胭脂的手肘，将她整个人提起，面朝下往地上一按。婆子是干惯粗活的，那手劲可不是一般的重，她被狠狠地按在地上，胸口被压得透不过气来。

片刻后，那板子就狠狠打在了胭脂的臀上，胭脂疼得险些一口气没接上来，那种牵连全身的疼，连骨头都是钻心的疼！

这力道太刁钻，实在叫她承受不起，这般打完四十板子也不死的话，地府指不定给她颁个皮毛厚实奖。

胭脂正想着，后头又落几板子，她疼得直抽冷气，一时间汗如雨下，她的手紧紧握成拳，连指节都泛起了青白，不行……这般打下去不死也得半残，若是这样下了地府，她是真的没脸见鬼了，好好的一只阴物被凡人用板子拍下了地府，传到乱葬岗可是要给笑上个百八十年的。

胭脂等不及缓过劲来，忙抬头喘着气，用微弱的声音断断续续对谢明升说道："大公子，奴婢有话……与您说。"

她本就年纪不大，如今这副发丝凌乱、大汗淋漓，一副弱质女流的柔弱模样，实在叫人狠不下心肠。

谢明升软了心肠，又疑惑于她要说什么，便叫停了动手的人，但还是语气不大好地问道："你还有何话说？"

胭脂面上的汗一滴滴落在地上，发丝凌乱地贴着脸颊，显得越发苍白可怜。

她虚弱地看向他，想撑起身子却无力倒下，开口说话的声音极轻，若是不靠近听根本不知她在说什么。

谢明升微敛眉头，想也没想就上前几步，站定在胭脂前头蹲下身子，想听她究竟要说什么。

胭脂一见他蹲下，眼里闪过一丝凌厉，她猛地伸出手抓住谢明升的衣领将他用力拽下，靠近他耳旁狠厉道："谢明升，这两年多以来是我一直暗中偏帮你，若是我死了，你不要想再有第二个人能这样帮你！"

谢明升闻言瞳孔慢慢放大，片刻后，他猛地侧头看向胭脂，不可置信道："是你！"

没人听见他们说什么，谢清侧在树下看见谢明升这副模样，就知又有了变数。他微微眯起眼，冷清的眉眼暗藏几分噬人的狠戾，面上却是半点不显，俨然一副方正君子的模样，浅浅道："大哥，时辰不早了，还是早些处理好，过会儿还得去回祖父，好叫他老人家安了心。"

谢明升看向谢清侧，又见众人一副疑惑之意，当下真是两难起来。

他若是对胭脂不责不罚，祖父那里难免会疑心他的能力，下人中该立的威信也荡然无存。可若是对付胭脂，她又是一直在暗中帮他的那个人，两年多以来若是没有胭脂，他只怕要活活被旁人算计而死。

他一点也不怀疑胭脂骗他，因为这件事他谁都没有说过。

胭脂眼眸微暗，看向谢清侧，正对上他的眼。她略一咬牙，飞快地在谢明升耳旁说道："让他们打吧，不死不残便好。"才松开了谢明升的衣领。

谢明升看向她，默然片刻，刚才他们还是水火不容，这一下就成了盟友，一时有些适应不了二人之间的关系，又想到她这般帮自己，又为打不打而为难起来。半晌后，他略微一沉吟，到底还是照着她说的做了，他起身吩咐道："打足了四十大板便拖下去养着吧。"

谢清侧闻言不再开口，只拿眼淡淡地看着胭脂，谢揽在一旁瞧着都不禁为胭脂捏了把汗，这人若是简简单单死了倒还好，若是惹了自家公子不如意，只怕后面的苦头更吃不消。

谢家的下人哪个不是人精，一听便知主人的意思，自然不会要了胭脂的性命。

饶是如此，胭脂仍然吃了大苦头，但这与当初被宁王那般活活耗死相比，还是能熬过去的。

那场杖责之后，胭脂卧床养了许久的伤才能起身。丁楼烟却因为这件事，对她与谢明升起了疑心，挑了别的丫鬟在身旁侍奉，胭脂则只能做个粗使丫鬟，当然这其中少不了谢清侧在里头引线。

而谢明升，自从胭脂坦白了自己一直在暗中如何帮衬他后，他倒是自动把珠德儿这事揭过。他既然不加以深究，胭脂也乐得不解释。

只是她这一次输得太彻底，不仅添了一身伤，还失去了丁楼烟的信任。本来她在丁楼烟身边可以时时防着他二人相见，现下却有些难了，不过好在有谢明升在，他这些日子都不曾外出，一则是为了准备秋闱，二则是为了安抚珠德儿。

她其实一直想不通，谢清侧为什么能说通珠德儿用自己的骨肉去害她，直到谢明升给珠德儿抬了妾室，胭脂才恍然大悟。

用一个孩子换来个妾室之位，既不用被赶到乡下自生自灭，又有谢明升在旁安抚怜惜，以后还怕没有子嗣？

胭脂想到此心下一寒，一个未出世的孩子他都能用来害人，若是自己真的被打死了，那不就是一下害了两条命？

可他竟还一副事不关己的模样，胭脂不由得心口发闷，这孽障这一世的良心毫无例外又是被狗叼走了……

她端着手中浣洗好的衣物，走在回廊里，屋檐上方的半片天空乌云密布，闷雷阵阵，回廊间的风荡得极大，毫无障碍地在回廊中穿梭着，颇有“山雨欲来风满楼”的架势。

胭脂整个人被风吹着往前走，待看到了回廊尽头慢慢走过来的那个人，她慢慢顿住了脚步，不发一言地看着他。他如墨的衣摆随风扬起，乌黑的头发难得没有束冠而只用发带绑起，狂风荡过时刮得发带上下飞起，世家风度却是半分不减，如同真正的名士雅君子一般。

胭脂看着他慢慢走来，站在了几步外淡淡地看着自己，这是他们撕破脸后的第一次见面。她垂眼微微欠身道：“奴婢请公子安。”

谢清侧看着她不发一言，半晌才意味深长道：“胭脂，往后可要好自为之。”

胭脂闻言睫毛微颤，她轻抬眼睫看向他，见他眼里早已不是平时那样清清冷冷的谪仙模样，那眉眼都染上了丝丝戾气。屋檐外头的一声惊雷过后，落下了倾盆大雨，砸落在屋檐上，发出重重水溅落瓦片声。

风在二人之间荡过，衬得二人衣摆飞扬，胭脂闻言慢慢蹙起眉心，心中莫名地苦涩起来，终究……还是成了敌手。

谢清侧继续抬步往前走去，胭脂看着他从身侧走过，心下无可奈何起来，与他这样的人为敌，她便不能再如之前那样只被动防备，否则便是自寻死路。

可她一想起叶容之就难受得不行，想起他这一世还有那样的结局而她却管不了了，她又恨起他这么个性子，越发愤恨起他的所作所为。她难掩心中情绪，在谢清侧走过几步远后，冷然道：“既然如此，奴婢也送公子一句话……”

谢清侧闻言脚步一顿，微挑眉梢，转身看向她。

胭脂也看向他，眼里带着几分悲天悯人，如同一个局外人般说道：“多行不义必自毙，公子若是不想自食恶果，还是多加收敛为好，免得……将来遭了恶报。”

正午的天色竟黑沉得如同夜幕，外头倾盆大雨，回廊狂风呼啸，万物无一不受摧残之苦。

谢清侧看着胭脂，不发一言，半晌后，一贯冷冷清清的眉眼竟染了丝丝笑意，磅礴的雨声中，他的声音清晰地传到胭脂耳里，连他话里的嘲讽都一丝不落地听进她心里。

他说："还能有什么恶报，这般就已然是恶报了！"

生于世家最阴暗的角落，或许根本没有人想过，他过的……是怎样可笑的人生！

玖

如初

那日回廊别后，胭脂就没再见过谢清侧，而他这些时日倒也没再起什么波澜，想来也是在为即将到来的秋闱做准备。

其实他没必要这般用心准备，平白费功夫罢了，按那命簿里所写的，他这一遭连榜都没上，与谢明升相比实在输得太难看，倒还不如不考，免得叫谢家人越发觉得他没什么用。

不过这倒让胭脂轻松了一些，他被旁的事吸引了注意力，也能让她休养些生息，这往后还不知要怎么着呢……

秋雨缠绵而落，凉风萧瑟而来。

秋闱之后布了榜，谢家上下一片死寂，无人敢多言一句是非，可其实私底下早已如沸水掀开了锅一般，那话头是压都压不住。

不只谢家，京都之内也是闲言碎语极多，那唾沫星子凑起来都能淹了谢家。

谢明升榜上有名，不过却是第二……原道这第二也是个好名头，这么多人中能考上都已是不易，更何况还考到了第二名。

不过人心永远只会记得第一，只会去记得最好的是谁，第一后头的，一般不会有人过多在意。

只是谢明升这次运气着实不好，那个第一太出乎人的意料了，且这人还与谢明升有着不浅的关系，他们同出一族，是血脉相亲，这个人……是他的堂弟谢清侧。

胭脂知道后也是反反复复确认了好几次才信，竟真是谢清侧而非谢明升，这实在让她始料未及。

这在谢家长辈中也掀起了轩然大波，谢老太爷还亲自去找了门路，看了两个孙子写的文章，两厢一对比，连谢老太爷都不得不承认谢清侧写得极好，不由得对谢清侧微微改观，但他心中还是偏疼谢明升多些，甚至于想的是，若是这样的才学给了谢明升该多好……

谢家人更是因为谢明升情绪不佳，连宴都没摆，生怕他因为谢清侧更加难过，他们甚至于埋怨谢清侧去考科举做什么，他中了解元能有什么用！

若是他没去，谢明升就是第一了，哪用得着这般被外人议论，还受这般大的委屈。

谢老太爷担心谢明升为此郁结于心，还再三嘱咐谢清侧往后多待在院里，越少出来走动越好，免得谢明升看到心里头不舒服……

这真不知是个什么道理，这人心若是想要偏，那可真是比利剑还伤人，你便是努力做得再好，也未必得到人家一句好！

胭脂不由得想起那日回廊里他说的那句话，心中莫名酸涩难受起来，这都是什么血脉至亲，这般所为实在太不像话，这遭若是谢明升中了解元，谢家人还会如此？

胭脂心中暗讽，若是换成谢明升，谢家人只怕是鞭炮放之不及，逢人就得夸上天的做派！

胭脂如今对谢清侧的感觉实在是理不清楚，她一会儿因为他遭遇种种不平而愤慨难过，一会儿又为他德行有亏而不齿失望，实在矛盾复杂至极……

现下又加了谢明升进来，她的心绪就更加乱了。

她坐在谢明升的书房里，看着面前人不人鬼不鬼的谢明升，只觉头痛欲裂。她既为谢清侧中了解元而开心，又为谢明升失了榜首而忧心，这手心手背都是肉，叫她一时不知该如何是好。

谢清侧这回得了头名，想来是给了谢明升脑子粉碎性的一击，胭脂有点担心地看着他的脑袋，本来就没上一世那般听话，现下若是脑子还……

那或许都不用谢清侧动手了，她哪天若是想不开了，指不定就与谢明升同归于尽了事……

谢明升看着胭脂一副恍恍惚惚如在梦中的模样，半晌后，喃喃自语道："真没想到，我……竟然就这么输给了他，这怎么可能……怎么可能！"

谢明升突然伸手遮住了自己的双眼，片刻后，泪水还是从他的指缝中溢了出来。他死死压抑着不让自己哭出声，做凄楚状说道：“不可能的……为什么……换谁都可以，为何偏偏是他！”

他已经快要受不了了，他人前装得没什么所谓，但心里是真的难受，他才学一向数一数二，谢清侧的文章怎么可能比他的好！

胭脂正要开口劝一劝，谢明升突然又如弹簧般站起来直扑到书案前，双手颤抖地拿出几本书翻开来，瞪着书喃喃道：“我一定不能再输……我一定不能……”到最后竟是越发崩溃吼叫起来，整个人看着都有些癫狂，“我要看，我得每日看，我得不眠不休地看……我看……看看看……”

这样下去，她早晚会给逼疯！不是被谢清侧，就是被谢明升！

胭脂在心中直骂了三条街才慢慢平静下来，看着谢明升在书案那处的癫狂模样，陷入了沉思。

谢清侧秋闱夺了头名，是她着实想不到的，这已然是动了命簿至关重要的地方。接下来的春闱不可再让他领先，若是让他赢了谢明升，得了天子的青眼，往后成了谢家的下一任家主，以他这样的为人，后果不堪设想。

先不说旁的，谢明升往后的日子不知会多难挨，以谢清侧的性子一定想尽办法地踩谢明升的痛脚，将自己受的苦头百倍千倍地还回去。且他又觊觎自己的嫂嫂，说不定还会做出惊世骇俗的不伦之举，到时自己不但拦不住，说不定还得被他顺手就捏死了。

胭脂不由得给自己的设想惊到，然她心中却不得不肯定，若是让谢清侧在天子面前露了脸，那往后她所想到的必然是板上钉钉的事儿了。

胭脂略一沉吟，便站起身去门外看了眼，确认无人之后才关上门，转身走到谢明升的书案前，看他略微平静了些，但还是一脸怅然若失的模样，她便伸手去拿他手中的书，却不想他像是得了癔症一般死死捏着书，胭脂使了力也拽不出来。

胭脂微微挑起眉梢，抬眼看向谢明升不动声色地缓缓说道：“谢明升，秋闱不行还有春闱，你如今这般受不了半点打击，实在太叫人失望了。”

谢明升这倒是听进去了，他死死捏着手中的书，看向胭脂，勃然大怒道：“你懂什么！他谢清侧能在秋闱赢了这么多人中了解元，难保不会在春闱……”

“不会。”胭脂直截了当地开口截了他的话。

谢明升见她这般不以为然的模样，便以为她看不起自己输给了一向才智平庸的谢清侧，心中越发羞恼起来。

他堂堂谢家嫡长公子，竟然被一个小丫鬟这般瞧不起，想来是他对她太过宽厚，才让她以为帮衬了自己几次，就能在自己这里不知尊卑不懂规矩。

他想到此，不由得板起脸呵斥道："你这般说话也未免太过托大，科举之事哪里是你一个小小丫鬟能随意置喙的，简直不知轻重！自去领十板子，往后若还敢如此不知轻重，可就没那么简单了。"

胭脂默然不语，谢明升见她如此，便以为她知晓了其中利害，也对自身的浅薄有自知之明，正要开口再说几句缓和缓和时，却被胭脂随手丢来的书当面砸了个正着。

书从自己面上滑下，砸落在书案上，谢明升怔在了当场，直看着眼前冷眼看他的小丫鬟，一时没反应过来。

谢明升从小到大何时受过这样的对待，回过神来当即就气得暴跳如雷，刚想跳起来掀了屋顶来怒骂。

胭脂抬眼睨着他，言辞间带着几分长辈的严厉："春闱的试题我自会给你，若是这般你还夺不得会元，便不用再来找我了。"

谢明升闻言瞳孔微微放大，春闱的试题都还没出，她竟然说……要给他试题！

谢明升飞快地在脑子里回想往日种种，她确实好像都是提前知晓会发生什么事，然后再在暗处帮他……

这么说来，她说的……都是真的？！她竟然有这般大的本事，竟……竟可以知晓后事！

谢明升心中大骇，不敢置信地看向胭脂，指着她的手都微微抖起来："你……你究竟是何人？！"

胭脂见他这般，暗暗担心这般怕是刺激太过了，若是真将谢明升弄疯了，受累的还不是自己？便默默换了副卑微怯懦的神情，又带上几分讨好的笑，轻声细语道："大公子说什么玩笑话儿呢，奴婢是谢府的粗使丫鬟胭脂呀。"

谢明升真的觉得自己快要被逼疯了，不是被那个堂弟谢清侧，就是被这个奴婢胭脂！

谢府的园子错落有致，着眼望去皆美轮美奂，园中只落一亭。视线开阔，满园鸟语花香关都关不住。

丁楼烟倚在美人靠上出神，亭外立着两个贴身丫鬟随时伺候着。

只这满园的好景色丁楼烟却无意欣赏，昨日里又有个丫鬟爬床，若不是刘嬷嬷在，只怕就成了……

她让那丫鬟跪在院子里一天，后头责了二十板子便放过了，可没想谢明升知道了后，竟还责备她太过苛责下人，道她为了这桩小事就这般作践人，太过不大气云云。

那照他这么说，她还得为那些个爬床的丫鬟准备好华服金屋，将她们供起来不成？

她一想到此，这心中委屈怨恼就一发不可收拾地涌上来，谢明升真的太让她失望，她的心都快凉透了……

他这样的人，本极招女儿家喜爱，没想到他还是个拎不清的，如今已经有了一个珠德儿，这往后还有数不清的珠德儿，她真的是心力交瘁，对他又恨上了三分。

又想到他这次秋闱竟然输给了谢清侧，她心中就越发说不出的难堪，她挑来挑去竟挑了这么个绣花枕头！

正想着却见谢清侧从远处拱门进来，墨衣白玉簪，还是一派清风霁月的好模样。

他皮相生得太好，轻易就能迷惑了人心，抬眼看向丁楼烟时，眉眼竟微微染了些许笑意，叫丁楼烟一时看怔了去。

待她回过神来，谢清侧已一路分花拂柳而来，到了这处只站在亭外看她，丁楼烟心下酸涩难堪至极。

她酸涩的是自己选错了夫君，错过了眼前这么个君子，又难堪于自己已为人妻，竟在心中觊觎夫君的堂弟。

她连忙起身打算避开，却听眼前的人温和道："何必避我，你心中既然苦闷，也该与我说说，或可排解一二。"

这一番言辞可谓是说到了丁楼烟的心中，她与谢明升的关系越发疏离，他在自己这个妻子面前都不及在珠德儿面前来得自在，这叫她心中怎么不愁苦。

她这么骄傲的一个人，竟然拿不住自己的夫君，还输给了珠德儿这么个通房丫头，这叫她心中怎么可能不愤恨？

谢清侧是什么人，丁楼烟的心思于他来说太好猜，一出口就拦住了丁楼烟要走的脚，彼时胭脂若是在，还能想些办法与他周旋周旋，现下却是一点办法也没有了。

谢清侧缓步进了亭子在石案前坐下，抬眼不动声色地看着丁楼烟，眉眼上染的凉薄褪尽，给人一种积雪化去，春回大地之感。

丁楼烟终究是舍不得被这般出挑的人爱着的感觉，她在谢明升那里吃了太多苦头，谢明升爱她也爱别人，他的爱太多了半点不值得，不像谢清侧从来只看着她一个人。

丁楼烟提裙坐下，举止大方得体，大家闺秀做派叫人看着颇为赏心悦目。

谢清侧看了半晌才伸手端起茶壶垂眼沏茶，好看的眉眼微微弯起，略带几分调侃道："你与信中倒是判若两人。"

丁楼烟不明所以，疑惑道："什么信？"这么简简单单的一句问话，竟叫和煦轻松的气氛一下子凝固到了极点，茶水落杯的悦耳水声停了下来。

谢清侧抬眼看向她，眼里神色莫测。

丁楼烟见他这般直勾勾地看着自己，羞怯之余又想起了谢明升，不能再如此下去，她丢不起那个脸，丁府更丢不起……

丁楼烟看向园外的花，启唇道："其实我很后悔当初选了你堂哥，我……本心慕于你，只是你爹娘……我没有办法，我真的没有办法，是我对不住……"

谢清侧神色莫测地放下茶壶看着她，不动声色截了丁楼烟的话，试探道："我爹娘如何？"

丁楼烟知自己太过直白，可不这样说又怎么能断了他的念头，他们二人早就没有了可能，她看向他："你爹爹那样的人，京都谁不知晓，况且你娘亲……"丁楼烟像是说不下去了，微微哽咽道，"清侧，千错万错都是我对不住你，你往后会遇到更心悦的人，那个人一定比我好千倍百倍。"

谢清侧垂下眼睫不发一言，神情越发晦暗起来。

丁楼烟感觉气氛突然压抑起来，总觉得眼前的人哪里不对，他整个人都好像被死死压着，随时都会爆发出可怕的情绪一般，可仔细瞧却瞧不出什么端倪。

周遭一片寂静，日头正盛，白日里却给人一种诡异寂静之感。

半晌，谢清侧伸手拿起案上摆着的芙蓉糕，手指修长白皙，指节分明，光看这手便是赏心悦目，衬得芙蓉糕越发可口。

谢清侧拿起芙蓉糕举到眼前，冷清的眉眼含着一丝不易察觉的戾气，他微微眯起眼淡道："听说嫂嫂下面的丫鬟做桂花糕很是可口，不知可否替清侧再做一二？"

丁楼烟见他叫自己嫂嫂，便以为他已然听进了自己的话，心中突然一片凄楚，又矛盾得不甘心，她说不出滋味但总觉得难受至极。

但还是想了想他说的桂花糕，她知道他说的是胭脂，她旁的不会做，就只会一道桂花糕，她也是尝过的，做得确实不错。

只是不知谢清侧何处听来，不过他喜欢自然是要给的，便道：“你说的是胭脂吧，她做的桂花糕确实好吃，改日我让她做好了给你送去。”

谢清侧垂下眼，随手将手中的芙蓉糕扔回桌案上，半晌后，才轻启薄唇淡淡吐了一个字：“好。”里头的情绪淡得听不出来，只隐隐藏在里头叫人越发不安。

园子口的拱门处跑来了一个人，身穿黛蓝色丫鬟布裙，衬得容色白皙，乌黑的发间头戴着木簪，简单却不失灵动，那眉眼间不是墨守成规的卑微拘谨，反而透着几分反骨自在。

谢清侧抬眼看去，神情淡漠到了极点。

胭脂看到亭子中的情形，微蹙眉头，谢清侧这“魔星”怎么三天两头就给她找事，胭脂真的快被折腾疯了。

她这些时日已经接近于疯癫边缘，他最近有了空闲又开始害她，她一边要想法子对付他，一边还要应付丁楼烟时不时挑她错脚。谢明升那头还在因为秋闱失利一事动不动抑郁发癫……且她还是个丫鬟，一天到晚做不完的琐事，她的头发已经不知白了多少根了……

她快步走近，对亭子里的两个人请安道：“奴婢请少奶奶，二公子安。”

丁楼烟看见胭脂，冷了张俏脸，问道：“何事？”

胭脂低垂着头恭敬道：“姑爷回正院里来了，让奴婢来找您。”胭脂抬起头看向丁楼烟，却看见谢清侧坐在那里淡淡看着她，那眼神太过莫测她根本看不懂，胭脂连忙垂下眼看向地面。

丁楼烟想了想还是起身向谢清侧告辞，她的目光在谢清侧的脸上流连几番才收回去，出了亭子头也没回就往园子外去。

胭脂站直身，抬眸看了眼谢清侧，发现他好像自始至终都盯着自己在看，那眼神太过危险，叫胭脂有些发怔起来。胭脂心下疑惑，想了想还是先走为妙，后退几步打算转身离开，却听他忽然唤道：“胭脂。”她不由得停下脚步，抬眼看他。

他站起身从亭子里走出来，沿着台阶一步步踏下，站定在最后一节台阶上。胭脂微微弯腰低头，一副奴婢静等吩咐的做派。半晌却不见他说话，胭脂瞥见他的墨色衣角及腰间缀着的白玉，上头雕的是岁寒三友中的竹子，寓君子高风亮节之意，玉身如浸着水一般带着温润光泽，透着雅然灵气。

胭脂收回视线，轻抬眼睫看向他，恭敬问道：“公子有何吩咐？”

谢清侧闻言，眼神愈发淡漠，默了片刻，嘴角忽然弯起一个好看的弧度，微微弯起的眼却没有半分笑意，似笑非笑的模样让清冷的眉眼都染上了一丝诡异，他的语气轻忽又带着几分意味深长道：“你很好。”尾音轻轻落下，若不细听，根本听不出里头带着几分说不清道不明的意味。

胭脂微微一怔，有些不寒而栗，她慢慢垂下头，眼也微微眯起，暗道这次要是给他咬住，只怕连骨头都没得剩……

自从胭脂将春闱的试题给了谢明升以后，他就一直在相信和怀疑之间左右徘徊，但胭脂写给他的试题，实在太像那么回事儿了！他也顾不了那么多，只能死马当成活马医，将所有功夫都花在了这上头。

只是他每每看见胭脂便神情复杂，若有所思，要在心里琢磨一番她究竟是个什么来头。

他是不信胭脂说的那番鬼话的，那日问她，她竟然还神秘兮兮地说，他爹是东海龙王，她此番是来帮他渡劫的……

这不有病吗，他要是连这都信了，还不得叫人笑掉大牙！

谢明升每每都这般若有所思地看着胭脂，难免会叫人想多了，谢府的下人又不是瞎的，尤其对这种事情极为敏锐，加之先头珠德儿的事不了了之，这更让人觉得他们二人之间有猫腻。

没多久，府里就传开了，都道大公子瞧上了少奶奶身边的丫鬟胭脂，只可惜碍于少奶奶求而不得，但是过不了多久就要纳了当个通房丫头，日后势头只怕珠德儿都赶不上一二。

风一吹草便动，这流言蜚语到了丁楼烟的耳朵里。她本就觉得谢明升对胭脂有所不同，再加个刘嬷嬷在一旁瞎指点迷津，胭脂可以说是越发一个头两个大了。

这天日头正好，胭脂正在院子里扫地，抬头便看着丁楼烟坐在屋里的窗边不发一言地盯着她看。

胭脂心想：刘嬷嬷这又是在她耳边扇了什么风，还能不能消停会儿了！

她现下在谢府日子越发难挨，丁楼烟、刘嬷嬷什么的都是小菜一碟，那使的招数无非是挑刺责骂罢了，最多也就是罚跪，旁的有谢明升在，她们倒也不好下手，在胭脂这儿虽然招烦了些，但也不痛不痒，只那珠德儿真的是……

那晚胭脂好像把她吓得不轻，平常都好好的，只见了胭脂就神神道道起来，后头便愈演愈烈……

胭脂扫地时能看见她举着把道士剑，从草丛里窜出来凶神恶煞地乱劈；

胭脂洗衣服时她拿着符咒，从树上跳下来凶神恶煞地乱贴；

胭脂刚从澡堂洗漱好，她端着盆黑狗血，从窗户跳进来凶神恶煞地乱泼……

总之胭脂所到之处，珠德儿都能从各种犄角旮旯里凶神恶煞地窜出来，如影随形无处不在……

胭脂根本拿她没办法，她已经不止一次跟谢明升提过这个困扰，可他每每一听就道：“胭脂你就忍一忍吧，她刚没了孩子，难得有个事儿能让她琢磨琢磨也是好的，若是成日里憋着，难免憋出个好歹，你说是不是……”

说着说着又说到自己身上，什么头一个儿子没了，秋闱又败给了自己的堂弟，楼烟总不拿正眼瞧他，前日写的文章哪儿又不好了，昨日的月亮又不够圆等等。

胭脂一时无语。

她还能说什么，她不过是提了一句，谢明升就搁那儿叨叨大半日，还叫丁楼烟给瞧见了，后头又是一阵闹腾，叫她好是心累。

正想着，谢明升便从外头进来了，看了眼胭脂便目不斜视地往里去，胭脂瞧了还算满意，总算是没再琢磨她是个什么来头了，便微欠了身自顾自地扫地。

殊不知他们二人的行为，在旁人眼里看来更是藏了猫腻，丁楼烟心中已经认定了，便怎么看都觉得二人不妥。

待胭脂将外院的地扫完了再进来时，刘嬷嬷站在屋前头狠狠瞪了她一眼，又将她叫进了屋里，屋里头想来是又闹腾了一阵，谢明升和丁楼烟端坐在桌案两头，气氛十分压抑。

待胭脂进来请了安，丁楼烟便开口：“我知道你的心思，你伺候了我这么多年，总不能亏待了你。”丁楼烟顿了顿，故作大方道，“你准备准备吧，今晚就将你给了姑爷，你可要好生伺候着，要是有什么闪失定不轻饶。”

胭脂瞪圆了眼，望着丁楼烟说不出话来，随后，她又看了看谢明升，他正面无表情地坐在那处，也不理会胭脂。

他们两个这是嫌她还没疯，所以特地给她加点料儿来调剂调剂？

谢明升见胭脂久久不回答，还一副吞了苍蝇的恶心模样，便怒道：“怎么，你还不乐意？”

丁楼烟一见便觉得二人在做戏给她看，冷笑道：“别在我眼前演了，你们私下里不知有多少回了吧？”

谢明升闻言不可置信地看向丁楼烟：“你一个名门闺秀，怎么说得出这种污糟话？丁楼烟，你……实在太让我失望！”

丁楼烟当即就站了起来，怒道：“对我失望，谢明升你扪心自问你对得起我吗，你能做污糟事，我还不能说了吗！”

谢明升当即怒不可遏，一拍桌子怒吼道：“你说清楚，我做什么了！”

刘嬷嬷在一旁急得直跳脚，劝这个劝那个都没用，直气得来拧胭脂腰间的细肉了，边拧还边咒骂道：“叫你勾引姑爷，不知轻重的玩意儿！”

胭脂有些崩溃。

苍天啊！大地啊！她这一世究竟造了什么孽，真是要疯癫了，这一个两个的是想活活把她逼死不成？！

这头正闹得不可开交，外头跑来一个丫鬟禀道，谢清侧的小厮谢揽在外院候着。

屋里才一下子安静下来，谢明升叫人让谢揽进来。

谢揽进来作揖请安后，对着丁楼烟道：“前些日子，大少奶奶答应要给我家主子送的桂花糕，可否今日托胭脂送去？”谢揽看了眼跪着的胭脂，顿了顿道，“我家主子特意请了厨娘向胭脂学这门秘方儿，免得总麻烦大少奶奶派人来回。”

谢明升闻言就冷哼了一声，只拿眼睨着丁楼烟。

丁楼烟视若无睹，对谢揽微微笑道：“原就答应了的，本来打算过会子送去，只是琐事太多一时给忘了。”又转头看向胭脂，冷着脸道，“将午间吩咐你做的桂花糕，送去给二公子。”

胭脂微抬眼睫，难怪他当时那样的神情，原道是知晓了这事儿。

胭脂微微蹙起眉头，既然知晓了桂花糕的事，那信的事是不是也晓得了？可若是知晓了，丁楼烟这头又不可能没什么表示，这不由得叫她费解起来，也猜不出他让自己去的用意何在。

不过倒没啥好怕的，他如今刚中了解元，在谢府处境如此尴尬，这么多双眼睛盯着，也不可能将她叫到自己院里再使计害她，这不是平白给自己添事儿？

她现下唯一担心的是，若谢清侧知晓了且还问她信的事，她该如何交代，也不知他是个什么想法。

不过转念一想，这谢清侧喜欢的是丁楼烟这个人，又不是区区几封信和桂花糕，他知晓也至多就是在心中更恼上她几分，于胭脂来说也没什么大不了，本来他们就已然是敌对的，多加一点仇也没什么所谓。

胭脂想到此心下便也安了，遂垂眼答道：“是。”

胭脂去小厨房端出了蒸好的桂花糕，与谢揽一路无言地往谢清侧院里去。

能有什么好说的，终究不是一路人。胭脂是不愿说话，谢揽是不好意思，他也不明白自家公子是个什么意思，都闹到这份儿上了，怎么还叫胭脂过来？

谢揽想起自家公子这些日子的模样就后怕不已，他想了想还是开口提醒道：“胭脂，一会儿可千万顺着公子，要是可以还是别和公子搭话，乖巧一些先躲过了再说。”

胭脂侧头看了眼谢揽，莫名之余又觉得好笑，说道：“谢揽，那顿板子我可到现在还记着。你是什么样的人，你家公子又是什么样的人，我心中都有数，不需要这个时候再来提醒我。”

谢揽一时语塞，然她说的确实是对的，实在没什么好辩驳的，便也默了下来，不再说话。

谢揽引了胭脂进到正院里便退下了，胭脂看了眼院子，谢清侧的院子她是头一次来，倒是和他人一样干净雅致。

胭脂端着桂花糕上了台阶，微微推开门往屋里踏去，迎面便是一排珠帘，颗颗珠子串在一起，古朴大气，条条垂下，随风轻晃碰撞出悦耳的细微响声。

这屋里宽敞明亮，是两头通的。屋那头敞开着排排大门，门的对面是一大片碧绿湖水，侧边的里屋靠湖又有珠帘垂着，胭脂瞧不见。

胭脂踏进几步，迎面吹来的穿堂风拂得她面前的珠帘子微微作响，胭脂的裙摆都被吹得飘扬起来，颇有几分羽化登仙的味道。

这屋里安静得像是没有人在，只有湖面荡来的风拂着珠帘，发出细微声响。胭脂站定在原地默了一默，才扬声唤道：“二公子？”

里头半晌没有动静，胭脂疑惑，便一手端着盛桂花糕的瓷盘，一手轻轻掀起珠帘走了进去，先往里屋瞧了一圈，没瞧见人，转身看别处时，却一眼就看见了谢清侧，他坐在里屋正对面的桌案前，看着她，正自酌自饮。

胭脂骤一见他闷声不吭地这般看着自己，便心下一颤，他坐在那处，还是一贯清清冷冷的样子，可看她的眼神又透出几分意味不明……

那目光落在她身上，让她觉得很微妙，可说不出哪里不对，只觉得被他这般看着，浑身都不自在起来。

湖面的风轻轻荡进来，拂过胭脂的墨蓝色裙摆，带起细微的弧度，露出里头小巧玲珑的软布鞋面，又拂过一旁的珠帘，荡出了细微声响，衬得屋里头越发安静。

胭脂浑身僵硬，总觉得他眼里有一些意味深长的东西透出来，那目光落在她身上都能灼烧起来，叫人实在受不住，她都有些端不住手中的桂花糕了。

胭脂低垂下眼避过他的眼神，可还是能感觉到他的目光一直落在自己身上，胭脂微蹙蛾眉，默了默还是欠身请安道：“奴婢请公子安。”

他还是不发一言，只伸出白皙修长的手端起酒盏，递到唇边浅酌一下便垂眼放下，又轻掀眼帘看向她。那种带着审视又透着些许危险的眼神，叫胭脂越发不知如何动作，僵硬了片刻才想起手上端着的桂花糕，于是便一路低垂着眼将桂花糕端到他桌案前。

胭脂略略扫了眼桌案上的一碟碟精致小菜，完好无缺一点没动，又看了他桌前的两壶酒与酒盏，再看向坐在桌前的人，眉眼如画的好模样，只是看她的眼神让她越发不安起来。

她有心想坦白些什么，现下也是不敢了，她将桂花糕放在桌案上，便微微欠身道：“公子久等了，奴婢这就去小厨房与厨娘说一说，这里头都加了些什么。”

谢清侧闻言，眉梢微微一挑又缓缓平下去，他的手轻轻抚上酒壶，微垂了眼睫，叫人看不出他眼里的神情。那酒浸得他唇瓣微微泛着水泽，叫人看着都能晃了眼。

半晌，他才开口淡淡道：“不必去了，回去替我谢过嫂嫂好意，顺道将这果子酒送去给嫂嫂当谢礼。”他看了眼手边一壶还未动的酒，这壶酒不同于他现下喝的，瓶身精巧秀雅，上头点缀着几色宝石，一瞧便知这酒不是凡品。

胭脂抬眼看去，那酒壶就在谢清侧身旁，与她距离太远，她要拿只得俯过身伸手去拿，只是如此实在太不规矩。

她只得绕过桌案缓步走到他身旁，去拿酒时，他却伸手搭在她的手背上，胭脂一颤，差点没扶稳酒壶，他的手心贴着她的手背，带着微凉的触感，让她越发慌了神。

她对谢清侧的感觉太复杂，她因那次杖责时他露出的真面目而厌恶他，可又不忍太过苛责于他，这种似敌非友的感觉实在叫她不知如何是好。

而最不该的是，她明明知道，虽然自己对谢清侧是这种敌不敌、友不友的感觉，但他对自己并不是如此，在他心里，怕是将她骨头磨成粉的心思都是有的。

胭脂微微稳住自己，看了一眼谢清侧，不动声色问道：“公子有何吩咐？”

谢清侧看了她一眼，眼里平平淡淡，不再像刚才那样……那样透着危险放肆的意味，胭脂绷着的那根弦不由自主地松懈下来。

可片刻后又提起心，他的手正慢慢滑过她的手，移到她的手腕处轻轻握住，胭脂心又提起，不由自主地看向他。

她受不住正打算收回手，他轻轻提起她的手腕将她的手从酒壶上移开，她的心才微微落下来些。

他将酒壶提起，往案前的酒盏里倾倒，酒水撞击杯壁溅出涓涓悦耳的清脆水声，湖外风声荡着珠帘轻晃，声音时大时小，回旋在耳畔，叫胭脂虽然不明白他要做什么，但还是略微放松了下来。

只是如此这般，胭脂的鬓角已经起了细微的汗珠，她的心思早已不知不觉间被他拿捏住，现下只觉累极。

他拿捏的度极巧，张弛有度，紧的时候松一松，松的时候紧一紧，叫胭脂不知不觉间无力招架起来。

瓷白雕花的酒盏里盛着浅青绿色的酒，他白皙的手指托着酒盏，衬得酒盏越发雅致，里头的果子酒也越发芳香诱人。

他将酒盏递到胭脂面前，略启薄唇，淡淡道："这果子酒刚才送来还没人尝过，为保妥当，还是由你替你家小姐先尝一尝。"

胭脂看着他递来的酒盏，里头的果子酒扑鼻而来的是葡萄清香，他坐着而她站着，让胭脂觉得忽然没了不安压抑。她意识到刚才自己疑神疑鬼太过紧张，显得有些小题大做。

本该毫无戒备地端起酒盏一饮而尽，可……这一切都太顺理成章了……

这种平静的氛围让她心底隐隐不安，她太熟悉叶容之了，他就是喜欢营造出这样的氛围，然后不动声色地爆发，叫人措手不及，避无可避……

胭脂敢来，就是因为她确定谢清侧不敢在青天白日里害她，这么多人都知晓她来了他这处，他怎么可能敢？

胭脂看着他手间托着的那盏酒，默然许久，她现下……不确定了！

她的额间微微汗湿，被湖面袭来的凉爽清风拂没了，甚至有着丝丝透骨的凉意。

胭脂看了谢清侧一眼，唇间微动，琉璃般的眼眸不安地微微转动起来。她赌不起，他这里面若是下了毒……那她的命便送了，这一世也就没了！

许是胭脂的细微动作表露了些什么，谢清侧的眸色微微暗下来。胭脂对上他的眼后越发慌了神，她猛地一把推开他递来的酒盏，直往外间冲去。

胭脂甩开条条垂下的珠帘，冲到了外间，见门被风吹得虚掩着，她一下便慌张起来。

连忙上前开门，却被后头追来的谢清侧狠狠一压撞在了门板上，连带着门都关得严严实实。胭脂被强压在门板上，只觉胸口生疼，不由得暗地咒骂了一声，他莫不是和她过不去，怎么每次都……

她的手被他单手反锢在身后，她的膝盖内侧被他的膝盖死死顶着压在门板上，她全身根本没有着力点，他力道拿捏得极准，她根本使不出力气挣开。

他全身几乎没有一丝缝隙地贴着她，这姿势太过亲密，隔着衣裳都能感觉到他的体温，温热的气息喷在她的后颈，胭脂不明所以间只觉越发难堪起来。

她忙稳住自己，可刚才跑得太急，气息还有些紊乱，一时无法平息，只得微微侧头喘着气问道："二公子，您……您这是做什么？"

谢清侧微微歪头对上她的脸颊，他的唇离得太近，两厢之间不过一张薄纸的距离，他压着她还是一贯清冷淡漠的样子，冷淡得好像锢着胭脂的人不是他一般。他的薄唇压上胭脂的脸颊，言辞间带着几分责备，缓缓吐字道："敬酒不吃，吃罚酒。"

说话间他的唇瓣在她面上轻轻摩擦，带着难言的暧昧，那扑面而来的男子气息叫她难以招架。

胭脂微蹙眉心，身子不由得微弱地扭动起来。他在后头越发下了狠劲压着她，胭脂胸前压得生疼，不自觉发出一声闷哼。

她知道现下绝对不能和他对着来，还是得软和一点，先放松他的警惕之心为好。

胭脂微微平稳了些气息，放柔了声音，软着嗓子细声求道："二公子说吃什么酒就吃什么酒，可您能否轻一些，这门板实在太硬实了，把奴婢的……奴婢都给磕疼了。"

谢清侧闻言眸色慢慢晦暗起来，将手中提着的果子酒抬起，仰头往自己嘴里倒了一口，将胭脂转了个身又重新压上，低下头狠狠堵住胭脂的嘴，将嘴里的果子酒往她嘴里送。

胭脂一时没想到他会如此，连忙抗拒起来，她那些阴毒的招数根本不忍心在他身上使，束手束脚下就被他禁锢着压在门板上挣脱不得。

些许果子酒顺着他们紧贴的唇慢慢滑下，顺着颈滑进里衣，她微微轻颤起来，他抱得越发紧了，手勒得她缓不过气来。

他将果酒顺利地渡进她的口里，清甜的果子酒在唇齿间蔓延，他的舌头压着她的舌头，强迫她喝下了酒，又在她口中打旋儿纠缠，强硬霸道不容抗拒。

胭脂哪里受过这样的架势，一时间被他弄得浑身发软，缓过神来才惊觉这是自己的弟子，她竟然被他弄得乱了心智，顿时羞恼难堪，越发灼热，烫醒了自己后更是挣扎起来。

胭脂越挣扎他锢得越紧，直到她快透不过气了，他才慢慢停了下来，唇也慢慢离开了她的，只抵着她的额平稳气息。胭脂被他的气息烫得受不住，手抵在他胸膛，将他往外推。

谢清侧顺着她的力道微微松开了些，隔了些距离看着她。他的眼眸如同浸了水一样潋滟，那唇因为刚才的缠磨越发红润，唇上泛着果子酒的微微水光。他有的，她自然也是有的。

待胭脂略略平稳了气息，他又靠过来微启薄唇吻上她柔嫩的唇瓣，轻轻吸吮着，像是要把她唇上的果子酒吃干净，又微微探出舌尖在她的唇瓣上轻轻一舔。

胭脂仿佛触了电一般浑身一颤，刚刚平稳下来的气息又乱了。她蹙起眉勉力侧头避开了他的缠磨，脑子虽然一片空白，可到底还有一丝意识，一想到这是自己的弟子，且自己竟这般不经撩拨，还因为他的亲昵厮磨而软了身子，这实在叫她太过难堪……

他不记得前世种种无可厚非，可她是记得的，这夫子与弟子唇齿交缠，耳鬓厮磨，她光一想就受不了了，难堪的情感在她心间蔓延开来。尤其她还被他带得沉浸其中，这不禁让她越发羞耻，她略启唇，断断续续求道："别……别再来了……"

谢清侧看了她片刻，眼里带了些许不明意味，不过身子倒是不再这样压着她了，与她彻底隔开了些距离，手也慢慢松开了不再禁锢着。

他微微松开了手后，胭脂却因为失了他的支撑险些没站住脚，直靠着门板往下一滑才吃力站住。她这才惊觉刚才都是因他抱着才没软倒的，这实在难堪至极！她算个什么夫子，竟因为弟子的厮磨而这般作态，简直太不知羞耻！

谢清侧见她站不稳，便又伸出手将她揽进怀里，低头靠近她耳旁，亲了亲她小巧软嫩的耳垂，声音都好似在酒水中浸过一般，染了几分清润醉意，看着胭脂羞恼至极的纠结模样，故意戏弄道："怎么会站不稳呢？"

他这样说话太磨人，又靠得这般近，所有的感觉都无限放大。他的声音沉穆清冷中带着几丝低哑，呼吸间的清酒气息都扑在她面上，缠绕着她的呼吸，叫她微微发颤起来。

他的话越发提醒了胭脂刚才的不堪，她受不住心里的指责，看着他羞恼道："别说！"

谢清侧低头看她，似在细细打量，他的目光如有实质般太过炙热，叫她越发招架不住。

她实在弄不明白，他为何如此做派，当初便是与她做戏，也不过是拉拉手而已，哪儿像这般……

她疑惑之余也微微缓过了劲，还是脱身要紧，旁的顾不了这么多。

她抬起手略带三分力道，按在他的手臂上，语气轻浅却含了几分提醒道：“二公子怕是吃醉酒认错人了，奴婢便当这事没发……”

谢清侧未听完便出声截了她的话，言辞之间颇有几分轻佻：“你要是当这事没发生，那是不是在暗示我该更进一步？”他将她压在门板上，紧贴着她，意味深长地嘲弄道，“嘴上没一句真话，欲拒还迎倒是好手段，本公子就依你！”

胭脂眼睫狠狠一颤，忙按住他的手，靠在门板上蹙起眉头看向他，肃然道：“大房那边都知晓奴婢来了这里，公子还是顾及些自己的体面！”胭脂微顿了顿，语气凌厉且暗含了一丝威胁，“奴婢来了这么久也该回去了，免得上头怪罪下来不好交代。”

谢清侧闻言眼神淡漠，看了她片刻后，像是知晓了其中的利害，慢慢松开了她。可他的手却微微抬起，取下她发间的木簪，随手往里间丢去。那木簪穿过珠帘，发出清脆细微的撞击声，一条珠帘轻轻晃动，簪子落在了里间。

看着木簪落在地上，胭脂一时发怔，心中极为复杂，她当初也是这般，当着他的面就随意丢弃了这花木簪……如今却换成了他自己，这倒是让她尝到了其中的难言滋味，不由得心口微堵，也不知他那时是以怎样的心情，来面对她这样的夫子？

胭脂慢慢站直身，直看着木簪神色未明，喃喃道：“公子这是何意？”

谢清侧抬眼淡淡看了她一眼：“不顺眼罢了。”便转身往里头走去，待到了珠帘前伸手撩开帘子时，才回头看向胭脂，颇为意味深长地道，“你若是舍不得可以再捡回去，就怕你……走不动。”说完便不再理会她，提着手中的酒壶慢悠悠往里间去。

胭脂听在耳里越发难堪起来，她刚才连腿都软了，这简直让她不敢再回想，心中的指责压得她实在透不过气来。

她勉强稳住自己的心绪，抬步向里间去，木簪要是这时候不拿，以后就永远也拿不到了。

他现下这个性子，指不定都能给扔到湖里去，他自己不记得了，可她还记得，他到死都拿着这簪子的情形历历在目。

于她来说，丢什么都不能丢这簪子！

胭脂撩开帘子进去，侧头看了一眼谢清侧，他背对着她站在桌案前，正将手中提着的酒壶放到桌案上。

胭脂见他这般便觉得安全了些，也不敢再看，连忙俯身去捡落在地上的花木簪。待拾到木簪直起身子时，却突觉一阵猛烈的晕眩，险些就立不住脚，她忙伸手按住额头稳了稳身子。

这种感觉太熟悉了，胭脂抬头不可置信地看着谢清侧。

他不知何时已经转过身靠在桌案上，一眼不错地看着她，那眼神越发意味深长，带着丝毫不加掩饰的放肆……

见胭脂这般看来，他故作疑虑，作弄般问道："怎么不走了？"

胭脂紧蹙蛾眉，哪里敢再和他搭话，连忙收回视线，勉力稳住自己的身子抬步往外间走去，可还没走几步就一阵天旋地转。她连忙伸手抓住触手可及的珠帘，却一点用也没有。

她还是狠狠栽倒在了地上，珠帘也被她扯得分崩离析，珠子纷纷掉落下来，砸落在她身上，咕噜噜滚了一地。

胭脂越发觉得不对，这感觉和软筋散不同，她体内有一股难以言喻的感觉，且浑身发热，她根本压不住那种感觉。

胭脂倒在地上，难以抑制地微微挣扎起来。谢清侧看着她，眼神越发晦暗，却还是站着，不动声色地看着她白费力气，半晌才开口道："要我帮帮你吗？"

胭脂闻言看着他，竟然觉得他……格外可口，看着这衣冠楚楚的模样，她竟然想……

胭脂羞愤难当之余，又压不住心中蠢蠢欲动的念头，她气得浑身发抖，勉力压着难以启齿的感觉，怒不可遏，费尽了力气断断续续斥道："孽障，你下……下了什么！"

谢清侧看着她不发一言，权作没听见的模样，只是越发意味深长地看着她。

胭脂的眼眸像是被润湿了一般，衬得容色氤氲，柔嫩的唇被他厮磨得泛着不寻常的红，瞪着他的时候似怒含羞，又这般软倒在地上，叫人心中泛起不好的念头，那可怜的模样直让人想要狠狠欺负一番。

他站在远处欣赏了半晌，直到胭脂这头快被身体里的那种感觉折磨疯了，他才慢慢向胭脂走过来，站定在旁，居高临下地看着她，神色莫测。

胭脂被他这样看着，竟然越发受不住，微微低吟出来。她一时间羞愤欲死，忙用手捂住了自己的嘴，眼里泛起了屈辱的水光。

谢清侧俯身在胭脂身旁坐下，手撑在胭脂身侧，看着她问道："这宫里的秘酒滋味如何，你可猜出是什么酒了吗？"

胭脂喘着气，体内的感觉越发难以抑制，这还能是什么酒，她现下这般表现哪还需要猜!

他见胭脂不答话，便俯身凑到她耳旁，对着她的耳朵轻轻说道："这酒是宫里寻欢作乐用的，一会儿我们……"

他说话的气息轻轻喷在胭脂的耳畔，叫她一阵发颤，她伸出手擒住他的衣领，咬牙切齿道："住口！"

谢清侧见胭脂如此羞耻难挨的模样，竟然轻轻笑了起来。他一贯冷冷清清的模样，如今这般笑起来竟有了几分春日杏花暖的好瞧头，平白叫人晃了眼，胭脂只觉连他的轻笑声都在迷惑人，她已然在崩溃边缘了……

谢清侧伸手抚上胭脂的胳膊，带着难以言喻的意味隔着衣裳滑过胭脂的肌肤，继而握住了她的手，将她的手从他的衣领下慢慢拿了下来，握在手中把玩。

胭脂脸色越发潮红，神情渐渐迷茫，最后一丝理智已然涣散。

谢清侧看着她，眼神危险炙热，他握着她的手俯身看向她，突然慢条斯理说道："你这手可真巧，既会写信哄人，又会做桂花糕……"他说着眼眸微微一暗，将她的手按在地上，微微支起身子俯看着她，言辞间暗藏一丝危险，"你来说说，你还会做什么？"

他骤然一离开她，胭脂只觉得一阵空虚，她死死压着体内这种难以启齿的感觉。这般受他折辱，实在叫她心中戾气迭起，她彻底失去了最后一丝理智，故意看着他挑衅道："奴婢做这些都是……都是为了哄公子高兴，您怎么……还生气了呢？"

谢清侧闻言看着她，一言不发。

胭脂顿了顿，直喘着气看着谢清侧，不知死活道："公子可真是……天真烂漫得很，骗起来……呵……太是得趣儿了……"

谢清侧眼眸越显晦暗，隐隐透出了一丝狠意。

他俯看着她，略带几分咬牙切齿地缓缓说道："难为你这般体贴，既然如此懂事，那一会儿可要好好哄本公子高兴高兴……"

这时门外有急促的脚步声传来，听见了门内细微的响动停在了门口。那人轻叩门扉，唤道：“胭脂？”

胭脂猛被唤到，微微回过了神，来人是谢明升的丫鬟玲珑。

胭脂睁开眼一看，才惊觉自己和他竟然衣裳凌乱成这样。他微微抬头敛眉看向门那处，眼里春色撩人，还透出几分被扰的不耐烦。

他的衣领被微微扯开，让她一瞧就觉得刚才轻薄人的是她。她竟然对弟子做出这般禽兽不如之事，这念头太过可怕，微微掩盖了那些难以启齿的感觉。

玲珑见里头没了动静，越发肯定是胭脂，她心中有些不耻胭脂所为，送个桂花糕竟和二公子的小厮勾缠起来，真是个不要脸面的。

不过转念一想，她这般所为也没什么，大公子那处没办法勾上手，便只能往二公子这里看，那二公子可是不鸣则已，一鸣惊人的，这回秋闱中了解元，可谓是前途大好，人又生得那个好模样，只不过极冷淡，可是不好勾的。

当初也有几个胆大爬床的丫头，不过都没得成手，她们都暗笑二公子怕是要修道的，近不得女色，一近女色便破了道。

胭脂怕是勾二公子不成，转为了二公子身旁的红人谢揽。玲珑想到此越发瞧不上胭脂，不过一辈子做奴才的命，她不由得柔着声，调侃道：“胭脂，你忙什么呢，大公子有事找你。”

胭脂慌忙应了一声，握起拳用指甲死死扣着手心，生怕那种可怕的感觉又吞没了她的理智，她伸出另一只手推着谢清侧。他却一动不动地看着她，眼里透着几分炙热而又危险的味道。

胭脂被他看得难受，连忙提起气，勉力警告道：“谢清侧，我……是你堂嫂的人，你要……要是敢染指，你祖父一定……饶不了你。”

他闻言又慢慢笑了起来，那如同珠玉落盘的轻笑声透进她的耳里，越发撩人。他眉眼间都透出一丝狂妄：“他能怎么样，来来回回也不过就是家法伺候……”

胭脂闻言看着他直发怔，竟一时说不出话来。

玲珑在外头等得不耐烦，直接推开了门。

谢清侧也不开口阻止，只手撑在胭脂耳侧看着她。胭脂越发羞耻，竟是克制不住眼角溢出了泪。

玲珑微微推开门看了一眼屋内，便直吓得捂住了嘴，与胭脂厮磨纠缠的竟……竟然是二公子！她不可置信地看着他们，直呆在了当场。

胭脂越发挨不住谢清侧的动作，她用手死死推着压得她纹丝不能动的谢清侧，对门口的玲珑喘道：“去……去找……大公子！”

谢清侧好看的眼微微眯起，他慢慢支起身子，不发一言地看着她。

胭脂见他起身，连忙翻过身往外爬去，她浑身上下都软绵绵的根本爬不了多远，只能向门外的玲珑伸出手哑然道：“帮我……”

胭脂现下实在太煎熬，汗流浃背，额发都浸湿了，汗水直淌下，滑过黛眉，被细长的睫毛挡住，眼里半是迷蒙半是挣扎，衬得眉眼越发朦胧好看。

谢清侧坐起身看着胭脂往外爬去，眼里含着透骨的玩味，衣领凌乱，发冠却纹丝不乱，一副风流祸害的模样。

玲珑愣在门口，实在这眼前所见太过让人震惊，她何时见过这样的二公子？他人前一贯衣冠楚楚，清清冷冷若谪仙，再加之胭脂衣裳凌乱，墨蓝色的衣裳都散开了，一眼就看见里头的杏色肚兜，唇瓣泛着不寻常的红，一看就是受了欺弄后柔弱无力的可怜模样。两人这般活色生香，直叫玲珑看呆了去，对胭脂的话根本是充耳不闻。

胭脂真的一刻都挨不住了，这宫中秘酒太可怕，真的能让人不管不顾，她的汗水落得越发多，直流进眼里刺得直流泪。她微微抓住一丝神志，手死死抠着地面，指尖因为过于用力而泛白，甚至于泛起了红。

她看着玲珑，声音都变了个调儿，语调里透出几分勾人，喘息哽咽道：“玲珑……求你。”

玲珑这才回过神来，她看向二公子，发现他正不发一言地看着自己，那眼神淡漠得如同在看一个将死之人。玲珑心头莫名一骇，不敢再多看一眼，连忙转身逃似的飞奔而去。

胭脂看着玲珑离开的背影越发绝望，她面上甚至透出一丝孩子般的迷茫，不知该如何办才好。

她正发怔着，身后的谢清侧突然悄无声息地俯下身，在她耳畔蛊惑道：“胭脂，你该求我的……”他莫名停顿了下，低哑道，“你要是这样求我，我说不准就心软放过你了。”

胭脂强忍着想忽略，但是奈何他一靠近，男子气息便缠绕着她，她只能忙听话地软着嗓子哀求道：“求你……求求你……”

谢清侧听到后靠在她身上轻轻笑起来，待笑够了才靠到她的耳旁，轻轻用牙咬了咬胭脂的耳垂，带着几分惑人道：“耳根子真软，随便说说就信了。”说完伸手压住她在地上的手，低头咬住她的耳垂细细缠磨。

胭脂只感觉耳垂被他细细吮咬着，身子猛地一震，抑制不住地哭了出来，真的要被他磨疯了。

许是胭脂哭得太突然，谢清侧略略停了下来，薄唇贴着她的小巧耳朵，像是心软了一般，轻声问道："怎么了？"

胭脂见有转机连忙哭得更加委屈起来，她哑着嗓子断断续续地哭道："公子……求您别这样，奴婢……奴婢害怕，求求您！"

谢清侧像是听进去了，他坐起身不再压制着她，将胭脂抱起，揽在怀里让胭脂靠在他的手臂上。看了会儿她泪流满面的可怜模样，他伸手擦去她脸上的泪，颇为认真地看着她，淡淡吐字道："你今日就是把这双招子哭瞎了，我也不会信半个字。"

胭脂闻言绝望地闭上眼睛，谢清侧起身将她拦腰抱起往里间去，那墨蓝色的裙摆在半空飘扬而起，拂过珠帘，带得珠帘不住晃动。

拾 纠缠

偌大的谢家祠堂静得毫无声息，只微微听得到堂中众人的呼吸声，这是谢家人到得最齐的一次了，连在谢家家宴中都没怎么露脸的谢二爷，也规规矩矩地到了谢家祠堂。大抵是因为这一遭他的儿子步了他的后尘，且颇有长江后浪推前浪的势头……

谢二爷看着堂中站着的谢清侧，心里有些不是滋味儿，转眼间儿子已然这般大了，想当年自己也是意气风发的少年儿郎，可惜转眼间就成了这般模样。

常年在酒色中浸淫，他整个人看上去都布满了颓废衰败之气，早已不是昔日的少年郎了……

谢老太爷坐于堂前，只看着站在堂中的谢清侧，见他还是垂着眼漫不经心的模样就来气，再一看自己的二儿子还一副神游满不在乎的态度，更是气不打一处来。

谢老太爷的眉间狠狠叠起了个“川”字，蓦然地冲谢二爷吼道：“你看看你教的好儿子，光天化日之下竟敢染指大房里的丫鬟，这手都伸到大房去了，像什么话！这读的都是什么书，礼义廉耻难道都读到狗肚子里去了不成！”

谢二爷正沉浸往昔，暗自神伤，莫名就被谢老太爷突如其来的暴吼骇了一跳。他一脸冤枉地看向自家亲爹，见老太爷还是一副凶神恶煞的模样，随口说道：“不就个丫鬟吗，到时赔大房几个不就好了，哪用得着这般兴师动众，白叫人看了笑话。”

谢老太爷一听，额间青筋突起，暴怒的声音险些掀了屋顶：“混账东西，你说什么！”

众人纷纷眼观鼻鼻观心作壁上观，谢二爷也噤了声。

谢老太爷见他一副窝囊废的模样更是恨铁不成钢，微提起拐杖往地上一杵，直骂道：“还白叫旁人看笑话，你自己不就是个彻头彻尾的笑话？上梁不正下梁歪，没指望你能教出什么好儿子来！”

谢二爷垂着头，忍不住暗自嘀咕：“这不连您自己都骂进去了吗？”

这么轻轻飘飘一句话，直让谢老太爷一瞬间凝塞住，片刻后气得暴跳如雷，拿起拐杖就想冲上去把谢二爷这个败家子给活活捶死，众人连忙围上前劝的劝，拉的拉，场面一时有些失控。

谢清侧看着堂内，神情散漫，他才和胭脂从屋里出来，虽然衣冠整洁，沉穆清远，但那情欲惑人的味道好像都浸到骨子里去了，整个人就算平平静静地站在那处，还是叫人移不开眼，墨衣玉簪，衣冠楚楚的斯文模样直叫人看得脸红心跳。

丁楼烟只觉心口郁结，她想不明白他为何能被胭脂勾住了脚，府里不都传言他是个冷心的，从来不肯沾丫头的身吗？难道……难道他是太过伤心才这般作为，借此报复自己？

她如此一想便觉得也说得通，心下倒也不怎么责怪谢清侧了，说到底，也确实是她对不起他。

丁楼烟又看了眼跪坐在他身侧的胭脂，见她垂着头，纤细的手放在腿上，极用力地握着衣裙，眼眶周围微微泛着红，一副受了极大欺弄而无法接受的柔弱模样。

丁楼烟不由得暗中恨恼，没想到胭脂是个这般会装的，她这作态任谁看了不都觉着是谢清侧强要她的，她也不看看，谢清侧这般清冷的方正君子怎么可能做得出这种事？！

想来也是胭脂见谢清侧模样太好，想勾引谢清侧，又不想失了谢明升，才这般作态，真是个惯爱卖弄风骚的，丁楼烟暗想着，美目中都透出了几分恨意。

丁楼烟正想着回头怎么好好整治胭脂，堂中的场面却慢慢地控制了下来，谢二爷身上挨了几拐杖，正搁那儿一迭声地叫唤，谢老太爷看了还待再骂。

谢清侧的娘亲云氏，扶着谢二爷，一脸楚楚可怜地看着谢老太爷，掐着嗓子哭道：“求老太爷别动怒，可得保重身子。”

原道是好话，可她这副装模作样地讲出来，就是让谢老太爷看不顺眼，只觉她将谢家变成了青楼别院，更是恼怒不已，但他也不可能跟一个小妇计较，便也别过眼不再理会他们。又看向谢清侧，见他还是这般漫不经心的模样，显然是半点不觉得自己有错，谢老太爷不由得开口严厉道：“现下就来说说你做的这破烂事！”

谢清侧垂着眼权作没听见，老太爷眼中的犀利更甚，想起他刚中了解元就做出这等败坏门风的事，实在肆意妄为，他看着谢清侧，言语讥讽道：“放浪形骸，无视家规，所作所为实在有辱谢家家风，这遭可要叫解元郎尝尝大苦头，还请解元郎多长点记性，免得白吃这些苦头！”

云氏一听，暗道不好，她连忙上前哭闹道：“老太爷，这可不能全怪咱们阿侧，您也是知道阿侧的，向来不重女色的人，又刚刚才中了解元，怎么可能在这关头做出这种事……这就怕是有人眼红看不过，非要往二房泼脏水！”说完，看了眼胭脂，眼风又扫到了谢明升那处，那话中的意思只要是眼睛不脱窗都能瞧得出来。

谢明升闻言，脸色一下就不好看了，这显然戳到了他的痛脚。他本就因为谢清侧秋闱势头大好而耿耿于怀，又因他染指胭脂而气苦，现下听得此话，面上更加铁青。

谢明升的娘亲肖氏出身世家大族，哪看得上这点小伎俩，闻言面上愣是一点情绪也没露出来，只平平静静教训道：“说到底也不过一个小小解元，往日谢家出状元也没这般声张，现下别总人前人后动不动地就提，免得旁人笑话咱们谢家，眼皮子这般浅薄。”如此大家做派，越发显得云氏小家子气，连带着谢清侧也落了下乘，中了个解元就不知天高地厚了，实在叫人看低了不少。

肖氏说完又轻飘飘地看了眼谢清侧及胭脂，缓缓道：“这事儿如何还未可知，这丫鬟本是楼烟打算往后用来伺候明升的，可没想到清侧这般作为……”

这话实在太是一针见血，她随便点了点，就成了谢清侧眼皮子浅薄只会玩弄丫鬟，且还不知轻重地霸了给谢明升准备的丫鬟，活像是谢清侧刚刚中了解元便以为自己大了天去，明里暗里找谢明升的事儿，越发显得他是个没什么出息的，撑不起大事。

这随便几句就已经让二房落了下风，云氏还不自知，她气极争辩道：“那可说不准，再是清心寡欲的人，也架不住旁的人这么不要脸面地往上勾。也不知是谁教唆的，不然哪来这般大的胆子！”说完还狠狠瞪了眼胭脂，恨不得从她身上剜下片肉来。

场面一下又失控了，大房和二房的人凡是有孔出气的就没有不开口的，那喷出来的唾沫星子差点淹没了祠堂，就差撸起袖子狠狠干上一架了。

越说越不像话，连有伤风化的乡间俚语都冒了出来，直听得谢老太爷脖子青筋暴起，他猛地厉声斥道："都给我住口！"又拿着拐杖狠狠一杵地，众人纷纷缩了回去，连呼吸都慢慢放轻起来。

祠堂瞬间一片寂静，仿佛刚才那一出出闹剧未曾出现过。

谢清侧见差不多了，才抬眼看向谢老太爷，也不多说旁的，伸手一撩衣摆跪下，背挺得笔直，淡淡道："孙儿酒后无德，有失风度，自甘受罚。另，大房有什么要求尽可提出，孙儿一定照办不误。"

胭脂闻言不由得微微侧目看向他，好一个酒后无德，也不知他醉的是哪门子的酒，他明明那般清醒……清醒地对她做那档子事！胭脂一想到那些便越发羞耻难堪，垂下头不敢再多看他一眼。

谢老太爷面色略微缓和，还算满意谢清侧这么个态度，毕竟有他爹那么个忤逆的在前面陪衬，自然少了些许火气，便拿眼看向谢明升，看他要个什么样的补偿。

谢明升一听不对，谢清侧这意思是胭脂就这么给了他了，那还得了！

他看着跪着的谢清侧，强压下心中怒火，装出一副心平气和的样子，说道："补偿什么的便算了，这件事就当没有发生过。胭脂是我们大房的人，往后还请二房顾及体面，莫要做出如此有伤风化之事。"

胭脂一直垂着头，拼命压抑自己不去想和谢清侧这个她视作弟子的人做的那档子事，但她还沉浸在自我厌弃的羞愧之中，若不是谢明升说到这些，她还真没想到。

她现下这么个丫鬟身份，若真是到了谢清侧那处，那这种事不就一直都有了！

一想到自己还要和他继续那般厮磨下去，每每都要受这折辱与羞愧之责，她心下一片骇然，连忙看向谢明升，满目祈求，她是真的希望他这次可以帮到她。

谢明升看见她的反应，冲她微微颔首示意她放心，胭脂略微一安心，收回视线时，却见谢清侧淡淡看了她一眼，可眼里却藏着不易察觉的戾厉。她不由得心下一颤，忙垂下头不再乱看，白日里在床第间就是这般发狠，叫她根本受不住，现下腿都还是发软的，连跪都跪不住，只能毫无仪态地跪坐着。

众人闻言皆有些反应不过来，这大公子怕是真的中意这丫鬟，如今都被二公子收用了，竟还打算要回来。

众人纷纷将目光落在胭脂身上，细细打量起来。这丫鬟面皮确实讨巧，微微低垂着头显得颇为乖巧懂事，额前的细小绒发显出几分青涩，眉眼间灵气蕴生，眉梢染上的媚色还未淡去，又是眼眶泛红，一副可怜柔弱的模样，直叫人看得移不开眼。

不过想来也是个风流女，就刚才那小眼神还往大公子那处飘，被二公子逮了个正着，只淡淡看一眼便缩了起来，一副怕极了的怯生生模样，想来也是给收拾得狠了。没想到二公子瞧着斯斯文文的人，私底下也是个狠角色。

谢清侧眼里透着不耐烦，整个人越发漠然起来，连多一句废话都不想与谢明升接，只看了眼丁楼烟，连敲带打淡淡道："大哥还是多顾及些嫂嫂的体面，莫要将太多精力放在丫鬟身上，免得伤了嫂嫂的心。"

丁楼烟被他这么一说，心中微微发热。他必是听了府中的传言，为了自己才将胭脂收走的，她心中不由得感慨起来，他竟为自己这般费心。

众人闻言又将目光放在丁楼烟的身上，暗道这大公子口味实在有些古怪，怎么放着这么个国色天香的少奶奶不要，非喜欢这底下的丫鬟，珠德儿是一个，现下胭脂又是一个。这两个在丫鬟中确实面皮出众，但和少奶奶可真是没法比的，除开了家世只论相貌，那也是一个天一个地！

谢明升是有苦说不出，只能一个劲儿无力地解释道："我没有要收胭脂的意思，她……她是大房的人，不可能这么随便就给了你们二房，这若是成了，那往后还不得乱套了！"

丁楼烟实在听不下去了，尤其是谢明升还一副不舍得的样子，实在叫她在谢家人面前丢尽了脸面。她冷着脸，强压心中的怨恨，说道："都已然这样了，胭脂就给了二房吧，横竖不过是个丫头，别为了个丫头伤了两房关系。"

胭脂听了越发觉得无望，她垂着眼看着地面，心头发凉。

谢明升闻言瞪向丁楼烟，若不是碍于脸面，二人怕又是一顿好吵。谢明升气得面色发青正要开口说话，却被谢老太爷看出了苗头，一句话截了去："莫再多说了，这人就按楼烟的意思办，时辰也不早了，传家法吧。"这丫鬟在谢明升心里这般重，难免让他分散了读书的心思，自然不可能将胭脂再给谢明升。比起谢明升，谢老太爷倒宁愿给了谢清侧，由着他自生自灭去，他便是为这么个玩意儿荒废了学业，也不值当他多管一下。

胭脂微微撑起的身子因为谢老太爷的话而塌了下去，这看在旁人眼里，像是她失望于离了谢明升这条大船。旁人眼里如此，谢清侧眼里自然也差不离，他安静地等着受家法，眼里却越发凉薄。

执家法的是常年跟在老太爷身边的谢远，早年在江湖行走，后头便跟了谢家。这人可不是个普通野路子，手上也是常沾血的，就拿家法一事来说，往年犯了大忌的谢家子也有几个打残了的，还有一个是直接送去见了阎王爷，那下手可真叫一个毒。

众人一见是他，就暗道这一遭二公子怕是要完了，以往挨的那些与这相比，不过是轻风拂面罢了，谢老太爷这可真是动了大怒，这下二公子想要齐整地出祠堂怕是不大可能。

云氏一瞧就吓得跪地直求饶，谢二爷的脸色也凝重起来，不再是那吊儿郎当的样，祠堂里一时间人人自危，唯有谢清侧一副八风不动的淡定模样，而胭脂则带着一副不明所以的懵懂，直到那板子落在谢清侧的身上，胭脂才骇了一跳，这哪是什么家法，这分明就是想将人活活打死！

那半指厚的竹板带着凌厉的风，狠狠打在谢清侧的背上，力道暗含内力，若不是竹板厚实，只怕当即就折断了。那噬骨的力道打得谢清侧猛地往前一倾，以手撑地才勉强没倒下，饶是如此，他也受了不小的内伤，气息一时有些紊乱，嘴角溢出了血迹。

竹板打下的风劲直刮得胭脂面皮生疼，那板落在他背脊上的力道，直听得她胆战心惊，她那次的杖责与此相比，简直是小巫见大巫。她不由得抬头，不可置信地看向谢清侧，他竟然还说得这般轻忽，他莫不是想要死在这上头！

谢清侧略缓了口气，手撑着地慢慢直起身子准备接着受第二下。云氏那处直哭得上气不接下气，祠堂里压抑可怖，一种睹刑的恐惧之感不由自主爬上每个人的心头。

待到第四板落下，饶是胭脂这么个眉眼不动的，也眼皮一跳，慌叫了一声，不过云氏的动静比她还大，才让她没引起旁人的注意。

谢清侧的气息彻底乱了，他额间布满了冷汗，汗水淌过眉眼滴滴落在地上，嘴角的血迹越溢越多，撑在地上的手连指节都用力得泛了白。胭脂猛地想到了他上一世临死的光景，心一下揪疼至极，放在腿上的手不由自主地握成了拳，直看着谢清侧，眼眶又微微泛起了红。

谢清侧以手撑地，转头微微看了她一眼，半晌才收回了视线。那一眼太深远，胭脂心猛地一窒，越发慌了神，可……可她什么也做不了，在谢家哪有她这么个丫鬟说话的余地。

“老太爷，这般会打死阿侧的……求老太爷开恩，别再打了，阿侧已经知道错了……老太爷，求求您别再打了！”云氏直哭倒在地，哀求不已，若不是有婆子拉着，早冲上去和谢远拼命了。

谢老太爷阴沉着一张脸，众人皆不敢吭声。半晌后，老太爷看着谢清侧，眼皮都没动一下，义正词严道：“犯了错就得付出代价，即便是打残了，又或是打死了，这规矩也不能废！”

云氏一听便厥了过去，谢二爷愣是站在一旁一动不动。

谢清侧手撑着地，微微抬眼看向谢老太爷，眼里暗含一丝苦涩。

胭脂心下凄凉，谢老太爷这心偏得实在太过伤人，刀剑刺人不过在皮肉之上，他这只字片语才是真的诛心！

又一板落下，胭脂猛地闭上眼不敢去看，可耳朵还是能听见，她强压着自己不动不看，直叫她忍得心口生疼。

待打完了十板子，谢远收了板子看向老太爷。谢老太爷点了点头，直看着谢清侧，心中略略有些意外，谢远这十板子可都是使了内家功夫的，一板子下去都能打得人哭爹叫娘，痛不欲生，他竟是一声不吭全挨了下来，倒是个能扛得起的。他略缓和了些，吩咐道：“这事往后不可再犯，今日就到这儿吧，且下去好好养着。”

胭脂闻言连忙俯身去看谢清侧，他面色苍白，只垂着眼，眉头紧皱，长长的眼睫在眼下投下一道阴影，眉眼上皆透着晶莹的汗水。

胭脂伸手去扶他，他慢慢睁开眼靠着胭脂强撑着站起来，她手之所触皆是湿漉漉的，他整个人像是从水里捞起来一般。

胭脂越发心慌，她不知道这是汗水还是鲜血，她都分不清他现下是谢清侧还是快要死去的叶容之，那种看着他死去的绝望悲切又一下子涌了上来。她浑身止不住地颤抖，泪水一下就模糊了视线。

谢清侧微微低头看她，抬手轻轻拍了拍她的脸，低声安慰道：“别怕。”片刻后，像是力竭站不住一般，轻晃了一下身子。胭脂忙强忍泪水勉力撑着他，他才微微稳住，往前走了几步，轻轻咳起，突然猛地弯腰，吐了一地血。

胭脂心下大慌，急道：“阿容！”谢清侧已靠在胭脂肩膀晕了过去，压得胭脂也一同倒了下来。

祠堂顿时一片混乱，叫的叫，扶的扶，场面一团糟。

那日家法后，胭脂每日都去瞧他死了没……不，应该是还活着没……

胭脂过得很是忧心，他现下太虚弱了，好像轻轻一掌就能将他拍死了，是以她每日都是提着气小心翼翼去看他的，生怕动静太大将他给吵死了。

直到他醒过来，她才微微放下了心，也不敢再去瞧他了，因为她实在不知该如何面对他……

她搬到了谢清侧的院里，没了丫鬟该干的活，每日都闲得和老爷似的，吃饭晒太阳看谢清侧，现下他醒了，胭脂就少了一项事务，日子过得更加闲散了。

可是闲了就会想东想西，她现下一闭上眼还是会想起那日的情形，她能清清楚楚听到他在耳畔的喘息声和自己那不堪入耳的声音，她胸口猛地发闷，她竟然和他做出这种苟且之事，简直是荒谬至极！

她到现在都想不明白他为何突然如此，难道是恼她代替丁楼烟写信，让他觉着被戏弄了？

胭脂正百思不得其解时，谢揽却来了，站在院子口，木着张脸对她说道："胭脂，公子让你去书房。"

胭脂闻言心下一颤，怎么……怎么还找她！他才养了没多久就能找人麻烦了？

一想到要去见他，胭脂就浑身不自在，她踌躇半晌才跟着谢揽去了书房。

来二房这么久了，还是头一次来书房，站在门口快一刻了她还是没敢迈进去，现下她实在无法面对谢清侧。

谢揽站在一旁干瞪眼，直小声催道："快进去啊，干站着做什么，公子又不会吃了你！"胭脂闻言横了他一眼，合着站着说话不腰疼，又不是他去对着谢清侧，就知道搁那儿说风凉话！

胭脂想了想还是推门进去了，书房宽敞明亮，一踏进去就是扑面而来的墨香。书房两面通风，只靠湖的那一扇窗户是敞开的，外头的风从湖面上吹来，带着水独有的气息，让人微微清醒。

胭脂缓步进去，一眼就看见了坐在书案前执书看着的谢清侧，看上去已然没什么大碍，穿着清简的墨色衣袍，白色里衣在领口处微微露出，显得干净清爽。

胭脂微微顿在那处，看着他顿时有些不知所措，莫名地面红耳赤起来。

谢清侧听见了动静，微微抬眸看向她。胭脂一下子浑身微微僵硬，直到实在受不住他的审视，才抬步往他那处走去，默然垂眼站定在书案前。他收回视线又看向手中的书，片刻后，淡淡吩咐道："研墨。"

胭脂见他一副若无其事的模样，也少了些许不自在，她勉力镇定下来，走到书案旁伸出微颤的手，看了眼书案上宽二指长三寸的和田青玉墨床，拿起墨锭，放在砚堂里打圈儿研磨。

研墨是件很费力的活儿，要长时间顺一个方向磨，心若是静不下来，手下失了稳劲随意乱磨，研出的墨必是粗而不匀的。

胭脂现下手都是抖的，一瞧就晓得研不出来什么好墨。

与他共处一室让她很不自在，他身上的清冽气息慢慢环绕到她身上，叫她越发想起那一日的种种，实在让她不知如何是好。

待到她好不容易将墨磨好，胭脂先揉了揉手腕，才将墨锭放回磨床上。

一直当她如同个摆设一般的谢清侧，连视线都没离开书便说道："我说停了吗？"片刻后才慢条斯理地抬眼看向她。

胭脂闻言一脸错愕，他垂下眼睫随意看了眼砚堂里的墨，淡淡道："重新磨。"

胭脂听后脑子微微空白了一瞬间，垂眼看向砚堂里的墨，确实是没磨好，可好歹也磨了这般久，将就着用不行吗？

谢清侧见她一脸不情不愿，忽平静道："怎么……你听不懂？"

胭脂一下就听出了他话里的不悦，心里有些慌。现下她被他捏在手心里，要是不如意了还不知得遭什么罪，胭脂想了想忙讨好道："不是的，二公子，这砚堂的墨都满了，奴婢在想法子把墨往哪儿弄呢。"

谢清侧垂着眼不发一言，胭脂生怕他又想什么阴毒的招儿，便软了嗓子示弱般轻轻唤道："二公子？"

谢清侧抬头看了她一眼，放下手中的书，站起身。胭脂一见他走过来，便垂下头，不敢再看他。他站定在她身侧，胭脂直感觉一道阴影笼罩着她，余光里都是他墨黑的衣色，鼻尖嗅到的是他身上淡淡的清冽气息，越发不知所措起来。

他站着看了胭脂一会儿，突然慢慢靠过来，在她耳畔轻轻说道："你那些信都写得极讨巧，怎么会连墨都研不好？"他温热的呼吸喷在胭脂的耳畔，语气暧昧难解，可话里却透着浓浓的不悦，胭脂闻言眼睫狠狠一颤，半晌不敢接话。

谢清侧的目光落在她微微颤动的眼睫上，又在她身上流转几番，才不动声色地收回视线从她身旁走过，一路往外间去。再回来时，手中多出了一青花瓷杯盏，他缓步走到书案前，伸出白皙修长的手端起砚堂，垂眼将砚堂里的墨倒入杯中，又将砚堂放回书案上。

他伤还未好，似有些气不顺，微微伸手掩唇轻声咳了几声，才抬眼看向站在书案旁的胭脂，言语中不含一丝感情，淡漠道："继续。"

胭脂连忙垂眼，安安分分地继续研墨，可没想到他竟让她研了整整半日，到了晚间，谢清侧才叫停，而那时胭脂的右手已经酸得抬不起来了。

胭脂没想到这才只是开始，从那以后谢清侧竟每日都让她研墨，整日整日地磨，胭脂的手腕肿了起来，觉得再这般下去这手早晚得废了，隔日早间起来打死也不想再去了。

谢揽来叫时，胭脂就装出一副手都快断了的模样，扒着门做凄楚状哀号着去不了。谢揽倒是信了忙去回谢清侧，胭脂等了会儿，见谢揽没再回来才松了口气，终于不用再对着谢清侧研墨了，她这几日做梦都在研墨，实在累极了。

谢清侧可真是个不好伺候的，这折磨人的法子直叫她生不如死，研墨这般枯燥乏味的活儿她是真的不想干了，她宁愿去大房当粗使丫鬟，也不愿意一天到晚研墨！

胭脂累得又爬回床上去，睡了会儿回笼觉。醒来时却瞥见谢清侧就坐在她床旁看着她，似乎看了有一会儿，见她醒过来，仍一动不动，只神色莫测地看着她。胭脂心下一跳，忙拥被坐起。

谢清侧抬眼看向她，半晌才淡漠道："手给我看看。"

胭脂垂眼看着他手里拿着的瓷白药酒，颇有些犹豫不决。

谢清侧等了半晌，似乎失去了耐心，看她的眼神越发淡漠起来。胭脂一对上他的眼就慌了，连忙从被子里伸出手，颤颤巍巍地将手递到他跟前。手是纤细白嫩的，腕子上却红肿了起来，不过离手断还差个十万八千里。

胭脂胆战心惊，他抬手握住她的手掌轻轻翻转，细细察看，他看得很认真，眼睫垂着投下一片阴影，显得越发谦和有礼，衬得斯斯文文的好模样，却不知怎么会对她做出那种不知羞耻的事来？

胭脂不敢再看，只垂下眼看着他的手，白皙修长，指节分明，完美得无可挑剔，明明干干净净不带一丝感情地握着她，但她却越发羞耻起来，他的手那日都不知有多放肆。

胭脂快被折磨疯了，她一看到他就会想些有的没的，瞬间不想与他接触到，她微微一缩手。他却握住她的手，不让她乱动，又微微敛眉看了她一眼。胭脂连忙安分得一动都不动，她是真的怕了他了。

谢清侧见她安分了才收回视线，将她的手放下，拿起药酒倒在手心后才拿起她的手，在她的手腕上揉按。他下手可真的一点不轻，她手腕本就细得跟根牙签似的，他还这般用力，只按得胭脂泪眼汪汪。

她看向谢清侧垂眼认真的模样，不由得眼里浮起一片戾气，这对她来说无异于钝刀割肉，这孽障怕是故意的，这般把她弄到二房，莫不是想要把她慢慢折磨而死？！

许是察觉到了胭脂的目光，谢清侧抬眼看向她，胭脂心中一慌，忙换了一副唯唯诺诺的窝囊废模样，小声嘟囔道：“疼……疼呢，轻点儿。”

谢清侧手下微微一顿，又继续揉，倒是放轻了些力道，只是语气还淡漠着：“一会儿就好，忍忍。”他话音刚落，胭脂就微微僵住了，一时间羞红了脸，他刚才说的话可不就是那日床笫之上说得最多的话！

他总说一会儿就好，可那根本就是骗人的，哪儿……哪儿是一会儿，分明就……

胭脂一想起这些，就不由自主地浮想联翩，整个人都无法遏制地微微发颤。她越发觉得无地自容，眼里也不由得流露出了些许羞愧难当，可在旁人眼里却是泪眼汪汪的委屈模样。

谢清侧微微停下手中的动作静静看着她，胭脂被他看得不自在，便微微垂下头避开他的目光，没想到他突然伸出手将她揽进怀里。

胭脂被他抱在怀里，只觉自己身上都沾染上了他的清冽气息，忙下意识就往后仰去，谢清侧便顺着她，将她压倒在锦被上。

胭脂被他压着，肿着的手又被他轻轻握着，她瞪圆了眼，惊恐万分，那模样活像是给人突然逮到而惊慌失措的小鹿，一心想逃可偏偏给按住了命门。

谢清侧低下头看她半晌，薄唇轻轻贴上胭脂柔嫩的脸，在她面上细细摩挲，语气轻浅得像是怕吓到她一般，轻轻说道：“你要是早些服软，哪用得着受这些苦。”

胭脂微一愣，她蹙眉略想了想，还真不明白她刚刚服什么软了？

真不是吹，她纵横乱葬岗那么多年，还真没一次服软的！当然……就算是有，也都是被她揭过不提的……

谢清侧见她如此，眉心微起折痕，眼里散去的淡漠又开始聚起，淡淡问道：“怎么……想不起来自己错哪儿了？”

胭脂见他如此神情，暗道：糟了，在他那里她可是错得太多了，她实在不知道他现下说的是哪一项！

谢清侧眼眸微沉，胭脂不敢再多想，慌忙装出一副愧疚伤心的凄楚模样，怯懦道：“都是……都是奴婢错了，奴婢不该做这样的事情，是奴婢对不起公子……”

谢清侧被她一连串奴婢砸得微微挑起眉头，他凑近她用鼻尖轻轻蹭她，浅声问道：“那本公子问你，你都错在哪儿了，要是说错了一处……”他顿了顿，松开她肿着的手，伸手将软绵绵的人儿轻轻环住，微微用力抱在怀里，清冽的声音中含着一丝威胁，“可就不要怪我不留情面。”

胭脂闻言微微一颤，她弄不清楚他说的不留情面是哪种不留情面，要是受些皮肉之苦，她还是能勉强担得起的，但若是指的……

她一想到这儿就不由得微微颤抖，要是和他再来这么一次，是真的会崩溃，那种心底的羞耻难堪实在太折磨人了！

许是她的害怕从眼里流露了出来，让谢清侧有所察觉，他顿了顿，微微低头靠近她，在她软嫩的唇上安慰似的轻啄一下，后头又感觉口感很软糯便又碰了几下，还不自觉咬了咬，片刻后又轻轻启唇吻了上来。

他的唇瓣很温软，轻轻摩挲着她的唇，温柔缠绵，那清冽的男子气息包围着她，让胭脂一下大脑空白。不知不觉间，他的舌尖略带几分强硬地撬开了她的唇瓣，慢慢探进去，胭脂的气息一下子就乱了，他的呼吸也紊乱起来，微微有些用力。

胭脂心下大慌，连忙挣扎，谢清侧这才微微离开她的唇，低头靠在她脖颈处微喘，那温热的气息喷在她的颈脖处，让她不由自主地发颤。半晌后，谢清侧才微微抬起头看着她，眉眼染上了几分惑人味道，他抱着胭脂，低哑着声音问道：“怎么了？”

胭脂羞耻得说不出话来，她微微蹙起眉头，眼里微微泛起水光，难堪道：“求求你别这样，我实在受不了……”

谢清侧闻言细细打量起胭脂，她眉眼染了丝丝春色，眼里却水汪汪一片，又含了几分纠结难堪，唇瓣被他弄得比往日红上几分，衬得肤白娇嫩。他看到这里，眼神越发晦暗，但还是勉力稳了稳心神，略微斟酌了一番，神情认真，如同钻研学问一般问道：“我太用力了？”

看着他这般认真地问这种问题，胭脂脑袋发蒙，犹犹豫豫半晌才难掩羞耻，低声喃喃道：“不……不是你的问题，是我不喜欢这样，真……真的接受不了……”

谢清侧闻言微敛眉心，看她神情不似作伪，便极为疑惑道：“可你明明很喜欢，你那日那般……”

胭脂不待他说完就伸手死死捂住他的嘴，她真是羞愤欲死，这孽障莫不是天生克她的，她哪些话听不得，他就非要说哪些话不成？

他这话明明白白就是在揭她的皮，她为何羞耻，就是因为她……她那日竟然因为他的逗弄而每每深陷其中，可这是谁，这是她的弟子！

他不记得往昔无可厚非，可她是记得的，她却还那般有了不该有的回应。这清醒过来的难堪不齿可想而知，她就活像是个不知羞耻的夫子，只知勾引不知情的弟子！

这实在太挑战她心中的认知，只觉得自己是个放荡的夫子，实在让她接受不了！

谢清侧看她神情，又是极为难堪羞怯的模样，想来是那日吓到了，一时接受不了。

他略一默，伸手握住她未伤着的手，拿在手中把玩了一番，微微有些无奈，他看着她缓缓说道："要是怕，就依你缓一缓。"

胭脂微微松了口气，感激的话还未说出，便见他眼神晦暗地看着自己，慢慢靠近她耳旁，意味深长道："胭脂，可你也要想想，天下哪有这么便宜的事儿，你总要给我些好处的，对不对？"

胭脂闻言微微发怔，神情懵懂，如画的眉眼染着的冷清早去得一干二净，眼里如同泛了水光一般潋滟。

胭脂与他整整厮磨了大半日，待到晚间他才起身说要去温书，他倒是还能想到温书这一回事。

胭脂可是被他折腾得半分力气也没了，他这般不规矩实在叫她难以招架，虽然后头没有真成事，但唇齿交缠，肌肤相亲，还那般……胭脂羞耻得不敢想，反正就是叫她受不住，可她又推托不得，要不然以他现下这样的性子，可能连缓一缓都是不会答应的。

胭脂晚上饭都没心思吃，累得倒头就睡，一觉到了大天亮。

起身后没多久又想起昨日的事，她心里不由得生了几分恼意，那股子难堪的劲头直让她羞恼不已，于是便到院子里透透气，谢揽却正巧送上门来。

胭脂微微挑起眉头，谢揽一脸突如其来的笑意。想起他帮着谢清侧一起害她，还装成若无其事的样子，将她骗到谢清侧的院子里，这新仇旧恨加在一起实在叫她怒火中烧。

她没办法拿谢清侧怎么样，还没办法收拾他谢揽？

谢揽见她这般笑模样，便上前几步客气道："公子使我过来问问您，可都需要些什么，只管吩咐便是，小揽一定照办。"其实不能怪谢揽这么个态度，他本觉得胭脂是个好的，且他还是有些喜她的，虽没想到她是个处心积虑要爬床的。

他有些看不起胭脂，暗道公子怎么就中了招，还因为她平白挨了这么重的家法，躺了这么久。谢揽一想到这儿，心下便更加不喜，但面上却不表露出来。

胭脂负着手在院子里踱了几步，随意打量了眼院子，片刻后，睨了谢揽一眼，缓缓道："我要的有些多，怕是要劳烦小揽了。"

谢揽在心中鄙夷了一番，越发瞧不上胭脂，果然人前人后不一样，她这般嘴脸不出几日必会被公子厌弃。他面上带了点微讽，鄙夷道："不劳烦，您要什么就只管开口吧。"

说来谢揽也是正撞在了枪口上，他早不露这样的神情，晚不露这样的神情，偏偏在这档口露出这样的神情，这不找掐吗？

胭脂见他如此，不发一言，默了片刻突然笑了，那笑里都带着几分煞气，她看着谢揽笑着说道："那就劳烦去集市替你祖宗我买四十九只鸟儿，红橙黄绿青蓝紫七种颜色的鸟儿各七只，每一只的毛色都要各有不同……"胭脂说到此，笑容微微敛起，面上透出几分丧心病狂的疯癫意味，"这四十九种色，若是少了一种，我就往你身上添上一块颜色！"说完，她背在身后的手微微握紧，关节处发出声响。

胭脂就这么简简单单的一句话，可是让谢揽差点跑断了腿，七七四十九，整整四十九只鸟儿七种色系，每只还要各不相同。

谢揽派了好些人去找，到最后几乎是哭着找完了所有的鸟儿，现下正站在院子里头无助地低声哭泣，一旁的胭脂还在一只一只慢条斯理地查看。

谢清侧刚从院外踏进来，就听到一阵叽叽喳喳的鸟叫声，他一贯喜静，突然这般吵闹，不由得让他眉心微微敛起。

一进院子便看到了满院的鸟笼，再看谢揽面上青一块紫一块，又哭成了核桃眼。

而胭脂嘴里叼着一根不知哪儿弄来的草，全神贯注地提着鸟笼细细查看里头的鸟儿。她看了半晌，突然啧了声，微微皱眉道："小揽啊。"

谢揽听后身子明显一抖，胭脂转头看向他："这只鸟儿重复了，你这不摆明糊弄我吗？"

谢揽顾不上哭泣，忙睁开核桃眼看向笼里的鸟，片刻后，他直崩溃哭道："我的老祖宗，您这不是看过了吗……"

"哦？"胭脂摸了摸鼻尖，才尴尬道，"我年纪大了，记不清，有什么可哭的，这种颜色添不了还有下一种，急什么……"

谢揽闻言微微一顿，片刻后歇斯底里地哭号起来。

胭脂见状越发欢喜，忙转身兴致勃勃地继续查鸟儿，她叼着嘴里的草儿弯腰去拿下一只鸟笼，却发现笼子前一片墨色衣摆，胭脂微微一僵，顺着衣摆慢慢抬头看去，可不就是谢清侧。

谢揽一看见自家公子就止了泪，忙委屈地跑到谢清侧身旁正要开口说话，胭脂一记眼刀飞去，谢揽见了也不敢再多说话直往谢清侧身后躲。胭脂微垂下眼，掩住了眼里的神情。

谢清侧看了胭脂片刻，便伸手过来取下她嘴里叼着的那根草儿，随手扔了，淡淡道："吊儿郎当，不成体统。"

胭脂直起身看了他一眼，垂下眼暗在心中怒骂，他还有脸说她不成体统，他这些日子才是不成体统，把她当个玩物随意折辱，简直是混账!

胭脂在心里直骂了许久，抬眼却见谢清侧神色莫测，胭脂心下一慌，暗道完了，怎么就如此大意，这孽障浑身上下都是心眼孔子，她这点小想法还能叫他看不出来，还不得怎么整她呢。

胭脂深吸了一口气，堂堂阴物是要能屈能伸的，她绕过跟前的鸟笼，走到他身旁，一脸讨好般笑道："公子，您看看这满院的鸟儿，奴婢正想着给公子挑一只最好看的，也不知公子喜欢不？"

谢清侧闻言看了她一眼，想来是还算满意她拙劣的讨好，淡淡评价道："太吵了。"

胭脂闻言颇为尴尬，是有些吵，四十九只鸟儿，也不知它们都在说些什么，耳朵都要吵聋了，刚才她也不知怎么就在这院子里待了这般久，听得烦了就揍谢揽一拳，才抵了这耳朵生疼的烦躁感。

其实胭脂要是懂鸟语倒是会舒服些，平日里听它们唠叨唠叨也是一桩美事。

谢清侧提起一只笼子看着里头的鸟儿，这鸟儿刚才可是高贵冷傲得很，一点儿不搭理人，现下却窜得那叫一个厉害，对着谢清侧叽叽喳喳直叫唤，那模样瞧着很是……欣喜?

"紫啸鸫啊，这鸟儿可不常见，你倒是费了不少心思。"谢清侧看了眼笼中的鸟儿，又抬眼看向胭脂，微微揶揄道。

胭脂看向谢清侧，又不由自主看向笼里那鸟儿，真不是她故意分心，实在是这鸟儿……她竟然从一只鸟儿的举止中看见了羞怯和崇拜?

这种似曾相识的场景让她实在……她闭了闭眼，又睁眼凑近细细瞧了瞧这鸟儿，没错儿！这鸟儿竟然还给她甩脸子了！

胭脂微微眯起眼直瞪这鸟儿，这鸟儿竟然还歪脖子，一副挑衅的模样，胭脂心中直冷笑，这鸟摆明就是挑衅！

谢清侧见她神情几变，饶是个再能猜的，这般也是有些费力，他放下鸟笼子，微微疑道："这般爱鸟儿？"

胭脂闻言看向谢清侧，他这般问她自然是要肯定回答，否则平白无故买四十九只鸟儿做什么，不是会给他抓到错处儿吗？

胭脂略想了想，笑吟吟答道："奴婢可爱这些鸟儿了。"

谢清侧看着她，片刻后，突然对她展颜，眉眼间染了笑意，如同山间落下了一道光，叫人看着都直晃眼，他开口吩咐道："这般吵闹，晚间如何睡得着？一会儿收拾收拾，今儿个就搬到我屋里去吧。"

胭脂闻言瞪圆了眼，说不出话来，一口气闷在心间不上不下，合着她这是给自己挖了个坑！

谢清侧静静看着她，胭脂想了想正要一口回绝，却听他慢条斯理说道："怎么……"

胭脂没等他说完，便直接认命道："奴婢知晓了。"在谢清侧这儿挣扎根本就是个白费力气的活儿，这点眼力见儿她还是有的。

二月湖水清澈见底，青绿水中微微透出些蓝，草长莺飞，偶有几声鸟啼回荡于湖面之上。

屋里珠帘随风轻晃，微风悠悠拂进里屋，被床前垂落的纱帐皆挡在了外头，里头是帐暖香玉。

今日是春闱第一试，谢清侧醒得极早，而胭脂是一夜没睡，一直都醒着。

谢清侧轻轻起身，却见她睁着眼一闪一闪地看着他，颇有几分依赖的模样。他微微弯了弯眼，俯下身在她额前轻轻落下一吻，语气轻柔道："考完就回来了，你要是闲着无趣便去逗鸟儿玩儿，嗯？"

不过是几月过去，她就在不知不觉间习惯了他这般亲昵，时间可真是可怕得紧。她伸手环上他的脖子，又轻轻点了点头，唇微微动了动，一副欲言又止的模样。

她其实想说，让他不要太在意考试结果，可又说不出口。他这般努力，可还是……这一遭谢明升有了试题，且苦心研究了这般久，谢清侧是不可能赢的。

胭脂想起他每日都这般勤恳读书，连觉都睡得极少，他已经这般聪明了却还这么努力，可结果却注定不能尽如人意，她的心口不由得泛起了一片疼，一时愧疚得说不出话，只眼含感伤地看着他。

真是温香软玉，叫人片刻都离不开了，谢清侧低头在她唇瓣上轻啄一下，浅尝辄止，多了他怕自己也控制不住，他看着她轻声道："听话。"

胭脂心下涩然，他对自己越好，她就越愧疚，她抬头轻轻吻了吻他的薄唇，又低声呢喃道："你可要早些回来。"

谢清侧将头埋进她的颈窝里，闻着她身上的暖香气息，轻轻"嗯"了一声，却没有马上起身，反而抱着她不说话。

许是芙蓉帐暖，又或许是胭脂从来不曾主动做这些亲昵的举动，让谢清侧这样性子的人都不由得心下柔软，一时舍不得起身。胭脂看着纱帐，眼里止不住愧疚，心口直闷得透不过气。

半晌，谢清侧才松开了她起身，再待下去也不用去考了。

胭脂看着谢清侧起身，透过朦胧的纱帐看着他伸手取过木架上的衣袍，穿戴整齐后，正抬手整理衣领。

胭脂起身半跪在床榻上撩开帘子看他，谢清侧听见动静，整理衣领的手微微一顿看了过来，片刻后上前来轻轻拥住她，低下头轻轻地吻落在她的眼皮上，宠溺道："真要走了，再不走可不用考了。"

胭脂闭着眼不敢看他，细长微翘的眼睫轻轻颤动，如蝴蝶轻扇翅膀般轻巧又脆弱，片刻后才涩然开口道："阿侧，若是考得不好，你也不要太在意。"

谢清侧闻言眉眼微微弯起，见她这般心事重重的可怜模样，心下又是好笑又是心疼。他将她微微托起，让她整个人靠在他身上，抬头看她："我道这几日怎么都闷闷不乐的，原是担心这些有的没的。"

胭脂微微睁开眼看向他，他眼里含着揶揄笑意，他抬头轻啄了她柔嫩的唇，也不离开，只用自己的唇在她的唇瓣上摩挲，轻声道："怎么这般小瞧我？"

胭脂心下越发沉闷，竟然希望春闱不要过去，那榜永远不要被揭开。

可胭脂再如何不愿意，春闱还是会过去。

这一遭布榜，谢家大公子谢明升位列榜首，且官中皆有传言，谢家长子其才之高，远胜谢家历代子弟，这谢家宝树的美称，早晚得移名于他。

谢明升一时间在京都才俊间扬了大名，皆道谢大公子才名果然不虚传，这遭突然发力，三月殿试只怕不容小觑，这谢家说不准又要出个大状元了。且谢明升又是个样样好的，实在叫人羡煞不已。

谢家人一反之前二房庶子中了解元时的淡漠态度，连摆几日大宴，打赏下人也远胜于往日，谢家上下每个人都沾了喜气，比往日不知热闹了多少。

只除去二房冷冷清清，半点热闹气氛都不曾有。

胭脂在院里站了很久，也没等到谢清侧回来，她放心不下，问了守门的婆子，才晓得他一回来就去了书房。

胭脂趁着月色出了院子，过了拱门沿着回廊一路到书房门口。

她站在回廊静默了许久，才伸手推门进去，里头不曾点灯，唯有朦胧月光透过窗纸渲染进来。别院那里传来一阵喧闹的爆竹声，隐隐约约又传来笑闹声，衬得书房更加冷清。

胭脂一进去就看见谢清侧靠坐在桌案一角，看着窗外湖面上的明月微微出神，他从外头回来还不曾回屋，现下穿的还是早间胭脂给他选的茶白衣袍，上头绣着雅致竹纹，腰间系着白玉带，又缀着块蓝田墨玉，黑发一丝不苟地用白玉冠束起，冷清雅致已远胜凡夫俗子，偏又容色这般出挑，一息之间便可夺人心魄。

听见动静，谢清侧微微转头看过来，眉如墨画，看着她的眼神深远而又荒凉孤寂，直叫胭脂一阵锥心刺骨。她在原地站了半晌，才提步向他走过去。

待到了他跟前她又说不出话来了，这一切本就是她亲手造成的，说什么都是讽刺，良久，她才涩然唤道："阿侧。"

谢清侧闻言伸出手微微环过胭脂的细腰，让她站在他腿间将她揽进怀里，又低头微微靠在她肩头，良久，才喃喃问道："……他们为何总是如此？"

胭脂闻言眼睫狠狠一颤，心下猛地一窒，越发难受起来，他……他要是知道不只是谢家人站在谢明升那边，就连她……她也……

现下已然如此，谢明升高中状元后，他就更没有出路了，天子只会扶持一个谢家子弟，多出来的只会摈弃，他这样骄傲的人要怎么办？他若是真如命簿所说空有野心没有能力，也就罢了，可偏偏他有能力也有野心，却要遇到龙子，注定默默无闻过一生……他怎么受得了？

胭脂直透不上气来，她的心好像被人死死揪着，一下连一下，直疼得缓不过劲来。

胭脂不知不觉间已然泪流满面，以往青衣唱什么"人在江湖，身不由己"，她总觉不信，现下却是感同身受，这句话实在太过悲凉无奈。

谢清侧感觉到她身子的颤动，便微微移开了些距离看她，才发现她哭了。

他看着胭脂眼里的绝望悲凉，微微一顿，心便一下就化了。他将她微微抬起，让她坐在自己腿上，手轻扶着她的脸，拇指轻轻抹去她脸上的泪渍，浅声揶揄道：“我还没哭，你倒哭了……”他顿了顿，好像一时不知如何安慰，便将胭脂揽进怀里，抱着她轻轻说道，“没事的……我早就习惯了如此，你莫怕这些，春闱不行，还有殿试，如今不过平局而已，还有机会的……”

胭脂闻言直透不上气来，殿试就……就更没法子赢过了，她根本不能让他赢……

胭脂一时间更是愧疚得泪如雨下，他所谓的夫子，还要活生生断了他唯一的出路，真是可笑得很。

她又是个要脸面的，哭也非要闷着哭，一时有些喘不上气，一副快断气的模样。

直叫谢清侧这么镇定自若的人也不由得慌了神，忙轻拍她的背，见她哭得上气不接下气，心疼得不行，言辞里都带了几分焦急：“胭脂，别这么哭，要伤身的。胭脂，听话……”

胭脂闻言忙死命止住眼泪，可还是克制不住抽咽起来。

谢清侧只能抱着胭脂哄了一宿，也被她这般搅散了心中的压抑，无暇去顾及旁的。

胭脂断断续续哭了一宿，到了后头她都不知道自己在哭些什么，她只知道谢清侧每哄一句都像是往她心上扎一刀，谢清侧越对她好，她就越愧疚难挨……

清晨起来，胭脂就去小厨房替谢清侧熬了粥，昨个儿他哄了自己一宿，嗓子都有些哑了，怎么样也要好生伺候着。

胭脂端了粥将要进正院，却听闻院外头一阵喧闹声，不由得微微蹙眉，谢清侧昨个儿被她折腾得一宿没睡，早上补会儿觉，这般吵让人怎么睡？

她端着粥碗往外院走去，谢揽对面站着两个丫鬟，其中一个是大房的玲珑。

“两位姐姐，我家公子这几日身子不适，实在没法子再去恭贺大公子了，劳烦两位姐姐回去给大公子好好说说。”谢揽面上带笑，拿眼可怜巴巴地瞅着眼前的人，他又是清秀少年的模样，直叫人不好意思与他为难。

玲珑闻言看了眼谢揽，倒是没再为难他，只是嘴上有些不饶人，她努了努嘴，对一同来的丫鬟旁若无人地奚落道：“还真是一有事就生病……”顿了顿又掩嘴笑道，“只怕是得了红眼病呢。”

胭脂在后头听得直冷笑了声，谢揽条件反射浑身一僵，回头一看微微错愕，这祖宗怎么顶着双核桃眼？

胭脂见他们都盯着她那双肿眼看，不由得脸色更加阴沉。

玲珑见了胭脂，越发摆起了派头，拿眼直睨胭脂，鄙夷道："大公子本是想，这么大的喜事儿，来的贵客又极多，二公子怎么样都该出来瞧瞧，别整日窝在屋里只知埋头读书，见识太过浅薄，中了个解元就以为自己大了天去，怪叫人好笑的……"说完，她又带着几分讥笑，直看着胭脂带着些许幸灾乐祸道，"可惜，这二公子不领情呀。胭脂，你若有闲工夫可要多劝劝二公子，别成日里想些不该想的……"她本觉着二公子是个谪仙般的人物，可没想到被个丫鬟勾住了脚，想来也是个没出息的，叫人半点看不起。

胭脂闻言只觉心口生疼，呼吸都不由得重了起来，玲珑这话可真是撕她的心，她本就因为谢清侧的前途一事郁结于心，现下就这般奴大欺主，往后还得了！

玲珑见胭脂直勾勾地看着自己，眼神颇有几分古怪，她不由得想起了珠德儿的种种做派，难掩鄙夷之色。那珠德儿也是个没用的，被区区一个小丫鬟吓成这样，实在可笑得紧。

谢揽看着慢慢走过来的胭脂心下一慌，他连忙上前拦住她，压低声音急道："你可别乱来，如今大房势头正好，要是这档口闹出了什么事，必会牵连公子，老太爷那边一定会偏向大公子的！"谢揽顿了顿，缓和了语气道，"这一遭还得先避一避。"

谢揽见胭脂平平淡淡地听着也没接话，以为她将自己的话听了进去，刚安下心，却听她吐出几个字道："避什么避……"言语间皆是狠厉戾气，一副要生吞活人的架势。

谢揽闻言脑仁儿狠狠一疼，倒吸一口气，闭了眼满脑子还是胭脂嘴里的话，他睁开眼看向胭脂："你不能乱来啊，你这样……"

胭脂狠蹙蛾眉，怒道："滚进去！"

谢揽被吼得吓了一跳，眼里直泛起了泪花。片刻后，便转身委委屈屈地往里院跑，胭脂抬眼淡漠地看向玲珑，慢条斯理说道："粥。"

刚才哭着往里头跑的谢揽又哭哭啼啼地跑出来，伸手接过胭脂手中的粥，瞄了一眼胭脂寡淡的表情，又绝望地哭着跑进院里。

玲珑见状越发鄙夷起来，她倒要看看这个胭脂能怎么样。

胭脂上下细细打量了一番玲珑："你和珠德儿差得还真不是一星半点儿。"

玲珑闻言眉尾一跳，她最讨厌的就是别人拿珠德儿和她比，她们同等出身，可珠德儿早已是谢明升的妾室，而她却还是个奴婢。珠德儿有什么好，凭什么得了大公子的眼！

玲珑看了眼胭脂，强压下心头的不爽利，尖厉道："别扯这些有的没的，我们大公子说了……"

胭脂充耳不闻，自顾自截了她的话道："尖嘴猴腮，难怪谢明升会选了珠德儿。"

玲珑有一瞬间的凝塞，她强按下心中的怒气，不由得鄙夷道："那也比你好，坏得没边儿，竟使些下三烂的手段勾引人！"

胭脂轻描淡写回道："架不住人家二公子喜欢。"

玲珑闻言狠狠一噎，是真没见过这么不要脸的，她一时有些语塞，这般骂，这人连眼帘都没掀，她还能说什么？

她这厢还没想出旁的法子，就听胭脂看着她，一脸同情地笑道："你爬大公子的床可有五六次了，竟没一次成的，真不知怎么还有脸……"

"你胡说！"玲珑见她一副瞧不起人的模样，就气不打一处来，她这么个下贱玩意儿竟敢这般看自己！

胭脂嗤笑一声，自顾自说道："这般尖酸刻薄相，想来也是叫人瞧不上的……"

玲珑见她这般自以为是，恶狠狠说道："一个过了好几手的破烂货，还敢在这儿耀武扬威，今儿个就让你姑奶奶教教你什么叫礼义廉耻！"说完，她直冲上前去，伸出手就想撕了胭脂的嘴。

可这人还没碰到，就被迎面过来的胭脂猛地一把擒住了手腕，狠狠往后一扭。

"啊！"玲珑直疼得惨叫起来，声音听着颇为凄厉。

胭脂一脸寡淡，丝毫不起波澜，跟玩似的直拧着她的手，擒着玲珑到了院墙下的水缸前，将她的头往水里狠狠一按。

后头的丫鬟急得连忙上前，伸手想拽胭脂的头发。胭脂一手按着玲珑，微微侧身避开，又抬脚朝那丫鬟的盆骨处狠狠一踹，那丫鬟受不住力猛地扑倒在地，疼得直抽气冒汗。

胭脂面无表情地按着拼命挣扎的玲珑，直到她的动作越来越小，快要气绝时，才拉着她的头发将她从水缸里拽起。看着玲珑拼命呼吸的模样，微微柔和了下自己的表情，和善地问道："玲珑，你刚才说什么，我没听清？"

玲珑回过神直喘着气，恶狠狠地瞪着胭脂，恨不得杀了她一般说道："你等着，我一定会告诉大公子，他一定不会放过你的，你就等着被卖到暗窑去吧！你最好识相地给姑奶……"

胭脂看着她，面上带了几分悲天悯人道：“好可惜，答错了。”话音刚落，胭脂就面无表情地将她的头按进了水缸。

一旁的丫鬟见胭脂这副模样直吓得魂不附体，浑身都止不住地颤抖，拼命地尖叫起来。

胭脂按着玲珑，微微垂眼神情淡漠地看着她，那丫鬟见胭脂这般看她，越发毛骨悚然起来，又看玲珑拼命挣扎的手慢慢无力垂下，好像死了一样，更是吓得大气不敢出。

胭脂这才慢条斯理地将玲珑拽起，玲珑直大口大口地喘气，濒临死亡的窒息感觉太痛苦了，再来一次她可受不了！

胭脂一手拽着玲珑的头发看着，又抬手理了理玲珑鬓角凌乱的发，柔声道：“玲珑，这回你可要想好了，要是再错了，我可不一定拿得准时候。”

玲珑见她这般轻声细语的，瞧着又是个青涩的小丫鬟，可做的却是这般狠厉之事，这般诡异之落差实在叫她不敢再说旁的，只哭着求道：“对不住……胭脂，我不敢了，我不该这样说你，都是我的错！”

胭脂垂下眼睫，叫人看不清她的想法，只听她叹了口气，手下一用力又将玲珑的头按进了水缸，如此反复，玲珑绝望之时，突然反应过来，看着胭脂寡淡的表情，忙虚弱叫道：“我不该编派二公子……我再也不敢了……”没想到胭脂还是将她往水里按，玲珑只觉生不如死。

就在快要进水那一刻，胭脂又猛地将她提起，一脸怜惜地抱歉道：“对不住，手习惯了。”

胭脂看着玲珑苍白到没有血色的面皮，叹息道：“你要是早这样说，何至于发展到这般境地？”说完，胭脂看着她，眼里闪过一丝凌厉，“玲珑，往后要是再让我听见你编派他一句不是，可就没那么简单了。”她说到最后越发轻忽，像是在自言自语，玲珑却听得骨寒毛竖，忙止不住地点头。

胭脂松开她，揉了揉自己发酸的手，慢条斯理说道：“回去告诉谢大公子，我这几日性子是间歇性的不好，让他别总没事找事。”

玲珑闻言忙拼命点头，和另一个同来的丫鬟搀扶着，几乎是爬着出了院门。

胭脂站在原地看了会儿，才转身进得里院，却见谢清侧正站在院子口，垂着眼不知在想什么，见胭脂进来他才抬起眼直看向她。

胭脂见他穿戴齐整，不由得一步跳下了台阶跑去他跟前站定，抬头看着他直问道：“你又要去哪儿呀，怎么不多睡会儿？”

“有人来找我，晚间再补吧。”谢清侧看她活像只跳兔儿般一路跑到他跟前，便伸手将她揽进怀里，抱着她不发一言。

胭脂将脑袋抵在他胸膛里半晌，见他一直无言便有些奇怪，扒着他的手臂，从他怀里挣扎着抬头。

谢清侧低头看她，他眼眸亮得都能从里头看到细碎璀璨的点点星光，胭脂一抬头他就低头在她眼皮上轻轻落下一吻，末了又看着她直笑。

胭脂在心里冷哼了几声，就知道这孽障会嫌弃她的鱼泡眼！

胭脂这眼肿得太厉害了，谢清侧完全看不出她眼里的神情，不由得笑弯了眼，只觉这小眼肿得好可爱，又低头轻啄几下才微微松开了手，浅声道：“玩得衣裳都湿了，快进屋换了去。”

胭脂摸了摸自己的眼睛，越发阴沉了脸，闷声不吭地进屋去了。

谢清侧见她这般气鼓鼓的，如同河豚似的进了屋，直弯起了眉眼，轻笑出声。

谢清侧出了正院，一路到了书房，杜憬已等了这么一会儿，正急得来回踱步，一见谢清侧进来，就上前肃然道：“你这一遭春闱，怕是给人阴了！”

谢清侧闻言微挑眉梢：“何以见得？”

杜憬开口解释道：“我在珍馐楼见到了辞官多年的戴宽老先生，他闲来无事便与我谈及谢明升。他与我说谢明升这一遭中得会元，倒是时运所至。”他微顿了顿，又道，“春闱前谢明升特地去拜访了他，他们二人谈论过几多，没承想竟然还讨论到了春闱的试题，且还细细谈论了如何答才是最好的。”

见谢清侧微微敛起眉，他又道：“我是不信谢明升有这样的运气，这般机缘巧合就猜到了试题。”

杜憬顿了顿又阴郁道：“我琢磨着是当年那个暗中助他的人，先头就是如此，事事都得先机让咱们束手束脚，且还没等抓住那人就又没了声息，这一遭出现可真是让人防不胜防。既然是能得到试题的人，那必是朝中重臣，谢明升背后若有这样的人相帮，那可真是太过棘手！”

谢清侧闻言默然无言，他缓步走到书案，手轻轻拂过书案的策论，垂着眼神色淡漠，慢条斯理道：“泄露考题是大罪，官民勾结舞弊是天子最厌恶的事……他谢明升若是真才实学赢了我，我无话可说，可若是敢做这忤逆之事，那就怪不得我不认手足之情了……”末了，他抬眼看向杜憬，语气近似于轻忽道，“这一遭若是真的，倒是个好机会，他们两个人一个都别想逃，正好一船子打翻了。”他神情淡漠清冷，言辞间却透出几分噬骨的狠戾。

既然帮谢明升的人在谢家之外，藏得又这般深，必定有不为人知的法子交流，谢明升春闱之前见过的人也不过就那么几个，都是些无关紧要的人，试题若不是通过口述，那必然是写于纸上。

谢清侧在书房足足等了五个时辰。到了晚间，谢明升那头藏着的人送来了一张薄纸，上头的字一瞧就是女子写的簪花小楷，密密麻麻写着的是与春闱一般无二的试题。

谢清侧看着纸上这字直发怔，这小楷写得与他相识的那个人极为相似，连这落笔间轻轻一挑的习惯都一般无二，天下竟有这么巧的事……

谢清侧慢慢闭上了眼，放在书案上的手微微握成了拳，半晌又慢慢松开了。

夜，才刚刚开始……

拾壹 失措

胭脂在屋里消磨了一天，才将这对鱼泡眼微微消了肿，本来有心想让谢清侧瞧瞧成果，可惜左等右等都等不来人。

到了晚间该歇了，他也不曾回来，问了谢揽才晓得他在书房，这都一整天了，想来是为了殿试做准备。

殿试……胭脂想到此发怔起来，只能歇了去看他的心思。

第二日，天没亮透，灰蒙蒙地罩着，胭脂莫名就早早醒来，瞧了眼枕边还是空着的，心下不由得疑惑起来，他莫不是睡在书房了，可往日里也没见他有这样的习惯。

她有些担心，正要起身却瞥见锦被旁一片茶白衣角，顺着衣角看过去正是谢清侧，他坐在床尾外侧，靠着后头的床架，一腿放在床榻外的脚踏上，一腿弯曲平放于床榻，手随意搭在腿上，神情淡淡，直看着正前方某一点微微出神。

待胭脂这处有了细微的动静，他才微微低头垂眼看向她，眼神平平淡淡，没有丝毫波澜，只是一直看着她，许久都不发一言。

胭脂见他如此微微一愣，便掀开锦被，从被窝里半跪起来，膝行到床尾靠到他身边，见他眼中微微泛着血丝，晓得他昨夜必是一夜没睡在那儿苦学。

她伸手去抚他的眼，却发现他脸庞都是冰凉的，她忙垂眼去摸他放在腿上的手，也是冰凉冰凉的，她直看向他，心疼道："怎么这般凉？"

谢清侧闻言也不说话，只看着她，那乌黑黑的眼眸直看得胭脂心狠狠一揪。这样的眼神她很早以前就见过，那是一只被人丢弃的小犬儿，看着她的眼神可怜又受伤，眼泪汪汪的模样和现下的他实在太像了。

她连忙转身拉过锦被盖在他身上，又直起身子伸手抱住他，借自己体温暖和他的身子。

胭脂待做好了才极为心疼道："回来了怎么这般干坐着，冷也不知道躺被窝里来？"胭脂微微有些语塞，被他这般弄得乱了分寸，以为他是因为谢家人的态度而难过，又想到他为了殿试这般不眠不休地看书，心下急得不行，直颠三倒四劝道，"你可是看了一夜的书？这事……这事可急不来，还是要休息好才是，不然书没温好，人就先病倒了……"

谢清侧默然看了她半晌，突然抬手将胭脂拉坐在自己怀里抱着她："我怕吵醒了你，想等着你自己醒。"

听他此言，胭脂的心都化了，便伸手环着他的腰靠在他怀里。知他心绪不佳，却说不出半句安慰的话来，她帮着谢明升一手毁了他，现下又在他面前惺惺作态，岂不是好笑！

她想着又难受起来，这般两难实在让她太过难熬，每一刻都如煎心般。

胭脂缓了好久才微微打起精神，她从他怀里直起身，对着他直眨眼，故作轻快道："你看看我的眼睛。"

谢清侧低头颇为认真地看她，抬手轻抚她的眼，在她的面上轻轻摩挲，神情专注却又一副心事重重的样子，片刻后他温和问道："可是眼睛疼？"

胭脂见他如此又心疼起来，他已经两宿没睡了，她坐起身握住他的手，柔声道："我没事呢，你都两宿没合眼了，一定很累了，快些睡一会儿吧。"

谢清侧只看着她，片刻后直起身在她嫩唇上落下一吻，轻声道："陪我一起。"说完，也不待胭脂回答，便抱着她在床上躺下闭目养神。

胭脂被他抱在怀里，起初还颇为乖巧懂事，一动不动，可久了便有些耐不住，她又睡不着，有心起来去喂那四十九只鸟儿，可想到谢清侧刚才那个样子，便还是强忍了下来，百无聊赖之下只能用手指勾起他一缕乌黑的发，卷着玩儿来打发时间。

她硬生生熬了一个时辰，觉着他差不多睡熟了，便打算起身去喂鸟儿。她心里头一直记挂着，养这么多鸟儿可是个大事儿，喂完食她还得洗笼子遛鸟，一堆的事儿，可是忙得不行。

胭脂轻轻撑起身子，谢清侧下一刻就睁开了眼，抱着她的手微微一紧，抬头看向她，问道：“去哪儿？”

胭脂微微一怔，愣愣答道：“我想去喂鸟儿。”片刻后，又觉得颇为疑惑，她趴在谢清侧的枕头旁看向他，“你怎么不睡？”

谢清侧看着她的眼神越发深沉起来，胭脂见了是一头雾水，他微微坐起身对她浅声道：“我与你一道去吧，反正也睡不着。”

胭脂见他眼里布满了血丝，哪像是睡不着的样子，都这般累了，怎么可能会睡不着，她不知他怎么了，可确实不想让他累着。

她想着便也不起来了，便重新盖上被子说道：“也不急于一时，晚些再去吧。”她拍了拍身旁的空位置，对他笑了笑，“再眯一会儿吧，你才睡了多少时候，这般可吃不消。”

谢清侧闻言神色莫测，眼神也越发古怪，他慢慢在胭脂身旁躺下看着她，半晌才伸手将她连人带被抱进怀里，下巴微微抵在她发间，半晌才问道：“胭脂……你如今可心悦我？”

胭脂闻言心中咯噔一下，她竟然……竟然说不出来自己心中所想，若是照着往昔，她心中必然只有一个答案，那便是不喜他的，她不喜他的行事作风，不喜他的为人……

可现下，她却不知道了，她能接受他各种亲昵的行为，却不知是因为习惯这个人还是因为心悦这个人，她说不上来。可他已然这般，若是她再这样说，那岂不是让他雪上加霜！

她想着便低声说道：“心悦你。”

谢清侧抱着她躺平，让她趴在自己的胸膛上，又将她往上轻轻一提，认真问道：“真的？”

胭脂见他问得这般认真，便有些心虚起来，只能别开眼趴在他胸膛上听着他的心跳声，轻轻“嗯”了一声作为回应。

胭脂觉得他将自己抱得更紧了。良久，他清穆好听的声音在耳旁轻轻响起：“胭脂……我信你……”

胭脂说不出心中滋味，只能趴在他身上默然无言。

那日过后，谢清侧倒是没再那般古怪，只是对她看得越发紧了，往日里她去哪里他都不会过问，这些日子也不知怎的，只要离了他身边一会儿，便让谢揽满院子找她。

胭脂看着眼前的谢清侧，心下叹息，想来他是因为春闱一事还有谢家人的反应而有所介怀，身边一时离不了人。

吃完正午饭，一旁的丫鬟收拾着，谢清侧正坐在她前头的桌案旁品茶，胭脂坐在榻上也没什么事儿，便拿出绣了几日的荷包，今儿个正好可以收尾。

谢清侧见状颇为悠闲地看着胭脂，她纤细秀美的手指灵活摆弄着荷包，模样温婉乖巧，眉眼间微微透上丝丝笑意。

直到胭脂缝完最后一道，正收尾打结时，他微微一怔，眉眼间的笑一下子就消散了，好像从来没有出现过一般。他放下手中的茶盏，看着胭脂不发一言，眼里的淡漠冷意又慢慢汇聚起来。

胭脂打结的方式很特别，她喜欢打上一个结，再加上一个结，最后再打个死结，这样是最牢靠的，可这样她又觉得太过死板，便留下了两条长线头，再微微修剪一番，便像是龙虾头上伸出的两条须儿，瞧着就很是讨喜。

待胭脂收尾完，她才微微发觉周围原本和煦的气氛有些凝塞。她抬眼看向谢清侧，他的神情太过莫测甚至于……有些阴冷。

他有多久没有用这样的眼神看过她了？

自她来了他院子，他便对她极好，每每看着她眼里都透着笑，叫胭脂看一眼就忍不住跟着笑，可现下她只觉得周身发冷，一时有些无法适应，只能愣愣地看着他。

他慢慢站起身，缓步走到胭脂面前站定，垂眼看着她，眼里神色未明，片刻后他又微微俯身，伸手拿过她手中的荷包。

墨色的荷包，上头绣着一个胭脂盒，小巧玲珑极为精致，简简单单的，他却看了许久。半晌，他才垂眼看向她，仿佛她做的这个荷包一下子就撕开了他心底的那扇窗户纸，让他苦苦维持的东西一下子弄了个粉碎一般，他直看着她缓缓问道：“做这个干什么？”

胭脂见他如此，有些莫名其妙，一时摸不着头脑，她弄不清楚他为什么突然这样，这荷包不是早说了是给他做的吗？

他那时明明还笑弯了眼，怎么现下却……这莫不是一下子中了邪？

胭脂看着他一脸不解，她喃喃答道：“我是做给你的呀，你……可是忘了？”

谢清侧闻言突然就莫名地轻笑出了声，那笑里好像都带出了几分微讽：“你可真是聪明，既会写信哄人，又会做荷包做糕点，半点都不像个下人……”他微微一顿，继续嘲讽道，“难怪谢明升能为了你，将多年伺候着的玲珑都赶了出去。”

胭脂心中咯噔一下，见他这般必是误会了她和谢明升，可她又不知如何解释，她也没想到谢明升会直接把玲珑赶出去，府里也确有传言谢明升与她有猫腻。可这些，她从来都是不理会的，却没想到他竟放在了心上。

胭脂心下微闷，略微斟酌了片刻，才开口解释道：“阿侧，你怕是误会我和大公子了。那日的事情，他必是看在我家小姐的面上才不与我计较，且玲珑她也确确实实口无遮拦，大公子罚她，想来是有他自己的原因，与我并没有什么相干。”

“说得可真是好……”他的眼神越发淡漠起来，居高临下地看着胭脂，冷嘲热讽道，“没什么相干，若真是没什么相干，那珠德儿……”他说到一半便停了，像是突然想到了什么，生生顿住。

胭脂默默看着他，不发一言，她突然想到了那次杖责，那次珠德儿的孩子都没了，可谢明升却是轻轻揭过了不提，他心中必然觉得她和谢明升之间有猫腻才会这般说。

可珠德儿掉了的孩子是他用来害她性命的，若不是谢明升，她的命早就送了，这本就是一节连一节的，想起一桩便会想起更多。

谢清侧对她这般好，可也掩盖不了他的品行不好。胭脂心里慢慢变得失落苦闷，他什么都好，可偏偏不是好人！

谢清侧显然也想到了这里，微微怔在那里，只看着她，竟隐隐有了几分不知所措。

是啊，她从来都知道他是个什么样的人，她看清了他心中最阴暗的角落，又怎么可能会安然处之？

胭脂不由得有些害怕，他这样的人怎么可能喜欢旁人看清他呢，他会不会……会不会又对她下那般毒手？她现下整个人都在他手心里握着，实在不能不谨慎而为，且现下他如此异常，她也不敢如之前那般亲近他了。她看着他，带着些许尊重，轻轻唤道：“公子。”

这称呼一下叫醒了谢清侧，可听在他耳里简直就是压弯骆驼的最后一根稻草，他死死捏着手中的荷包，看着她的眼神都微微发寒起来，浑身透着股凌厉劲儿，一旁的丫鬟见他如此，吓得不敢动作。

胭脂看着他，连眼眶都微微有些酸涩起来，又想起之前他对自己轻声细语的模样和如今真是天差地别，她强忍着心中的委屈与不安，软声道：“您怎么了，我若是哪里做得不……”

胭脂话还未说完，就被他甩来的荷包砸了个正着。她怔怔地看着从她面上滑落下来的荷包，话卡在喉头不上不下。半晌，她才微微抬眸看向他。

谢清侧站在她眼前，一脸漠然，言语带着微讽，冷淡道："既然这么喜欢当个奴才，那就去当你的粗使丫鬟吧，往后不用来上房伺候了。"说完，便转身头也不回地出了屋。

胭脂看着他离开的背影微微发怔，心下说不出滋味，她和谢清侧怕是就到这里了……

那日不欢而散之后，她就听他的话搬到了下人房里，再也没见过谢清侧。

谢清侧说是让她当个粗使丫鬟，可这两三日过去了，根本就没人让她干活，丫头婆子一个个都晾着她，她在旁边动一下，她们就跟要了她们命似的护着手里的活儿。

胭脂去找谢揽，他又是一副欲言又止的模样，问他又一副不敢说的做派，弄得胭脂一头雾水。

她便只能去遛鸟儿了，四十九只鸟儿，上午一只下午一只也要大半个月才能遛完，也是个不算轻松的活儿。

这日午后，胭脂歇完觉，便像往日一般，在谢家僻静的小园子里遛鸟。谢明升突然从半人高的草丛里窜出来，把胭脂笼里的鸟儿吓得够呛。

胭脂瘫着张脸，直将他一脚踹回了草丛里。

谢明升被踹倒在草丛里，半天才反应过来，看着她小声道："胭脂，是我啊。"

胭脂忙着安慰鸟儿，没工夫搭理他。谢明升强压下怒火，默默站起身。

谢明升默了半晌，才叹道："胭脂，我知道你还怨我……没为你多争取。可是我也没办法，你知道的，没人能改变祖父的决定，我……你放心，等我接下来高中状元，我一定去二房把你要回来！"

胭脂看了他一眼便不想再理会，这都哪儿跟哪儿，他这一世又没在海里待过，怎么脑子像泡发了一般？

谢明升见胭脂一副心痛模样，便越发为难起来，忙继续解释道："玲珑惹气了你，我已然将她配给了府外的管事，往后不会再碍你的眼，你放心。往后你来了大房，除了楼烟没一个会大过你，至于楼烟那处，有我帮衬着也不会有什么事……"

说到玲珑，胭脂就一肚子气，若不是他这般作为，哪会闹出那些事，可又不能将气撒到他头上。

胭脂微微叹了口气，垂首看着笼子里的鸟儿，出声截道：“明升啊，殿试我自会为你筹谋，你根本不必费力讨好我……”她微微一顿，又继续道，“你有工夫在我面前说这些话，倒不如回去多和楼烟说说好话。你年纪还少，叫乱花迷了眼也是常事，可若是一直分不清自己想要的是什么，难免还是会吃苦头，我再是偏帮你也没有一点用……”

谢明升闻言心中越发疑惑，胭脂说的话怎么这般像……他看着胭脂，慢慢瞪大了眼，像是不可置信般感动得热泪盈眶，他上前几步，哽咽道：“祖母是您老人家回来了吗？孙儿实在想您得紧，祖母……”

胭脂没听完就给了谢明升一巴掌，将他狠狠拍进了一旁半人高的草丛里。她闭上眼强迫自己平静下来，一定不能被逼疯，这可是龙子，是东海龙王的掌上龙子，她不能失去理智！

好不容易与谢明升拉扯完，天光已经渐暗了，胭脂无心遛鸟，便面无表情地提着鸟笼回了院子。正碰上谢揽火急火燎地从院里跑出来，一见胭脂才松了口气，一脸万幸地上前说道：“姑奶奶，你可回来了，公子正找你呢，快跟我走吧！”

胭脂闻言提着鸟笼干站着不动，她没想到谢清侧还会再找她，她根本没个准备，实在不知怎么面对他。

谢揽见她呆站着，又想到公子那副山雨欲来的阴郁模样，越发急切起来，忙上前提过她手中的鸟笼随手放到地上，带着哭腔道：“求你快移步吧，已经耽误好一会儿了，再晚些公子会扒了我的皮的！”

胭脂瘫着张脸，跟着前头直拿衣袖抹眼泪的谢揽一路往正院里去。月光被两旁的高竹挡住，显得这条路越发晦暗，而远处的路却无高竹，宽敞开阔。月光从上往下照下来，将一条路分作两条，一明一暗，互不干涉。

他们才走到半路就见远处有个人沿着碎石小径，一路往这处过来，朦胧的月光轻轻洒下，淡淡笼罩在墨蓝色衣衫上，腰间系着墨蓝玉带，衣冠一丝不乱，坠着块和田玉，走动间轻轻晃动，衬得腿长窄腰，玉树临风。

他整个人如同浸在了月色里，连眉眼都染上了月色的微凉，瞧着清冷，可再细看却不是，他整个人分明还透出一丝阴沉压抑的诡异之感，这种情绪隐于底下，只叫人心中不自觉发虚，隐隐不安起来。

胭脂停在原地看着他从远处走过来，一步步从光明走进了黑暗。

这竟然是亲自找来了，她心下只觉奇怪，往日可从来不曾这般没耐心。

谢清侧一看见胭脂，脚步微微一顿，片刻后又恢复了常态，面上的阴沉也慢慢收敛起来，上前揽过胭脂，又极为不悦地看向谢揽，冷冷责备道："叫个人竟然也去了这么久，你现下做事是越发不得力了。"

谢揽忙低着头不敢正视他，直开口请罪，自家公子这几日简直就是个隐形的"炮仗"，瞧着那模样就是只差一点就要爆了，可他还死死压着，这实在让人惶恐不已。

现下二房的人，每日都大气不敢出地小心伺候着，生怕一不小心就引了这大祸。

胭脂见谢揽这般惶恐害怕，颇有些意外，同时她又觉着是自己连累了谢揽，颇为不好意思。她想了想，还是伸手轻轻拉了拉谢清侧的衣摆，在他怀里抬起头，看着他轻声解释道："不怪他，我刚才去园子里遛鸟儿了，回来时天色已然晚了，你别气……"

谢清侧低头看她，微微柔和了神情，抱紧她，又低头在她额间落下一吻，稍弯了眉眼，缓了声调却又带了一丝强硬道："府里太大了，往后就在附近走走吧，若是要去别处最好让人跟着，不然找不到你，我会心慌的。"他说得很轻，尾音又轻轻落下，低沉了不少，显得意味深长。

胭脂抬眸看他，片刻后，又垂下眼睫，心下有些不平静，半晌才低声答道："好。"

他明明还是如之前一般温声细语，可给她的感觉就像是暴风雨前的平静，那平静仿佛是危险来临前的可怕征兆。

胭脂跟着谢清侧到了他屋里，丫鬟正摆好饭。

她在他坐下后便走过来，打算和往常一般坐在他右手边的位置上，才刚准备坐下就被谢清侧拉坐在他的腿上，手揽在她的细腰上抱着她。

胭脂虽然习惯了他的亲昵，可当着旁人的面她是受不住的，实在太不成体统，她微微按着谢清侧环在她腰间的手臂，低声羞耻道："别这样，我不习惯。"若是以往他是不会勉强的，这些小事都会依着她，可现下却权作没听见。胭脂才微微起身，谢清侧锢着胭脂的手便更加用力了。

胭脂转头看他，正对上他的眼。他淡淡看着她，神情莫测，放在她细腰上的手微微一紧，将她软软的身子往自己身上压，另一只手慢慢按在她的大腿上。

他在她柔嫩的脸颊上轻轻一吻，末了唇又贴着她耳旁摩挲，语气温和中带了几分强硬："都这么久了还这般害羞，我可是不许的，你怎么样也要学会习惯这些。"

他的手慢慢抚着她的大腿，意味深长地看着她。胭脂不敢反抗，他现在这个样子摆明了就是她要是敢反着来，他绝对会做出更没有底线的事情。

胭脂只能忍着那股子羞恼劲头，又伸手环抱着他的脖子，让自己微微放松下来，乖巧地靠坐在他怀里。

胭脂这般举止明显取悦了谢清侧，他微微缓和了表情，好像很是喜欢她这般低着头乖巧的模样，又揽着她，在她那柔嫩的软唇上轻啄。这一挨上就是一副不想停下来的样子……

一旁站着的谢揽及丫鬟都死死低着头，一副什么都没发生的模样。胭脂余光瞥见，只觉羞愤欲死，环着他颈后的手也慢慢握成了拳，直到浑身发颤。他竟然敢在人前这般放肆，将她的脸面往地上踩！

胭脂感觉到他的手微微开始下移，心下大慌，忙用手掐在他肩上死命推他，他才有所收敛，与她微微隔开些距离看她，眼神明显透着不悦。

胭脂忙抬着湿漉漉的眼看着他，软声道："阿侧，我好饿。"瞧着就是一副可怜兮兮的模样。谢清侧敛了不悦，抱着她让她吃饭，他自己却不吃，胭脂被他弄得也没什么心思吃，挑来拣去，不过吃了几口便想着起来。谢清侧看在眼里，半晌，忽然轻声道："不是饿了吗？"

胭脂闻言一僵，转头看向他，果然……神情淡漠得可怕，看着没什么情绪，可在她眼里就是最可怕的情绪！

胭脂微微汗湿了手心，她忙斟酌道："我这般挡着你，便想着快些吃好，好让你也吃。"

谢清侧听后也没什么反应，只眼神淡淡地看着她，胭脂一时间越发觉得如坐针毡。

半晌，他才抬起左手，用筷子夹了她往日喜欢的红烧肉喂她。胭脂看了眼他淡漠的表情，忙张嘴吃了，他又伸手去夹旁的菜，胭脂的视线不由自主跟着他的手看，这左手竟然也能这般好使？

谢清侧夹什么，胭脂就乖乖吃什么，他兴致起了便一直玩似的喂她吃饭，直到胭脂实在吃不下了，他才意犹未尽地罢了手。

一顿备受煎熬的饭，好不容易挨到吃完，胭脂连忙站起身却还是被他抱着，胭脂疑惑道："怎么了？"

谢清侧看着她，眉眼都染上了轻佻的笑，笑里却又含着几分阴郁，半真半假道：“怎么，这般不喜欢我亲近你？”

胭脂闻言心下微沉，他今日真的让她有些吃不消了，阴晴不定的，她实在有些疲于应付。她微微垂下眼睫，叫人看不出她眼中的神情，只轻声细语道：“这么多人，我不惯这般。”

谢清侧伸手抚上她的脸，指尖在她眉眼处轻轻描绘，半晌才慢条斯理道：“怕什么，难道他们还敢一直盯着你看不成。”一旁站着的人闻言都越发低垂着头不敢动作，生怕一不小心就被波及。

谢清侧突然又轻轻笑起来，看着她微微讽讥道：“难道还怕他们说给谁听不成？”

胭脂闻言微蹙眉头，抬眸看他，正对上他深沉的眼。她一时说不出话来，他像是进了一个死胡同，她怎么解释都是错的，他都觉得自己在骗他。胭脂一时间愁容满面，她和谢明升在旁人看来也确实不清不楚得很，她又没法子解释清楚，这可真叫人心塞。

许是谢清侧也察觉到了自己态度不好，他沉默了许久，才抱着她缓声道：“胭脂，是我不该说这样的话，你便当作……没听见吧。”

胭脂顺势将下巴靠在他肩膀上，心里郁结又酸涩，这祖宗可真难伺候，情绪多变堪比六月的天，叫她实在不知该怎么办。

等饭桌上的碟盘收拾好了，又有丫鬟端着一瓷白盘子放在桌案上，上面摆着三串糖葫芦，裹了一层亮晶晶的糖衣，晶莹剔透直诱人流下口水来。

谢清侧看见糖葫芦，便对胭脂笑道：“看看我给你买了什么。”

胭脂转头一看，不由得气短，怎么又是这酸酸甜甜的玩意儿，她寡淡地看了眼谢揽，早知道当初他让她吃糖葫芦的时候，她就该拿着糖葫芦捅死他。

谢清侧伸手拿了串糖葫芦递到她眼前，眉眼柔和，染上了些许期盼，温声哄道：“以往见你喜欢，回府前特地去买了，你尝尝看。”

胭脂看着他手中的糖葫芦，勉强伸手拿了，苦着脸咬了一小口。待胭脂吃了一颗后，她便不想吃了。刚才才被他喂了这么多饭，现下实在吃不下去了，最主要是她不爱吃，可她又不想伤了他的心，便靠着谢清侧嘟囔道：“刚才吃饱了，这个晚点再吃吧。”

谢清侧闻言笑弯了眼，伸手放在她小肚子上揉了揉，又接过她手中拿着的糖葫芦，宠溺道：“这个放久了可不好吃了，今日不能吃了，往后我每日给你买。”

胭脂闻言面如死灰，这怎么样也要让他知道，自己是真的不爱吃这劳什子糖葫芦，她默了片刻，忙直截了当对他笑道：“不用了不用了，我又不爱吃。”

见谢清侧没说什么，胭脂便从他怀里站起来，微微活动了下。不经意间瞥见谢揽一脸错愕地看着她，后头又一脸胆战心惊地看向谢清侧。

胭脂微挑眉梢，心下有些不安地顺着他的目光看去。

果然，他刚才的笑已然消失得无影无踪，正垂眼看着手中的糖葫芦，也不知在想什么。半晌，他忽开口道：“不爱吃？”末了，他又微微抬眼看向她，淡淡问道，“是真的不爱吃呢，还是……给你买的人不对？”

谢揽闻言一副要哭的模样，他直看着胭脂，心中干着急，只希望胭脂能先避开这个问题，哄着公子过了这一遭，这关头无论胭脂回答是或不是，都不会是公子满意的答案，他一不满意难免就会殃及池鱼……

胭脂如何知道这些，又哪里想得到不爱吃糖葫芦也能惹到谢清侧的那根弦，她现下只是心下不解，但想了想，还是实话实说，笑眯眯道：“你买的我自然喜欢，可我也是真的不爱吃，这玩意儿太甜腻了。”

她话音刚落，空气一瞬间变得安静下来，似乎凝结了。谢清侧看着胭脂，眼神冷淡得仿佛刚才那个抱着她替她揉肚子的人，不是他一般。

胭脂不知他究竟怎么了，她不知自己该做些什么，唇瓣微动了下，却是说不出什么来，她自觉刚才那句话并没有什么毛病。

谢清侧看了她半晌，又慢慢垂下眼睫，长睫挡住了他眼里的神情，也不知他心里在想什么，直让人觉得危险莫测。

周围的气氛一度压抑得让人实在受不了，谢清侧微微抬眸，随手将一直拿着的糖葫芦扔到了桌案上，又慢慢站起来，神情淡漠地看着她，眼里的神色未明，他像是笃定了胭脂在骗他，可他又一副不想知道她在骗他的纠结模样。

胭脂唇瓣微动，想问却又无从问起，一脸的不知所措，可在旁人眼里，那模样就像是被发现了骗局而惊慌失措。

胭脂见他走近便想要开口缓和一下气氛，他却像是再也看不下去一般，径直从她面前走过，一副半点不想再听她多说一句鬼话的模样。

胭脂见他如此也不好再开口了，她垂眼看着桌案上摆着的糖葫芦，心里委屈到郁结。这孽障怎么这般难伺候，一会儿风一会儿雨，一会儿阴一会儿阳的，直叫人完全摸不着脉络，实在愁死个阴物。

到了晚间该入睡的时候，胭脂站在院中一直琢磨着要不要回鸟院儿，谢清侧这么个态度实在叫她不知如何是好，根本无力招架。

胭脂想了想还是迈步往外走，她惹不起还躲不起！

谢揽站在院门口，一看胭脂抬步走过来，就知道她要跑，好在自己守着，要不然公子发火必然要殃及池鱼，若是这气波及他们这儿，那可真是挨不住的。

谢揽想到此忙上前拦着胭脂，一脸苦口婆心道：“您这又是去哪儿，外头多黑啊，还是快些回屋歇息吧。”

胭脂看了他一眼，叹了口气，坦白道：“你家公子正气头上，我出去避一避，等我去想好法子，再回来哄。”

谢揽一听，直在心中暗骂，尽搁这儿说鬼话，这遭要是让她这么跑了，那气还不得撒到他们头上，她去哄哪门子人！

谢揽一下直气得想哭，看着胭脂，带着哭腔直接拆穿道：“不行，想法子哪用得着找地方，你分明就是想跑，你不能就这么走了，公子会把我们给折磨死的！”

胭脂心下为难，这谢揽就是站着说话不腰疼，他怎么不往谢清侧面前凑，一个劲儿叫她，她能干啥！要是在那儿给他打一顿让他消消气也好啊，可是他非要在精神上折磨人，她再这么待下去，早晚被逼疯！

更何况现下谢清侧那冷面她都不敢往上凑，便只能小声说道：“你瞧你家公子刚才那副多看我一眼都不想的模样，我再待下去岂不更是惹他厌烦？这一遭我还是避一避的好，我不在跟前，指不定就不会这般了。”胭脂说完便不管不顾一把推开谢揽，直抬步就想跑。

胭脂当他是个傻子不成，要是让她这么跑了，自家公子指不定就自动引爆了，到时受苦的还不是他们这些个下人！

谢揽想到此，那眼泪是说来就来，忙往地上一扑直挡在她面前，在地上死命扑腾，一副受了天大委屈的模样，直哭号道：“胭脂你欺负人……呜呜呜呜……”

胭脂站在房里直叹气，谢揽这性格不行，动不动就跟个大姑娘似的直掉眼泪，但不得不说这哭哭啼啼不失为一种解决办法。

不如她也到谢清侧面前哭一哭，然后在地上扑腾扑腾，指不定他就消气了。

她想了想还是不成体统，在弟子面前这般哭哭啼啼撒泼求饶，实在有些磨不开脸，她宁愿让谢清侧吊打几顿，也不愿意这般丢脸面。

胭脂看着眼前的珠帘轻晃，里头烛火通明，站了半晌才掀开珠帘往里屋去。刚进去就看见谢清侧穿着白色里衣，靠在床头垂眼看书，见她进来也没说什么，眉眼间已没了疏离，仿佛他们之间没有发生什么不愉快的事。

他靠在外侧，像往常一样留了里头的位置给她，胭脂踌躇半天才走到衣木架旁抬手解衣带。不经意间看了他一眼，却发现他已抬眸，正一言不发地看着她宽衣解带。胭脂手一顿不敢再动作，直看着他，有些慌乱起来。

谢清侧见她不动，缓缓抬眼对上她的眼，默然无言，胭脂只觉有些心慌，半晌她微动了动唇，喃喃问道："怎么了？"

谢清侧神情淡漠地看着她，半晌才收回视线继续看书，淡淡道："没什么。"

胭脂站着看了他半晌，见他眼睫微微垂下，侧面看上去极长，又穿着单薄白色里衣，显得人越发温和，瞧着一点都没有危险性。

他似在认真看书，片刻后还翻过一页，胭脂这才略略安下心来，将外裳皆褪了，只着单薄里衣，往床榻慢慢吞吞地走过去。

他靠在外侧，修长的腿又交叠着拦在床前，胭脂来了也没移开。她站在床榻旁，默默瞅了他一眼，见他不理人，便只得抬脚踩着床榻一角，从他腿上跨到床榻里头，待安全到了里侧，才松了一口气。

胭脂尽量往里头移，半点不敢惊动他，拉着被子轻飘飘地平躺下来。一旁的谢清侧慢条斯理地将书放了下来，又转身揭开她好好盖着的被子压了上来。

胭脂瞪圆了眼，一时说不出话来。里衣本就单薄，他温热的体温一下子透过薄衣传过来。乌黑的发垂下，眼眸漆黑，隐隐好似缀着星辰，他不加掩饰，这般直勾勾地看着她，叫她一时慌了神。她完全没有想到，晚间他都这般生气了，到了现下竟然还要亲昵。

胭脂只觉尴尬不已，他竟然当作若无其事，且还这般毫无缝隙地压着她，仿佛像是故意禁锢着她一般，让她微微有些不安起来，于是便抵着他的胸膛推了推，低声道："别这样压着我，好沉……"

他看着她，任由她推着，却是纹丝不动，手微微下移。胭脂倒吸一口气，忙抓住他的手，只觉得面热得紧，一时有些缓不过来。他看着她，眼里透出几分放肆妄为，直叫胭脂不敢看他。

胭脂的心猛地狂跳不已，一时大脑空白，呆呆地看着他，只听他慢条斯理地缓声道："胭脂，已然缓了这般久，咱们也该来真的了。"

胭脂越发怕起来，实在怕了那种不受自己控制的感觉，太过羞耻难堪，他又太过突然，也没让她有个准备。

她一时慌了神，忙推着他挣扎起来，慌乱道："别……别这样，求求你了，我不舒服！”

谢清侧闻言看向她，仿佛含了透不过气般得难受感伤，他敛眉认真问道：“为什么，你不是心悦我吗，怎么会不喜欢我这样对你？”

胭脂见他这般直白，越发难以启齿，难堪道：“再缓缓好不好，我……我……”胭脂说了半天，也说不出个所以然来，实在是被他突如其来的举动给吓着了。

谢清侧听不下去，直截了当道：“多久，还要多久？”

胭脂眼神微怔，竟然一时答不上来，她根本没想过这个问题。

谢清侧眼神暗了下来，眼神仿佛透过了她。半晌，他自顾自道：“你慢慢会习惯的。”说着，也不等她反应，竟是打算不管不顾地继续下去了。

胭脂见他这般油盐不进的样子，且比以往还要放肆许多，她涨红了脸，低吟了一声，听得谢清侧的眼微微眯起，眼神越发晦暗。

胭脂慌得连忙去推他，却是半点用都没有，她忙又环上他的脖子抱着他，学着谢揽那般哭着恳求道：“阿侧，你别这样，我是真的害怕。我求求你，再缓一些日子好不好？”

这招还真是管用，谢清侧本还是不管不顾的，见她哭便停了下来，眼神复杂。

胭脂见他这般，心中越发难受，他这几日反反复复、阴晴不定的性子，实在叫人胆战心惊。她便忍不住真淌起眼泪，晶莹的泪水滑落在眼角，滴滴没在发里。

谢清侧看了她半晌，微微闭上眼沉默了好久，才缓缓睁眼，终于还是妥协了，他开口道：“你既然不愿意就缓一缓吧，我可以等，只是……”他突然顿了顿，微有些涩然道，“只……别让我等太久。”

二月杏花开落如纷雨，春风轻轻一吹，整个院子漫天飘扬着杏花，片片花瓣荡在空中，又打着旋儿如舞毕落幕般缓缓飘下。

胭脂已经枯坐了一早，她垂眼看着桌案的命簿，上头是三月殿试的试题，她心中知道要帮谢明升，可临到关头却是拿着笔，一笔也落不了。

窗外的杏花开得正盛，风一吹便落了一地，偶有几片落在桌案上，随风轻飘到白纸之上。

罢了，谢清侧性子太难琢磨，要是哪日不小心伤了谢明升，到了地府阎王爷和龙王都不可能善罢甘休，只怕那苦头吃得比现下还多……

胭脂轻眨眼看了眼命簿，终究还是提笔悬于纸上，才刚落下一笔，谢清侧正巧从外头踏进来。

胭脂骤然见他进来，心下猛地一颤，手下一抖就在纸上画了一大笔，看着他时都不自觉带上了惊慌。这事太是亏心，她再是能装，在他眼前也不由得露出了些许慌乱。

谢清侧本是带着笑进来的，见她这般，微微一顿，视线又转到书案上，片刻后又抬眸看向她，脸上的笑也慢慢淡了，不发一言地看着她，神情复杂。

胭脂微微收起惊慌失措的神情，越发疑惑，他们虽然和好了，但胭脂还是觉得不对劲。

他对她越来越好，好到她都觉得压抑，无形中让胭脂也慢慢对他小心翼翼起来，生怕哪里做得不对而让他越发敏感。

周遭的空气微微有一瞬间的凝塞，谢清侧微微垂下眼，半晌才又抬眼，面上微微笑着，仿佛刚才没有看见胭脂莫名的慌张。

谢清侧笑着走过来，在胭脂身后坐下，伸手环着她的细腰，下巴轻轻抵在她肩头上，看着桌案上摆着的书。

上头一片空白，可她看了很久，谢清侧眼里微微一暗，侧头亲了亲她软嫩的耳垂，浅声问道："在干什么？"

胭脂刚压下慌乱的心跳，心又因为他的靠近而失了衡，见他这般问，心一下子高高悬起。

她忙放下手中的笔，微微低下头，略有几分心虚道："我在练字呢。"胭脂说完心都是慌乱的，谢清侧默然无言，她心里越发没底。

谢清侧面上的笑慢慢敛了起来，看了她半晌，忽道："胭脂，你可会骗我？"

胭脂闻言微蹙蛾眉，见他神情认真，又像是随口问到的模样，她心口微微一窒，根本说不出话来，她何止是骗他，她还……她还害他断了仕途……

谢清侧见她这般，眼里的希冀慢慢灭了下来，他半垂着眼，神情越发荒凉落寞。

胭脂心口闷苦，默了许久才昧着良心轻轻道："……我不会骗你。"

谢清侧闻言有些反应不过来，他看向胭脂，眼眸像是缀了隐隐星光，绽放出璀璨光芒，似有些不确定般问道："你说的是真话？"

胭脂看着他，心下莫名酸涩，忙伸手环上他的腰，轻轻点了点头。

谢清侧一时间笑弯了眼，眉眼染上的笑直晃花了人眼，他抱着她轻轻说道："胭脂，我很欢喜呢。"

胭脂心口猛地一震，微微发怔，他怎么……怎么又来说这样的话！

胭脂一时难挨愧疚，泪水一下模糊了视线，她低头埋进他怀里不敢让他看见。

谢清侧见胭脂这般亲近自己，低头轻轻吻在她发间，末了又笑弯了眼。

待到午间，他们一同用了晌午饭，胭脂等他去了书房才起身出了正院，一路往与谢明升定好的园子里去。

等到了那园子，谢明升已然等了许久，见胭脂往这处过来，他急忙上前拉住胭脂：“胭脂，怎么样，试题如何？”

胭脂犹豫许久，才慢慢伸出手将一路拿着的试题递给他，默了半晌才满腹压抑道：“回去好好琢磨吧。”

谢明升拿了试题，忙打开匆匆扫了一眼，他眼眸微微发光，透出一丝兴奋。他突然上前抱起胭脂转了一圈，胭脂的黛色裙摆在半空中随风荡起又轻轻落下，飘逸灵动。

谢明升放下胭脂，直激动道：“胭脂，你放心，我绝对不会忘记你的帮助！”

胭脂被转得头晕，只想按着他的脑袋也转上那么一圈，想了想还是算了，别横生枝节了，才轻轻“嗯”了一声，便没再搭理他了。

天色慢慢阴沉，一场大雨将至，谢明升走了以后，胭脂在园子里站了许久，她心中空落落的，神情呆滞地看着园中的花。

待到天边响过一道惊雷，大雨倾盆落下，滴滴砸落在身上，胭脂才回过神来，抬手遮着雨快步跑到回廊上。她抬眼看着满天落下的雨滴，仿佛巨大的雨幕遮了下来，她心头隐隐有些不安，默了半晌，才沿着回廊往院子里走。

胭脂才走到大院，隔着中庭就看见院门处慢慢走来一个人，伞都没打就从檐下踏进了雨幕中，待到那人走近了些，胭脂才看出是谢清侧。

雨水落在他身上，自乌发、眉眼滑落，墨色的衣衫已然尽湿，衬得整个人越发清新俊逸。

他从远处朝着胭脂一步步走过来，待到近了却停了下来，站在回廊外头，眼神凉薄淡漠，透过重重雨幕遥遥看来。

胭脂看着谢清侧不明所以，他眼里神情太过复杂，叫人根本看不懂，心底不由得微微发沉起来，她默了半晌才抬步走到回廊的台阶上。

瓢泼大雨纷纷落在青石地面上，溅起极大的水花，同样也溅湿了她的裙摆，黛色渐深，慢慢向上晕染开来。

雨水迎面而来，顺着她的眼睫慢慢落下，些许雨水流到眼里，胭脂忍不住眨了眨眼。

他看着胭脂，淡淡问道：“去哪儿了？”

胭脂轻颤眼睫，默了默才开口轻轻道："随处逛了逛。"

谢清侧听后不发一言，隐在心里的狠戾慢慢从眼底透出来。

胭脂在原地站了许久，才发现他的右手一直在滴血，那血滑过白皙修长的手，顺着指尖一滴滴地落在地上，在地面薄薄积起的水渍里，晕染出微微的淡粉。

不知不觉间她湿润了眼眶，泪水混着雨水在脸颊滑落，她开口问道："你的手……"

谢清侧静静看着她，突然抬手一把擒住了胭脂的衣领，将她拽到面前，厉声道："我问你去哪儿了！"

他的狠戾和盛怒从来不显人前，如今竟是半点也压不住，全落到了胭脂身上。

胭脂被他拉得一踉跄，忙抓住他擒着自己衣领的手，稳住自己，又抬眼看向他，心中大骇，脑子顿时空白一片。

雨水顺着眼睫滑落，她抓着他的手，只感觉指间温热黏腻，他握得越紧，血就流得越多。

胭脂心下惊慌，他一定看见她去见谢明升了，想来也是怒极了。她见他这般，突然不想再骗他了，她默了半晌，才艰难开口道："对不起……"顿了半息，勉力忍住心中的绞痛，狠心说道，"阿侧，我们还是不要再纠缠了。"

谢清侧手握得越来越紧，几乎要将她整个人提离地面，血混着雨水染湿了她的衣裳，他咬牙切齿道："胭脂，你没有良心，我待你这般好，你却还想着他！"

胭脂直觉心口都透不过气来，她根本说不出别的话，只能哽咽道："对不起……"

"我要你的对不起做什么！"谢清侧猛地将胭脂往后狠狠一推，她一时受不住力直往后倒去，腰正磕在台阶突起上，疼得胭脂倒吸了一口气，半晌都起不来身，大雨倾盆，砸在她身上。

谢清侧仿佛慢慢平静了下来，不再看她一眼，越过她踏上台阶。

谢清侧到了回廊，才轻描淡写道："胭脂，说谎总要付出代价，你且看着，谢明升往后如何……"他清冽好听的声音从雨中传来，似远非远，实在叫人徒增一种忐忑之感。

胭脂抬眼难以置信地看向他，他没再理会她，转过身要往回廊深处走去。

她连忙爬起来追了上去，拉住他急声道："不必扯上他，你若是心中有气，我任你打骂便是，何必牵连旁人！"

谢清侧连头也不回，就直接甩开了她的手径直往前走。

胭脂被甩得往后退了几步才站稳身子，腰后一阵刺骨的疼，直让她冒起冷汗，又见谢清侧已走出十几步外。

胭脂怕他害了谢明升后地府重罚他，又见他这般油盐不进的样子，怒上心头，说道："谢清侧，你既然非要如此，我便再送你一句话。"

谢清侧闻言脚步一顿，片刻后，转身面无表情地看向她，晶莹剔透的雨水顺着他的发鬓慢慢滑落，滑过如画的眉眼，长睫轻轻一眨，雨珠就顺着眼睫掉落，衬得面若冠玉、唇红齿白，只是有些太过平静了，叫人莫名心生不安。

胭脂已然气得失去理智，气他这样为人，气他非要为非作歹，步步都往歪门邪道上踏！

她冷冷说道："你既有法子害人，我自然也有百种法子护他周全，我们便看看谁的本事硬！"

这话简直是落入炭火中的爆竹，谢清侧显然已经忍到了极限，眼里透着吞人骨髓的阴毒狠戾，片刻后，他三步并作两步，携雷霆之怒朝胭脂而来，一把擒住了她的胳膊，怒不可遏道："你有法子护着别人，不知可有法子护着你自己？！"

说罢，便拽着她一路往回廊尽头疾走。胭脂腰间的伤本就极疼，又被他拉得一路踉踉跄跄，待到了一间下人房，他一脚踹开了门，将胭脂狠狠往里头一扯。胭脂还未站稳身子，一时猝不及防没吃着力，直往桌案上扑去，顺着桌案上的桌布一滑，连带着桌案上茶盏都推落下来，摔碎了一地。

她正要撑起身子，却被身后过来的谢清侧按住了颈部，死死锢在桌案上，他又是男子，盛怒之下那力道她根本抵不过，一时竟如案板上的鱼，完全挣扎不开。

这样的姿势太过屈辱，简直是颜面扫地，胭脂怒极："你放手！"

胭脂气得去抓他按住自己的手，却摸到一阵温热黏腻，明显是他手上的血。他真是疯了，竟然这般不管不顾，这手真是不想要了！

胭脂想了想还是停了挣扎，趴在桌案上慢慢缓气，跟他吵架太耗体力，她实在有些吃不消了。

身后的谢清侧也慢慢平缓了下来，片刻后，他突然意味深长地问道："胭脂，你说谢明升要是看到我们这般会如何想？"

胭脂见他又提起谢明升，也没细想他话中真正的意思，一时又怒起："我说了和谢明升没有关系，我们根本不是一路人，我瞧不上你，你也未必瞧得上我，何必非要揭开来说！"

谢清侧垂眼看着她："瞧不上我什么？"他顿了一顿，语气近似于轻忽，慢慢引诱道，“胭脂，你要是说清楚了，我指不定就网开一面，放你回到大房去。”

胭脂完全不复往常的思考，只意外他竟然不知自己是什么样的人，他这般害人竟还不自知，便越发气道：“你要是自己想不明白，我便点你一点。你残害手足，觊觎兄嫂，心不正，人不义，连尚未出世的孩童都可做你手中的棋子，来枉害旁人性命，你种种所为，简直枉称为人！”

谢清侧眼里的冷简直寒过了隆冬腊月的冰雪，叫人遍体生寒，忍不住瑟瑟发抖，他缓缓道：“胭脂，你可真是很能忍，这么久才肯将心中的话说出来，可真是难为你这般……”他语调微顿，片刻后，薄唇吐出的话，字字都含着狠厉的戾气，“既然你这样认为，我总不好叫你失望……”他说到最后，语调轻忽，竟还微微笑起来，直叫人不寒而栗。

胭脂刚想开口，他已经撕开了她的裙摆，她只感觉到冷，光天化日衣不蔽体，还这般姿势，直让她难堪到了极点，她拼命挣扎起来。

谢清侧在后头审视着她，面色暗含戾厉，意味深长道：“胭脂，我们好久没有亲近了，这一遭一定叫你永远都忘不了！”

胭脂闻言微微错愕，简直不可置信，顿时惊怒难堪到极点，越发挣扎起来，直握拳砸向桌面，尖声喝道：“你放手，给我放手！”

谢清侧按着她轻轻笑着，慢条斯理狠声道：“你最好叫得大声点，让谢明升看看你是怎么为他守身的！”

这般受制于人实在叫她备受屈辱，胭脂怒得上气不接下气，眼眶都泛起了红，直喘道：“你竟然这般折辱我，你最好不要忘记，等你想起以前，你自己都要羞愧而死！”

谢清侧充耳不闻，眼里戾气横生，更加发狠，越发下死力地折磨胭脂。

那日过后，谢清侧更是变本加厉，竟每日都要逼她做这档子事，胭脂若是乖乖听话，便不会惹到他的那根弦。

可若是稍微表现出一丁点不情愿的心思，他便有的是法子整治她，磨她的性子，且还会将她的不情愿都一一记在心上，然后在床榻之上千倍百倍地还回来。

是以胭脂每次的下场都极惨，浑身上下都是他弄的痕迹，下床后两腿都是发抖的，根本站不住脚。

谢清侧根本就将她当成了一个玩物，在床第之间越发肆意妄为，他自己说那些混账话也就罢了，可他还非要逼着她说。

若是不说他便在紧要关头停下，折磨她，也折磨他自己。

他这般根本就是非要将她心中最难以启齿的念头给勾出来，胭脂被他逼着学说了很多不三不四的下流话，以至于她每每想起就会觉着，当时是疯了才会说出这样的话，可到了下次她又挨不住说了，这让她越发羞耻难堪。

胭脂难挨折磨，谢清侧也不轻松，这本就是个伤敌一千自损八百的法子，胭脂比不过他的耐力，但也总是死撑着，直到挨不住了才肯妥协，让他也忍得额间汗湿，眉眼被汗水浸湿，直顺着眼睫滴滴落在她身上。

虽然每到最后都被他狠狠地收拾几番，但她也不觉得输得很难看，但……但也确实是吃不消了，谢清侧这么来，她觉得过不了多久，她就得活生生死在他的床榻上。

她如今只能忍耐到谢明升高中状元以后，再想法子回大房去。

胭脂躺在床榻里侧，想到此便翻身看向身旁的谢清侧，却不想他也醒了，她这一动正好对上他好看的眉眼。

谢清侧淡淡看了她一眼，便没再理会她，伸手掀开被子起身下了床榻。

胭脂看了眼外头还未亮透的天色，屋里也还灰蒙蒙一片，狠狠瞪了他的背影一眼，昨儿个折腾到丑时才歇下，今儿个还要这般早起，真不知是不是故意折磨她。

胭脂暗恨了片刻，才强撑着坐起身，离开暖和的被窝，跟着下了床榻，勉力行到木架旁随意套了件外裳，便开始伺候谢清侧穿戴衣冠，尽他所谓的丫头职责。

胭脂替他穿好衣衫后，又伸手环过他的腰替他系上腰带。她往日在乱葬岗看青衣的戏，里头总有娘子替夫君穿戴衣冠的场面，像极了他们现下这般，但也只是表面像罢了。

谢清侧垂首看着她系腰带，胭脂尽量低垂着头，避开他的气息。

只是今日胭脂有些心不在焉，动作颇为迟缓，谢清侧也不说，只静静看着她不动声色。

离殿试没有几日了，待殿试过后，他就只能做一个多余的谢家子弟，平平淡淡地过一生了……

她眼睫轻颤，手下顿了半晌，又继续动作，待替谢清侧整理齐整后，他突然开口叫道："胭脂。"

胭脂抬眼看他，神情微怔，他们二人早已无话可说，基本上是相看两生厌的状态。他恢复了初见时的清冷凉薄，甚至于更盛初见，叫人不敢亲近。

"你觉着我这回殿试可能考中？"谢清侧看着她，眼神淡漠，言辞间暗藏讥讽，却叫人发觉不了。

胭脂闻言心中酸涩，她微垂首静默了半晌，才开口道："公子这回必能高中。"说完，胭脂只觉胸腔压抑至极，一阵阵地发闷。

谢清侧闻言轻笑出声，伸手捏着她的下巴微微抬起，看着她言不由心的模样微微笑了出来，笑里带了几分讽刺，他看着她的唇瓣，意味深长而又轻缓道："你这张小嘴可真会哄人，放心，这一遭绝不会叫你失望。"话音刚落，他微凉了眼神，按着胭脂的下巴将她狠狠一推。

胭脂没想到他会蓦然如此，本就站不稳的身子，直顺着他的力道往后退了几步才勉强稳住。

她抬眸看向他，其实早该习惯他的反复无常，可现下看着他眼中的厌恶，胭脂只觉胸口发闷得紧。

谢清侧淡淡看了她一眼，便抬步越过她往屋外去了。

胭脂看着他的背影，心中越发气苦，恨不得冲上去将他活活咬死了事，他怎么就生了这般连狗见了都要嫌弃的性子！

阴晴不定，乖僻邪谬，鬼都未必受得了，只怕连阴曹地府的阎王爷见了都想避着走。

胭脂到后来才知晓，这一遭还真给她说中了，这孽障竟还真是个连阎王见了都避之不及的角儿。

日复一日，胭脂实在怕极了谢清侧床笫间的狠劲，只盼着殿试快过，可她千算万算也没算到，谢明升有了试题竟然也没考过谢清侧，这状元郎到最后竟成了谢清侧。

胭脂慌了神，谢清侧这样的性子，心思本就不正，为人处世这般剑走偏锋，正道不走，一个劲儿地要走歪门邪道，难保不会做出什么伤天害理的事来……

他之前那样的处境都不是一个好控制的人，现下让他出了头，时间久了只怕连谢老太爷都不能制约住他一二。

谢明升做谢家家主其实是最合适的，与他相比，谢明升至少心思正派，为人良善，最主要的是他不至于将来被谢清侧玩死，可现下这般结果，他们两个人就失了衡。

胭脂想到此，便一刻也按捺不住，出了院子就往与谢明升约好的地儿跑。待到了山石林立的园子里，又等了片刻，才看见谢明升面如死灰，如同行尸走肉般"飘"来。

眼前这情况可把胭脂给气得半死，她这厢都快被谢清侧折磨死了，他还这般鬼样，直叫人怒气横生。

胭脂伸出食指直往他脑门上戳，一副恨铁不成钢的模样，怒道："谢明升，你脑子给炮轰了不成，这明明白白地将试题给你，你怎么还是考不过谢清侧，你莫不是想把我们两个害死才高兴！"

这反派势力现下已然是乌云盖顶，他们两人一个懵懵懂懂不知所谓，一个给人攥在手心拿捏折磨，这样下去根本就是个混吃等死的下场。

谢明升如在梦中一般，半晌才迟缓问道："胭脂，你有没有法子让乾坤颠倒？"

胭脂闻言微微一顿，片刻后，阴森森道："乾坤颠倒我是没辙的，我倒是可以让你阴阳颠倒，带你去地府玩一玩。"

谢明升微微扯起一笑，敷衍道："胭脂，这一点都不好笑。"

她与他商量这个正经法子，他竟然以为自己在与他开玩笑，简直丝毫不将她放在眼里。胭脂慢条斯理地撩起袖子，看着他，琢磨打断哪根骨头好些。

谢明升是半点没察觉到不对，问道："胭脂，我接下来的处境会是怎样的，你能算到的对不对，你一定知道的，你这般厉害！"

这谢明升实在是个人才，问个问题还带颗甜枣喂她，叫她很是受用。可惜她一个字都不能说，她瘫着脸随口道："你接下来如何我怎会知道，我也不过能算到试题罢了……"

说完，又见谢明升苦着一张脸，一副人生无望的模样，她还是安慰道："你莫怕，不知也没什么大问题，往后我想法子帮你便是。"话音刚落，山石后头突然就传来一阵好听的轻笑声。

胭脂心中咯噔一下，瞪大了眼看向谢明升。谢明升一脸惊慌，两人僵立着，面面相觑。

这声轻笑清冽悦耳，一听就让人心头荡漾，她听了无数次，太熟悉了……

拾贰 死别

胭脂穿过石洞，慢慢走到山石后头。这地方是个天然的小园子，窄小僻静，又开了好些野草花做遮掩，叫人轻易发现不了。

园子里砌了张石桌，桌上摆着整套茶具，还点了一只古朴香炉，那烟袅袅向上缓缓升去，又在半空中被风轻轻吹散开。石桌旁坐着的人墨衣白玉冠，干净沉穆，眉眼间染着清冷凉薄。

胭脂一进去就对上了他的眼，不由得慌了神，后头的谢明升跟进来，也是一时语塞，颇为不知所措。

两个本没有什么的人，这般表现实在叫人不多想都不行。

谢清侧默不作声地看着他们，半晌才伸出一只手慢条斯理地摆开瓷白茶盏，又提起一直温着的茶壶，慢慢沏好茶后，伸手将茶盏推到他们这一边。

胭脂僵立着，看着他推到面前的茶盏，心跳快得发慌。

谢清侧抬眸看向他们，缓声道："等你们好些时候了，下回要见面便直接告诉我吧，我一道过来，免得你们偷摸不成反被吓着……"他说着，看向胭脂，微微笑问道，"胭脂，你说对不对？"

他的尾音落下，显得轻忽柔和。胭脂下意识地一颤，连看他的勇气都没有，她现下真是怕极了他，这般作态，摆明了要下死力折磨人！

谢明升见他如此，心下微沉，他板起脸，一副长兄如父的做派，扬声斥道："混说什么！”

见谢清侧淡淡抬眼望来，他微有些语塞，片刻后才语调肃然地问道：“你刚才可有听到什么？”

谢清侧敛了脸上的笑，神情渐渐淡漠，漫不经心反问道：“大哥觉得我听到了什么？”

见谢明升支支吾吾答不出，谢清侧又缓声说道：“其实我听到什么并不重要，重要的是戴宽老先生和刘大人会不会碰到一块。”

谢明升闻言一脸惊愕，见谢清侧一副笃定的模样，他忙别开眼否认道：“我听不明白你在说什么！”

谢清侧也不争辩，温和道：“听不明白便算了……”他微微一顿，等谢明升放松下来，他又佯装疑惑道，“只是阿侧不明白大哥为何要与旁人探讨试题，难道大哥才学只是如此吗？有了试题还不够，还要旁人把答案送到你手边。”

谢明升难堪之余又心下骇然，他明明没有告诉任何人，前礼部尚书刘潭早就回家乡颐养天年了，是以在两次考试中分别予他助益的刘潭、戴宽二人，是不可能碰到的。

他为了万无一失，还特地以书信冒充刘潭的学生去请教试题，没想到谢清侧竟会知道这事，这让他一时不知如何是好。

胭脂闻言只觉头痛欲裂，谢明升竟然拿着试题去问了别人，这般纸包不住火的事儿他也做得出来，胭脂气瘫了脸，半点做不出表情来。

“我听说已然有人称大哥是谢家宝树……”谢清侧说到一半便轻笑出声，仿佛听到了极为可笑的事一般。

这般磊落的笑声听在谢明升耳里，叫他臊红了脸，不由得恼羞成怒：“你别以为中了个状元就有什么了不得的，在谢家我永远是你大哥，你永远是个登不上台面的庶子！”

谢清侧看着他但笑不语，眼里满是嘲弄。

这般局面气得胭脂胸闷气短，她看了眼谢清侧，伸手拉住怒气冲冲的谢明升，急道：“别说了，你回去！”

“胭脂，他要是将这件事说出去，我们就完了，绝对不能就这么算了！”谢明升又急又气，她根本不知这其中的厉害，这事若是揭出去，他明日就会成为人人喊打的过街老鼠。

谢明升一时激起，威胁道：“谢清侧，我告诉你，你要是敢说出去，祖父一定不会饶过你，谢家若是颜面扫地，你也讨不了好！”

谢清侧听后一副极为沉重的模样，顺着他的话逗着玩似的回道：“大哥说的也是，这般我都怕了呢。”

胭脂闭上眼，让自己冷静下来，可开口时音却高了一个调：“谢明升，你说这些根本没用，马上回大房去！”

谢明升看向胭脂，只觉莫名其妙。片刻后，又看了眼谢清侧，他正神情淡漠地看着胭脂。他心里一沉，这谢清侧怕是根本没将他的话听进耳里，他当下也觉得这事很是棘手。

谢明升在原地踌躇半晌，可又无计可施，便也只能听从胭脂的话，转身离去了。

胭脂心下压抑，踌躇片刻才涩然开口道：“什么时候知道的？”

谢清侧意味深长地缓声道：“胭脂，你要是听话懂事些，我可以放过谢明升，当作什么都不知道……但是这就要看你怎么做了……”

胭脂一时不知该如何，又想起往日在丁府下人们犯了大错，都是磕头请罪来请求主子宽恕的，她便连忙跪下，给谢清侧磕了一个狠狠的响头。

这头磕得谢清侧眼睫猛地一颤，他敛起眉头，当即就凉了眼神。

胭脂有些用力过猛，起来时脑门红了一大块，疼得有些晕乎，她缓了缓，忙请罪道：“公子，奴婢……”

她还未说完，谢清侧这处就像是听不下去一般，他骤然伸手拿起案上的茶盏，猛地往她脸上泼去。

胭脂下意识地闭上眼，茶已然泼到她的脸上，溅开的水沾湿了额发，温热的茶水顺着颈部滑落进衣裳里，又从水青色薄衫间晕出来，胸前一大片都被染透了，里头的鲜红肚兜隐隐约约透了出来。

谢清侧面无表情地将茶盏放回桌案，淡淡道：“我现下有的是时间和你磨，继续想，今儿你要是想不出来，便不用起来了。”

胭脂直觉难堪得紧，伸手抹去脸上的水，心里极是纠结，他连个提示都没有，这根本想不出他究竟要她怎么做。

突然，胭脂想到了什么，她一下就顿在那处，他莫不是想在这里……胭脂想到此只觉面上一阵阵发烫，难堪到了极点。

这里虽然僻静，但也是外头，又是青天白日的，胭脂觉得羞臊难当，他还真是能想法子折磨人！

胭脂这也实在是冤枉了谢二公子，人家确实是正正经经地要她思过……

胭脂见他不理人，反而从她眼前伸过手去拿茶壶，墨色的衣袖上绣着清简的暗纹，衬得他的手越发白皙修长。她心下一横，微微前倾抱住他的胳膊，用胸前的软绵绵轻轻蹭他，又拿湿漉漉的眼可怜巴巴地瞧他，颤声求道：“回去好不好？”她实在怕极了在这处，虽说隐蔽，但她还是心惊肉跳的。

“不好。”谢清侧显然已经忍到了极限，眼神一暗，果断开口回绝了。他将胭脂抱起面朝自己坐着，一手揽上她的细腰，掌着她的后脑勺，用力吻上去，不给她半点反悔的机会。

园子那遭差点没让胭脂折在那儿，好在谢清侧后头没不管不顾将她扔下，一路将她抱回了屋，否则她是连爬都没气力爬回来的。

这遭吓得胭脂连步子都不敢往门外踏，在他面前都是小心翼翼伺候着，生怕一不小心就被他拉到外头来这么一遭。

只是他们之间的问题还是没解决，胭脂不敢和他说话，他又是个话少的，两个人连着几天都说不上一句话，再多的交集便是在床笫之间，这也实在有些可笑。

不过很快就会结束这般可笑的纠缠了，胭脂明显感觉到谢清侧越来越没耐心，形同陌路也只是时间问题，早晚他会喜欢上旁的姑娘，也会和别的姑娘这般亲密无间。

而她不过是他人生中的一个过客罢了，这本该是胭脂期望的结果，可她一想到此，就觉得心中酸涩不已。

谢清侧状元及第，果然引得天子侧目，对他颇为看重，他越来越忙碌，甚至于连着十几日都未曾回过府。

府中慢慢有人说起，在外听到的传闻，二公子近日有了意中人，是个千金贵女，这几日可痴缠得紧，每日都在一块儿你侬我侬着……

谢老太爷没有想过谢清侧能搭上侯府，若能与侯府联姻，于谢家可是一大助力，老太爷自然是十分乐意的。

听说两家连气都通好了，正择日子上门提亲。

胭脂不由得苦笑出声，心口闷疼，突然连谢明升都不想管了，只想回乱葬岗去。

胭脂垂眼瞥见笼子中的紫啸鸫正一脸同情地看着她，她微挑眉头，用手中拿着的那根草，轻轻拍在它脖子上，幽幽道：“你还敢可怜我呀，有那闲工夫还是多可怜可怜你自己吧，空有灵识，却化不成人形，怪丢鸟脸的，要不一会儿洗澡的时候将自己一头溺死得了。”

紫啸鸫气得不想看见这么个混账阴物，老爱拿刀扎鸟心口儿!

谢揽从谢老太爷那处过来，站在鸟院门口，面无表情地唤她："胭脂。"

胭脂停下手中的动作，转头看向谢揽，眼里疑惑。

"老太爷让你去前头回话。"

胭脂闻言垂下眼睫，挡住了眼中的情绪，表面看上去毫无波澜。片刻后，才移步跟着谢揽往前头去。

到了前院，谢老太爷正坐在里头等她，旁边立着形影不离的谢远。胭脂目含敌意地看了眼谢远，她可没忘那十板子。

谢揽站在门外止步不前，胭脂微微一顿，片刻后才缓步踏进去，走近跪下，请安道："奴婢请老太爷安。"

老太爷微微颔首："起来吧。"

胭脂站起身，安安静静垂首立于堂中。

谢老太爷还算满意她的规矩，丁府出来的，自然是上得了台面的，也该是个识大体懂分寸的。

"想来你也听说了，阿侧过不了多久就要成家了，以往没替他张罗，你留在他身边也没什么，现下天子看中他，亲事自然也不能马虎。"

见胭脂垂首默然不语，他便继续道："别家当作宝贝养大的闺女，嫁进来自然是不能受委屈的，谢府你是不能待了……我也和阿侧说过这个事儿，他并无异议，但我想着还是得问问你，有什么想要的只管说出来。你放心，谢府也不会亏待你，出了府后你要是看中了哪个管事，也可将你配给他。你家小姐我也会加以补偿，毕竟你是从丁府过来的人。"

胭脂看着地面发呆，半晌，她才缓缓回答："奴婢都听老太爷的安排，没有别的要求。"

谢老太爷闻言露出了赞许的笑容，果然是个好的，不哭不闹平平静静的，倒也是有骨气的，又道："难为你这般为阿侧着想，若不是南宁侯府眼里容不下沙子，倒还是可以想法子叫你留下的，现下倒是可惜了。"

胭脂闻言猛地看向堂上坐着的老太爷，一脸不敢置信。

南宁侯府，怎么会是南宁侯府？！

南宁侯膝下只有一个闺女，闺名单娆，从小娇养着长大，却不像世家女子那般琴棋书画样样精通，她偏爱舞刀弄枪，享受江湖快意。

可若真只是如此，也没什么可诟病的，但单娆偏偏是个蛇蝎心肠，常有将下人打残弄死的事儿，且性子颇为豪放，待字闺中时就已和远方表哥不清不楚，她爱四处闯荡，是以身边总跟着一个影卫，然……也是不清不楚的。

单娆与谢明升原本并没有什么交集，只是谢明升交好的一位世家子娶了她，又撞见了她和那影卫的私情，后头这世家子就莫名其妙地死了。

这为何会死，便是用脚趾想也能猜到一二。

若不是后头谢明升为了好友的死追根究底，这事根本不会在命簿里出现，虽是一笔带过，但也足可见这是个什么样的人！

这样的女子如何能娶，胭脂头皮发麻，试探道："老太爷，这姑娘可不妥当，奴婢听说她的性子……"

"成了家以后自然就收了性子，无论如何都是阿侧的命，总不能什么都一帆风顺的。"谢老太爷一副事不关己的冷淡模样，还未听完胭脂的话，就这般作态，显然是知晓的。

胭脂闻言微微怔住，喃喃道："老太爷都知道，为何还……"

胭脂顿了一顿，又微微启唇试探道："老太爷觉得二公子才学如何？"

老太爷眼里有一丝轻视，半晌才吐了两个字："尚可。"

"堂堂状元郎在老太爷眼中就只是如此？"胭脂问道。

谢老太爷不再回答。

胭脂这才确定了心中的猜想，她静站了半晌，才酸涩开口道："我见过千百种人，却唯独没有像您这样的人……一个堂堂的世家大者，竟心胸狭窄至此，连自己的孙子都妒忌，实在叫人匪夷所思……"

谢老太爷骤然被戳穿了藏得极深的心思，如同在人前揭开了皮，叫人看到了里头的阴暗心窍。

他猛地站起身，举起拐杖狠狠往胭脂身上一捶，恼羞成怒道："谁给你的胆子，竟敢这般肆意妄言！"

胭脂硬生生挨了下来，那拐杖极沉，她已然微微侧身避开了些力，却还是被砸得倒在了地上。可她却忽略了身上的疼，心口极沉闷，直替谢清侧感到悲凉。

胭脂垂眼默了良久，才平平静静道："别让他知道……"她抬眼看向老太爷，"他要是知道您是这样的人，该会有多失望……"

谢老太爷拿起拐杖就想往胭脂身上砸，一旁的谢远忙上前拦住，对着老太爷摇了摇头，替他着想道："老太爷，使不得，这奴才还得二房自己处置，免得惹人闲话。"

谢老太爷冷静下来，可一看胭脂还是气得火冒三丈，恼得直抬起拐杖狠狠一凿地，怒道：“还不滚出去，不识抬举的混账东西，半点登不上台面，果然二房出来的没一个好的！”

谢揽忙进来扶起胭脂，胭脂慢慢站起身，神情漠然地看了眼谢老太爷，才转身离开。

胭脂忍着背脊的疼，一路默然不语地往二房去，走到半路才嘱咐道：“谢揽，刚才的话不要和你家公子讲，他受不起的。”再如何也是他的祖父，肯定都会有亲情的期盼……

谢揽跟在后头一言不发，半晌，他忽道：“胭脂，你故意在老太爷面前诋毁单小姐，是巴不得公子娶不成侯府千金吧。”

胭脂闻言顿住脚步，看向谢揽，冷冷道：“娶谁都行，只单娆不行！”

谢揽默了一瞬，眼里意味未明：“公子迟早是要成家的，你拦着也没有用。公子需要岳家的实力，侯府嫡小姐能给他，而你……什么都给不了。”

胭脂微怒，却弄不清自己为何失了理智，直争辩道：“再厉害也不行，不安家宅的女人怎么能娶！”

谢揽也激愤起来，疾声道：“那你就安于家室吗？胭脂，你扪心自问，我家公子待你好不好，可你呢？你还是和大公子不清不楚，你根本没有资格管公子的事！单小姐就算不是好人，可她愿意为公子着想，她是真的心悦公子，哪里像你，说一套做一套，处处欺骗我们家公子！”

胭脂被狠狠一噎，胸口闷得难受，一时微湿了眼眶，半句话也接不上来。

谢揽见胭脂默认，又面色阴郁道：“像你这般，才不该留在公子身边，要是可以，我倒愿意你去祸害大公子。”

听到这些，胭脂心口生生疼起来，她一句也反驳不了，谢揽说的对，她确实处处欺骗谢清侧，没有半点良心呢……

到了晚间，胭脂见到了谢清侧，想来他也是听说了白日里她顶撞谢老太爷的事儿。

他们已然许久未见，这骤然相见竟还有了些疏离陌生之感，就像两个被迫待在同一个屋檐下的陌生人。

现下谢清侧坐在对面与她一道用饭，茶白衣衫清简雅致，袖口绣了淡色繁复的纹路，衬得手越发好看修长，他的眼睫微微垂下，在眼下投出一片阴影，安安静静地坐着用饭，就已是入画。

好看是好看，可胭脂却隔着饭菜香徐徐闻到他身上染着的淡淡香味，那是女子特有的胭脂水粉味。她垂首拨弄着碗里的饭，片刻后自嘲一笑，这鼻子也是怪灵敏的，这般都能闻出来。

胭脂顿时没了胃口，只要一想到他在外头和旁的女子耳鬓厮磨，胸口就难受得透不过气来。她终于明白了丁楼烟的感受，这简直比钝刀割肉还要折磨……

胭脂一时连筷子都拿不住，可她却连半点发作的权利都没有。

“你收拾一下，明日让谢揽送你出府去。”谢清侧神情淡漠，语调淡淡，说话间都不曾抬眼，好像看她一眼都是多余。

胭脂闻言心中一闷，她看了谢清侧许久，才勉力微微笑起，缓缓问道：“公子这般，想来也是非常心悦侯府小姐，只不知可有听过些许传闻？”她心中不耐，直接略过单娆的为人，只想知道谢清侧是如何看待单娆的。

谢清侧闻言，轻掀眼帘看向她：“传闻是真的又如何，性子不好便不好，做错了事自有我担着。”继而，他又淡淡道，“你莫要以为我不知你在祖父面前编派了她的不是，想让她在祖父面前失了体面……”

他说到此突然微微笑起来，放下手中的筷子，言辞轻忽道：“胭脂，你要是再敢耍弄心机，就别怪我不念及往日情面。”

胭脂闻言脑子空白了一瞬，放在腿上的手下意识抓住了裙摆，心如针扎般难受，他……他如今为了旁人这般待她？

胭脂心中难言滋味，她恍惚片刻，看着眼前的谢清侧，一时说不出话来。

可他们成了这样，罪魁祸首是谁呢？还不是她自己……

胭脂默了许久，才涩然开口道：“你既然这般喜欢，说明她是真心对你好，我也没什么好说的。她进了门以后，就不要让她身边再跟着旁的男子，免得闹出什么不好看的，叫你失了体面……”

谢清侧轻声笑起，他的手轻轻按在桌案上，微微俯身看着她，眼里透着一丝狠厉威胁，半晌，只听他轻缓道：“你再敢编派她一句不是试试？”

胭脂心口猛地一窒，几乎无法呼吸，再吐不出半个字，眼睛酸涩得难受极了。

她慢慢垂下眼，避开他的眼，僵硬地坐着一动不动，一时如同石化了一般。

谢清侧神情淡漠，半点不为所动，他俨然没了半点耐心，终是连饭都不曾和她一道吃完，便起身出屋去。

胭脂余光看着谢清侧出了屋，才慢慢抬眼看向桌案上那碟桂花糕，她看了许久，一块都没有少，他根本没有碰过，她的眼眶一下子就红了，突然觉得委屈到了极点。

胭脂轻轻眨了眨眼，一滴滴晶莹剔透的水珠不间断滴落在桌布上，晕开了一大片。她伸手抚上桌布上的一片深色，桌布已然浸湿了一片，摸上去隐隐透出些水泽，她愣了片刻，一下如拨开迷雾般，突然意识到了些什么……

她为何会哭？

往日乱葬岗孤苦无依，她不曾哭。

注定脱离六道轮回之外，永世孤寂冷清，她也不曾哭。

她从来洒脱自在，何以会因为谢清侧的区区几句话，就哭了？

胭脂垂泪默然许久，才慢慢抬手轻轻拿下发间的花木簪，在手间细细摩挲，花纹繁复雅致，雕琢细腻，刻的时候一定花了很多心思。

木簪通身都透着暗红色，血已然染透进去，他那时……

胭脂想到此突然心口一闷，她猛地闭上眼去缓那股子劲，泪水却不由自主地溢出来，滴滴滑落脸颊，她伸手按住了胸口，死命克制却还是哽咽出声。

原来，这般早就刻进了心里……

翌日清晨，胭脂背起包袱又提着鸟笼，跟在谢揽后面，往谢家后门走。

昨日那样别过，谢清侧也不知去了哪里，这遭出了谢府就不会有机会回来了，竟是连最后一面都不让她看了……

胭脂一时神思恍惚，她缓缓走到马车旁才想起了一事，便看向站在马旁的谢揽，问道："可否替我唤二公子来一趟？"

谢揽本就有些心不在焉，听得胭脂此言直皱起眉头，不耐烦道："你别再耍花样了，赶紧上马车，公子忙得紧，哪有工夫见你！"

胭脂垂下眼，面上没有半点表情，只平静道："若是见不到他，我便待在这儿不走了。"

她确实在耍花样，谢清侧那一劫早就不存在了，他和丁楼烟根本就没有交集，怎么可能还会因为这事被谢老太爷废去一条腿？

她……她不过是想看他一眼，就只是一眼罢了，他们怎么这般小气，难道看一眼还能少块肉不成？

谢揽拿胭脂没办法，只能使了门口站着的小厮去请谢清侧。胭脂本以为要等很久，便上了马车坐着等，却不想没等多久，谢清侧就出来了。白玉束冠，乌发垂在身后，身着浅白衣衫，外罩墨色薄衫，走过来时风拂衣摆，墨色薄衫随风乱舞，如同纸上泼墨般洒然好看，飘然若谪仙。

胭脂神情专注地看着他慢慢走来，心绪渐失。

谢清侧站定在马车外看着她，疏离地问道：“你还有何事？”

胭脂只觉心一疼，缓了半晌才笑着开口：“没什么，只是昨日我顶撞了老太爷，怕他迁怒于你，所以就想和你说一声。这几日他说什么你便听什么，千万不要忤逆他，过几日便好了，莫要伤着自己。”

谢清侧垂下眼默了片刻，才抬眼看向她，漫不经心淡漠道：“时辰不早了，你该走了。”

胭脂看着他的眉眼，心中难掩酸涩，她勉力笑一笑，忍不住唤道：“阿侧，我……”她本想说心里话，可见他这般疏离陌生，又说不出口了。

这局是她自己亲手造成的，自然该受这苦果。

谢清侧等了半晌也没见她说出个所以然，便问道：“你什么？”

胭脂摇了摇头，默然不语。谢清侧彻底没了耐心，不再理她，转身往回走了。

胭脂看着他离去的背影，直到谢府的大门缓缓关上，再也看不到谢清侧这个人，她仍看着那紧闭的门，微微发怔……

阿侧，我心悦你……很久了。

谢揽坐在马车外默了许久，才像是下定了决心一般，抬手一扬马鞭甩在马身上，马车缓缓驶动。

马车在青石板上驶着，连轴声连续不断，木轮子在青石板上滚动的声音，在清晨里的长街上显得格外清晰。

马车驶了许久，才在一户大宅后门口慢慢停下。

胭脂掀开车帘下了马车，看了这门不由得微微愣住，一个后门弄得这般富贵堂皇，倒是少见的，直叫人晃瞎双眼。

宅子里头出来了两个丫鬟和三个婆子，一个个都将她从头看到脚打量起来，胭脂轻轻蹙起眉，转头看了眼谢揽。

谢揽面无表情：“进去吧，往后就在这儿待着吧，我要回去跟公子复命了。”说完，也不待胭脂反应，便扬手一甩鞭驾着马车离去了。

为首的丫鬟看着胭脂，敛了眼中情绪，又做了一个请的姿势，微微笑道：“姑娘请吧，我们主子已然等了你好些时候了。”

胭脂看见离去的马车，又听这丫鬟说的劳什子主子，颇有几分疑惑不解。谢清侧昨儿也没说清楚，这难道是要她见什么人？

只她现下连个该有的准备都没有，实在叫人措手不及。

后头三个婆子见胭脂止步不前，忙上前接过她手中的包袱及鸟笼，拥着她往里头走。

胭脂一时不明所以，被推着就进了门，一进里头险些晃瞎了眼，可真是金碧辉煌，这宅子若是没有几座金山银山在手还真堆不出来。只这富贵是富贵，却没有谢家那样的百年老宅庄重沉穆，那可是经过漫长岁月打磨沉淀的，不是有银子就能堆出来的。

胭脂跟着前面的丫鬟，一路沿花园香径慢慢往大院走去。

笼中的紫啸鸫有些不安地扑通着，想来是到了陌生的地方有些不习惯。

胭脂见它这般，便调侃道："瞎扑腾什么，一会儿叫旁的鸟儿看见了，你这张鸟脸还要不要了？"

紫啸鸫闻言一副快吐血的做派，只看着她，颇有几分恨铁不成钢的意思。

胭脂挑了挑眉梢，这鸟儿戏还挺多，就爱搁那儿演，浮夸得要死。

一路到了大院，那丫鬟便让胭脂站在院子中庭等着。胭脂看着院里站着成排的护院，心下越发疑惑，这究竟是何人，这般大的排场。

这一等便是半个时辰，胭脂腿都站"细"了，才出来几个人抬着一张美人榻，一路从里头出来，正摆在院子里。

主人家姗姗来迟，是个面皮极妖艳的女子，她看着胭脂微微一笑，眼里媚态横生，直勾得人心头晃荡。

她在椅上缓缓靠坐下，柔若无骨的身姿，细腰丰胸，叫胭脂看了都不由得感叹是个尤物。

胭脂低头看了眼自己的胸前，眼里闪过一丝绝望，这还真别比，阴物比人可不得活活气死！

也不知谢清侧心悦哪种，胭脂只觉他是个不挑的，自己这两团不大他都能……实在叫人羞于启齿，别看这人平时是斯文有礼的模样，发起狠来可真不是能吃得消的。胭脂面上越发烫起来，可转眼又想到他昨儿那般护着单娆，便不自觉委屈，面上也慢慢凉了下来……

等等，单娆？！

胭脂猛地抬眼看向榻上女子，隐隐猜到了些什么，可她有些不敢相信……

那女子靠坐在椅上，还未开口说话，她身旁的丫鬟就冲了上来，抬脚一踢胭脂的膝盖窝，按着她跪下，喊道：“大胆奴才，来了侯府竟还不跪下请安，好是不懂规矩！”

胭脂闻言错愕，不及反应就被那丫鬟按着跪倒在地，她看向榻上女子，表情微微呆怔。

他将她送到单娆这儿做什么？

单娆像是满意极了胭脂这个反应，又开始细细打量起来。半晌，她才轻启红唇，风情万种地开口道：“原道是个什么样的人物，却没想到这般平庸如常，哪里及得上我一分？”

单娆意味深长地笑起来，那笑中带着几分妩媚诱惑，叫人看了心头直痒。

胭脂见她这般做派，心下微沉，这女子可比她想象的还要不妥。

一旁立着的丫鬟忙开口奉承道：“一个下贱的通房丫头，如何能与您相提并论，平白拉低您的身份。”

单娆听在耳里，变得和颜悦色，那丫鬟见自家小姐乐意听，便打起劲来说道：“谢二公子怕是极为爱重您，竟真的这般听话，将婢女送过来任您处置。照这样看来，往后小姐嫁过去一定不会受委屈。”

郡主听完不由得甜笑出声，那娇媚的声儿听得人酥了骨头。她伸手虚点了点那丫鬟，娇羞道：“你这张嘴儿呀，就会说好听的讨我欢喜。”

那丫鬟忙捂嘴笑起，俏皮道：“奴婢说的可是大实话，且就算奴婢不说，这谢二公子也实实在在这般做了。小姐必然也看出谢二公子的心意了，这去哪儿找谢二公子这般出挑又贴心的郎君呀。”

这话可真说到单娆心坎儿上去了，她浑身上下透露出丝丝甜意，面上笑开了花。

胭脂一字不落地听进耳里，总觉得胸口透不上气来，一阵阵闷疼，半晌，她才抬眼哑着嗓子问道：“……哪个谢二公子？”

话音刚落，院中站着的人皆哈哈大笑起来，连斜靠着的单娆都微微讽笑着。

刚才说话的丫鬟看向单娆，又指着胭脂，嘲笑道：“小姐，你瞧瞧她竟还这般问，这莫不是个傻子，竟连自己伺候了多时的主子都不知道了！”

这话一出，单娆本还笑着的脸突然就拉了下来。院子里突然安静下来，那丫鬟见自家小姐这般，忙吓得慌了神，不敢再说一句话。

单娆轻飘飘看了眼那丫鬟，又收回视线看向胭脂，眼里满是嫉恨，仿佛下一刻要冲上去将人活活撕了一般。

单娆默了半晌才开口，字字透着恶毒："既然二郎这般听话识趣，将人送过来给我，那我便不计较从前了，过会儿就让你走。不过我这人是个大方的，平日里就爱给人添东西，我今日见了你就很是喜欢，便给你这面皮上添些东西吧。"

说完，单娆斜睨了眼刚才那个丫鬟，冷冷吩咐道："去给我往她脸上划个百八十刀，若是末了还能瞧出些人样，那刀子……可就要落你脸上啦！"

那丫鬟闻言吓得不轻，忙抖着手接过护院递来的刀子，一步步向胭脂那处走去。

胭脂充耳不闻，满脑子都是她口中的谢二郎……

谢二郎，二郎……她都没有这般亲密地叫过他，他们两个可真是甜蜜!

他谢清侧今日将她送到单娆这儿,究竟是何意,是任单娆处置折磨的意思？!

可能吗?

还真是可能的，他这样的人还真能做出这种事来……

这就是她该付出的代价吗?

若真是如此，谢清侧未免也太狠了些，他还不如直接杀了她来得痛快，做什么这般糟践人!

胭脂心中满是苦毒，一时间气血上涌，心里怨戾半点也压不住，她身上好像被人插了把钢刀，凉得都发疼了，让她瑟瑟发抖。

那丫鬟拿着刀子颤颤巍巍地走过来，胭脂冷冷盯着她手中泛着寒光的刀子，眼里暗暗闪过一丝狠厉，面上却半分不显。

待人到了跟前，胭脂伸手夺了她手中的刀子，又借着劲儿扯过那丫鬟，往上前来的护院跟前狠狠一甩，挡住了护院上前的路。

胭脂又一息不停地袭向单娆，众人没想到刚才还柔弱可欺的人，突然就这般狠厉作态，愣是傻在了当场，一时反应不过来。

院中唯有单娆面上半点不见惊慌，甚至于有那么点看跳梁小丑的意思。

胭脂心下留意，快接近单娆时，假意顺着势头直往正面攻去，果然身后袭来一阵疾风，胭脂猛地一个翻身避开，黛色裙摆翻飞如花绽开，又如昙花一现快速收起花瓣。胭脂借着半空翻身的劲儿，灵巧旋身落在单娆的榻侧，又在半息之间一步跃上了榻。

单娆心下大骇，忙坐起身，还未来得及闪避，胭脂已然悄无声息地缠上来，手间的刀子直抵着她细白柔嫩的颈部。

那影卫一剑走空，失了先机，他看向胭脂手里被挟持的单娆，眼里有了一瞬的惊慌，片刻后又恢复了木讷的模样，只是看着胭脂的眼神有些不对劲，一副蓄势待发的做派。

胭脂见状微微勾起嘴角，笑意森然，她将刀锋又往单娆脖颈上贴近了些，意味深长地缓声说道："你可以试试是你的剑快，还是我的刀快。"

单娆感觉脖间传来了丝丝疼意，不自觉直起脖子，轻声威胁道："你现下放下刀子，我还可以答应放你一马，可若是真伤到了我，你就等着生不如死吧！"

胭脂闻言手上微微一用力，刀子就沾上了血，她另一只手死死扣着单娆的肩膀，幽幽嗔道："别说了，你祖宗我不爱听呢。"

单娆脖间猛地一疼，放在膝上的手一下握成了拳，气氛一时凝固起来。护院见胭脂如此，直叫起："大胆贱婢，竟敢……"

那护院还没说完，单娆暴怒骂道："闭嘴，蠢货！"

胭脂眼里平平静静，一点不起波澜。半晌，她忽道："单娆，我今儿心情很是不好……

怎么办呢？要不然这样，反正我逃不出你这儿了，不如咱们一道走吧！"

单娆闻言怒火中烧，她何曾受过这般威胁，心中恨意层层叠起，心想：过会儿脱了身，定要将这人剁碎了喂狗！

单娆这般想着，心中好受了些，她微微稳住心神，便缓声开口转移胭脂的注意力，好让影卫伺机而动，她装模作样道："你叫胭脂是不是，真是极好听的名字呢，刚才是我不对，咱们第一次见面就如此，实在是有些不好看……你看这样好不好，你先放下刀，咱们有话坐下来好好说。你想要什么我都可以给你，我发誓绝对不会为难你……"

胭脂听到这话微微一笑，只露出白森森的牙来，那面皮上诡异的笑容，叫人看了不寒而栗，这若不是青天白日的，还真以为自己遇上了鬼。

胭脂不动声色地看着前面的影卫，慢条斯理笑问道："真的？"

单娆看不见胭脂的表情，还以为她相信了，她心中一喜，忙肯定道："自然是真的，我从不骗人！"

胭脂闻言，面上的笑一下就收了，气氛显得越发诡异，她言辞认真道："那我就更不能相信你了，我又不是人。"

单娆真是没话说了，直觉这混账玩意儿耍着她玩，她一时恼羞成怒到了极点，又因为受制于人发不得半点脾气，心里十分憋屈，她默了半晌，才压抑道："你到底想要怎么样？"

胭脂微微弯了弯眼，又看着影卫，慢条斯理地叹息道：“这个人要是在，我这心里就不安啊……”她语调微顿，轻轻笑起，又对着单娆认认真真道，“你这般聪明，应该能听懂我的意思吧。”

单娆闻言不置一词，显然是在考虑胭脂的话。

良久，她才慢慢抬眼看向前头站着的影卫，神情极为冰冷，眼里的意思也很明白。

影卫见状微微愣神，几乎不敢置信，他木讷的神情终于有了一丝变化，看着单娆，眼神哀求。

可单娆却是视而不见，抿紧了嘴，一句话也不说，他默了半晌，终是颤抖着提起了手中的剑，看着单娆，目露哀伤，轻声说道：“属下往后都陪不了小姐了，还请小姐自己多多保重。”言罢，他举起剑往自己腹部慢慢刺入。

单娆一时泪水拼命涌出，哭出了声。胭脂见她身子微微颤动，越发开心起来，她扣着单娆的肩膀，含着笑又心疼至极地问道：“这般难过呀，哭得我心都软了呢……你要真舍不得，我就给你们办场冥婚吧，我一直心心念念着这事呢，只是找不到机会，你觉得怎样？可以的话我便动手了！”胭脂说到最后，兴奋到双目发亮，一副跃跃欲试的模样。

单娆闻言吓得拼命摇头，泪珠顺着她的动作滴滴甩落出来，只觉得这人病得不轻，她心中已然越发没底，真的料不准这人会做出什么事来！

胭脂见她如此不愿也只能作罢，总不能弄出对怨偶来，便又百无聊赖地看着影卫自尽。她垂眼细细观察影卫的动作，面目狰狞，伤口样子吓人，只是偏偏避过了要害。

胭脂狠狠眯起了眼来，一时戾气横生，厉声道：“小子，敢在我面前耍花样，胆子不小，今儿你们一个都别想跑，咱们就好好玩一玩！”

话音刚落，胭脂猛地把单娆按跪在地上，眼神透出噬骨的暴戾，叫人看了忍不住毛骨悚然。影卫一时惊慌失措，一动都不敢动，生怕惹得胭脂动手害了单娆的性命。院中仆从皆栗栗危惧，不自觉尖叫着退散开来。

胭脂在榻上坐下，见旁人吓成这样，才微微缓和了些自己的神情，刚才那一刀显然让她心中的戾气平息了些，现下看着影卫，颇有些漫不经心的淡漠。

脚边的单娆吓得直哼哼，胭脂按着她叹了口气，又微微俯身，拿着刀轻轻贴上她的脸，放柔了声轻轻安慰道：“其实我往常不是这样的做派，这么多年了，我真的收敛了许多，只是今日这心里……”

胭脂顿了顿，唇齿之间满是要活活碾死人的噬骨压力：“是真的很难受。”

胭脂一想到谢清侧这样冷血无情，心中越发压抑闷苦，恨不得咬碎了牙，她将刀子死死贴在单娆的脸上，恶声恶气阴沉道：“单娆，我怕是制不住自己这个性子了！”

单娆是真的怕了，这就是个疯子，这人根本不怕事情闹大，且毫无顾忌，半点不管后果如何。

这可真是光脚的不怕穿鞋的，这般死磕明显是她吃大亏，她心中惊惧又悔恨，若是早知道这人的底细，怎会如此掉以轻心，叫自己平白无故地遭了这一劫。

这谢清侧将人送来，又不交代清楚，让她失了防备，究竟是何用意？

胭脂不再理会单娆，又看向精神紧绷死死盯着这处的影卫，平平静静问道：“还不动手吗？”

影卫闻言忙一下拔出了腹中的刀，将刀架在脖子上正要用力，单娆却忍着腹部剧烈的疼痛，骤然开口给了胭脂一个“梯子”下来：“我不信你有这样的胆子，可是谢家让你这般所为？若真是如此，便不关你的事，我自会和谢家算清总账！”

胭脂闻言微微一怔，是啊，她这般所为，不止谢清侧跑不了，整个谢家都跑不了。

高手过招本就是一息之间，胭脂如今凡胎肉体，不过靠了些巧劲才得了先机，她在这关头分心愣神，便注定了败局。

那影卫看准了时机，猛地移身上前一挥手中利剑，然后再也挨不住直扑下来。

胭脂只觉自己脖间猛地一凉，继而又传来一阵剧烈的疼痛，身子一轻，不由自主地下坠，“扑通”的落地声在耳旁响起，直震得她脑仁儿发疼。

胭脂感觉自己在地上滚了起来，天旋地转之后，她看见了一碧如洗的天空，一眼望去如同溪水般清澈见底，微有几朵白云飘荡在溪间，干净透彻。

唯一不好的，便是太过吵闹了，惊恐叫声，逃窜声，还有紫啸鸫声声啼叫，在笼中挥动翅膀死命扑腾着的声音。

这鸟儿叫得是好听，可怎么就让她听出了几分凄楚之意，它莫不是被人逮着，拔光了身上的皮毛？

胭脂有心想看一眼，可却半点也动弹不了，只感觉脖子那处的疼痛越发剧烈，叫她透不上气来，随后便听不见任何声音了。

眼前的天空慢慢变窄，又慢慢隐于一条缝隙，归于黑暗……

她终是挨不住慢慢闭了眼，失去了最后一丝意识……

晴空万里，清风徐来，树上挂满了鸟笼，鸟儿在笼中叽叽喳喳地啼叫着，婉转悠扬。

谢清侧正站在院子里，神情认真地往笼中放鸟儿的吃食，微风轻拂他的衣摆，阳光洒在树间，投下斑驳的树影落在身上微微浮动。

偶有丝丝光线从树上的叶儿缝隙间透下来，透过谢清侧外罩的墨色薄衫，洒在白色衣衫上，衬得他整个人清透飘逸若谪仙，颇有几分悠闲自在。

谢揽从外头进来，站着默不作声。

谢清侧正放了一只鸟的吃食，又移步往下一只鸟笼放，半晌才淡淡问道："人送到了？"

谢揽面上平平静静，神情认真，只语气有些僵硬："送到了，里头还派了丫鬟并婆子拥着进去。胭脂本还想问什么，奴才话都不敢搭就赶着回来了。"

谢清侧看着笼中上蹿下跳的鸟儿，神情淡淡，又开始继续放食："做得好，这几日就搁那儿吧，叫她自己琢磨清楚。"

谢揽闻言神情有些许复杂，似想说什么，可又说不出口的纠结样子。

他默然站着想了许久，正想开口，院外来个丫鬟道："二公子，老太爷使奴婢来唤一唤您，这时辰也不早了，家宴就要开始了。"

谢揽像是逃过了一劫一般，忙转身小跑到那丫鬟跟前："劳姐姐跑这一趟，我家公子正准备去呢，还得劳姐姐回禀一二。"

"不劳烦不劳烦，原是奴婢应做的。"那丫鬟忙应承下来，又匆匆往院外去了。

谢清侧充耳不闻，待慢条斯理地放好了所有鸟的食儿，才带着谢揽一路缓步往正院走去。

谢府月中十五都有家宴，只要身在京都，无论何事这家宴皆要到场欢聚一堂，以示谢家和气致祥。

谢清侧走到回廊尽头，正拐弯要往大院里头走，便迎面袭来一阵阴风，墨色薄衫随风扬起，随后再没有一丝风意。刚才还万里无云的天，骤然就阴沉下来，灰蒙蒙一整片笼罩而下，压抑至极。

远处半空飞旋的黑乌鸦扑腾着翅膀，落在沉穆古旧的屋檐之上，脑袋不断转来转去，片刻后，一声粗犷嘶哑的啼叫声在院中蓦然响起，平添几分诡异阴冷的凄凉之感。

谢清侧顿在屋檐下，微微眯起眼看向那黑乌鸦。那乌鸦脑袋转动起来，直看着谢清侧，接着连啼两声，继而猛地腾飞而起，在半空中回旋几圈才往远处飞去。

老者常言：乌鸦门前连三啼，家中必有大不幸。

谢清侧虽不信这些，却也不喜这乌鸦门前啼叫，他静默了片刻才踏进院子，走进用饭的大堂。

谢家的人都到齐了，饭早就摆好，只是满堂鸦雀无声，众人皆正襟危坐，连大气都不敢喘一声。老太爷黑着脸坐在上座，见谢清侧踏进来，更加黑沉了脸色。

谢清侧一下将堂中情形尽收眼底，默然收回了视线，面上不动声色，缓步走到唯一的空位上坐下。

谢老太爷看了他半晌，才平平开口：“既然都到齐了，就开饭吧。”一旁立着的丫鬟忙纷纷上前端盘弄碟，伺候着众位主子。

整个大堂里静悄悄一片，安静得只有盘碟碗筷发出的轻微声响，气氛极度压抑沉闷，叫人透不上气来。

座上众人各样心思，皆拿眼偷瞄老太爷和谢清侧，老太爷是面无表情地吃着饭，而谢清侧是权作没瞧见的淡漠神情伸手夹菜，一切都和以往一般无二，却又完全不一样。

众人正安安静静地用着饭，谢老太爷却停了下来，看向大圆桌对面的谢清侧，骤然开口问道：“人可送走了？”

谢清侧闻言抬眼看向他，平静答道：“送走了。”

“送哪儿去了？”谢老太爷如同祖父关切孙儿般闲话家常，语调平静中似带着一丝讥刺。

谢清侧半晌不接话，老太爷又慢声问道：“昨个儿侯府派人来这儿一趟，让你得空将人送过去，你可有照着意思办了？”

谢清侧闻言神情淡漠，垂下眼默不作声，摆明了没照办。

谢老太爷见他如此，冷哼一声，威严震慑，继而又另起一头，冷着声敲打拿捏道：“这孙猴儿本事再大，也是没法子翻出如来佛的五指山的。可他自己没有个自知之明啊，自以为是地闹起来，还真以为有那么点本事就能翻了天去？”老太爷语调微有顿挫，神情讽刺，指桑骂槐道，“纯属一个不知所谓的玩意儿，还敢在关公门前耍大刀，半点登不上台面！”

谢清侧权作没听见，半点不起波澜的样子，平平静静地坐着。老太爷说的话再重，他也是如耳旁风拂过一般轻飘而去，半点没落心里。

谢老太爷面无表情地提着筷子看着谢清侧，静默了半晌后，猛地将筷子甩到桌上，砸落在中间的汤羹里，溅起了水花，他看着谢清侧，辞色俱厉道："你那些心思趁早给我收了，莫要以为我不知你做了什么！能做南宁侯的姑爷，是你几辈子都修不来的福气，还敢一副蹬鼻子上脸的做派，半点不识抬举的东西，若是得罪了侯府，你死不要紧，别连累了谢府！"

众人被老太爷突如其来的暴怒弄得不知所措，面面相觑，根本不知如何是好。

堂中静默了半晌，谢二爷面上是少见的低沉严肃，语调肃然，开口道："这事关谢氏满门，侯府权大势大，得罪不起，你莫要眼皮子浅显，为了个下人不知轻重……"

谢清侧闻言放下筷子，慢慢靠在椅背上，神情淡漠，半敛着眼，长睫微微垂下，挡住了眼中神情，不言不语。

谢老太爷见他垂眼不言，以为他知晓了其中利害，便随口道："人我已经让小揽送去侯府了，你不必再管。侯爷既然不希望自家姑爷身边有人，那丫头送过去就当没了。往后人家姑娘嫁进来，你万事顺着哄着，自然不会有什么事……"

谢清侧闻言微有一瞬间的怔然，继而猛地看了眼谢老太爷一脸笃定的模样，他心跳骤然一快，转头看向远处候着的谢揽，他却躲躲闪闪地不敢看自己，谢清侧脑袋"嗡"的一声，生生空白了一片。

老太爷懒得再理会谢清侧，便看向丁楼烟，俨然一副和蔼可亲的长辈模样："这丫鬟是你从丁府……"他话还未说完，谢清侧就猛地站了起来，"咣当"一声带翻了身后的黑檀木凳，神情紧绷到了极点，骇人可怖得紧。

一旁的谢二爷蓦然给惊了一大跳，心下一沉，忙站起身准备好好安抚谢清侧，众人也给骤然一遭吓得纷纷愣神，心有余悸。

唯有谢老太爷看向他，辞色俱厉地怒道："坐下！你今日要是敢……"

谢清侧话都不等听完，猛地转过身推开挡路的谢二爷，慌不择路地冲出去。端着菜迎面而来的丫鬟皆避闪不及，生生被撞倒了去，一地盘碟摔碎声惊落了众人。

谢老太爷怒不可遏，直冲外面吼道："给我拦住二公子！"众人还未反应过来，谢老太爷已经拄着拐杖疾步出去，众人见状忙纷纷起身一拥而出。

谢清侧就这一会儿工夫已经就冲到中庭去了，十来个人死死拦着，他是见谁挡道，就掐着软肋下死手，下人哪里敢还手，只能生受着，没多久就挡不住了。

谢老太爷本觉得备了十来个人防着绰绰有余了，现下看来却是有些悬了，他厉声道：“你还不快住手，我现下就明明白白地告诉你，今个儿你别想走掉，我就是打断了你的腿也不会让你去侯府！”

片刻后，见谢清侧充耳不闻的混账模样，老太爷顿时大发雷霆，高声吼道：“你们今个儿要是没拦住人，全部杖责四十！”下人皆吓得不轻，忙扑向快要冲开他们的二公子，抱手的抱手，抱脚的抱脚，一下将他扑倒在地。

谢清侧被死死锁着，半点挣扎不开，一时心急如焚，怒不可遏地厉声吼道：“滚开，再拦着我杀了你们！”那言辞里的暴戾狠绝骇得人心狂颤暴跳。

谢揽没见过谢清侧这般暴跳如雷，吓得魂飞魄散，忙冲上去厮打那些下人，一下就被两个下人扣住，死死压在地上动弹不得。

谢老太爷见下人已然害怕起来，皆不敢下死力拦着，这人眼看着就要走了，正巧见谢远往这处赶，一时如有了主心骨般，疾声道：“谢远，快把这个孽障给我绑回屋去！”

谢远见谢清侧如此，一时愣在当场，竟是一副不知该如何是好的模样。

谢清侧一听谢远来了，厉声吩咐道：“谢远，还不快帮我！”

谢远一听完忙冲过去，一掌就击开了两三人。

众人俱惊呼不已，这谢远可是跟在老太爷身边几十年的人，这一遭竟然毫不理会老太爷去帮着谢清侧，这意思可想而知了。

谢老太爷有一瞬间的错愕，继而不可置信地看着眼前一幕，喃喃道：“谢远……”

老太爷一直不喜谢清侧，这个二孙心思太深且又是个冷心的，确实有本事，叫人欣赏之余又忍不住嫉妒。可更多的却是忌惮，他实在和少时见过的那个人太像了，去除那块胎记，根本就是一个模子里刻出来的长相，连带着那无情无义也相差无几。

当初那个人害得天下大乱，生灵涂炭，季傅老先生耗了十几年的心血才将这大乱造成的后果慢慢按了下来，才有了现下百姓安居乐业，免受战乱涂炭之苦。

可如今季傅先生的骨头都已经化成了灰，这样的人若再出现一次，谁来阻止？

凭自己？做梦！

凭这些养尊处优的京都才俊？凭那些官官相护、勾结徇私的百官？简直是痴人说梦！

老太爷就算不信轮回转世之说，也不得不防谢清侧这样的人，他赌不起，谢家绝对不能出现这么个祸害！

谢清侧心不正，他便打着压着，不让他错一步，他以为自己压制住了，可他万万没想到，这手早就悄无声息伸到他身边来了！

谢老太爷想到此直怒得冲冠眦裂，又见谢清侧有谢远帮着，这脱身也不过是几息之间的工夫，他顿时又惊又怒，举着拐杖狠凿地面，冲着旁边站着的众人咆哮道："你们还站在这儿干吗！还不去拦着！让他去了侯府还得了，咱们谢家就等着倒吧！"

老太爷在谢家积威已久，这一声令下，众人纷纷冲上前去，拉拽起来。

整个院子乱成一团，人全挤在一块儿，谢远被十来个谢家人围着，又不好下死手，只能束手束脚地躲避。不过片刻，院子里又来了十来个护院，谢远赤手空拳难敌手拿利器的护院，一时半会儿根本脱不开身。

谢二爷和谢明升上前抱住谢清侧，他刚才已然耗了太多气力，根本抵不上精神气足的两人，可他还是非要往院门走，两个人竟被他生生逼退几步。

"阿侧，你别固执了！不过一个下人，你若是稀罕，这样的多得是，自会给你找个差不离的，你听爹的话，爹……"

"滚！"谢清侧一下甩开了谢二爷，又猛地往前一扑，将反应不及的谢明升和几个拦在前面的下人狠狠扑倒在地。

谢明升没想到他骤然发难，被他一朝得了手。谢清侧已然起身往外跑，他忙飞快爬起扑过去，抱住了谢清侧的小腿，喊道："谢清侧，你不能去！"

谢老太爷面色严厉，瞳孔狠狠一缩，眼里闪过一丝凌厉，他拄着拐杖疾步向他们俩走去，近到跟前，对着谢清侧的腿，高高抬起手中的拐杖。谢揽一看心头大骇，直大声慌道："老太爷！别……！"话音未落，杖已经狠狠劈在了谢清侧骨节处，力道狠辣至极，下的是死手。

谢清侧闷哼一声，猛地扑倒在地，直疼得额角青筋暴起，一时力竭疼极，浑身直冒冷汗。

院中有人惊叫一声，众人纷纷惊愣当场，看着谢清侧腿骨折断的可怕场面，只觉触目惊心，老太爷竟真的打断了自己孙儿的腿！

谢远猛地击开几人向谢清侧跑去，一看便是大不妙，老太爷下手太狠辣，腿骨尽折血不断淌出，可隐隐看见肉里翻出的白骨，这腿彻底废了。

他看着谢清侧，一时心绪叠起，心中难言复杂，护院猛地从后方擒来，谢远被擒着按到地上死死压制住。

院中一时乱成一锅粥，丁楼烟在一旁看傻了，若不是丫鬟扶着，她都能直接吓软了腿。

“啊！”云氏尖叫着冲过去，扑倒在谢清侧身旁，看见他腿上血肉模糊，直捶胸崩溃哭道，“救命啊，这是要活活把人打死啊！谁来救救我们娘俩儿！”

谢二爷则像是被一道闪电劈垮了一般，嘴唇颤抖，却半点说不出话来。

谢明升在一片嘈杂声中惊恐至极，他看着谢老太爷满眼不可置信，刚才他清晰地听到了骨头断裂的声音，谢清侧的腿在他杖下生生断掉！

那感觉直叫人毛骨悚然，这是他们的祖父啊，何以这般狠心！

有仆从去扶谢清侧，谢老太爷却面无表情冷冷道：“谁也不用管他……”他微顿了顿，言辞狠绝道，“我今儿倒要看看他还能去哪儿！”

谢清侧眉头紧皱，面色发白，额间布满了冷汗，眉眼都润湿了，晶莹的汗水顺着紧绷的下颌接连不断地滴落在地，唇色苍白，呼吸渐重。

片刻后，他伸出手死死抠在地面，死撑着一点点往前移去，每动一下都会让腿间的疼痛加剧万分，如刀在骨上磨割，可他还是固执地往前爬。

腿上的血越涌越多，在青石板上拖出一条触目惊心的血痕。

看着实在叫人心生不忍，连谢老太爷都不由自主地被震住，满眼不敢置信，这么个冷血冷心的混账，竟然……老太爷心中说不出滋味，直僵立在那处，手拄着拐杖微微发抖。

云氏看着谢清侧，哭断了肠，哭声在院中回荡，叫人心中酸涩不已。

谢府的大院门却突然开了：“老太爷，侯府来人了，小的拦不住他们……”院外小厮当头跑来，见得眼前情形直愣在当场，半晌说不出话来。

片刻后，一群人过了外院一路朝这儿而来，为首的人手中端了个大方盒子。

那人颇有几分威严肃容的大将之风，这一打先进来，看到院中这样的场面，也不过是脚下微顿，随后便若无其事地走来。

谢家众人皆不明所以地看着人走到谢清侧跟前站定。

那人居高临下看着谢清侧，意味未明地缓声道：“得侯爷吩咐，特命奴才来送谢二公子一份礼物。”

那人弯腰将手中端着的盒子，放在谢清侧正前方，言辞平添七分威胁意味：“侯爷说了，二公子看过以后，需得给他一个交代，这事儿若是没有个说法，侯府绝对不会善罢甘休！”

谢清侧一眼不错地看着面前的黄花梨木盒，这般近的距离，竟还隐隐闻到了一丝淡淡的血腥味。他神情凝滞，慢慢伸手去拿盒盖，还未等打开，院外就传来了一阵嘈杂声。

片刻后，杜憬毫无仪容地冲了进来，他的衣袍上都沾了鲜红血迹，见院中这般情形错愕不已，又看到谢清侧正要打开眼前的方盒，心头一时大骇，高声喊道：“别看！”

可惜晚了，谢清侧已然打开了，也看见了。

院子里的气氛越发诡异可怖。谢清侧拿着手中的盒盖一动不动，面上没有一丝表情。

谢老太爷怒不可遏疾步上前，气急败坏道：“侯爷何故辱我谢家，如此未免欺人太甚！”

谢明升怔然，直喃喃道：“胭脂？”

这一声叫醒了谢清侧，他看着盒中的物什，脑袋“轰”的一声如炸开了一般，呼吸慢慢急促起来，像是濒临窒息般。

半晌，他伸手攀上盒子，轻声唤道：“胭脂……”

没有人应他，他一时慌了神，便大了些声叫道：“胭脂！”

可无论他怎么叫，也不会再有人应，没有了……都没有了！什么都没有了！

没胭脂这个人了，她这辈子都不会再出现在他眼前了……

以后没人再护着他了，他生气也没人再做桂花糕哄他了，他难过也没人再哭得比他还伤心了……

从今往后，他又是一个人了。

谢清侧一时悲痛欲绝，心口如被撕裂了一般疼痛，绝望悲凉如排山倒海般压来，泪水一下模糊了视线。他再也受不住，撕心裂肺地哭喊哀求道：“胭脂，求求你，不要留我一个人，我求求你！胭脂……”

院子余下的人见谢清侧如此，心头戚戚然，刚才打折了腿都没哭一声，现下却这般失态，实在叫人唏嘘不已。

他这般歇斯底里，不过片刻就声嘶力竭了，众人皆以为他克制住了，可没想到他不过喘了一息，不但没有平缓下来，反而越发崩溃地哭着哀求起来，整个人像是活生生要疯癫了一般 。

那摧心剖肝的凄凉之意声声入耳，叫人心头都不由自主发抖发颤，听在耳里竟有几分感同身受般悲凉绝望。

侯府那人看着谢清侧这般，竟隐隐透出几分怜悯之意，京都才俊今日怕是要生生折掉一位了，什么交代说法现下都管不了了，这人神志都不清了，离疯也差不离了。

他站着叹了口气，便不再久留，带着护卫离了谢府而去。

谢二爷连手带脚地爬扑过去，伸手握住他的肩膀，高声叫道："阿侧，你不要吓爹啊！"

杜憬哪里见过谢清侧这般，一时吓得愣在当场，待回过神来，谢清侧已然彻底崩溃，他像是入了执念，眼里只有盒子，那架势就是要活活把自己逼疯。

杜憬忙冲上去抢他手里的盒子，想先离了他的眼，可就是夺不过来，谢清侧死死拽在手中，整个人都沉浸在自己的情绪当中，半点也出不来。

谢明升连忙上前帮着，没承想两人合力都没能将这盒子拿过来，谢清侧的手指好像掐进了木盒一般，指节已泛白充血。

他自己却全无所知，只一个劲儿看着胭脂直哭，绝望悲凉到了极点。

"阿侧啊！爹只有你这么一个儿子啊，我已然这样了，你再这样我可怎么活啊！"谢二爷一时悲不自胜，也跟着哭了起来。

谢老太爷扶着拐杖的手猛地颤抖起来，看着谢清侧这般癫狂的模样，他终是挨不住往后倒去，险些就要摔倒在地，好在一旁站着的下人眼疾手快扶住了他。

杜憬眼皮猛跳，心下不安到了极点，越来越不对劲了……

再看谢清侧的模样，杜憬心头骇然，猛地伸手拽着他的衣领，狠狠摇着，厉声吼道："谢清侧，你给我醒过来！"

谢清侧充耳未闻，像是听不见一样，眼前有没有人，又有没有人在说话，他都是不知道的。

杜憬又急又气，扬手就给了他一巴掌，见人还是没醒过来，他又狠狠甩了一巴掌，力道大得将谢清侧的头都打偏了。

他冲谢清侧阴郁地说道："你知不知道单娆把她喂了狗。我去的时候已经晚了，三只大狼狗啊，那场面你大可以想一想……"

"杜憬！"谢二爷猛地扑过去，将杜憬按倒在地，一副想要拼命的架势。

谢清侧猛地一顿，终于听了进去，他每个字都听懂了，可连在一起却又好像听不懂。

他快要窒息了，仿佛下一刻就要气绝而去，可偏偏还是竭力压制着，只觉生不如死!

杜憬见他听进去了，连忙抓住时机吼道："谢清侧，你疯便疯了，可单娆还没死呢，侯府也没倒呢，胭脂只怕怨得连胎都投不了，在外头孤苦无依地飘荡着呢！”

谢清侧猛地闭上了眼，呼吸艰难，整个人不可遏制地发抖，手背青筋暴起，每一刻都是清醒的苦熬。

过了许久，他才慢慢平静下来，再睁开眼时，眼里已然没有了一丝人该有的情绪，自然，也不会再有人该有的一丝良知。

死了的人还活着，活着的人已然死透了。

番外三

湖岸的风轻轻荡进来，轻轻晃动着珠帘。

谢清侧感觉有人轻手轻脚地溜进来，悄悄摸到了床榻边，可他没法子睁开眼，不过是意识清醒罢了。

谢清侧心下不悦，谢揽怎么守的门，等他醒了得重罚。正想着，枕边却微微塌陷下去，像是有人趴在上头。谢清侧越发不悦起来，一时却发作不得。

鼻间传来淡淡的女儿香，那人小心翼翼地伸手探了探他的鼻息，又轻轻地松了一口气。

谢清侧情绪微微柔和起来，半晌才听胭脂小声埋怨道："活该挨这十板子，叫你这么肆意妄为！"她顿了顿，像是不敢置信地嘟囔道，"你竟然这样……这样对我……"这小声儿委屈可怜得很，谢清侧想起那日确实失了轻重，不过也就微微愧疚一点点罢了，再来一次他也不会收敛半分。

谢清侧听她在耳旁絮絮叨叨，突然很想看看她，一定是眼眶红红可怜巴巴的模样，像只软白兔儿，不过是只不听话的兔儿。

果然，才待了一会儿工夫，她就跑了。

第二日，她又轻手轻脚来了，又探了探他的鼻息，仿佛微微放了心。

胭脂默了半晌，像是想起了什么，声音羞怯得微微颤抖起来，毫无震慑力地威胁道："我可告诉你，你要是再敢这样，我就拿把钳子将你的牙一颗颗拔下来！"

“拔牙？”谢清侧有些不明所以。

胭脂气得脸都青了，低头看了看胸口，又怒瞪了一眼昏迷不醒的谢清侧，她现下洗漱的时候都还直疼呢，这孽障的牙太利了！

她气得伸手拔了他的一根睫毛，小声哼哼道：“孽障，要不是看你年纪轻不懂事，我一定把你揍得满地找牙！”

谢清侧听着突然很想笑，这才几天毛就又长了，等他醒了又得修理了。

可等谢清侧真的醒了，他却又不想起来了，她每日都会悄悄从窗子外偷爬进来，搁他跟前小声絮叨，一些本该烦恼愁苦的事情，好像在她这里都不算什么，一派洒脱，让他只觉浮生安好，日子悠闲惬意。

胭脂每日都是准时爬进来，只今儿迟了，比以往已然迟了一个多时辰，谢清侧又耐着性子等了一会儿，人还是没来。

他起身缓步走到窗子前，刚想伸手开窗，窗子就自己打开了。窗外的人踏着窗飞快灵巧地往里头跳，却没想到谢清侧就站在里头，根本来不及收势，直扑倒他身上，将他扑倒在地上。他背上伤重，跌得直咳嗽起来。

待微微缓过来，才发现胭脂坐在他身上吓傻了一样，正瞪圆了眼睛看着他，像一只被突然抓到的小鹿一般惊慌失措。

墨蓝色的丫鬟衣裳衬得肤色越发白净，乌发柔顺地披在身后，微有几缕落在身前，软嫩怯生生的模样。

谢清侧微微缓了缓气，手扶上她的大腿，想要安抚几句，却不想还未开口说话，她脸一下就红了，一副羞恼至极的模样。随后就猛地站起身，一溜烟地跑了，这一跑就没再来过。

谢清侧心中越发不悦起来，果然还是要收拾的，不收拾就不会乖乖听话。

杜憬怎么也没想到，他堂堂广陵王世子爷，有朝一日竟然要耗死在胭脂铺里。

杜憬左脚站累了站右脚，腿都快站成对“牙签”了，谢清侧还搁那儿听店家絮叨，那神情认真的哟，他琢磨着这厮读书都未必这般认真吧。

这厮清心寡欲得很，对女色之事一向寡淡，提不起半点兴趣，他原道这厮往后八成是要遁入空门的，可没想到现下还会给人买胭脂了，还研究得这般认真，啧啧……

杜憬想到此不由得无聊到抠起手指，抠了半天也没能抠到什么东西，他实在无聊至极，这厮最近和那丫头闹翻了，性子老是不阴不阳的，一会儿一个意思，实在叫人累得慌。

那丫头也是个能忍的，这么个人遭狗嫌的性子也能忍这么久，真是造化！

他才这么几天就已经快崩溃了，前些日子他好端端在怡红院里抱着暖香玉高高兴兴地逗乐儿，他倒好，一脚踏进来就毫不客气地坐下了，阴沉着张脸自顾自喝闷酒，这么一尊大佛坐这儿，他还怎么逗乐儿！

这不摆明了他自己不好过，别人也别想好过吗！

现下更是过分，那丫头为了他得罪了老太爷，他怕将她放在府里不安全，便打算把人往他的院子里放。

这下可忙坏了杜憬，这厮挑剔得紧，远的嫌太远，大的嫌太空，小的嫌太窄……

谢清侧简直就是个混账玩意儿，这厮还不如遁入空门算了，搁这儿死命祸害他，简直叫人生生郁结而死！

胭脂无聊得紧。杜憬正想着，门外就进来了一个小娘子。杜憬一看不由得乐了，这单娆追得可真紧，这可真是到哪儿追哪儿。

单娆一进来就盯上了谢清侧，他正看着案上摆着的排排胭脂盒发呆。单娆微微一笑，扭着水蛇腰，妖娆多姿地走过去，软着身子靠在案上支起下巴，张着红唇，眼神迷离且直勾勾地看着他。

谢清侧权作没看见，神情淡淡地站起身，让店家将东西包起来。

“你这是买给谁呢，怎么也不替人家买？”单娆见他要走，猛地站起身，大胸微微一颤，极为刻意地撞上了谢清侧。

杜憬一副看好戏的模样，单娆撞上后又马上退开，一副万分羞怯至极的模样，直软声娇滴滴唤道：“二郎。”那声音听在耳里直叫人酥了骨头。

谢清侧垂着眼，片刻后，才慢慢抬眼淡淡看向她：“你叫我什么？”

单娆被他皮相所惑，半天没瞧出什么不对来，只道：“二郎啊，我这样叫你是不是好极了？”

谢清侧眼里淡漠越盛，底下却是瞧不出的狠厉暴戾，片刻后，他语调轻忽，慢条斯理道：“好，非常好。”声音轻缓得很，尾音却重重落下。

杜憬闻言一股子兴奋劲头冒上来，谢清侧太久没这般作态了，自从和那个丫头在一起后，整个人甜腻又柔和，实在太不像他了。南宁侯府？一听就很有意思，可有得玩了……

那日茶章寺落雨，他正站在阁楼上避雨，却不经意瞥见了回廊处站着的人。

乌发木簪，烟粉春衫，干干净净的模样，站在深木屋檐下，一眼入画。

她看着回廊外头的雨，像是悠闲自在，但入骨的荒凉却慢慢透了出来，眼神看着雨幕，又好像透过雨幕到了很远的地方。

这种荒凉伴随他太久，骤然一见自然感同身受，他看了很久，久到斜风细雨沾湿了衣摆才微微回过了神。

他鬼使神差地没让谢揽跟着，不由自主往回廊走去，还未走到，她已然听到声响，慢慢转身看来。

黛眉淡雅，眼蕴灵气，细长的眼睫沾染了细小水珠，微微一眨，朦胧水雾泛在眼里，烟粉衣袖已被雨水浸湿，润透在她的手腕上，显得越发纤细白皙，晶莹的水珠正顺指尖滴滴滑落。

她像是吓到了，看着自己，一时掉落了手中的纸伞。

纸伞“啪嚓”一声落地，他才意识到自己的失态，竟莫名其妙就走到了这里。他不喜这种不受掌控的感觉，连带着也不喜这个人。

后来他知道了她叫胭脂，又从她口中知道了丁楼烟。

世家大族的千金规矩多，他们很少见面，不过他闲来无事会给丁楼烟送东西，看到新奇玩意儿就会拿给胭脂，让她带去给丁楼烟。

胭脂极乐意做这些事，每次都是蹦蹦跳跳、兴高采烈地来拿这些玩意儿。

有一回，他在路上耽搁了些工夫，便就凭感觉走捷径了，可不知为何这简简单单的路，竟叫他走出了迷宫的滋味。

“您这儿都转了七八圈了，就没发现自己是打着圈儿走的？”软糯好听的声音从上方落下来，闲散中含了三分惊奇。

他抬头一看，果然是胭脂，正悠悠闲闲地侧躺在大树干上，手支着头，一脸不可思议地看着他。

他一时不大想理她。

胭脂便一下从树上跳了下来，烟粉裙摆翻飞若花绽，灵动轻逸。

她轻巧地跳落在他面前，眼儿弯成了一道桥，明知故问道：“生气啦？”

他见她如此，便淡淡训道：“半点不知规矩，哪家姑娘往树上挂的。”

胭脂瞧着是认真听训，可是却半点不过耳，眼睛直瞄那花丛里翩翩起舞的蝴蝶，他越发不想理她了，根本鸡同鸭讲。

胭脂觉出了他的不悦，微微有些不安，便去路边拔了几根花色艳丽的野草花，转身跑来递给他，笑着讨好道：“公子，您瞧瞧这花儿，和您长得一样好看呢，您带回去养着玩儿好不好？”

忽略掉她那劳什子的比喻，这态度他还是满意的，便伸手接了，正想说句好话安抚一下。却见她极为担忧地看着自己，小声嘟囔：“还是得多看看花儿养养眼色，整天儿穿得跟乌鸦似的可怎么好……”

她话还未说完，他随手就将花往她脸上一砸，半点不想理她。

后来他渐渐忙起来，再没有多余的时间去送那些东西，便让谢揽去了。

杜憬觉着这般是不行的，还得写写信哄住人家姑娘才好。

不得不说杜憬真是个闲吃萝卜淡操心的，一个世子爷成日搁他耳边念叨终身大事娶妻生子，不知道的还以为这是他爹……

谢清侧其实很喜欢丁楼烟的性子，虽然言辞肉麻了些，但勉强是能接受的，毕竟她爱这样和他亲近。

只他不会承认，喜欢看她在信里写这些，比如：

卿卿公子，听说你昨日又多吃了几块甜糕呢，这可实在不好，你再这样吃，可要掉牙啦！

我的卿卿呀，听说你前日又闹脾气折腾人了，胭脂说小揽来了哭得可厉害了，茶章寺险些没给他淹了，你可要乖，别耍小性子啦！

卿卿公子，我给你种了几盆花，颜色可鲜艳了呢……

每每看到这些，他的心里就跟吃了蜜一般甜。

只是不知为何，这信和丁楼烟给他的感觉完全不一样，颇为违和。

这信的感觉和胭脂给他的感觉很像，他甚至会不由自主地代入她的模样，心中越发烦躁，便也越发不喜胭脂，他从来目标明确，一是一，二是二，最讨厌错乱的感觉。

后来胭脂打乱了他的计划，他起了杀心，可他没想到竟然真的会有这般胆肥的人，竟敢这样耍弄他！

他想狠狠整治她的同时又会不由自主地想，自己在她心中是个什么样的人呢，他做的那些事，她又会不会看不起他？

他一想到这些就越发恼羞成怒，都是因为她这样胡为，才让自己在她面前这般狼狈，现下她竟还想跟了谢明升，实在欺人太甚！

可等人真到了他院里，他又狠不下心去整治她了，这般软软嫩嫩怯生生的模样实在叫他有些狠不下心肠。

以往便揭过吧，她只是性子跳脱了些，爱耍着人玩，往后他多管着便好了。

他没有想到胭脂是这样害羞的人，亲一下就脸红了，一抱在怀里就哼哼唧唧地扭捏，可是又怯生生的，怕他生气而不敢反抗。

她每每如此，总会引得他更想欺负逗弄她，每每一看见她就忍不住亲近她，一靠近她心就化了。

她慢慢习惯了他的亲昵，会不由自主地亲近他，会心疼他的处境，她开始无意识地袒护他，哄他。

她真的一点不弱，不像表面那样软弱可欺。他很庆幸，这样她不至于在他不知道的时候受人欺负。

可他没想到胭脂会为了谢明升一而再再而三地骗他。

他知道他要忍，得慢慢把谢明升从她心里拔了，可他就是控制不住自己的性子。

他只要一想到她心里有别人，就嫉妒到发疯，就忍不住在床笫间折磨她。她不喜欢，他就非要逼她，非要她也不好过。

到最后她连话都不愿意和他说了，在他面前都是胆战心惊的模样。

他心一软便想伸手安抚她，可她却吓得一缩，看着他一副怕坏了的模样。他一时手都发颤了，他终于受不了了，这样不行的，她一定会被他吓跑的，不能这么逼着。

后来，天子对他越发看重，他越来越忙，便也顺道刻意冷落她，故意避着她。她明显不高兴了，他心中又欢喜起来。他想，她是喜欢自己的，只是她没想明白罢了，他只要耐着性子等，就不会有问题。

只是见不到她真的很难挨，于是他每日晚间在她睡着的时候悄悄去看她，便也好过了些。

那日她挨了祖父责打，他忙赶回了府，骤然见她在眼前乖巧懂事的模样，突然真的很想抱抱她，他们很久没有亲近了，他想得很难受，却还是硬生生忍住了。

可她挨了打却一点不和他说，她这样他们要到什么时候才能在一起，他越发生气起来，忍不住拿话刺她，可到了晚间却又后悔了。

到了屋里便看见她哭累了睡着的模样，软嫩的脸上有一道粉粉的睡痕，显得娇嫩可怜，他俯身轻轻亲了亲她，又轻轻地揭开她的衣裳看了看，打得太重了，背上胳膊上都红了一大片，他一时心疼得不行。

半晌，他才在她身边躺下，小心翼翼地将她揽在怀里，看着她的睡颜许久，又忍不住低头细细密密地亲着她，神情里带着一种病态的迷恋，低声呢喃的语调透出一丝诡异：“胭脂，你都不知道我有多喜欢你。”

番外四

胭脂跟着丁楼烟一路往水榭那边走去，老远就看见站在那处的人，显然是等了一阵儿。

走近之后，丁楼烟依旧垂眸轻唤：“清侧哥哥。”

谢清侧亦是有礼，回道：“楼烟妹妹。”

这与往日头一回见面没什么区别，两句称呼之后，竟再也没了话讲。

这般客气模样，哪像两个有情人?

胭脂来来回回替他们送了多少次小物件，腿都要生生跑断了，没想到两人见了面还是这般生分无聊，完全没有一点旖旎气氛。

不过变化也不是没有，丁楼烟虽是端庄矜持，但倒是有女儿家的娇羞模样在，似是不知开口说什么。

谢清侧则太冷了，话少到完全没有一点心悦于人的感觉。

胭脂正准备开口说点什么打破一下安静的气氛——

“请谢二公子，丁小姐安。”那处尚书府千金的丫鬟已经过来，“丁小姐，我家小姐已经等候多时，这边请。”

丁楼烟闻言只得过去，过去前看了眼胭脂，让她留下代为传话。

胭脂看着两个人走远，转头看向谢清侧，说道：“公子，人都在你面前，你怎得不多说说好听的话，哄哄人家姑娘？”

谢清侧显然不觉得刚才有什么问题，问道：“此言何意？”

胭脂颇有些恨铁不成钢，她来来回回做了这么多回人情，没承想他竟是半点不会勾搭姑娘？

“我家小姐站在你面前，你就只回了一句。”胭脂瞅了他一眼，白生了这般好看的面皮，一点不知道用，“你怎么也该问问我家小姐来的时候坐的马车还是轿子，一路过来累不累？”

谢清侧闻言依旧平静，显然觉得没必要，缓缓道：“山路难走，自然坐的是马车，路远奔波，必然是累的，又何必多问？”

胭脂一时无语。

还真是有理有据，叫她都不知道怎么回了。

胭脂与他对视片刻，道：“你这般无趣，如何娶得到娘子？”

谢清侧看向她，没有说话，显然不认同。

胭脂对着他这张脸，又觉得自己的论断立不住脚，这般好模样摆在面前，又如何娶不到娘子？

只是现下两位这相敬如宾的生分模样，这姻缘要到何时才能成？

胭脂气得拿出刚才偷偷看了一半的小话本子，一派认真地说道：“你听听人家是怎么做的？”

她仔细翻了几页，找了一段最刺激的，念道：“那书生见杜丽娘这般花容月貌，忙上前扶过，姐姐，你生得……”

谢清侧微微一顿，看向她手里拿着的话本，可不就是艳本禁书。

彼时，胭脂已经念道：“书生上前抱过她，行到牡丹亭后成就云雨……”

谢清侧眉心跳了下，听不下去，打断道：“不准念了。”

胭脂看了他一眼：“你得学。”

谢清侧伸手拿书，见她死拽着不放手，抬手打了下她的手背，下手着实有些用力。

胭脂哼唧了下，松开了手。

谢清侧拿过话本，颇为严厉地看向她：“何处得来的，你一个姑娘家也不知羞，看这些艳情话本，还念出来？”

胭脂看着这似曾相识的画面，吸取了上一世的经验，讨好道：“来的时候在路上淘的，平日里也不看的，我琢磨着想让公子学学里头的招数。”

谢清侧都要气笑了：“什么招数，你倒是胆肥，往后莫要再胡言乱语，这些不该看的以后也别看。”他将手中的艳本折起来，准备一会儿拿去扔了。

这明显是要没收的架势。

胭脂颇有些委屈，又泪汪汪地看向他，这书可是好不容易攒了些银子买来的。

做丫鬟攒这么点碎银子容易吗？

胭脂有些不开心，看了眼他拿着书的手，又慢慢往下瞅去，盯上了他的腿。

这般不通情趣的人，也不知道能不能娶到丁楼烟，这腿能不能保住还是个问题。

谢清侧见她的视线毫不掩饰，一时都不知该说什么了，直问道：“你看哪里？”

胭脂慢慢抬头看向他，话里免不了委屈：“公子的腿又长又好看，要是以后……”

“闭嘴。”谢清侧难得语塞，见她越说越不像话，“还不进去？”

胭脂听到这话，看了他一眼，又看向他手里的书，问道：“公子，这话本可是我攒了好久的月钱才买到的，能不能还给我……”

“不能。”谢清侧简单两个字否了，“就是让你记住教训，攒月钱买艳本，一点规矩都没有。”

他真是怎么转世，都这么古板，不近人情！

胭脂嘴上挂起了油瓶，不情不愿地往里面走去，一步一回头，颇有些不舍话本子。

这话本可是新淘的，她自己都还没看完！

谢清侧见她一步一磨蹭地进去，气得不想搭理她。

他转身往廊外走去，迎面碰上了来寻他的杜憬。

杜憬摇着折扇，慢悠悠晃过来，问道：“怎么样，和丁小姐聊得是否投缘，我在外头等了这般久，你可都没有出现。”他说着一顿，突然凑近一步，“你这……你这耳根子怎么红了，莫不是被丁府小姐调戏了？”

这话不假，谢二公子确确实实被调戏了。

往日谁有这样的胆子，都是见到他连话都不敢多说，那丫头倒好，竟然在他面前读起了艳情话本，着实是从头到脚都被调戏了一番。

谢清侧难得说不出话。

杜憬越发觉得稀奇：“这可真是天上下红雨，你这般模样我还真没见过，那丁府小姐好本事。”

“不是丁府小姐，是那丫头非要拿着不该瞧的书教我……”他说着，话里顿了顿，“着实口无遮拦了些……我收了她这些有碍观瞻的玩意儿，她倒还委屈起来。”

杜憬闻言愣住，还是头一次见谢清侧这般鲜活的模样。

他自幼沉稳，很少有笑模样，如今倒真真正正有了这个年纪该有的样子。

杜憬略一思索，开口问道：“那你这头买的物件儿，可送到丁府小姐手里了？”

谢清侧真是难得有忘记的事，被胭脂一顿插科打诨这才想起，忙招了谢揽过来让送去。

等他低头看到手里的艳本，想起那可怜巴巴的模样，没多少银子，还非攒月钱去买这无用的话本。

谢清侧是又好气又好笑，开口又叫住谢揽，扔了锭银子过去，吩咐道：“顺道买串糖葫芦过去。”

谢揽自然知道糖葫芦是给胭脂的，连忙应声去外头买。

这般连物件儿都忘记送出去，倒还记得那小丫头委屈，特特儿送了糖葫芦去，这哪是顺道，分明就是特意，那手里的物件儿倒像是顺道买的。

杜憬想起那丫头古灵精怪的样子，主意是一个比一个大，还敢调戏人，关键能叫谢清侧都乱了阵脚的可就这一个！

杜憬忍不住想笑，看着谢清侧往前走去，笑着摇头自语：“还指给谢揽，我就看到时你舍不舍得。”

图书在版编目（CIP）数据

三弃公子 / 丹青手著 . — 南京：江苏凤凰文艺出版社，2022.9

ISBN 978-7-5594-7005-8

Ⅰ . ①三… Ⅱ . ①丹… Ⅲ . ①长篇小说 - 中国 - 当代 Ⅳ . ① I247.5

中国版本图书馆 CIP 数据核字（2022）第 124457 号

三弃公子

丹青手 著

选题策划	林 璧
责任编辑	王昕宁
特约编辑	林 璧 查 婷
出版发行	江苏凤凰文艺出版社
	南京市中央路 165 号，邮编：210009
网 址	http://www.jswenyi.com
印 刷	北京盛通印刷股份有限公司
开 本	700mm × 1000mm 1/16
印 张	19
字 数	350 千字
版 次	2022 年 9 月第 1 版
印 次	2022 年 9 月第 1 次印刷
书 号	ISBN 978-7-5594-7005-8
定 价	49.80 元

江苏凤凰文艺版图书凡印刷、装订错误，可向出版社调换，联系电话 025-83280257